最美大运河

左堃　李林栋　主编

光明日报出版社

图书在版编目（CIP）数据

最美大运河 / 左堃，李林栋主编. -- 北京：光明
日报出版社, 2024. 11. -- ISBN 978-7-5194-8170-4

Ⅰ. I267

中国国家版本馆CIP数据核字第2024VL7645号

最美大运河

ZUI MEI DAYUNHE

主　　编：左　堃　李林栋

责任编辑：谢　香　徐　蔚　　　　　责任校对：孙　展
封面设计：周思陶　　　　　　　　　责任印制：曹　净
版式设计：李尘工作室

出版发行：光明日报出版社
地　　址：北京市西城区永安路106号，100050
电　　话：010-63169890（咨询），010-63131930（邮购）
传　　真：010-63131930
网　　址：http：//book.gmw.cn
E - mail：gmrbcbs@gmw.cn
法律顾问：北京市兰台律师事务所龚柳方律师

印　　刷：天津画中画印刷有限公司
装　　订：天津画中画印刷有限公司
本书如有破损、缺页、装订错误，请与本社联系调换，电话：010-63131930

开　　本：170mm×240mm
字　　数：315千字　　　　　　　　印　　张：22.25
版　　次：2024年11月第1版　　　　印　　次：2024年11月第1次印刷
书　　号：ISBN 978-7-5194-8170-4

定　　价：88.00元

编 委 会

序一

大运河美在我们心中

左　堃

征文三个月的《最美大运河》就要成书付梓了，心中不免有些激动。或者说得更准确一些，是感动。这感动从征文始，绵延至今，一直是我心中的主旋律之一。

为什么这么说呢？回想起来，北京人对北京之外的大运河或许都略知一二，唯独对这次征文限定的“北京段”大运河有点儿抓瞎。征文初始，很多人的第一反应都是：大运河？北京有大运河吗？在哪儿？或许在通州吧？

因此，这次征文的难度可想而知。但令人异常感动的是，这一明显的挑战不但没有吓倒或难倒我们众多的作家作者，反而激发出他们前所未有的学习精神和钻研态度；更令人感动不已的是，他们不辞辛劳，大多是用脚，而不仅仅是用笔，写出了一篇又一篇各具特色的“最美大运河”（北京段），这真是令人喜出望外，更是非常地了不起！

若谓不信，那就请读一读这卷书吧！相信各位读者也会像我们编委会的每一位成员一样，不仅仅止于感动，更要感谢本书中收录其文的每一位作者！实际上，还有更多的作者因容量有限，此书中并未收入其大作，但他们的热情付出同样令人感怀不已，我们在此也要向他们表示衷心的感谢！

感动，感谢，这就是我这篇小序的由衷之言。谢谢为这次征文成书付出各种辛劳的所有朋友们！非常感谢！

（本文作者系北京市东城区图书馆党支部书记、馆长）

序二

笔底生花处，悠悠运河情

任启亮

　　在连续两年成功举办"最美长安街""最美中轴线"征文活动，并择优选编出版之后，如何确定第三次征文的主题，使"最美北京"三部曲完美收官，据说让组委会颇费心思。经过多次讨论、研判，最后决定今年征文的题目为"最美大运河"（北京段）。说实话，起初我有些担心，不像北京的长安街和中轴线，为这座城市独有，地位特殊，定位明确，范围清晰，耳熟能详，比较容易书写。大运河上下数千里，纵横几千年，不仅历史悠久、内涵丰富，且枝蔓庞杂，北京只是大运河上的一个点。能有多少东西可写呢？又该怎样才能写出特色写出亮点呢？

　　看到陆续发表在公众号上的征文稿件，佳作频出，精彩纷呈，不仅彻底打消了我的顾虑和担心，更让我喜出望外。今天再读精选后的《最美大运河》书稿，依然非常激动、兴奋，倍感欣慰。

　　《最美大运河》是众多专业作家和业余作者集体智慧的结晶。它全方位、深层次、多侧面、立体化展示了北京大运河的发展由来、时代变迁、历史作用、文化内涵和当代价值；饱含深情地记述了发生在大运河之上，尤其是与作者有着紧密联系的个性故事。不仅写出了盘桓在大地之上物质的大运河，更写出了流淌在作者情感深处和精神世界中的大运河。可以毫不夸张地说，这本书是精心打造的一份献给中国大运河申遗成功 10 周年的厚重大礼。

从郭守敬寻找水源发现白浮泉并引水至瓮山泊，到承担蓄水补水功能的紫竹院、什刹海、北海、中南海等众多泉水湖泊；从通惠河、玉河的开通连接到积水潭码头的灯光帆影；从白石桥、大通桥、八里桥到遍布北京段运河水道无数水闸桥涵；从禄米仓、南新仓、海运仓到京师十三仓；从通州燃灯塔到张家湾的码头遗址和高碑店的龙王庙，再到京内城墙边和胡同口的运河故道等等。《最美大运河》对中国京杭大运河（北京段）做了一次不是用铁锹和镢头，而是用脚步、心力和笔头的广泛深入开掘。它全面而生动地揭示了大运河在北京的形成发展历史和兴衰演变过程中，无与伦比的历史地位和巨大作用，并不动声色地介绍了北京与大运河相关的大量历史人物、历史事件、文物古迹、文化掌故、地理风貌。对我来说，是一堂脉络清晰的历史课，也是一堂内容丰富、生动形象、画面感极强的文化课和地理课。

在这里我们看到了大运河的昔日辉煌和历史沧桑：如大运河的清泉喷涌、湖河相连、两岸涛声和淤泥堵塞、河道废弃、寂寞清冷；乾隆皇帝下江南的浩大阵势和慈禧太后从南长河登船去颐和园的单薄背影；第二次鸦片战争期间，英法联军占领天津后，沿着运河北上直逼北京，至清军伤亡无数，轻松占领张家湾的悲惨往事……也看到了大运河孕育的精神生活和文化品位：比如大运河由南至北，携带着一路清风朗月、民俗风情为北京这块土地带来的南北互动、文化融合；三庆徽班自扬州沿大运河北上，登上张家湾码头，开启了徽班进京之路，带来时至今日的京剧的繁荣兴盛；从被誉为"大运河之子"的著名作家刘绍棠到《漕运码头》作者王梓夫，再到年轻的茅盾文学奖得主徐则臣对大运河的倾情书写以及大运河对作家创作的深度影响……因此，读这本书，能看到昔日大运河的盛景，听到历史的阵阵回响，也能体验到大运河的千古风情和深厚文化底蕴，领略到跌宕多姿的别样风景。

更值得称道的是，《最美大运河》的作者们，紧密结合个人的亲身经历、生活回忆、真实感受，紧扣大运河北京段的某一个点、一条线，或一段经历、一个事件，通过一个个精彩故事、生动画面，跨越时空写运河，联系实际写运河，带着感情写运河。这里有自幼居住运河边，几经迁居，也没有离开过大运河怀抱的半生情缘；这里有童年在莲花池捞鱼虫和在积水潭、什刹海畅游以及在北海公园荡舟的快乐时光；有亮马河、通惠河、张家湾的今夕巨变；有北漂的两代人与大运河的深情故事；有站在金牛雕塑旁边，对着昆明湖吃捞面的生活日常；有参加大运河河道清淤劳动和义务为博物馆作大运河讲解的经历；有两百年来什刹海旁边家族生意的兴衰故事；有担任河道河长的责任担当；有徜徉于昔日运河故道和大运河博物馆的流连忘返。

正是通过这些与自己生活经历相关的个性化书写，深刻反映了大运河在每位作者心中的独特地位和千年一贯的烟火气息。既亲切自然，又真实可信，极大增强了可读性和感染力。

还有一点不得不强调的是，尽管每位作者所写的内容不尽相同，表达手法各种各样，风格特点也是千差万别，但都是饱含深情地去写。每一篇文字都是发自肺腑、激情满怀的浅吟低唱。

我们看到，《最美大运河》中不少写大运河古今变迁的篇章，从运河两岸杨柳依依、清波荡漾，到河道淤塞、河水断流，再到今天对大运河河道的治理、疏通、绿化美化；从当初舟船云集、帆樯如林，到漕运的废弃，再到如今高速公路、高铁、航空业的空前发达给交通运输带来的巨大变化；从北京城市建设对生态环境的重视和城市面貌的改变，作者都倾注了无尽的感情。这里有他们对大运河的深情，对历史和文化的关注和思考，对自然、生命和人类的大爱。

一位一生与大运河为邻的作者写道："祖先用双手开凿出的那条弯弯曲曲流淌千年的长河挽起了中华的五大名川，浓缩了精深的华夏智慧，也凝聚了海内外华人的心。当我老了，走不动了，我会坐在门前的河边向子孙后代讲述这条大运河的故事。"还有一位20世纪90年代曾经在什刹海居住和生活过的作者，30年后重访什刹海时发出"倒是那个创建了什刹海河岸上第一缕炊烟的人，他应该是开凿大运河的英雄，而今什刹海清波无语，不见英雄一丝踪迹，唯有时间知道，他的确从这里走过。他的子孙应该就在这周边胡同的老屋里，那个无声无息的北京人"的感慨。

读到这些文字，让人浮想联翩。大运河流淌在时间里，更流淌在人们的心中；它是人民的创造，中华民族的骄傲；它属于中国，也属于世界。《最美大运河》的每一篇文章，都是作者对着千年运河的一声声真情诉说，也是献给我们中华民族和伟大祖国的一首首优美赞歌。

因此我要说，是千古运河情使作者笔底生花，催生了篇篇美文，成就了这部散文集《最美大运河》。

（任启亮，中国作家协会会员，第十三届全国政协委员，国务院侨办原副主任）

目录

几度家住运河边

孙家汇

我是一位年逾七旬、在家颐养天年的普通退休老人。

20世纪50年代，我家在复兴门外北蜂窝，离大运河、玉渊潭、莲花池都很近，它们均属于北运河水系。作为大运河边长大的孩子，我对它们有很深的感情。

记得每年暑假里，我特开心，有时要游泳两次，上午玉渊潭，下午莲花池。刚开始练游泳，还是在流动的大运河中学会的。说起来也真怪：我家几次搬家，搬来搬去，总是离不开大运河，我至今还在通惠河附近住，我相信，这也是一种缘分啊！

我曾在北蜂窝铁路宿舍生活过八年，目睹过莲花池的巨大变化，我当时在铁路五小读书。当时这里有个八一养鸭场，宽阔平静的水面上，一群群雪白羽毛黄嘴巴的北京鸭，呱呱欢快地游着、叫着，声音能传得很远。在养鸭场的东面有一大片芦苇，不断传来阵阵鸟鸣、蝉鸣。我们利用鸭场免费提供的羽毛杆，涂上红漆、黑漆，制成鱼漂，用针放火上烧红弯成鱼钩，在芦苇坑里钓泥鳅。记得有个湖南小孩经常同时支上两三根鱼竿，然后爬上一棵低矮的大柳树，眯起眼睛，优哉游哉地纳凉。一有情况，跳下树，双手提起两根鱼竿，能一下子捕获三四条鱼，把我们都惊呆了。我们采野薄荷贴脑门，打苇叶包粽子，上树摘桑葚，记得最好玩的是游泳、踩蚌。我是个"旱鸭子"，踩蚌要靠别人背过河去。到蚌多的地方，水面不时传来声音，那是有人发现"猎物"下蹲到水里去取蚌。河上飘着一股水草的腥味，水底是冷暖变幻不定的水流，让人觉得挺舒服。最后，孩子头儿便召集大家集中。"小鱼鹰"们开始在水面上欢快地叫着、笑着，各自炫耀着自己的劳动成果。我们每个人每次都能踩二三十个蚌。有一次我曾踩着过一个400多克重的河蚌（老秤14两），蚌的外壳呈翡翠色并带有招人喜爱的水波纹。当时我爱不释手，有人拿24个蚌与我换，还有人"威胁"我："如果不换，以后再也不背你过河了……"但我还是没有舍得换给他们。采回的蚌放在盐水里，壳会自然张开，取出肉放上作料炒，又鲜又嫩，味道好极了，至今回味无穷。

1965年，为庆祝八一建军节，北京市基干民兵奉上级指示，准备搞一次武装泅渡十三陵水库（属于北运河水系）的比赛活动。当时我正在北京钢厂搞毕业实习，和一些平时喜爱游泳的同学，听到这个消息，喜出望外，迅速报了名。

至今我清楚地记得：选拔参赛运动员的地点，是在木樨地大桥下面的运河里。要从我们这批几千名游泳爱好者中间，选出八十人，组成一支游泳队参赛。测试形式为四人为一组顺流而下，由评委们从泳姿、体力状况、用时几方面进行选拔。结果我校推荐的十名运动员，其中还有三名女生，全部通过。由于种种原因，后来武装泅渡活动取消。当时年轻气盛的我，还觉得十分遗憾。

20世纪六七十年代，我住家在崇文区（今东城区）花市。这里最著名的要数蟠桃宫。蟠桃宫始建于明代，清康熙元年（1662）重修，是京城著名的庙宇道观之一。宫内供奉着王母娘娘，俗称娘娘庙。相传农历"三月三"是王母娘娘的寿日，是王母娘娘开蟠桃会的日子，届时天上的各路神仙都要来赴会。每逢此日，蟠桃宫便形成庙会，从东便门到崇文门沿护城河南岸茶棚、货摊林立，日用杂货、风味小吃应有尽有，打把式、卖艺、变戏法、摔跤、杂耍、说相声的绵延两三里。为点缀庙会风光，庙前的护城河提前关闸蓄水，崇文门到东便门可行船，船上游客常见票友演出小曲、单弦、岔曲、莲花落等。庙内烧香的香客络绎不绝。这种热闹景象延续了数百年，被誉为活的"清明上河图"。

改革开放40年过去了，作为一名花市地区的老住户，我目睹了这里的翻天覆地的变化。如今大运河边的花市，高楼林立，气势不凡。新世界、国瑞城的商品琳琅满目，想买的东西可一站式采购。过去住胡同平房的百姓大都搬到新建的楼房居住了。平房拆除了，马路拓宽了，东便门立交桥建成了，明城墙修复后建成了居民休闲遛弯的公园，东南角楼作为全国文物保护单位对外开放了，"三月三"蟠桃宫庙会从2007年开始就重新举办了……

如今，我家在通惠河附近住。听邻居说一直到20世纪60年代，庆丰闸一带的通惠河水还是挺清亮的。那时河面上虽然早已看不到来往的摇橹小船，也没有了酒馆、茶馆的热闹，但是还经常能看到河面上带着鱼鹰摇船的打鱼人，有时候也能看到工人摇着轮胎制成的筏子在河上打鱼。孩子们放学后也经常到这里玩耍，还可以逮到小鱼小虾……

到了20世纪70年代末，南岸的芦苇塘、湿地大面积消失，此后，就有人开始将低洼的地面逐渐垫高，后来又建成了东郊批发市场，庆丰闸一带的河水也遭到了严重污染，甚至一度成了臭气熏天的黑水河。北京市对通惠河加大治理力度后，二闸一带的环境得到大大改观。到2019年夏天，岸边水草间成群的一分左右的鱼苗穿来穿去。如今，整条通惠河成为鲫鱼、"麦穗儿"、鲇鱼、泥鳅和田螺等水生动物以及野鸭、鸊鹈等水鸟的乐园，是鱼类的自然繁殖场，河边垂钓者四季不断。通惠河工程指挥部还在庆丰闸遗址建了一道纪念壁，上面有"庆丰闸遗址"几个大字，并有描述当年二闸风光的文字和绘画，旁边还立有一座纪念石碑。

看到这些，都会让人想起庆丰闸的旧日时光。如果去通州大运河文化旅游景区游玩的话，可以乘坐运河游船呢！波光粼粼，田螺蠕动，湖边三五成群的野鸭游弋，两岸垂柳依依，小鸟喳喳。南岸是古色古香的仿明清古建，北岸是现代化的写字楼、中国尊，还有呼啸而过的城铁八通线。正午时分，阳光温暖如沐，乘坐游船沉浸于宽阔的水面之上，清风拂面，送上淡淡的草香和水腥，好不惬意……

【主编感言】

感谢作者！您的来稿不仅拔得了此次征文的头筹，而且资料显示，这已经是您第三次向我们的征文投稿了！祝贺您终于获得了成功！《几度家住运河边》，这是一个多么好的题目呀！愿我们的这次征文，能够唤醒更多人的"大运河"意识，争相写出各人"意识"中她的"最美"！再次感谢您，孙家汇先生，愿北京大运河的源远流长，给您带来好运！

【作者简介】

孙家汇，1945年生，退休工程师。曾在多家报刊发表文章，散文曾在海峡两岸"年轻的梦"征文及第二届"华夏作家网杯"全国文学大奖赛中获优秀奖，在2004年第六届中华老人诗文书画大赛中获银奖，作品被现代文学馆永久性收藏。

遥远的运河

高洪波

对于一个故乡在内蒙古科尔沁草原上的人来说，西辽河很近很近，大运河很远很远。但是感谢刘绍棠，感谢他的一本《运河的桨声》，让我在少年时期就接触到了京东运河边上的涛声和桨影，那是一本充满着运河气息和水的回声的小说，也是当年刘绍棠的成名作。

读《运河的桨声》时，我还没有到过山海关里，更不认识刘绍棠，但是我知道那条神奇的大运河其实还和一个历史上著名的有趣而贪玩儿的皇帝密切相关，那就是赫赫有名的隋炀帝。

成年了以后东奔西走，也见到了各种各样的运河。比如扬州的大运河，这可是运河的正宗。除了隋炀帝之外，清朝的康熙和他好玩的孙子乾隆都曾经沿着运河屡下江南。江南的运河辽阔富饶，充满着传奇。几年前我甚至在常州看到了最古老的一段运河，叫南市河，是当年吴王夫差和伍子胥联手开凿的，这应该是运河的萌芽时期吧。北方的运河我曾经在聊城看到过，号称江北水乡的聊城，被运河环绕着，留下了很多故事和传说。而在济宁甚至有运河博物馆，那段在元朝开凿的运河，留下了更多的关于南北水陆交通的运河故事，它像一条当年古老中国的经济大命脉，贯通南北，南船北马，岁月峥嵘。就这样，大运河横在中国历史的版图上形成一道亮闪闪如银河一样的挥之不去的地标。

话题说到遥远的运河，因为我刚刚看到了老北京孙家汇先生的一篇散文《几度家住运河边》。他写到了自己一生中几次搬家都和大运河有关，而且我还特别注意到他说的北运河水系里边居然有玉渊潭、莲花池，还有从东便门到崇文门那段水路，以及著名的蟠桃宫庙会。孙先生的这篇散文唤起了我对运河的记忆。原本认定十分陌生的北运河，其实在我的少年时期曾经几度亲近。

感谢《几度家住运河边》打开了我的思路，我突然发现我和大运河其实很有些渊源。这源于中学生时期一段休闲的生活，我们停课在家，和楼里的小伙伴们一起养起了热带鱼和金鱼。热带鱼当时只有两种，一种叫"红箭"，算是比较名贵的品种；另一种是大众化的"孔雀"。"孔雀"的雄鱼有长长的鳍，漂亮的颜色，而雌鱼则像一般的小鱼，它们在鱼缸里追逐着，繁殖着一条条小生命，而"红箭"变得昂贵一些，它们拖着长长的尾鳍，像一把剑，拥有一对"红箭"的孩子，内心的骄傲是不言而喻的。

在养热带鱼的时候，我记得我们为它们的鱼虫进行过艰辛的捕捞。这种鱼虫红颜色，像小米粒大小，生在苇塘边、水塘里，俗称"水跳蚤"。当然在鱼市上用钱可以买到，但我们更喜欢自己去捕捉。于是我们选一个阳光明媚的日子，一大早和楼里的几个小伙伴骑车来到了莲花池。莲花池是北运河水系的一部分，我们用自制的简陋的网子在水里一网一网地捕捞着这种红色的小水跳蚤，然后把它放在罐头瓶里，带回家里，喂食着那几条很平常的热带鱼"孔雀"和"红箭"。喂养它们的时候，从热带鱼的吞食程度上我觉得莲花池的鱼虫的确味道不错，是那个时期的热带鱼们最好的美食。在莲花池捞过了红鱼虫之后，我们的兴趣又由养热带鱼转向了金鱼，金鱼是中国传统的观赏性鱼类，以"龙睛"居多，"墨龙睛""红龙睛"，还有"红帽"和"望天"，最珍贵的应该是"珍珠"，圆圆的肚子，背上没有鳍，浑身鳞片如一粒粒珍珠。

中国的金鱼品种众多，但是当时我们所能饲养的以"龙睛"为主，大大的眼睛，裙子般的尾巴。"墨龙睛"也好，"红龙睛"也好，都属于寻常品种，如果你有一尾"望天"或"红帽"，那绝对是金鱼粉丝群中的老大。金鱼的食物和热带鱼不一样，它最喜欢吃的是长长的、细细的鱼虫，这种鱼虫俗称"线虫"，又叫"水蚯蚓"，它们的生存地是在河底的淤泥里，于是我们又开始了第二轮和大运河的亲密接触。

我们首先走到离家几站路的右安门外的桥下，那条河的河水比较浑浊，河底黑色的淤泥里散发出的味道比较难闻。但是正是在这样的泥里边有大量的"水蚯蚓"，我们把河里的淤泥一团团放在筛子上，在河水里筛动，然后"水蚯蚓"一条一条地抱成团地就呈现出来。鲜红色的"水蚯蚓"是金鱼们美味的鱼虫。在喂养它们的时候，一般用一块纱布把一团水蚯蚓放到纱布里，然后吊在鱼缸里，蚯蚓们把身子探出来的时候，金鱼会开心地一根一根地品尝着我们从运河里给它们捞上来的美味的食品。捞"水蚯蚓"的过程疲惫且肮脏，因为脚下是味道难闻的淤泥，而且时不时会有尖锐的铁丝刺破你的脚趾，引发你的感染。但是为了心爱的鱼儿，我们必须进行这种艰辛的捕捞工作。

最有意思的一次，我记得我和一个叫"大耳朵"的发小，我们一起骑车到东便门的桥下，那里的"线虫"据说很多，很好捞。记得在桥下的河边，捞"线虫"的时候有火车轰隆隆地从头顶上驶过，因为不远处就是北京的老火车站。我们捞"线虫"的方式是用一根长长的绳子，上面拴一个用粗铁丝拧成的抓钩，我们把抓钩抛向河底，抓钩会钩上一些"线虫"来。在一扔一收之间完成在东便门桥下捞"线虫"的全部过程。"线虫"很多，我们各自忙碌着，我突然一转身发现我的伙伴"大耳朵"不见了，再定睛向水面一看，他滑落到了护城河里，河水淹到他的脖子，一个调皮的脑袋和一双大耳朵在水面上浮动着，这狼狈的一幕把我们惊呆了，也笑坏了。我们赶紧把他拉出了水面，他抖了抖浑身湿淋淋的衣服，很无奈地说："脚下一滑，真是一失足成千古恨。"这捞鱼虫的一幕印象太鲜明太深刻，以至于"大耳朵"最后成了一个著名的经济学家的时候，我们见面还忍不住拿他掉入东便门护城河下的那一幕进行调侃。少年时期的快乐记忆很快就消失了，捞鱼虫的故事变得无限有趣和遥远。但是此时此刻我回忆起来那遥远的少年时光，捕捞鱼虫和运河水系的亲密接触，感觉到了一种特殊的温馨。

遥远的大运河，亲近的大运河，历史的、现实的以及承载着岁月的流水的大运河，就这样淌在我鲜活的记忆中。补充一句，那掉在水里的"大耳朵"就是著名的经济学家樊纲。我相信他至今也没有忘记和大运河的那次亲密接触。

【主编感言】

感谢著名作家高洪波对本次征文的热情关注与迅捷支持！大作宛如"少年大运河"的一曲回旋，读之绕梁，挥之难去；既有趣，又最美！特别难能可贵的是，您在大作中还对本次征文"拔得头筹"的普通作者孙家汇先生的文章称许有加，甚至还在来稿中特意申明"谢谢孙先生美文引导"，这只言片语，显系当今文坛鲜矣哉的作家真言，可谓金声玉振，长鸣尺卷。甚喜亦甚谢矣！诚之！

【作者简介】

高洪波，第十二届全国政协委员，曾任中国作家协会第七、八、九届副主席及党组成员、书记处书记，中华文学基金会理事长，《诗刊》主编等职。代表作有《高洪波文集》（八卷本）及《高洪波文存》（九卷本）等。

从我心中流过的大运河

李朝俊

运河水运，萦绕于心。

知道运河在课本，见到运河在通州。

那年阅兵训练车过通州，前方有桥有水有河，桥气派，河不畅，泥肥水瘦，黄沙飞扬，人言运河，我半信半疑。

这是贯通中国南北交通大动脉的运河？咋看咋像一湾死水潭，岸上河堤泥土散乱，开荒的菜地这一片那几块，长着或青或白的蔬菜。车窗外的运河与我一闪而过，没看到运河的气势，没看到运河的脉动，没看到运河的美景。这初见的运河，让人惆怅莫名，挥之难去。

一

运河的初见实景，课本上的运河风景，从此在我脑海彼此映照。

这运河两重之景，或者我的运河情结，直到脱下军装方得解开。转业当年到通州区调研，接待我们的胖姐金主任，是位慈眉善目果敢风行者。说话慢言细语，发言条清缕析，办事雷厉风行敢作敢为。几天下来大家情感交融，工作展开循序渐进，我们从对金主任称职务，不知不觉私下喊"金姐"，直到后来入乡随俗，与访谈对象一样叫她"胖姐"。胖姐的群众威信高，进村入户调研若寻亲访友，各种数据方方面面材料，出乎意料地冒着热气滴着露珠，调研报告顺畅提前形成。最后由带队领导定稿，其他人或房间看书，或走廊闲聊天。

胖姐闻讯，当即派人调车直奔码头。她说到通州不游运河，那是走马观花没食人间烟火，没接通老百姓的地气，没沾上大运河的福气。

知我者胖姐也，心中暗暗称妙。书上的运河，初见的运河，眼前的运河，历史的运河，我这次定要看清楚、问明白。

船从一个码头起航。说起初见运河的往事，胖姐说我见的尾河汊湾，不是大运河的主航道。说话间见水面渐宽，岸上有绿柳，水中出翠苇，远方生绿荷，只是水体是暗黑色的，时不时有白色漂浮物出现。船行一会儿就往回返，胖姐见我若有所思的样子，轻声说将来国家发展了，运河早晚会河清水阔，那时再来通州，说不定游船可通京津冀，或者直达南方扬州杭州呢。一船人闻听，有人鼓掌，有人大笑，有人不语，我喜忧参半，亦担心亦期待。

二

金姐真乃金口玉言。

新时代的通州城，作为北京城市副中心，千年工程一日千里。历史文化活化石大运河，疏通航道修复码头，引来清泉活水，扩建新建两岸公园……城市副中心的日新月异，让喜欢旅游的爱人心动变行动，刚刚看过新闻播报大美画面，趁周末早早驾车出城向通州。原说游览绿心森林公园，妻见辽阔运河当即变道，直奔漕运码头上船观景。

眼前的通州，一湾运河水，船舫荡水湾，高楼临湾建，森林绿岸边。水上游运河，风柔水清，潮阔两岸，花香弥漫，鸥鹭飞翔。举目环望，一片大森林，一河碧水清，一处新天地，一船快乐人。

春风里，艳阳天，船顶观景，心旷神怡。

"各位游客：您正在大运河上观光。京杭大运河从北到南约有1794公里，穿越华北平原、中原腹地、江南水乡，是流动的文化，是闪亮的明珠，是民族的瑰宝……"

一阵悦耳声音传来，我一边听着解说，一边回味运河历史。

记得一次在国家图书馆，我翻读史书时看到：中国大运河全长近3200公里，开凿至今2500多年，中国大运河是目前世界上距离最长、规模最大的运河，是中华民族流动的精神家园，也是中华民族历史发展长河中展现巨大民族凝聚力和向心力的伟大工程。

"各位游客：大运河最早可以追溯到公元前7世纪的春秋战国时期。当时大运河主要用于军事防御和农业灌溉，通州随着时间的推移逐渐成为大运河的重要节点，发展成为繁荣的水上集散中心。现在的通州是北京城市副中心，与河北雄安一东一西，成为京津冀协同发展的车之双轮鸟之两翼……北京艺术中心、大运河博物馆、北京城市图书馆'三大建筑'陆续亮相，成为城市副中心的文化地标。"

伴着悦耳的声音，在水上在船上，我心在风景上。

想起在长江边见到的运河，一片白水，一抹天际，一岸村舍，舳舻蔽水，交通繁忙。白水阔似大海，天际苍穹如盖，村舍楼台俨然。这一联想，惊我一个激灵，不知不觉里，竟然多次到大运河沿岸城市。

在杭州、在扬州、在洛邑、在汴梁，我遇见隋唐大运河、京杭大运河，船行在历史的航运大动脉中，让人心潮翻涌感慨万千，思民族古往今来历史，念中华水运南北龙脉。

三

在书本上，运河离我遥远；在生活中，运河咫尺在眼前。

我上班的西城区枣林前街70号院，西门正对南北走向的南运巷。历史上南运巷连通护城河，从西城过东城进通惠河入大运河。细细想想，曾听过课的东城角楼图书馆水岸，常常跑步行走的碧波公园龙潭湖，都是大运河的水系支流之地，都典藏着运河水运的故事。

　　年初机关第二批搬迁至副中心办公，从此通州区达济街 6 号院与我情感天然相联，从此大家天天看运河，月月行走运河两岸，或上下班出行，或健步河畔行走，或带家人周末休闲游……

　　这么说来，运河与我有缘，我和运河情牵，运河离我越来越近。思念潮头源起通州，潮起潮落在我的心坎上。河在淌，水在运，情在动，思绪扬：西东走向的长江黄河淮河三条大川，南北通航的京杭大运河瘦金一长"横"，书写出中国的"州"字，这"州"是国家的富饶土地，这"州"是百姓的风调雨顺，这"州"是先人的开拓创新，这"州"是中华文化的脉搏。九州中国运河一通，通在奔腾向前的一汪清流，通往国家的繁荣昌盛征途。是的呀，水是生命之源，河是文化之根。水润山川自然万物，文泽民族千秋万代。

　　我想运河上的一切都有生命。以石券成或三孔或五孔，静卧河上连通两岸的拱桥，影落水波鼓起圆圆的眼睛。这是灵动的自然之眼，这是深邃的历史之眼，看南来北往的船队，看各色各样的人物，看大千世界春夏秋冬，看王朝兴衰帝王命运，看奔腾起落的人类发展潮汐……

　　在通州八里桥上，风在耳际鸣响，历史烟云水上升腾。这里曾为京津水上咽喉，位处交通要冲。八国联军从海上攻破大沽口炮台，占取天津卫后攻到通州府。退守八里桥的清军主帅，率数万大刀长矛冷兵器之兵，虽然我有将士众多之优，外来强盗有兵寡地疏劣势，无奈操长枪火炮数千联军，拥有现代武器装备，将清军无畏将士击杀如活靶。英勇清军勇武向前杀声震天，在敌军强大火器阵前血流成河，一浪浪冲锋一波波倒下，屡败屡战，屡战屡败，直至一片片、一层层壮烈殉国。随之京城被攻破，皇帝惊慌失措逃往热河，战火烧毁圆明园，强盗将紫禁城洗劫一空。落难弱国落后挨打，弹创石桥累累，运河为之呜咽。

　　今天望桥，我心痛难消！

四

"让我们荡起双桨,小船儿推开波浪……"

阵阵清脆的歌声传来,我看见红领巾在船上飘扬,一群少年引吭高歌。今日中国和平阳光,今日中国强而不霸,今日中国面对强敌敢较量!

运河水运,水韵运河。纵观历史上的部落到各个王朝,从大禹治水部落凿渠到帝王下旨开河,运河防洪灌溉交通运输,历史延续水荡悠悠。可谓因水而兴因水而亡,"水能载舟水亦覆舟",写就出中华文化智慧。水运连国运,水运连史运,水运连文运,流动的运河也是流动的文化。从古人"尽道隋亡为此河,至今千里赖通波。若无水殿龙舟事,共禹论功不较多"到今人"滚滚大运河,京杭一线通,古今伴日月,千载渡衰兴。流淌着华夏之沧桑,运载着民族之神圣,凝聚着先祖之智慧……"。

走在生态环境优美的运河畔,走在繁花绿草的香味里,走在森林水系亭榭湖桥,走在大鸨回归越冬休闲地界,今天的人们心在自然,热爱自然保护自然向往自然,林田河湖一体皆有"长",林长、湖长、河长,姓名上牌,责任联动,环环相扣,规章落地,扛在肩上。游人言运河兴,我说国运兴,"绿水青山就是金山银山",有这样的自然生态观,山清水秀运河扬波,这是时代潮流的方向,这是人民幸福生活的和谐画卷,这是中国式现代化的风景展厅。

站在大运河畔,我想大禹治水疏通,部落同心顺应自然,是中华民族和合天下的文化基因。虽历经数千年风云变幻,各个时代的人们承前人适当下,继往开来凿通运河造福人间。由此我想到新时代的交通强国,想到人类命运共同体中国倡议,纵横东西南北的高铁路网,"一带一路"中外的合作共赢,中华文明智慧发扬光大在新时代。这光大的文明智慧,通天下,共携手,同命运,得人心。

通州运河行,看了风景,了却心愿,望见远景。心满意足走出船舱之时,胖姐似乎微笑走来,细看是热情的志愿者。可爱的胖姐退休后,或许也是热心的志愿者，正在别地儿给游人服务。这次虽没有见到胖姐，但她当年的美妙愿景此刻真切见到，在我心里在胖姐心里，无疑比见面更令人兴奋，因为眼前大运河南北相通，既重现往昔辉煌，又展现今朝蓬勃生机。

运河水运，生态水韵，文化底蕴，国家命运。我想理儿是这样的，历史的定律是这样的。

【主编感言】

这是征文第三天，连续收到的第三篇来稿。谢谢作者！据查，此前作者曾参加过"最美长安街"和"最美中轴线"征文并全都入选了两次征文成书，加上这一次，一俟本次"最美大运河"征文择优成书后，我们预计中的"新北京新京味儿"之"最美北京"三部曲将悠然告成。而据本次《征文启事》公告，届时，凡像本文作者一样连续、全部入选该三部曲的作者都将额外获赠"最美北京"三部曲精美套书一函。再次公告。谢谢所有参加我们征文的作者，谢谢你们！

【作者简介】

李朝俊，中国散文学会会员，中国自然资源作家协会会员，《河南文学》签约作家。散文作品被《人民日报》《解放军报》《光明日报》《人民政协报》《中国自然资源报》《北京日报》发表。作品入选各种文学选本和文集。

大运河畔的小姑娘

咏　慷

从小学课本里，我就得知大运河是全世界最长的运河，也是世界上开凿最早、规模最大的运河。它跨越地球10多个纬度，连接北京、天津、河北、山东、河南、安徽、江苏、浙江8个省、直辖市，纵贯在中国最富饶的东部，通达海河、黄河、淮河、长江、曹娥江五大水系，是中国古代南北交通的大动脉。

然而直到1969年暮夏，我才第一次见到运河。

那是我们这批从首都入伍的新兵，因幸运地赶上部队"换防"，仅一年后就又回到北京。

那些日子，大家都不约而同地把军装洗得干干净净，挎包、背包理得平平整整，将脚上穿的大头鞋都换成新胶鞋，个个显得精神抖擞，英姿挺拔。

那时的北京，规模远没如今这样大，也没有这么多人，城区似乎还仅局限在明清时修筑的古城墙之内。但我们毕竟又见到繁密的楼群，宽阔的马路，电车天弓上迸出的蓝色弧光……

部队换防后就驻扎在大运河的起始点通县。

呼啦啦来了一大批"最可爱的人"，地方政府和人民群众自然极其欢迎。部队在一处老式营房刚一入住，县领导在慰问时就带来一台赏心悦目的青少年歌舞。

大运河畔的操场上除了部队官兵外，还黑压压地坐满老百姓。简易舞台周围人山人海，连舞台对面的河面上，也排列出一些船只，船上人显然是从远处赶来的，并不上岸，就那么盘腿在船头随意观看。

淡淡的月光水一般浇地，高高的几株大槐树投下斑斓的暗影……锣鼓铙铙热闹地响起来，简陋的幕布徐徐拉开，观众发出的热气和空中的水汽凝结在一起，形成罩在人山人海上的一层烟雾。演员们完全进入角色，踩着节拍，迈着轻快的步伐走出来。月光照到他们并不鲜艳的头饰上，却映出一片绚丽的色彩……人人都十分投入，演到悲痛处，观众无不真的流泪，心被紧紧抓住；演到高兴处，观众里响起压抑不住的欢呼，台上台下完全融汇到一起……

我心情振奋地左右观望，感到亦真亦幻的布景中，真实一半，梦境一半。陡然间，仿佛回到老家岭南水乡。咦，那个舞台上的小姑娘像谁？虽然朴实无华，却清新可爱，挺出彩的。

节目更换间隙，我听到有人喊她："芦花！"

我很自然地记进脑子里。

没想到戏演到一多半，突然刮起风，天空乌云密布，电闪雷鸣，雨又下起来了。芦花和其他演员的衣服都湿了。但他们看到台下的观众纹丝不动，仍在专心致志地观看，无不深受感动，坚持一丝不苟地演了下去。

全剧演完，观众像触了电似的报以热烈的欢迎。

部队安顿下来后，在紧张的学习、训练间隙忙中寻暇，我们都爱结伴漫步到大运河边，沿松软、清新、富有弹性的滩地走走，沿河的风景，一幕幕深深烙印在心底。

我显然命里喜水，故乡东莞麻涌是岭南水乡，自幼的生息之地坐落在京城的北海近旁，节假日最爱去的又是什刹海、玉渊潭、昆明湖、卢沟桥、十三陵水库……俗话说，"曾经沧海难为水"，这使我对水有一种深深的情愫。通县有大运河之水，水的滋润便生成了它纯朴、宽厚的性格。人们穿行于大运河上，就仿佛穿行于画卷中，河上的小桥、两岸的房子，当然也包括我们的军营，都成了极富美感的水墨点缀。

大运河那并不宽阔的水面漾起一层层水波，渐次跌宕开来，水有深有浅，水色依稀有些浊黄，缓缓流淌着的河水升腾着淡淡的雾霭。沿岸长有一些败草，将水剪得很是零乱。零星的芦苇摇晃着素洁的白花，迎面拂来夹带着芦花清香的阵阵柔风，继而飘来含有鱼腥味的诱人气息，接着听到各种水鸟自由欢唱的鸣叫。那些吐着白花的芦苇，宛若苗条的、披着白纱巾的少女。在阳光照晒下，每一片苇叶都像打碎的金片，翻动着富有生命力的光彩，保持着诗一般的韵致。叶片迎风飒飒抖动，显现出一种动态的恬静，像淙淙泉水在人们心头温馨地流过。河畔是美丽的乡村风光——绿油油的麦田、金黄色的油菜花花田……再远处则是黄泥墙轮廓的农家院……

战友们纷纷议论："骑马挎枪走天下，才能看到咱好大的中国，用镜头随便剪一段风景，都是一幅美丽的画！……"我则感到大运河渗透着一种让岭南水乡无法攀比的粗犷之美。由此我也不禁想起故乡的东江和大大小小的河涌。离开那里已好多年了，许多景物和人情，都从记忆中渐行渐远，只有那些河流却始终不曾在眼前消逝，无论在哪里看见水，都会自然而然想起故乡的往事。我暗自欣喜地觉得这世界似乎并不大，不然这江河怎么都有类同之处？这无形之中给了我些许安慰，仿佛家乡的东江一直陪伴身旁。

随着一曲《做人要做这样的人》，只见雾霭之中的运河中漂来一叶扁舟，不，应该是划来的，船尾一位小姑娘持桨荡舟，一边划船，一边往河面上打量着什么，河水一映，灿然生光。大家不禁看得呆了。船慢慢荡近，才见这女子不过十五六岁年纪，估计还是中学生。

大家还没开腔，小姑娘笑道："怎么？不认识我啦？"

"芦花？！"我脑海里迅速反应出这个刚听说并记住的名字。

芦花说一口京东普通话。在一般人眼里，她的穿戴有些异样：一件宽大的男式旧军装，脚上是一双小号军用胶鞋，头上还戴有一顶绿军帽——我猜想她家中一定有亲属在部队服役。在人多时芦花话语不多，但熟络起来，言语谈吐之间，她又很有几分豪爽和热情。

不管怎么说，芦花给大家留下了深刻的印象。他们学校的师生，经常打着红旗、端着洗衣服的木盆，有组织地到连队搞拥军活动。指战员也经常跟当地乡亲们一道喊着"运河号子"，参加疏浚河道、春季抢种、秋季抢收等义务劳动。在这些活动中，自然会更多地谈到大运河。

在我们与芦花等当地乡亲的言谈话语中，大运河与长江、黄河、珠江一样，是一首壮美的诗篇——如果说河流是人类及众多生物赖以生存的基础，也是哺育人类历史文明的摇篮，那么大运河流域自古以来就是各种政治力量征伐角力的舞台，即所谓"兵家必争之地"。它的千里流淌，滋润着中华大地的千里沃野，孕育着灿烂辉煌的华夏文明。如果把华夏大地看成一个"人体"，那么运河就堪称孕育华夏文明的一根水"脊梁"。它启示人们"海纳百川，有容乃大"，以博大的胸怀，接纳各方游子。而凡是包容性比较强的地方，其精神风貌、经济发展都会比较强劲。正是这种流淌在运河的文化基因，促进了中华民族的发展。

我们很快就喜欢上大运河，从军营外出时常徜徉在河边。

一个炎热的中午，我和班里的战友们唱着歌行进在河堤。

"火！那边的地方农场失火了！"一个眼尖的战士指着几百米外的浓烟高声喊道。

火光就是命令。未经任何动员，我们忘却了连续劳作的疲惫，重新抖擞起精神，跑步奔向失火现场。

狂蹿的火舌像毒蛇猛兽，乘着 7 级大风，恶狠狠地吞噬着干燥的房屋。

这是一片宿舍区，几百间齐崭崭的平房连成一片。离它不远，还有大规模的奶牛场。那一垛垛堆得像小山一样高的干饲料，更是易燃之物。如果火灾不立即扑灭，那么火势蔓延所造成的损失，折合成人民币将不是几千元、几万元，而是几十万元、上百万元！

我和战友们深知人民利益和"解放军"这光荣称号的分量，争先恐后地冲进火场，用盆或桶从运河中打水泼，用运河畔的泥土压，用大扫帚或帆布等工具打……

风添火势，火助风威。烧成黑灰的树叶，就像一只只黑蝴蝶在盘旋飞舞。我们的手上、胳膊上、脸上都被燎起了一个个血疱。使指战员们感动的是，救火队伍中大家看到有芦花和她的老师、同学们！我们的革命精神和实际行动，感染和带动了大批的群众，使他们一起加入灭火的行列。

经过一个多小时的紧张战斗，这次因小孩儿玩火而引起的火灾被扑灭了。地方农场的领导和职工，紧紧地握着我们的手，激动地说："幸亏有你们解放军！……"

这时再看芦花，感到她颇似大运河边微风中的苇花，如絮似雪富有诗意。

此时我又联想到岭南水乡的故乡，东江那缥缥缈缈的一弯弯流水，顿时会在我眼前轻轻荡漾，立时就有种无名的惬意悄悄注满胸怀，感觉那么舒畅美好。我这时才意识到，自己对于江河总是无法割舍。故乡的江水早已进诗入画，令人魂牵梦萦。而大运河的水面是那么疏朗开阔，如同壮实的北方男女青少年，看上一眼都觉得心里踏实。

几天后，部队开始游泳训练，场地就在大运河一处较宽的河湾。

指战员都只着一条绿色军裤衩，将军装挂在运河畔的芦苇梢上，光溜溜地一个猛子就扎进水里，玩水、打闹、抓鱼，清澈的河水被翻腾得一片浑浊，一只只惊吓得慌张地扇着翅膀的飞鸟箭一般插入岸边的小树林。或许因为河水的清凉，大家都觉得浑身的疲惫像汗污一样被洗去，身心是那样轻松愉悦。黄昏里的水鸟悦耳地鸣唱着，像轻柔的小手抚慰着愉快的身心。

忽然，一名刚刚进水不久的新战士蓦然惊叫起来："蛇！我身边有一条蛇！"

大家望去，果然是一条带有花纹的小蛇游动在水边，连同浑黄色的波纹一起随风摇荡。

这时，只见一个小姑娘快步跑来，没有言语，轻轻凑到河边，在众人的惊叹声中猛一伸手，一下子就抓住了蛇的尾巴。

这个小姑娘不是别人，又是许多指战员都认识的芦花！

大家喜不自禁地欢叫着围了过来。

"真好玩！咱们把它带回去剥掉皮煮了吃吧。"一位小战士看到蛇已在我手中，似乎并不可怕，便一边伸手来夺，一边提出建议。

几双扑闪扑闪的眼睛一齐望着我。

曾吃过蛇肉的我，这次却没点头。我想，这个大自然中的小精灵，虽然有时能将不了解其秉性的人吓一跳，但最近我从书本上看到它是能消灭害虫的"益虫"，围绕它在我国历史上又有《白蛇传》等许多美丽的传说呀！怎么能将它吃了呢？

于是，我说服了大家，把这条小蛇又放回到大自然中。

那段时间，芦花家一条名叫"玛露霞"的退役军犬倒使战士们感受到一丝淡淡的欢乐。

它高大、魁梧，流线型的体格有着惊人的爆发力，通体毛色黄中泛黑，头呈 V 字形，双目炯炯、两耳耸立、四肢刚劲，威风凛凛。芦花第一次把"玛露霞"领来时，它张着阴森森的大口，虎视眈眈地对着我们，以特有的大嗓门"汪汪"叫着。有位好事的新战士试图伸手套近乎，不承想，"玛露霞"突然一个前扑，吓得这毛头小伙"哇"的一声躲到其他人身后。

经过几天相互适应，"玛露霞"对我们连的指战员已基本适应。大家半是出于喜爱，半是出于好奇，都爱大胆地逗一逗它。有人曾将吃饭时舍不得吃的红烧肉等放置在"玛露霞"必经之地。谁知屡试屡败，经过严格训练的它对此根本不屑一顾。一个小伙子不甘遭此败绩，一天见"玛露霞"悠闲地经过门前，有意滚过一个萝卜，见"玛露霞"仍不为所动，情急之下拿起扫帚柄，又用扫帚指指地上的萝卜，反应敏捷的"玛露霞"以为要袭击它，立刻转身扑将过来，其中一位仗着练过武功，便用扫帚左挡右遮，还是未能阻止住"玛露霞"强有力的进攻，被它狠狠地咬住左大腿并将其掀翻在地，吓得他直哭爹喊娘大叫"救命！"

要不是闻讯赶来的芦花喝住了"玛露霞"，他肯定得在医院住上十天半月的。

善良的芦花告诉我们，"玛露霞"是具有纯正血统的高加索犬，作为边防部队的一员，凶猛剽悍、机敏过人的它多次配合指战员抓获了不少偷越边境人员，数次荣立战功。岁月悠悠，超期服役5年了的它与其后生们相比，确实老了。于是便被从遥远的北国边陲"复员"到大运河畔。别看它平时挺高大威猛，其实它正像人们给它起的名字一样，外刚内柔，与它厮混熟了，会发现它善解人意，似乎能读懂人的喜怒哀乐，当你看书时，它会停止嬉戏，静静地趴在你脚边一动不动，当你站起身，它也会站起身，静静地看着你。你高兴时，它会见到你，就扑上来想和你亲近，轻轻摆动尾巴，哼哼唧唧发表它的"欢迎词"，你就是骑在它身上，它也不会咬你。

说着，芦花还亲自骑上"玛露霞"表演了一番。果然，哪里有它，哪里就有笑声。"玛露霞"和小姑娘芦花一样，让人感到一种生命与另一种生命之间交流的乐趣。

那时的军营，集中了适龄青年中一批优秀分子。大家都晓得有幸入伍，就要加倍努力，不畏艰辛，因此一天到晚每根神经都处于兴奋状态，早上清整卫生、帮厨、掏厕所等脏活累活，无不抢着干；晚上不是给连队写黑板报、读报纸，就是用床板当书桌，见缝插针地读《毛泽东选集》。我就常是一边读，一边将自己的体会写满字缝行间、天头地脚，任凭屋内其他人闲谈、玩耍……似乎对一切喧哗都充耳不闻。

我的兴奋中心沉浸在书籍的海洋里。可惜，当我将手头仅有的《毛泽东选集》等读了几遍时，便暂时没有什么书可看了。

一次，无意中发现报上有一篇介绍《资本论》的文章。我便想到去通县城关的书店买书。

只是部队战备常处紧张状态，严格控制人员外出，更别说请假逛街、购物。

怎么办？于是我在一个月明星稀的夜晚，来到营区附近大运河旁的一处工程队驻地，轻轻叩开一顶帐篷的小门。

一位老大娘打开门，客气地请我坐下。帐篷内生着炉火。帐篷四围是苹果绿色的篷布。布上贴着李铁梅举着从父亲手中接过的号志灯、吴清华抚摸着飘扬的红旗……光线有些朦胧的角落里立着一个可以折叠携带的小书架。书架上有尊毛主席塑像和鲁迅塑像……

这一切，在严冬中都能给人一种春天的感觉。

老大娘的头发都已花白，脸上布满皱纹。这显然是冷酷的气候、繁重的劳作、艰难的生计在她身上留下的深深印迹。

书架前坐着一位小姑娘。细看，竟然是芦花！

或许是因营养不良，她变得瘦弱了许多。然而她那鹅蛋形的脸，忧郁的、像大运河的水一样清纯的大眼睛，苗条匀称的娇小身材，以及那张娃娃脸上泛出的很有分寸的笑容，都是那样清秀、纯真、优雅、端庄。只是她的眉头，似乎明显地凝聚着一股淡淡的哀伤。

芦花说话依旧略带羞涩，绝不像现在的许多少女那样咄咄逼人。

我长话短说，麻烦她到通县城关的新华书店帮买一套《资本论》。

"这还谈得到'麻烦'吗？"芦花慨然应允，"你在那样艰苦的环境中还坚持攻读马列，是我们学习的榜样！"

我只感到她那寻常的外表后面，蕴藏的是高层次的文化气质和追求真、善、美的品味。

哦，她那仿佛两股清泉般的眼睛，既是陌生的，又是熟悉的。这两股清泉水，来得可正是时候啊！我不禁沉浸到达到了目的的新奇和兴奋中。

次日晚，我又抽空儿来到这顶帐篷。芦花已经去通县城关帮我买回《资本论》，并告诉我："不少书店的营业员，甚至都不晓得有这么本书。我是在一家很偏僻的小书店的库底，找到这部落满灰尘的《资本论》，营业员说：'托你买这书的人一定很了不起吧？'……"

我不禁感慨万端。

《资本论》这部鸿篇巨制，用恩格斯的话说，是十分难"啃"的"酸果"。但也幸亏有了它，使我感到读书有了更多的内涵和乐趣。那种得之不易久难释卷的投入、那种长期求索一朝领会的豁然、那种拍案叫绝赞叹不已的兴奋……使整个阅读过程都充满甘甜。

我用了好几个月时间，才将《资本论》"啃"了两遍。连一个标点符号也不愿错过。

我感叹芦花的外表虽然瘦弱，内心却极其坚韧，为人处世正直、守信，仿佛是一弯牢靠、宁静的港湾。

那天，芦花热情地给我倒了一杯茶。她的笑容简直灿烂极了。

看着茶叶倒进杯里，我精神一振，感到两眼一亮。由于战士平时都是拿军用水壶装白开水解渴，因此当茶水入肚时，我觉得那香气霎时传遍五脏六腑。

"看来你很爱喝茶呀。"芦花道，"我最近还看到一首写茶的诗呢。"

说着，她从小书架上取出一本封面残破的书，轻声读了起来：

> 晚上。灯下。
> 我读着黑非洲的诗，
> 喝着热茶……
> 棵棵茶苗是稚嫩的，
> 却经住了风吹雨打；
> 个个生命是幼小的，
> 却惊动了万顷流沙。

她接着说："这本书是我偶然捡到的，不知道叫什么名字。"

"我知道，书名叫《红柳集》，作者是李瑛。"

"你记性真好。"

我一时高兴起来："读小学时，我就背诵了不少古典诗词歌赋，十来岁时，就会模仿古人写出格律严谨的诗词；上中学时，我写了不少颇带个人心灵色彩的散文与杂文，有的还曾在全国性报刊上发表过……"

于是，文学又一时成为话题。

芦花娇小的手里捏着一支摘了笔帽的钢笔，以纯净的心态聊着《渔夫和金鱼的故事》《爱莲说》《正气歌》……

当我向芦花和老大娘道谢时，她们都微微一笑："你不是十分赞美大运河吗？我们认为大运河的特点之一，就是善良与包容。"

那些日子，我每天都沐浴着大运河畔的微风，把全身心沉浸在读书里。它成了我唯一的希望和快乐。它给我的一个最大收益就是对生活永远充满信心，一往无前。

大运河畔的小姑娘，这给予过我一点点帮助的好心人，一直深深地留存在我的记忆里。然而恰如《罗曼·罗兰文钞》里的句子所言："两只小船擦肩而过，一只驶向过去，一只驶向未来。"我从未再见到过她。

在通县更名为通州区后，我曾故地重游，想顺路寻觅一下那个大运河畔的施工帐篷。只是它早已杳无踪影。真想知道芦花和那位老大娘如今在哪里，境况又如何。

真诚是多少金钱都买不来的。几十年过去了，大运河一直清澈地流淌在我记忆中，既单纯又执拗，它承载着我青年生活的时光，历经岁月的打磨雕琢，始终温暖心田，清淡而绵长。

【主编感言】

此文心有别裁，写了大运河畔的一个"人"。虽然背景远了些，但由于作者功力所在，其笔下的这个小姑娘仍然鲜活可爱，可谓"最美"！故，此文虽字数显系超标（应不超3000字），我们做这个公众号先行推出时，仍然未做割舍。但这并不意味着，此次征文择优成书时，我们不会要求作者这样做。勿谓言之不预，还是一次从规为妥。我们所看重并推崇的，还是本文作者"富启发性"的独家视角，以及一位成熟作家情景交融刻画人物的行文之美。感谢作者！

【作者简介】

咏慷，国家一级作家，中国作家协会会员，原总后勤部专业作家。著有长篇小说、长篇散文、长篇叙事诗《南泥湾》《东江剑魂》等多部，曾获国家图书奖、全国"五个一工程"奖、全国人口文化奖等国家及部队大奖多项。

情醉大运河

李硕儒

古人讲"逐水草而居"，这不只是对游牧民族而言，在人类为生存而活的原初时期，任何人都如此。因为有水，才可浇灌耕耘；有水，才可养鱼捉虾；有水，才能延续生命。

当人类文明从物质升华到精神层面后，几乎人人通感，水能生诗，水能生韵，凡有水的地方，就灵性幽幽，令人驻足忘返。君不见，号称"欧洲之花"的巴黎虽然古韵绵绵，琼楼处处，但当你游遍凯旋门、卢浮宫、协和广场后，就不能不感到巨石的刚硬凝涩、楼宇的憋促高压，可一旦走入塞纳河畔，看到那亮蓝的河水，听着她流淌的韵律，你就会蓦然心旌摇荡，神飞接天，恍惚间，似乎瞥见了雨果、莫泊桑、司汤达、巴尔扎克的身影，似乎听到了他们的诗韵情歌；在罗马也是，徜徉于千年古城中，你不能不被那旷远的古迹、辉煌的宫阙特别是梵蒂冈的宗教气息所震慑，可浏览日久，即会生出一种回返中世纪的迫促、消弭于教堂圣歌中的沉闷，可一旦走上横贯古城的台伯河岸，迎着那水光激溅的波涛，擦身于两岸郁郁葱葱阅世有年的法国梧桐，你会隐隐听到盲眼诗人荷马正手捧《荷马史诗》，幽幽吟诵；年轻的纽约也一样，这座向以摩天大楼、纸醉金迷著称的新城时时被商业飓风刮得不知去向，可当看到那条滚滚汤汤、水流丰沛的哈德逊河穿流而过时，她的水光涛影即刻冲淡了纽约的喧噪浮华，给纽约城辟出了一块当地人引以为豪的艺术栖息地，哈德逊河瞬时成了一条承载着纽约梦的梦幻之河……

岁月如歌，踏着岁月行板，我曾走过很多地方，也或经年或多年住过很多地方，比之那些名城名河，常常遗憾于我最爱的北京为什么没有一条美丽的河流……

遗憾并未夺走我对她的爱，因为我的生命从来都是伴她而生、伴她而长，我离不开她的乡音、乡情、博大精深的文明和故都味道，我更喜欢她的四季风景——春天的和煦、秋天的萧瑟、夏季热得过瘾、冬季冷得熨帖的气候。常记年轻时在人民日报社上夜班的日子，我们常常是凌晨四五点钟下夜班，逢到盛夏，下班后虽已一身疲累，但几个同好一张罗，就跨上自行车，从当时报社所在的王府井大街直奔什刹海。驻外记者、从欧洲回来不久的胡思升体魄劲健，又有多年在西方养成的健身习惯，他总是利索地做好一切准备后第一个扑入湖水，我的泳技不佳，惯常与大我一辈的著名漫画家方成为伍，他幽默又不嫌弃，总是笑笑说：让他们小伙子们当尖兵，咱们老伙子断后。我抑不住一笑呛了一口水，他立即游过来拍拍我的肩：对不住，让小老伙子偷吃偷喝了……

我们接着游，不求快，只求舒服和锻炼。就这样，我们总是从南岸下水，游到靠近东北岸的岛上，坐息一会儿后方才返回，登岸时已经晨光初露。也不总是夜泳，更不止在什刹海，颐和园的昆明湖、玉渊潭、后海、劳动人民文化宫后面的御河……我们都去，都游过，多数时候我与方成结伴，他称我们是"老爷式"游泳健将，每次湖海游泳都带给我们难忘的快慰和舒爽。冬天的什刹海又是一番风景：寒风凛冽，岸边老树枯枝摇曳，夏时的花叶在朔风中早已滚成团团荒草……入夜，当四面湖灯亮起时，景象就大不同，只见夏日波光潋滟的湖水已经结成莹洁厚实的冰面，一群群青春健捷的男女脚踏冰鞋，或风驰电掣地飞跑，或左旋右转、前移后滑地旋出各类花样……在冰场，我的惯常玩伴是不是同学又惯称同学的好友程连仲。他出自阔绰人家，爱玩，会玩，资质又好，音乐、摄影、游泳、滑冰，玩什么都要震我一头，滑跑刀，他跑三圈，我也跑不了两圈；滑花样，他左右旋转、起跳落冰样样玩得。一天雪后，他又邀我去什刹海滑冰，说雪后人少，冰滑，最可发挥。到冰场一看，果然如他所说，来者大多技艺不凡！越是强者如云，连仲越要大显身手，几圈过后，人们团团围拢，他几乎成了专场表演。得意中，他连连朝我招手，我自知不行，又想压压他的威风，灵机一动，于是喊道：他还会冰上探戈呢！

……冰上探戈？

……什么叫冰上探戈？

那个年代，北京的冰上运动尚不普遍，跳舞之风却十分风行，我于是胡编乱造，将舞场上的探戈安于滑冰场上。好奇者越不知什么叫"冰上探戈"越想看看，喊着：

"来一个，来一个……"

兴头正旺的连仲果然滑起探戈舞步，可刚滑几步，就摔倒冰上。冰上人起哄大笑："原来是冰上躺个儿啊！"

起哄罢，个个远远滑离。

听着众人的哄笑，连仲爬起身就朝我追打……

无论是什刹海上的逗趣还是打闹，都给岁月添了那么多的花朵，给生命饮了那么多的琼浆……不能不追念的是，方成命佳，正好百岁而终，连仲后来命途多艰，尚未活过一甲子，就已离开人世……

检索记忆，无论春花秋月，旖旎晨昏，诗友唱和……北京带给我的种种快乐和醉情都离不开水：玉泉山、樱桃沟的清泉，前海、后海、积水潭、玉渊潭的激滟波光，我于是用心搜检北京的水，经过翻书寻找，我不能不痛恨自己的学浅粗疏，原来北京竟富有永定河、潮白河等五大水系分流出的425条大小支流、41处湖泊、88座水库！特别自京杭大运河疏浚北京后，这条贯通华夏南北的大动脉竟将北京的河脉湖泊连贯成网，将这座六朝古都营造为一座名副其实的"水城"，以至于马可·波罗都以兴奋的笔墨在其游记中描述说：什刹海、后海、积水潭构成的大运河漕运终点已成了一座巨大码头，繁盛的积水潭舳舻蔽水，盛况空前。最热闹的景象集中在鼓楼附近的银锭桥、烟袋斜街一带，当时的文人雅士常常会集于此把酒吟诗，食肆、勾栏人声鼎沸，元代最著名的大都杂剧大多演唱于此。随着他的叙述，我似乎瞥见王实甫、马致远、关汉卿们绰然走来，他们有人正坐于茶肆捻须品茗，有人正在戏园后台为伶人们辅演杂剧……大运河不光繁荣了华夏帝国的社会经济军事政治，也成了汇集南北文明于北京的使者。

我恍然大悟：我那些夏日畅游、冬日旋冰、早春踏泉、晚秋吟诗的美好都来自大运河的垂顾和恩赐，我不再为北京没有贯通全城的塞纳河、哈德逊河而遗憾而生怨，我恍惚明白，由于自然和战乱的颠荡，流经古城的五大水系特别是大运河有的已隐流于地下，有的已分流为细流湖泊，阴错阳差间是否也暗合了东、西方文化美学的蕴意：西方重显，东方重隐；西方美在直抒胸臆亮丽夺目，东方妙在低吟浅唱含蓄醇厚。更何况，随着现代化和现代文明的推进，京杭大运河的疏浚拓展已经日渐成规模，滔滔滚滚的南水每年都沿河北上，流向北方流向北京，北京的河网湖泊已处处翻着大运河的浪、处处扬着大运河的波，如今，连同干涸多年的护城河也已在花树葱茏中波光粼粼……居住于护城河岸边的我，又一次借助大运河的恩赐，岁岁年年、晨昏四季饱享着她的水光天色和由她滋润着的两岸风光，面对这天造地设般的福分，我不能不作诗，一季一诗，诗颂四季：

早 春

（一）

一溪春水绿，燕啼黄莺歌。

柳润鹅黄浅，草幼也婆娑。

（二）

早春不误到京华，风清意暖送万家。

溪边拂柳新绿闹，满园烂漫玉兰花。

夏日观鸭

母鸭在前戏雏鸭，母子仙游亮芳华。

波光潋滟水草绿，母慈子孝馨水家。

白　露

芦花邈邈柳丝柔，秋水闲波波生忧。

莫道白露谦谦笑，西风过处无风流。

冬　至

长河夕照水生烟，亭台灯晚夜未还。

冬来老树枯如雕，骨朗气清待风寒。

【主编感言】

本文作者李硕儒先生是位著名的美籍华人作家，自然视野开阔，笔力不凡。然而读其在文中对北京大运河"恍然大悟"的过程，除享受一番"发现"的快感外，不禁又令人想到，如我们之前说过，即便是对很多老北京人来说，北京大运河其实还是一个待解的"谜"。由是，让我们都像李硕儒先生一样来解这个"谜"吧！这也许就是我们本次征文的快乐所在。谢谢作者！祝君快乐！

【作者简介】

李硕儒，中国作家协会会员，现为美国华文文艺家协会副会长。著有长篇历史小说《大风歌》等三部，短篇小说集、散文随笔集十多部。作品曾获"五个一工程"奖、全国优秀图书奖、电视剧金鹰奖。

站在白石桥上东望

王永武

从白石桥向东沿河道到京张高铁高架桥下，长约 1.4 公里，是北京南长河毫不起眼的一小段，也是大运河水系一个微不足道的毛细血管，却是植入我生命中最重要的一段转折历程。这里的桥、河、道路，乃至一草一木，都陪伴我在流水一样的岁月里，从寂寥落寞的低谷迟暮到迎风而歌的波澜再起。

白石桥是连接中关村南大街的一座重要桥梁，纵跨南长河之上，桥东河两岸耸立着首都体育馆和首都滑冰馆，桥西河两岸分别是紫竹院公园和国家图书馆。

据金史记载，金大定与泰和年间，曾两次大规模疏浚高梁河，其中在泰和五年（1205）曾修白玉石桥一座。另外还有一种说法，说白石桥是元代水利专家郭守敬修建通惠河时所建，由于河流水位的东西落差较大，为调节水位共建了 24 座水闸，紫竹院水域上的白石闸就是其中之一。古代皇帝想去西山游览，出西直门多走水路，乘坐的御用船只得逆水行舟，船只进入白石闸时，须下闸阻水，待水位提升到同广源上闸以西水位的高度时，广源闸开启，船只才能上行。修建白石闸的同时，用白色石料建了一座桥，时称小白石桥。1999 年，水利部门疏浚河道时，在真觉寺（又称五塔寺）前的河道下方发现了不少带有人工琢凿痕迹的大石，以及古人修桥时用于连接石缝的铁锭。经考证这是金代白石桥的基石，证明真觉寺西侧的白石桥才是真正的白石古桥，只不过它不是金代也不是元代所建，而是清代复建的。

我初识白石桥是在20世纪90年代，那时我是一名武警部队基层新闻报道员，白石桥附近的中关村南大街28号曾是《人民武警报》和《解放军生活》《军营文化天地》等报刊的投稿地址。而不远处的解放军艺术学院，同样是作为一名军事文学爱好者心中崇尚的文学殿堂，我曾在那里就读，它已经长在灵魂深处。多少次曾在白石桥上匆匆而过，却没有留下多少深刻印象。

而真正让我在此长时间驻足甚至扎下根来的是在2017年。那年冬天，我从武警部队转业到地方工作，被分配到北京市海淀区北下关街道。而白石桥连接的中关村南大街恰恰是北下关街道与紫竹院街道的分界线。

我到新单位报到后接受的第一项任务就是推行河长制。从那时起，我几乎每天都会从白石桥出发，沿着南长河向东，穿过动物园上方的隔音屏隧道，到达高梁桥，再沿转河河段向北到京张高铁高架桥下，在这段长约1.4公里的河道两岸巡视。

从一名令人羡慕的军事记者到最基层街道的普通公务员，起初我的心境和这段河道一样，心理落差是很大的。也许是正值冬季的缘故，河道两岸草木凋零，繁花落尽，河面上结着一层薄冰，中间未冻河面还流动着水，水里几个的塑料袋、矿泉水瓶等白色垃圾格外显眼，与桥上车水马龙传来的喧嚣声，构成一幅极不和谐的景象，整条河流的色调在我的眼中是灰蒙蒙的。

最初走在河北岸的五塔寺路上，我曾很彷徨。它西起白石桥，东至极乐寺，是前往北京石刻艺术博物馆和北京动物园西北门的主要通道，因北边紧临五塔寺，因明代五座小型石塔坐落于此而得名。西段为双向车道，宽16米，但越往东越窄，东段的路缩成了单行道，只有7米宽，行人与机动车、自行车混行。加之路北侧石刻艺术博物馆东面是一大片平房区，外地来京租住人口多，快递车辆多，垃圾成堆，臭气熏天，赶上雨雪天气，泥泞不堪，污水四溢，流入路南侧的南长河，很让我这个刚上任的"河长"头痛不已。

五塔寺路一直有着"临水"而不"亲水"的遗憾。原来这段南长河两岸修建了河堤护坡，但坡陡水深，只能用生硬的护栏将一湾河水与行人隔断，被拦在堤外的行人和游客多年来只能"望水兴叹"。

凭着"既来之则安之"的心理，借助全面推进河长制的东风，一步一步行走在这段南长河边，竟和她日久生情。我和同事们共同制定完善了街道河长相关制度和"三查、三清、三管"工作机制，确立了三年辖区南长河和转河流域水清、岸绿、安全、宜人的目标。为了实现这个目标，我和河道保洁员们一起加强巡河，对沿岸堆放垃圾、违规乱停车辆等进行了清理清除，到周围小区向居民做好环境卫生宣传，发动群众志愿者帮助巡查河道和周边环境，发现和接到非法排污情况举报，立即进行处理。

随着巡查的深入，我们发现了更多的问题，建立起问题台账，一件一件落实解决。申请经费帮助河道附近老旧小区物业修建了雨污分离的下水道，解决污水直排入河问题；联合公安、民政部门安装了防护栏，清理了桥下环境；耐心细致地劝说在河里钓鱼的垂钓者和捞虾的孩童，一起为生态保护出力；劝阻长年在长河湾附近河里畅游的冬泳爱好者，协助城管队员清除了放置在岸边用来存放游泳者衣物的杂物棚和旧家具。我们一点点用心清除着附着在南长河身上的泥垢和尘埃，让她的容颜一点点亮丽起来。水质也慢慢地变得清澈，鱼虾渐渐多起来，吸引来多批次的水鸟休憩驻足，经过水专业质检机构的连续检测，三类水质变成了二类水质。

更加令人欣喜的是作为冬奥场馆周边环境建设项目，五塔寺地区环境综合整治项目纳入到北京2022年冬奥会配套服务工程。从2020年5月伊始，结合地区环境整治和文明城区创建工作，海淀区相关部门和北下关街道一起开展了精细化改造提升，对道路进行了拓宽，增加新的非机动车道和人行步道，改善了"人车混行"的旧面貌，同时对附近的棚户区进行搬迁，在腾退的地方修建了环境优美、设施齐全的五塔寺公园。

在升级改造的同时，"亲水"成了重要目标之一。改造中，不仅将河道护坡改为分级台阶，改成了游河步道，游客可从五塔寺路沿阶而下，到河边与水景"亲密接触",并且在两岸修建 10 个景观码头,其中 4 处码头探出河岸,在河上新建造了 3 座廊桥,增设河上观景平台,加上原有的白石桥、动物园北门石桥、高梁桥,在河道上又增架设 5 座小桥,形成一派小桥流水人家的别样景致。

站在白石桥上,向东观望南长河,透过串串喜庆的红灯笼,可以看到杨柳枝条拂堤的岸边,排水口被特别设计成龙头的样子。夏天雨量大时,过滤净化后的雨水就会通过隐藏在龙头内的排水管涌出,成功复制出故宫、太庙的"龙吐水"壮丽奇观。

行走在南长河边,也是行走在历史的长河中,会时时发现她竟隐藏着厚重的历史文化色彩。这里不仅有笼罩着"高亮赶水"的神话传说的高梁桥,沿岸还有娘娘庙、净土寺和"绮红堂"等遗址,散发着古老神秘的气息。其中"绮红堂"御码头是当年慈禧太后从南长河登船去颐和园的起点,也曾经是慈禧和光绪歇脚时用来办公、用膳、召见群臣的地方,南宫门上悬挂的蓝底金字牌匾"绮红堂"清晰可见。旁边的"铜邦铁井"是一个石井遗址,相传人们打水时桶放下去井壁发出撞击声,像击铜又像敲铁。

结合诸多文物实物,我们查阅了不少关于南长河的文物资料,都充实进《加强辖区历史遗迹保护,推进大运河文化带环境建设》的建议文稿中,为上级部门提供了规划建设依据。同时利用"街道吹哨,部门报到"机制,经过水务、河道、园林等部门的积极推进,落实了南长河公园二期(动物园至北下关北京北站铁道口段)建设的落地,继续擦亮南长河这颗大运河文化带上的明珠。如今,这里成为有名的"网红"打卡地,2022 年年底经过层层筛选,五塔寺路从北京市各区选评的 1300 余条街巷中脱颖而出,成功入选"北京最美街巷"。

【主编感言】

此文干净利落,完整度非常好。更加"最美"的是,作者以鲜为人知的一个专业视角，不仅写出了自己"推行河长制"的亲力亲为、所得所获，而且写出了其间自己对工作、对人生的所思所想、所感所悟，实属难能可贵且真实可信。祝贺作者，感谢作者！

【作者简介】

王永武，笔名武丁，中国自然作家协会会员，中国散文学会会员。军旅生涯 25 年，先后在《人民日报》《解放军报》《解放军文艺》等报刊发表作品 3000 多篇，有《青青的橄榄》《苔痕草色》《俺是山东人》等作品集出版。

城南运河小记

冯　并

　　林栋在点赞硕儒兄《情醉大运河》时，说了一句很值得玩味的话：运河对许多北京人来说，更像是个谜。我明白这话所指的真切含义。对通惠河向北又向西的明清大运河的城北旧迹，别说是老北京了，就是外来的游客，也能说出个子丑寅卯，禄米仓、仓夹道、什刹海乃至东西坝河、白浮泉等一连串的古运河景点，可以娓娓道来，但要说起北京东南城的古运河，多少还是有些一头雾水。对老年间事体有点了解的，会提到广渠门护城河边有过的运河老码头，也会说到清朝末年，皇家林园不开放，许多士人将这里当作休闲玩赏的好去处，因为这条护城河的河水连着通惠河，也就在广渠门外出现了大运河的第二个大的泊点。东护城河四围的运河市场到处弥漫着烟火气，在一段时间里，热闹的程度并不亚于天津海河边的三岔口。更了解情况的，也会讲到辽代出现的萧太后河，那可是比元代的坝河修建要早280年，比郭守敬主持修建的通惠河也早上300年的北京最古老的辽运河呀。

　　然而，要问萧太后河现在的河道在哪里，多半也会像《漫话大运河》电视专题片中说的一样，指在朝阳区和通州区，终点就是张家湾古城南门跟前儿的那座很有气派的汉白玉石桥，而且也会引述民间的传闻，说宋辽大战时萧太后在这条河边统兵扎营，因其无名，遂赐名为萧太后河。且不说本名萧绰乳名燕燕的萧太后，自己用太后命名这条河，合不合道理，辽史也无有关记载。整治这条河流，使之成为那时为辽南京和燕京（也称析津府，为辽朝陪都）运送粮草的运河，其实是在她的儿子辽圣宗继位六年后，即统和六年（988）开始的。辽统和二十七年（1009），萧太后死于燕京行宫，为了追念母亲，辽圣宗便以太后河名之，民间则称之为萧太后河。但这也让人不由得产生了疑问，辽代燕京城城池在原宣武区一带，那时的朝阳区可是一片旷野，修这么一条运河是为了什么。许多研究者也指出，萧太后河的上源在丰台区的前后泥洼或者老虎洞，怎么就能隔空飞水，流到朝阳和通州去呢？

　　谜底也许就在南二环和东二环护城河里。在近 20 年前，我曾在城南白纸坊东街经济日报社里供职，其时宣武南街正在南延，工余闲暇常到附近的南二环护城河边去遛弯。无意间从一则考古资料里得知，这段护城河居然与萧太后河挂上了钩。在辽代，漕船进入燕京城要有明确的孔道，那早已湮没的古码头，大约就在经济日报社的东南角护城河边。作为业余兴趣，我也考察了一下，北京城的南护城河的出现，应是在明成祖永乐十八年（1420）北京扩建南城之后，元代的南城墙在今长安街一线，犯不着在这里再兴河工。很多迹象都表明，南护城河似乎就是萧太后河的变身。也就是说，在明朝定都北京之前，萧太后河是作为辽南京和金中都的独立运河存在着。

　　从此以后，我对萧太后河更多关注起来，包括对隔着南护城河一线的陶然亭湿地和更东边的龙潭湖，甚至对更远一些的十里河产生了兴趣。北京城南的地理走势其实很直观，随便登上哪一块高地环视，西北高而东南低。比如那个较远一些的十里河建材市场，也是一块明显的洼地，现在没有水，只有纵横交错的立交桥，但此地既然叫作河，在历史上总归是有过河道的，敢情它也曾是萧太后河的古河道吗？但这个十里河的十里又是从哪儿算起的呢？总不能像朝阳区的十里堡一样，是从东直门开始计里程的吧。我猜测，经济日报社东边陶然亭、龙潭湖的形成，一开始或与明代筑墙取土有关，但它们与萧太后河的故道都在一条线上，越想越就是那么一回事了。在明代，因水势而利导，随着南城的营建，开建了东南护城河，让萧太后河在今东城区图书馆所在的角楼下转了个直角弯，这角楼也就成为居高临下的萧太后河变身为护城河的最显眼的一个地标。

我家住在东北二环附近，上下班经常走走二环，因此对东护城河与南护城河宽深的河渠和渠两岸的树木记忆深刻，尤其是角楼下那坡花树，长得最茂密最旺盛，花开最早也最红，恰是不似公园的一个公园。每逢行到这里，不由得要多看几眼。这里的花草树木长势就是不一般，一是向阳花木先得春，二是地下水比较充沛，这一切也进一步印证了我关于萧太后河流变为东南护城河的那些推测。

在《辽史》中，关于萧太后河的记载甚少，明清笔记中的描述，也无非是船行水中、两岸行人和景色类如江南云云，无由多考证，也就只能按照寻常的地理常识去捉摸。在我的眼里，这南护城河和东护城河与老北京的西护城河与北面的河渠气象就是不很一样，水大渠深，是很适合行船的。

我也抽空到朝阳区的小武基和垡头镇，去寻看后来的萧太后河的河道，不用说，那时的萧太后河黄一块青一块的，分明就是一条较大的排污沟，当地人对我说，因为这里的河床离通惠河不远，1958年时通县治理通惠河的水患，曾将本来无头有尾的萧太后河又截为两段，这就更使人无法可想了，但也有让人兴奋的事，那就是上个十年里兴建了多座万吨污水处理厂，经过几年的努力，萧太后河的水开始还清了，小鱼小虾也重现了。

萧太后河流向的历史变化，说到底，是明清之后北京城建扩展的正常结果，我倒也不一定为它后来神龙见首不见尾而感伤，但作为北京历史上存在过的最早运河，也不能不去寻找一下它的来龙去脉，寻找东护城河为什么会成为北京运河的另一个重要地段。说得更多一些，那广渠门为什么会叫作广渠门？

萧太后河的终端也在大运河通枢张家湾，但北运河码头群遗址分布在张家湾古城北一线，萧太后河则在张家湾古城南，从这里开始，萧太后河和后来的北运河碰面了，或者更确切地说，在辽代，漕船从这里出进潮白河水系，经过香河的大小龙湾北去或者辗转南行，承担着运河的一应功能。它的标志就是上文提到的古城南门修建的那座十分醒目的汉白玉石桥。

不用说，改流变身之后的萧太后河，终究通过护城河与明清大运河连通起来了，在几百年后依然分流承担北京运河的物流功能。这也是一件好事，并不牵涉到感伤不感伤、惋惜不惋惜的问题，要说有什么需要继续改变的，是萧太后河的彻底还清。

清明踏青的时节又到了，说到城南的运河，有些夜不能寐。一大早就打车，循着东二环路打了个来回。沿二环路边已是鹅黄嫩绿，一片生机，玉兰花在怒放，海棠花也努出了花芽，明城墙角立交桥下留有的一潭幽深的碧水，正与随风浮动的柳丝在细语，而广渠门一路向南的护城河两岸的公园里，晨练的人影在晃动。哦，护城河角楼到了，楼下那坡花树又进入了视野，左安门下的树全开花了，还是开得那样早，开得那样红。

甲辰清明日晚

【主编感言】

功力与卓识！尚不足以表达我们对冯并先生此文的称道！还有谨严的学风，实践的精神，等等，还有很多——例如，"说到城南的运河，有些夜不能寐。一大早就打车，循着东二环路打了个来回。沿二环路边已是鹅黄嫩绿，一片生机，玉兰花在怒放，海棠花也努出了花芽……"真是最美！真是要致谢作者的美意与美文了！

【作者简介】

冯并，原名冯竝，1984 年加入中国作家协会。曾任国家经济体制改革委员会副秘书长、经济日报社总编辑。第十届全国政协委员，长江韬奋奖（韬奋系列）获得者。现为中国经济传媒协会名誉会长。出版著作《冯并杂文集》《冯并评论集》18 部。

郭守敬纪念馆巡礼

韩志远

京杭大运河北京通惠河段，无疑是一条流经北京最美的河流。在北京德胜门附近有一片称为海子的水域，属于通惠河的组成部分，地名为积水潭。此地曾是元大都的水利枢纽和漕运码头。在岸边的土山上有一座清代所建的汇通祠，1988 年经过大规模修缮后，辟为郭守敬纪念馆，遂成为运河上一颗璀璨的明珠。

郭守敬精通水利和天文，是京杭大运河的规划和设计者，为其设立纪念馆似乎理所当然。但是，历史往往不是简单的想象。为何直到 20 世纪 80 年代才设立郭守敬纪念馆？俗话说，窥一斑而见全豹，一滴水可以看到大海。郭守敬纪念馆的设立，折射出一个新时代的到来。机缘巧合，我见证了这颗明珠光耀大地的过程。

1978 年 3 月 18 日，在确立了以经济建设为中心的发展方针后，北京召开了全国科学大会。我作为中国科学院的科研工作者代表参加会议，并在人民大会堂聆听了邓小平同志所做的"关于科学与生产力关系"的报告。在报告中，他提出了"科学技术是第一生产力"的论断。这次科学大会以及对科学技术作用的高度评价，恰如滚滚春雷，不仅鼓舞了与会代表，也标志着科学的春天到来了。

在科学大会的推动下，科研工作也蓬蓬勃勃开展起来。由国家组织全国科研力量编纂《中国历史大辞典》《中国大百科全书·中国历史》两部大型辞书工作，也开始启动。我有幸参与了两部辞书的编撰。在编书过程中，发现了一个奇怪的现象：凡是古代政治家、军事将领、达官贵族，几乎都流传有较为详尽的生平事迹资料。然而，古代科学家不仅事迹简略，甚至连具体的出生地点和生卒年都常常阙如。检索史籍，为科学家立传的并不多见。这种社会现象，反映出以往对古代科学家缺乏应有的重视。于是，这次编纂辞书时，增添了不少有关科学家内容的条目。作为元代科学家的郭守敬，当之无愧地名列两书之中。

就在科学大会召开的前一年，在世界天文学领域发生了一件举世瞩目的事件：1977 年，经国际小行星研究会批准，将此前中国科学院紫金山天文台发现的一颗小行星，正式命名为"郭守敬星"。这是继祖冲之星后，第二个以中国古代科学家命名的行星。每当仰望星空之时，都会自然而然地想到"郭守敬星"。在国内国际崇尚科学的大环境下，科学家郭守敬遂成为耀眼的明星，理所当然地受到世人的尊敬。郭守敬纪念馆的建立也成为水到渠成之事。早在北京郭守敬纪念馆建馆的四年前，郭守敬的家乡河北邢台，已经建立了一座规模宏大的郭守敬纪念馆。

我与郭守敬结缘，是以学术研究为媒介。我的学术研究方向主要集中在元史领域。从事元史研究，郭守敬是不可或缺的重要人物。能在业务工作中走近郭守敬，追寻他的活动轨迹，探求其科学成就，成为人生之幸事。

2024 年，又到了"人间最美四月天"。在一个春光明媚的清晨，我的脑海中又浮现出郭守敬的身影，遂决定走出家门，拜谒这位不仅为北京水利设计规划，乃至为中华文明做出卓越贡献的科学家。位于北京西城积水潭附近的郭守敬纪念馆，犹如他在北京的家，我常喜欢春天去那里串门，探望这位令人景仰的先贤。山花烂漫的春天，一切都欣欣向荣，心情也随之愉悦。走进郭守敬纪念馆，不仅可以在复杂的社会中保持一颗淡定之心，亦是汲取科研能量的源泉。我心目中把每次到访郭守敬纪念馆，看作是一次净化心灵的洗礼。

　　轻车熟路，从位于朝阳区潘家园街道的家中出发，中间换乘一趟公交车，在德胜门西站下车。沿着一路丁香、海棠花香的二环路西行，大约走上百米，路边耸立着一座灰色的牌坊式的门楼，门楣上刻有"汇通祠"三个大字。这就是我到访的目的地——汇通祠改建的郭守敬纪念馆。

　　元代的积水潭，包括今西海、前海、后海、什刹海等地。郭守敬主持京杭大运河修建时，将通州连接积水潭段运河，命名为"通惠河"。而"汇通"之名出自清代，与汇合流通之地的本义相符。然而，以我愚见，前人设定的地名，还是不要擅自更改为好。西汉时，王莽的新朝，曾有过全国大规模改地名的前车之鉴，应吸取教训。而且，"汇通"，何以见得就优于"通惠"呢？在积水潭之地建汇通祠，这一点还是值得称赞的，远比明代在此建寺观更尊重历史。

　　汇通祠改作郭守敬纪念馆，但旧称仍保留下来。沿石阶登至半山坡，有碑亭一座，亭间立有乾隆皇帝御制《汇通祠诗》碑，以诗词的形式记述了积水潭历史的变迁。从中可以看出，乾隆皇帝对北京水利发展史较为熟悉。在《汇通祠诗》碑不远处，放置两件金属仿制的简仪、浑仪，也是郭守敬当年科研中须臾不离的工具。目前这里成为附近儿童活动的乐园，几乎每次从此经过，都能看到孩童在山坡和仪器上，爬上爬下地玩耍。看到笑靥灿烂的儿童，心中不禁想道：他们长大之后，会不会成为郭守敬那样的科学家？

　　继续攀登到达几十米高的坡顶，红色汇通祠后山墙出现在眼前。顺着围墙转至朝南的正门，门前几无进深，仅能立脚容身。著名历史地理学家侯仁之先生撰写的"汇通祠"横匾，镶嵌在拱形门的墙体上。从开着的旁门进入，里面却是别有洞天的三进四合院。这座占地面积约800平方米的祠堂，重新修葺一新后，开辟为郭守敬纪念馆，以此向世人展示郭守敬在科学技术领域的贡献。

　　走进纪念馆，游人很少，馆内很幽静。我也蹑手蹑脚，怕惊扰了郭守敬的思绪。整个院落与郭守敬相关的内容分为四个展厅。一号展厅，设在第一个庭院的正房大殿。这是一栋单檐歇山顶的明清风格建筑，红色门窗，黛瓦覆顶，房脊上有鸱吻，门楣上悬挂有"郭守敬纪念馆"匾额，门旁有汉白玉郭守敬坐像。展厅内部，主题为"世界名人郭守敬"，以大事记的形式简略记述他在天文、水利、历法等方面的成就。二号展厅设在第二个庭院，以"大都水利开新篇"为题，介绍了郭守敬对大都水系的规划和建设。三号和四号展厅设在第三个庭院，主要建筑为两层楼阁式房屋。厅内展示以"通大运河丰碑"和"前贤遗珍惠后人"为题，勾勒出运河通州至大都段水系贯通的史实及其对今天北京水系格局的影响。展览图文结合，文字简洁，绘图清晰，尤其是对通惠河的走向与水闸的设置情况标识很细致。不足的是：元代实物和文物图片较少，内容略显单薄。应尽量多收集相关实物和图录等资料，以丰富馆藏。或采取与其他文博单位联合办展方式，逐步提升纪念馆展陈层次。瑕不掩瑜，在寸土寸金的市中心建立郭守敬纪念馆，为古代科学家树碑立传，所反映的正是崇尚科学的理念，落实"科学技术是第一生产力"思想的实际举措，值得大加称赞。

从纪念馆出来，朝南方向有直通山下的台阶。沿着台阶下至平地，就是西海湿地公园。首先映入眼帘的是一尊几米高的郭守敬青铜像，其手持图卷，面水而立，思绪似乎还沉浸在当年规划设计京杭大运河的情景。顺便说一句，这座青铜郭守敬像，还是我受聘担任邢台历史文化研究会学术顾问期间，建议邢台市政府捐赠的。目的是以郭守敬为媒介，连接邢台与北京两地的密切关系。

从山下抬头向郭守敬像身后望去，满山的花木把郭守敬纪念馆掩蔽得严严实实。挂满繁花的枝条，好像无数只手臂捧着鲜花，在向郭守敬致敬！

80年代，我家住在海淀区皂君庙，常骑车途经西海、后海、什刹海，到王府井大街东厂胡同的单位上班。那时沿岸的建筑斑驳陆离，运河边也未有装饰漂亮的护栏，水色浑浊，并不清澈，水中杂草丛生。我是北京冬泳俱乐部的会员，在通惠河沿线多个地方游过泳。当年，后海、什刹海水草疯长，高的几近水面，游泳时提心吊胆，很怕被水草缠住。

经多年修缮，运河环境已面目一新。从积水潭到什刹海沿岸，不少路段已铺设木质步道并安置了座椅，成为市民极好的休闲之处。沿水边步道行走，岸边柳树摇曳着嫩绿的枝条，水质清澈见底，葱绿的芦苇争先恐后地从水中钻出，湖中野鸭游弋，鱼儿成群结伴嬉戏，孩童蹲在岸边玩水，老人坐在水边椅子上聊天。春风拂面，花香扑鼻，水色碧绿，鸟鸣啾啾，处于闹市中心的运河，已经美得不能描绘。可以说，先有郭守敬，后有大运河。我们不应当忘记前人的功绩。

赞美大运河，瞻仰郭守敬纪念馆，寻觅郭守敬的足迹，学习他勇攀科学高峰的精神，对我们科研工作者来说，有着特殊的意义。

【主编感言】

天上有颗"郭守敬星"，地上有座不朽的汇通祠，其间的前世今生，由作为元史专家的作者讲来，自是与众不同，可谓"最美"别具。感谢作者的独家奉献！非常感谢！

【作者简介】

韩志远，1950 年生，中国社会科学院近代史研究所研究员，曾任中国元史研究会副会长、中国蒙古史学会理事，现任中国社会科学院老专家协会副秘书长。

山远水长三里河

马 力

从鲜鱼口东边出来，过马路，闪出一条河，三里河。

河身细溜，浅而多弯。水上架了短桥，由这岸踱到那岸，没几步，不费脚力。桥，有的直，有的曲，点衬河景，来得巧，来得妙。

河不宽，岸道也瘦，平铺大条石，依势盘迁，随处分岔。初来者总要在岔口停住，心里说，曲里拐弯的，奔哪儿才是呀？

这片水巷，多会儿都不乱。南北之人爱而流连，尽把嗓门压低，步子放缓。夹岸巷路，愈显出它的深与幽。

还是贴着水走吧。

春捎着花香来了。绯艳的光色染透榆梅的蟠柯，明黄的薄瓣缀满连翘的虬枝。岸柳的新芽抽得鲜，抽得浓，袅袅柔丝在河风的梳理下依依地斜垂，滴落点点翠。芦苇成丛的河边，凉亭、轩榭、石凳、竹栅、花墙、瓦舍、檐下晾晒的衣衫、窗前堆置的杂物，跟池塘中泼剌的锦鲤、凫游的黑天鹅，一并在水光间交映。一户人家，有只公鸡在门前溜达，扬着颈，威风赳赳，壮气灭不掉。我怕它抽冷子放出一声雄啼，惊着谁。鸡栖于埘，鸭戏于水，大前门之旁，竟遇此种景致。默对，倒也端量不出同乡下风光有何相差。真用得上《红楼梦》里的那句话："非范石湖田家之咏不足以尽其妙。"李笠翁："筑成小圃近方塘，果易生成菜易长。"这家主人，聊得结庐返耕、抱瓮灌园之乐。

眼底好景，全似照着画意做成。味浓的墨趣，洇开了。

水边光景总是牵情的。河畔小憩，得一身清凉，恬静的感觉稳住了心。我定下神，朝粼粼明漪凝眸，很似面向着积水潭的老舍，"坐在石上看水中的小蝌蚪或苇叶上的嫩蜻蜓，我可以快乐地坐一天，心中完全安适，无所求也无可怕，像小儿安睡在摇篮里"。供我消磨的时光从水面流去，风还没有走，逗起的波纹是它飘动的影。何为松闲？这会儿，我像是明白了。

明面儿上的水，眼光一抛，触着了；瞧不见的水，也是瞒不过人的。流到草场三条，河水忽然止住了，潴积于石堤下，好像前无去路的样子，逃离人们注视的这泓水，钻进街巷底下了吧，循着故道的走向潜潜而逝，不留一点影。一层厚实的青石板压得那么牢，把脉脉自流的它跟世界隔了开来。

水藏在地下，旧名却未隐去。眼观四近，桥湾、河泊厂、北深沟、芦草园、薛家湾、水道子、金鱼池，还有刘半农提过的"却丢在远远的前门外"的西河沿，不管是胡同，不管是街巷，不管是公园，不管是车站，凡能叫得出的，哪一处不跟水沾边？

刘半农还说，西河沿"当初是漕运的最终停泊点；据清朝中叶人所作的笔记，在当时还是樯桅林立的。现在呢，可已是涓滴不遗了！"涓滴不遗？有那么邪乎吗？我不是那个年代的人，说不上来。虽如此，沈从文在《游二闸》中讲起的"长达十来丈"的运粮大船曾顺河来去的景象，却是可想的。

樯桅林立，成了旧景。时下，这一带就剩下标着"崇文门西河沿"的路牌了。说得切近些，我住的板楼，便在河沿跟前。

还有正义路。它的北口正对着南河沿大街。街边的外金水河，又叫菖蒲河，所谓御河，也是它。河水自玉泉山而下，流来流去，到了南河沿。敢情这水连着西山呢！真是山远水长。

清末，正义路这一段御河的两岸修了路，傍水而行的人，能隔河相望，又可过桥往来。御河桥，曩有三座，不知哪一年，没了。河床上开了涵洞，挖了暗沟。后来，冲着老天的河道被石板盖严了，地面再无水流。带状平地上辟出了植篱芊蔚的街心花园。天一暖，树身着了绿，那个鲜呀！平日，我披着槐荫柏影闲步，仿佛听见街路下淙淙的水声。我犹如踏着浪花。心里欢畅吗？那还用说！

早先，出了正义路，御河流入前三门护城河，三里河水有了来处。现今，被直的路、横的街掩去踪迹的御河，大概仍跟三里河在深黯的地底交汇。长途上的接力在岁月中悄然进行，激生的力量推着河流向前。

清清之水，源源而至。我不愿它俩断开，也断不开。

三里河有自己的旅程。

这条开凿于明正统年间的小河，或以济漕运，或用于泄水。北起鲜鱼口的它，过打磨厂，穿芦草园，越北桥湾，南注金鱼池。这一流，三里地出去了。河长三里，不知道是一个什么人量的。准吗？就信其为真吧，八成错不了。河名据此而出。

这还没完。河水又南去而东折，经十里河奔向张家湾，抵烟墩港并入通惠河。别存一说：三里河出金鱼池，逾红桥，汇至左安门护城河，就是萧太后河，继而东泻龙潭湖，过台湖而达张家湾，径归凉水河。无论通惠河，无论凉水河，一跃身，都算扑进北运河的怀。

照此看，张家湾应是大运河上的重镇。这个地方，因无机缘，未印我的履迹。可我编发过张中行先生一篇以"同访通县张家湾"为题的散文，可说卧以游之了。张先生伫于明朝万历年间造筑的石桥上，迎风放眼。"桥东西都是河道，今虽水少，形势未变。土名是萧太后运粮河，东通北运河。立在桥头西望，河道相当宽，一直到尽头，名西坡岸，都是卸粮卸货之地。东部的作用一样，总之都是码头。"入他笔底的，应是漕河之上那座辙印深深的通运桥。遍布桥面的沟槽，是刻在运河史上的粗重褶痕。

张先生的原稿，我仍留着。一晃，好些年过去了。

思绪在飞，目光还在这湛湛的河上。我心里也淌着一条河，情感的河，跟它并流。水音中低回，故人、旧友、往事一同涌来，清晰了片时，少顷又模糊了。记起朱自清的话："过去的日子如轻烟，被微风吹散了，如薄雾，被初阳蒸融了；我留着些什么痕迹呢？"

整条河都是绿的，只有锦鳞耀红。枝头歇着几只鸟，背着日光，向着水里，盯无忧的鱼。游鱼自由地摆动半透明的尾鳍，弄着清浅的水，如舞。真也不挂一丝愁。我投食给它们。一小块一小块掰得很细，弹到水皮儿。鱼儿浮上来，嘴一张，吞下了。你猜我喂的是啥？动物饼干。

水岸一片安静。时间慢下来，不像在北边的前门东大街上那般追风逐电。

这是三里河的况味。缺了它，会失趣不少，诗意生活也便断了根。

河史既古，景致又好，兴筑之举也就不少。况且在城南，胡同又代那些埋废的河道沟渠而起，衰去的风物倏尔活了。河流故道，换了面貌。

晚近，老房旧屋，着力缮葺，看上去精整，过门而不知谁人宅舍。这里地段好，又能远市肆喧响而近田舍风致。择此定居，晨起推窗，目迎水光树色，已身仿若飞进画中；清夜，淡白的月华落下，河面好似凝了一层霜，倚枕的人便是醒着，宛然已在梦里了。

桃源之乐占满了心。这样的日子，过得美！

青云胡同把口儿，立着一个宅子，高墙深院，不寻常。梅兰芳住过的。常日锁着门。头几年，闹新冠疫情，我进去两回——打疫苗。

显目的一景，是会馆。年深月久，投止托足之所皆成旧院。有些找不着了，空留一串名儿。残而未圮的会馆咋样了？这不，正照着当初的形制动土木呢。长巷头条里，几个建筑工人卸下一车一车的石子、沙土、方砖、钢筋，往当院堆着，码着，摞着，紧忙活。

迈过一段木板搭出的步道，前头路侧，会馆接得密，门面也修得新，完竣了。我抬眼一瞧：汀州会馆、泾县会馆、新建会馆、丰城会馆……真够热闹的。

从前的会馆，多是南方人开的。开了一家，又开一家，在前门之下连成片。他们把水乡气息引到京城。青砖灰瓦的四合院盈着水汽，湿漉漉的。

入京赶考、经商的外省人，也会对河岸景物留下记忆，将它带向远方。

远方，像一缕情，缠着我的心。友人李存修是一位旅行家，古稀之年，背上行囊，沿大运河而走，访风问俗，采撷至详。返家门，他把风雨行途中的所获写下来，笔一摇，30多万字，了不得！对他的这次远足，我很为佩服。运河闻识，我固浅陋，还是给他的这本《行走大运河》作了序。提笔的那刻，神思生了翅，朝南而翔。

我是办报的。有一阵儿，为一个对话栏目而忙。"中国大运河保护与联合申遗"恰是一个好选题。那次访谈，舒乙先生一番话，叫我弄清了大运河的定义。在他看，申遗的项目不叫京杭大运河，而叫中国大运河，因其包括三部分：京杭大运河、隋唐大运河、江南运河网。此言凿凿，确可信据。我的眼界宽多了，所思也更深。恍兮惚兮，吴王夫差、隋炀帝的身影，在水浪间浮了上来。

又过风了，软软的，河面起了皱，鳞波间的阳光抖成了碎片。我靠着桥栏，看水、观鱼、赏花、听鸟，心如一朵云。若能坐入颜料会馆，让京昆腔曲悠悠绕耳，则可将另一种逸致领受。

莹澈的三里河，缓缓地淌，荡出的清涟融入运河的汤汤之水，也连向海河、黄河、淮河、长江、钱塘江的浩波，一路奔腾，跟绵亘流域内的平畴沃野相逢。

河虽小，气象却是大的。

【主编感言】

本文作者的语言颇具特色，虽千万作者文，可谓其辨识度极高。不仅如此，作者此文实可谓散文中的精品，美文一枚！尚不仅如此，在作者写的这篇小文中，可见其爬梳史地、探本求源的"脚踏实地"——仅这一番"求索""解谜"的真功夫，就不仅令人生赞，更感佩！谢谢作者，非常感谢！

【作者简介】

马力，中国作家协会会员、文学创作一级、高级编辑，曾任中国旅游报社总编辑。著有散文集《鸿影雪痕》《南北行吟》等 11 部，部分作品收入各种选集和教材。获冰心散文奖等奖项数十种。

玉河故道探今昔

韩宗燕

北京的春天总是姗姗来迟，要过了立春节气一个月后，才能看到玉兰花枝上悄悄钻出小小的蓓蕾，同时迎春花丛也冒出了她那耀眼的黄。到了3月上旬，玉兰、连翘、迎春、桃花渐次绽放，这时，人们才能真正感受到春天来啦！

从3月中旬到4月底，是北京人最佳的赏花季节。对我们这些住在城中心地段的退休老人来说，结伴去赏花，都能把每周的时间安排得满满当当：看梅花、玉兰花、桃花，去明城墙遗址公园、中山公园；看樱花，去玉渊潭公园；看郁金香和紫藤花，再去中山公园；看海棠花，则去海棠花溪。接着，就该去景山公园、劳动人民文化宫，看国色天香的牡丹和芍药啦！我把春天里的这段愉快的日子，叫作"赶花潮"，年复一年地快乐着。

今年的"赶花潮"，有了新的内容。为响应网时读书会、东城区图书馆、光明日报出版社将要联合推出的"最美北京"系列丛书第三册——《最美大运河》的约稿，我要去探访大运河故道的今与昔。流连于自然的美景之间，同时也徜徉在历史的浩瀚之中。

虽然家住皇城根40多年，竟没想到自己每天脚踏着的是古老的大运河故道！直到听了顾世宝老师的相关讲座，我对谜一样的京杭大运河北京段，产生了探访追索的强烈兴趣。听完讲座的第二天，就动身去了地安门以北鼓楼南边的后门桥。

1975年，我家曾在那里的文化部宿舍楼住过几年，当时后门桥汉白玉的栏杆已经破旧得缺了四分之一，桥西面正对着的什刹海，只是一大片杂乱的湿地而已。20世纪末，这里开始大兴水利，拆迁了大片居民房，修复起了古称"御河"又唤"玉河"的一大段河道。遗憾的是，虽然我曾多次路过，但从来没有认真驻足欣赏过。

站在万宁桥旁，眼前真是一派崭新的模样！万宁桥也就是老百姓一直称为后门桥的一座石桥，原来竟有如此悠久如此厚重的历史！

万宁桥始建于元代，至今已有700多岁了。它坐落在什刹海东岸，是北京中轴线与大运河玉河段的交会点，在2000年12月重修完工后，才恢复原来的名字。如今，这一带已成为颇为热闹的旅游景点，不仅破旧的桥栏修复了，桥下两只镇水神兽也重新威武地卧在了河道两侧。桥东边的火神庙，更是人来人往，香火不断。

沿万宁桥以东新修的河道走去，已不见了旧日模样，玉河两侧修建了供人们休闲的步道和亭子。穿过我曾经居住的帽儿胡同，看到那四栋六层的居民楼还在，但曾经的实验话剧院办公地以及一座灰色高层楼房都已拆迁了。百米开外，可见一座色彩鲜艳的新建牌楼，写有"雨儿"两字。我才恍然发现，哦，这不就是当年，小外甥读小学时常走过的雨儿胡同嘛！此刻，40多年前的往事，又时光倒转般呈现在眼前。

正值3月好春光的时节，新玉河两岸栽种的玉兰树和桃树绽放着花朵，一排排整齐的柳树上翠绿色的嫩芽像爆发一样钻出，把细细的枝条缀满下垂。阵阵微风吹荡起依依垂柳，阳光下，河水泛起一道道闪光的波纹，真是"晓风杨柳岸，春雨杏花香"。我抬头望着岸边新修起的青砖大瓦房，很想知道是哪些新居民住在这里，他们竟能有幸享受这北方难得的水乡景色。

随着河道拐了个弯，经过东不压桥胡同，就往热闹的南锣鼓巷去了。走过一些院落，大都是饭馆、咖啡屋。见有一个三进四合院开着门，我大胆径直走了进去，看到院子里颇有艺术气息的布置和堂屋里的书架，才知道这里是专为儿童设立的阅读中心。工作人员告诉我们，这个会员制的阅读中心，也定期搞读书会等活动，周末很多家长都带着儿童来阅读中心参加互动活动。小学生们放学后，也会来这儿自由地阅读和借阅。这里优雅的环境，很受年轻家长们认可和喜爱。

新修建的玉河故道南段，是从地安门东大街东板桥开始，这里的河道似乎比北边的要窄一些。新河道起始处河东岸，就是著名的基督教宽街堂，是美国卫理公会在北京开办的八个教堂中的一座。时间临近正午，教堂里传出唱诗班嘹亮又神圣的歌声。北京的传统与现代、传承和包容，在此刻完美融合。

沿着玉河往南走，河的南岸有长约 100 米的青铜浮雕壁画《京杭大运河风物图》。阳光穿过树梢，把斑驳的影子投放在浮雕画上，令人看起来有些吃力。浮雕壁画描绘了白浮泉、万宁桥、玉河、大通桥、东便门、通惠河直到通州张家湾。出了三岔河口，到天津古城，再到德州城、柳林闸、十里闸、瓜洲古渡、常州、无锡、苏州、杭州，直到钱塘江……1794 公里的京杭大运河，浓缩于百米长卷之中。途经的重要城市，燃灯塔、文峰塔、金山寺、寒山寺、嘉兴三塔、灵隐寺、六和塔等名胜古迹，也都一一展现；沧州武术、吴桥杂技、临清砖官窑、南阳修船厂、扬州集市、苏州园林等民间风情，也融入其中。

从头至尾仔细观看那长河两岸的风光，亭台楼阁，运河人家，壮丽山河，数百年的岁月沉浮跃然于眼前。

这时，只见有几个古装女孩儿从对岸走过，是格格还是娘娘？反正是宫中之人，从清朝穿越而来。近几年来，北京的游客时兴租古装摄影，故宫和北海、景山等皇家公园里，处处游走着格格和阿哥们。近些日子，发展到大街小巷甚至公交车上都能与他们同行了，这倒给我们探寻古迹应了景。

重新修复的玉河故道南段到北河胡同东口止，路边矗立着"澄清下闸遗址"石碑。在那里，我巧遇了一位正在调理河道景观循环水系的工作人员，他说故道修到此处就没继续，再往前就应该是与故宫里的河道相连。他指着路口保留的一栋两层楼房说，那里还保存有过去控制开闸关闸的操作机器。

北河胡同东口，马路对面正是皇城根遗址公园最北边的终点，那段醒目的红色城墙端立在北河沿大街旁。北河沿大街往南至沙滩大街，再往南就是南河沿大街。我猜想，凭这街道的名称，曾经的皇城根下应该也是玉河故道吧？试想600多年间，大运河多少次改道，与各类水系相连，多少次重修，以期不断拓展其功能。我国最早的人工运河开凿可以追溯到春秋时期，当时诸国争霸，运河的开凿主要是为了运输军队和辎重。到后来天下一统，大运河的主要作用就成了漕运，发展商业。新中国成立以后，大运河除了仍然承担运输职能，还增添了改善广大人民群众休闲生活的旅游功能。

玉河到了澄清下闸之后的走向，到底在哪里？皇城根下是不是河道？如今我们最熟悉的街道名称南河沿、北河沿、南池子、北池子、沙滩等等，无不与水相关，这些街名就像谜面，等待我们去寻找谜底。

终于，我在网上找到了可以证实自己推断的文字：玉河，属于京杭大运河——通惠河的城内河道，始建于元至元二十九年（1292），曾作为大运河千里漕运的最后一段在胡同中蜿蜒，也被人们称为"胡同里的运河"。

东城区的玉河故道，起于地安门外万宁桥澄清上闸东侧。途经帽儿胡同南侧、东不压桥胡同西侧、北河胡同，沿东皇城根一线至正义路南口，复沿崇文门东、西河沿一线，出东便门与朝阳区故道衔接，全长近8公里。

从"称霸天下"到"江山永固"，再到如今的"国泰民安"，大运河将自己与中国波澜壮阔的浩瀚历史紧密相连。站在河边，深深感受到它从未开口，却又始终在倾诉，诉说着一段段过往。它是历史的见证者，更是真正的参与者。它亲历过600多年的江山沉浮，还将继续见证着我们的祖国更加繁荣昌盛的明天。

【主编感言】

这是一篇"用功"之作。感谢作者年年赏花花相似，今年赏花＋解"谜"了。是的，北京大运河甚至对很多生长于斯的老北京人来说，至今仍然是个"谜"。而解谜之要与乐，或许即是我们这次征文要达致的"最美"之一二。诚谢作者！世上最美事，端赖走读写！

【作者简介】

韩宗燕，中国作家协会会员，先后担任《团结报》记者、编辑、办公室主任、通联部主任、总编室副主任，《中山艺术》编辑部主任。著有报告文学《阅尽人生觉山平》《世纪舞者戴爱莲》等多部及随笔、散文、杂文等。

菖蒲河北是我家

陈新增

从北京东长安街拐进南池子街口，一眼就看见菖蒲河。不宽的河水，缓缓向东流去。

南池子大街西侧的飞龙桥胡同口，早先有一家二层楼的医院，那是我的出生地。家住菖蒲河，却不知晓赫赫有名的大运河，就在自己身边脚下。翻看古籍史料，让我慢慢解开了大运河的隐秘谜团。

千百年来风雨飘摇，沧海桑田演化，大运河曲里拐弯，时隐时现。千里运河，源自西山的白浮泉，经土城沟长河，流进西海后海前海，水分两路，西入中南海进金水河，东入玉河筒子河通水渠，也进了金水河。水流钻洞东穿宫墙，即是外金水河，亦称菖蒲河。

紫禁城四周的护城河，环环相扣，周边的街巷胡同，密如蛛网。南北池子、南北河沿、南北湾子骑河楼，东西银丝沟、鸭蛋井甜水井王府井、积水潭什刹海，沙滩后门桥……名号里都弥漫着一股股潮乎乎的水汽。菖蒲河往北，皇史宬（表章库）、太庙、普度寺、文书馆、宣仁庙、凝和庙等，历代王朝内廷禁地依次排列。而缎库灯笼库、箭厂冰窖、羊圈马圈葡萄园等处所，虽说全都是皇家祭祀场地和日常用度的后勤库房，可胡同小巷里，依旧飘散不尽平民百姓浓郁的烟火气息。

京杭大运河，远在天边近在眼前，竟然和咱北京城里人，有着千丝万缕的亲密联系。

末代皇帝被赶出紫禁城后，京师市政督办朱启钤，力排众议改造北平城，建中央公园，立故宫博物院，打通了东西长安街大道，开洞修建了南长街南池子一大二小三座拱形券门，相配红宫墙黄琉璃瓦，合乎样式又气派。老先生为新中国首都北京的建设，擘画出现代文明的草图。京城的运河水系，也发生着脱胎换骨的变化。

小时候，母亲领着我，早出晚归，天天走过菖蒲河，穿南池子门洞，经过天安门，去府前街幼儿园。我常见河边住户散养的鸭子，白毛浮绿水，红掌拨清波逗人喜爱。不时有鸽群掠过树梢，一串串轻灵的鸽哨声，从半空传到河面上。红墙琉璃瓦间，欢实的雨燕们，叽叽喳喳鸣叫着，上下翻飞捉虫追戏。这一切汇合成了独特的京歌京韵，超级悦耳动听。运河的涓涓流水，湿润了咱们的生活。

等到上小学，我和同学们都是菖蒲河的熟客，爬树蹚水，抄蜻蜓粘知了漂放木帆船，这是我们玩闹的风水宝地。一天，一帮半大小子挎枪带刀，在河边玩打仗。一个发小没留神，把竹制宝剑掉到了河里。他冲下斜坡，猛不丁跳进河捞回了宝剑。我们把他拉上岸，他笑嘻嘻地脱下湿裤子，铺展在河堤上晾晒。幸亏河水只有齐胸深，舍命不舍财的愣头青，忒悬乎！

菖蒲河水浅鱼小，要想钓鱼就得到故宫护城河。东华门大街附近有家渔具店，我们去置办鱼线鱼钩鱼漂。店内墙上高挂一张大幅的鱼拓。宣纸上浓墨拓印的大鱼，足有一丈二尺长，头尾鳞片一清二楚。看见这张大鱼的诱人广告，谁不想买根鱼竿，到运河水泊去大显身手呢？

我和同伴去筒子河钓鱼，挂上蚯蚓甩进河里，紧盯着鱼漂浮动。鱼儿鱼儿快上钩，没有大的，小的也将就。大多数的战果，全是小白条小鲫瓜儿，拿去喂猫咪吧。偶尔钓一条草鱼，姜蒜清炖，不腥不柴挺解馋，就是刺儿太多了。赶上胡同街坊生小孩坐月子，送上两条活鲫鱼熬汤，为人帮忙加臭显摆，被邻居大妈大婶一通儿夸奖，好比如今的网络粉丝群打赏点赞，美滋滋心里乐开花。

每年五一劳动节和十一国庆节，天安门广场举行庆祝活动。南池子和南河沿大街的菖蒲河沿线，群众队伍集合休息，整装待命，游行开始按顺序出发，汇合到长安街的大队人马中。

1959年国庆十周年，是我值得纪念的日子。

国庆清晨，我穿戴齐整，白衬衫红领巾，蓝裤子白球鞋，精气神十足。我舍近绕道菖蒲河去集合学校，脚步轻快，像河水一样欢畅。我举着星星火炬队旗，杆首的铜星熠熠闪亮，两位花裙子女同学左右站立。我们与其他小学的旗手护旗手，东西列队，面向天安门，一字排开。我们身后广场上，大气球高悬，组字方阵的人群，随号令举花变幻图案。

五星红旗迎风飘扬，礼炮轰鸣，军乐团奏响国歌。毛主席和国家领导人在天安门城楼上，检阅海陆空三军受阅部队……

十几天后，我和班里同学走进刚刚建好的人民大会堂，欢庆少先队建队十周年。大会场上，鼓号齐鸣。我们在宴会厅，跟着乐曲，笨手笨脚地拉圈跳起集体舞。

华灯初上，我们拿着果子面包和苹果，走过金水河，穿过菖蒲河，兴冲冲回家。

南河沿南口，菖蒲河旁边，北京市邮政局报刊发行部，就在围墙内坐北朝南的楼房里。上中学课余，我总去南湾子附近的中苏友好协会图书馆去借书，大厅里经常会放映苏联电影，赶巧就能免费看一场。

有时我顺道去邮局买新出的《少年文艺》和《儿童文学》。营业厅时不时处理过期书刊。我只挑选《中国建设》和《漫画》，还有《新观察》半月刊，图文并茂，几分钱一本，一概搂一大摞，抱回家去翻看。过时的新闻成旧闻，过期杂志刊登的文学艺术佳作，随着时空变迁，会越来越老辣鲜灵。

为班里小乌兰牧骑排演节目，我写了一首朗诵诗。有同学起哄，撺掇我投稿试试。我一时兴起，偷偷用铅笔抄好寄给了《儿童文学》。万万没想到，手写的诗稿，变成铅字发表了。杂志社寄来书籍当稿酬。学校传达室师傅通知我领取邮件，我提着两大捆新书刚回教室，就被班里同学全都借走了，一抢而空。

岁月如梭，光阴似箭。我先去云南上山下乡，又返城回到了北京。三十而立，我成家工作，离开了居住多年的老宅子。临走我看见菖蒲河因为被脏水污染，变成了臭河沟。有关部门用钢筋水泥板铺盖河面，建成了堆放杂物的存储仓库。

21世纪到来，北京申办奥运会成功，奥运场馆加紧兴建。按照奥运水上运动水域的规定要求，大运河水系开启河道治理生态保护。北京市政府加快了20多片历史文化区的改造规划步伐。市中心的南北池子大街大刀阔斧率先试点摸索，保留有特色的传统院落，打通死胡同，拆除拥挤脏乱的大杂院。翻建普度寺，腾空重修皇史宬。菖蒲河边修建起一座座仿古园林庭舍，灰墙筒瓦，石墩砖雕红漆门，一派京式气韵。

随后，母亲弟妹家告别了久住的破旧四合院，告别了破旧的南池子，搬迁到楼房新居。

夏季奥运会开过了，冬奥会也开过了。我退休多年，没事旅游闲逛。春暖花开，树木转绿，我去运河水岸踏青。

我骑车又来到菖蒲河，故地重游，看望儿时常串门的这位老街坊。从车水马龙游人如织的长安街，转到南池子大街。

菖蒲河重见天日，一改灰头土脸的污秽样，古老的河道焕发了青春。菖蒲河西园，清碧河水幽静，木栏桥汉白玉拱桥交错，凌空飞虹，曲径通幽。岸边保留的几十棵古槐老榆，浓荫遮地。路旁新栽的银杏海棠丁香连翘，姹紫嫣红，墨绿鹅黄。绿竹丛下，60吨重的山岳型安徽灵璧石，稳立台座，红墙黄瓦蕴含古意。

漫步徐行进东园，玉兰树旁，别致的折扇中国结雕塑小品，匠心独运，铜铸的明式官帽椅和圈椅，两两相对可以对弈下棋。我在木长椅上坐下歇脚，微风吹来花草阵阵馨香。菖蒲河闹中取静，邀上三五好友，沏壶茉莉花茶聊大天，别提多赏心惬意啦！

南河沿南口，几扇镂空花木屏风前，树立着菖蒲河公园的不锈钢球雕标志，银光闪闪，玲珑剔透。西侧有座飞檐斗拱的红柱亭阁，古朴典雅。雕梁画栋的游廊，与之曲折连通，那可是京城远近闻名的老年人黄昏恋的相亲角，菖蒲河上搭鹊桥，成不成全靠缘分。廊亭对面就是天妃古闸，青铜龙头相对口衔闸门下，菖蒲河水隐身流入了暗河。

离开菖蒲河公园，我随着滚滚车流往东，来到明城墙遗址，登上东便门角楼。老京城的里九外七十六门，东便门箭楼是难得保留复建的老城楼。我看过一张老旧的黑白照片，残缺半塌的东便门角楼，护城河道一片衰草。

眼前的雉堞垛墙下，梅花盛开。透过角楼上瞭望守卫射箭的窗孔，汽笛声声，高铁动车呼啸而过。交错的立交桥上，人来车往。疏浚的通惠河，一带清水缓缓流向通州大运河。

遥望运河水，触景生情，我写了一首《古稀抒怀》打油诗，抄几句录下：家住京城东，打小串胡同。前海夏游泳，后河冬滑冰。景山赏牡丹，天坛观古松。

我忽然联想起老舍先生与齐白石老人诗画交流的逸闻趣事。老舍先生以清人查慎行的诗句"蛙声十里出山泉"为题，请白石老人画张画。91岁老画师调取湘潭故乡的农家景色，巧妙构思，几只小蝌蚪摇头摆尾，顺着泉流游弋礁石间。寥寥数笔，水墨无声胜有声。画中有诗，诗中有画，盎然情趣跃出纸面，令人不禁抚掌叫绝。

燕山脚下的潺潺泉水，弯弯曲曲，明明灭灭，流进金水河，流进菖蒲河，流进通惠河，流进大运河。千条河道连通，舳舻帆樯林立，驶向万里海疆。大运河是一条诗情画意的文化之河，是一条调兵遣将的军事之河，是一条漕粮运货的经济之河，是一条五洲四海的现代运河。

菖蒲河北边是我的住家。一溪清泉活水，滋润了我的心田。浩浩荡荡的大运河，养育了华夏大地万代子孙。古老的大运河是我们梦幻中最美的母亲河。

【主编感言】

作者生长于菖蒲河北，借这次征文之机及故水难离去探幽索隐，这种认真功夫和满满的真情实感，还有对我们这次征文的支持度与行动力，令人感动，非常感谢！

【作者简介】

陈新增，毕业于中国人民大学中文系，《新观察》记者，《中国作家》编辑，中国作家协会会员。曾创作文学影视作品《虎头帽虎头鞋》《生命之树常青》《我驾驶国产战机飞上蓝天》等。

密云运河：大运河的北延线

陈奉生

世人皆知昌平白浮泉，是京杭大运河的最北端，但很少有人知道，明朝时密云至通州之间，曾有一条漕运繁忙的密云运河，它是大运河北运河的延伸。

为了寻找这条运河，我曾沿着潮白河故道，寻找相关实物，终于在密云博物馆，找到明朝时期遗留下来的一件漕运铁锚。它发现于 20 世纪 80 年代，出土于十里堡镇河漕村，为明朝漕船遗物。这件大铁锚由熟铁铸成，锚通体高 175 厘米左右，重 150 千克，铁锚杆爪根粗约 12 厘米，把头约 8 厘米，三个爪呈倒钩形，并刻有"万顺号"三个汉字。这件充满岁月痕迹的大铁锚，在密云博物馆展柜内，静静地诉说着潮白河漕运的往事。

"密云运河"的名称，始见于明末清初著名学者孙承泽所著的《天府广记·漕渠》："新开密云运河本白河上游，自牛栏山而下，与潮河川交汇，水势深广。"2004 年，北京市社会科学院历史研究所研究员于德源在其出版的《北京漕运和仓场》一书中，采用了这一称谓。

明朝统治者为什么要修建密云运河呢？这是因为明代在经历了"庚戌之变"后，重地檀州（密云）以北的石匣营、古北口，"分区列戍，军马之增置为多，灾沴伤残，闾里之萧条特甚"。基于此，参政李萃向掌管蓟、辽军务的杨博做了如下奏报：白河、潮河"水源既分，支流自弱"，难以进行漕运，经查密云城西原有白河故道，如果"疏通旧道"，则白、潮二河水势自大，舟楫畅通。当杨博接到李棻的奏报后，立即召集部属商议修改河道事宜，认为修改河道"实为一方之大计"。

明朝嘉靖年间名臣辈出，诸如戚继光、海瑞、张居正、高拱等文臣武将，杨博就是其中的一位。杨博，山西蒲州（今运城永济）人，嘉靖八年（1529）进士。杨博魁梧肥壮，有胆识、有度量，遇事能安闲处置。他不仅聪明，而且过目不忘，无论文书奏章，还是各地的地形地貌，都能够快速记忆。他还会说十几个地方的方言，与当地人沟通无障碍。杨博虽然是文官出身，却以兵事著称，出入朝堂40多年，以出奇制胜的战略部署，守疆退敌屡立功勋。嘉靖三十四年（1555），杨博任蓟辽总督，回朝任兵部尚书。深得明世宗朱厚熜的倚重，被视为肱骨。于是，杨博向嘉靖皇帝呈上了《改河道济粮运疏》。

杨博在奏疏中说明修改潮、白二河之道，其利有四，而害则一：潮白二河，合而为一，舟楫通行，漕运便利，其利一也；三县免于役骚，其利二也；地方殷富，跂足可待，其利三也；号房可以不设，所省财力，又为不赀，其利四也。密云城西恐遭到水患，其害一也。倘若修堤筑坝，则患虑自消，杨博在奏疏中还论述了修改河道的可行性，并对修河计划做了具体部署。以往密云漕运的十余万石，只有依赖招商承运一个办法。如将所折算的三万五千两白银漕运费，留给京城的部队。即免去招商之事，京城的军队又获得了实惠，这是一举多得的好事。杨博上书得到世宗皇帝准可。

引白壮潮，时人称之为"邀潮壮白"，是当时水利建设上的惊人壮举。主要工程为在杨家庄开挖新河口和新河道，自溪翁庄镇附近的马头山，一改白河西流之势，使其向南，经密云城，西行至河槽村与潮河交汇。将白河水在河槽注入潮河，壮大潮河的水势，使原潮、白两河交汇处东移靠近了县城，形成水陆漕运的天然通道。

这条运河从1555年杨博上疏、刘焘疏通潮河、刘应节"邀潮入白"经历三任蓟辽总督，到1572年真正通漕，历时17年。新河道完全是靠一锹一镐挖出的，封堵湍急的白河水，这在当时没有现代技术，没有现代机械，仅靠肩担手提的条件下，筑一座状如山岭的土坝，其工程浩大，其工程之难，是难以想象的。

"邀潮入白"后，白河在今河漕村（密云城西南）一带并入潮河。两河合一后，水势大壮。潮河水浊，且暖，白河水清，且冷，两河汇流后一边水清，一边水浊；一边水暖，一边水冷，堪比泾水和渭水，界限分明。通过潮白水道，每年水运漕米约 15 万石（约合 2025 万公斤），约占密云县当时军粮年总储量的 94%。若到了雨季，潮河水流量增大时，一些小型运输船只可沿潮河上行，经过羊山、邓家湾、碱厂、九松山、南省庄、罗家桥，直至古北口。至今，在穆家峪地区还流传着"南北省庄两条蛇，中间一道运粮河"的歌谣。引白壮潮不仅运费大为节省，而且在密云乃至北京水利建设史上都是个重大历史事件。

引白壮潮，使潮白二水绕城郭，青山叠翠屏，为密云县城增添了灵气，富有诗情画意。清代知县傅辉文特此赋诗《登密云城》：

叠嶂层峰拥面来，双城临水逐山开。
堤边风细晴舒冻，岭外寒轻雪绽梅。
灯影旧传红冶塔，残香犹自腻妆台。
匣中宝剑横牛斗，借问当年博物才。

引白壮潮也带来另一后果，宽漫的白河故道两侧渐渐沙化，河床上形成了大大小小的潦泽、滩地，从此，北起神山，南至京承铁路，东自宰相庄、北房、杨宋一线，西至雁栖河右岸的30多平方公里范围，就被冠名为"西大荒"了。西大荒不仅在怀柔区内有名气，它也曾是北京市五大沙漠之一。"西大荒，三件宝，沙子石子毛毛草，歪脖树朝北倒，野兔耗子满地跑。"这是 20世纪 70 年代，在宰相庄、安各庄、北房等村广泛流传的一段民谣，这段民谣非常形象地描述了白河故道失水的不利影响。

引白壮潮工程，使运河随之向密云、昌平等地延伸，等于把漕运线路自通州漕运码头，向北延伸到了密云城。在通州设置密镇经纪 20 名，每名领驳船 20 只，共有运密云漕粮的驳船 400 只，其中可能就有"万顺号"漕船吧。随着运粮数量的变化，船数也酌情增减。船只载重量大小以"料"和"石"为单位，每"料"合今重 30 公斤，每"石"合今重 60 公斤。漕船逆水而上，编队航行。因水浅河窄，航道多塞，船夫虽多，仍行驶艰难。况且冬季航道结冰，夏季雨暴，洪水宣泄，漕船主要集中在春、秋两季航行。由于潮白河道平缓，易于淤积泥沙，每逢天旱水浅，即使是载重量小、吃水浅的驳船，也难于通航，故在沿河易淤浅处，设有浅铺，配置浅夫，随时清除河中淤沙。负责清淤的人有两种，一是各卫派军人负责疏浚，称之为军浅，另一种是征派来的当地农夫疏浚，称之为民浅。

1644 年清朝入关，密云、古北口一带已不再如明代那样是军事要塞，但清政府在檀营、古北口等地，部署有八旗驻防军，仍存在军粮供应运输的问题。同明后期一样，利用潮白河水道运送军粮。如遇河水干浅或暴涨，难以行船的年份，则由陆路车载马驮运输；如果是雨水调匀之年，水流平稳，则按例漕运，以节省脚价运费。密云驻防官兵的俸甲米石无论是陆运、水运，都不免损耗，而从通仓领的仓米不免有变质、廒底等霉米。

另外，密云一带备赈的官粮，有时也利用密云运河。如康熙三十四年（1695）八月，康熙皇帝至密云县，见当地农业歉收，就对大学士说："去岁朕见此处高粱结实者少，秕者多，米价腾贵，高粱一斗几三百钱，故将通仓米，令运一万石至此处，五千石至顺义县，减时价发粜，米价稍平，一斗百钱，民以不困……今（潮白）河水方盛，著将通仓米运至密云、顺义各一万石，令仓储备用。"

清中后期，经由北运河而至北京的漕粮日渐减少。自道光年间起，由于黄河溃决，内河运道航运困难，各省征解的漕粮逐年递减。道光二十八年

（1848），漕粮总额才282万石。为摆脱困境，朝廷决定试行海运，此时河运和海运并行。咸丰初年，仍沿用道光时期的河海并运措施，此后，海运漕粮在漕运中的地位逐渐上升，河运漕粮逐渐走向衰落。加以清代中后期漕粮渐改为折色，北运漕粮的数量也日渐减少。光绪二十三年（1897）京津铁路通车，1900年清政府宣布废止漕运，漕粮改由火车直接运至北京，不再转道通州，这对通州影响巨大，民国《通州志要》说："清末实行海运而废河运，其后铁路建筑完成，运河不复修浚，运输之利益全无矣。"从明、清到民国300多年，密云军事重地的巩固和发展，漕运起到了重要的保障作用。

物换星移，时过境迁。当我伫立在潮白河汇合处时，这些漕运的历史，以及漕运的故事，早已淹没在历史深处。沿着潮白河故道，追寻逝去的密云运河，这件万顺号大铁锚，就成了大运河北延线上的一个永恒符号。

【主编感言】

我们的"大运河"（北京段）之旅真是越来越有意思了！感谢这位自发来稿作者给我们讲述了这一段"引白壮潮"的秘闻。是的，这是鲜为人知的"大运河北延线"……谢谢作者，非常感谢！

【作者简介】

陈奉生，中国散文学会会员，北京作家协会会员。北京教师作家协会副主席，密云作家协会主席。出版作品集《聆听松风》《过云集》《金巨罗》、报告文学《京华水源头》（合著）等，有作品被选入中学阅读教材和考试试题。

请听我讲郭守敬

姚　猛

历史上与范仲淹齐名者北宋名相韩琦有句名诗："虽惭老圃秋容淡，且看黄花晚节香。"此诗句作于宋英宗治平二年（1065），228年后，郭守敬开凿元大都通惠河，贯通京杭大运河，以伟大行动验证了这句名言。

2023年的国庆节长假期间，我依旧到北京郭守敬纪念馆给如织的游人做志愿讲解员，那一年正是郭守敬开凿通惠河竣工730周年。现场听众提问踊跃，一对来自南方的大学生问我："京杭大运河比得上苏伊士运河吗？"我对他们说："据《元文类》中《都水监事记》记载，在郭守敬的精心统筹指挥下，通惠河工程于至元三十年（1293）七月竣工；《元史·世祖本纪》还明文写道，三十年七月丁丑（1293年8月26日）忽必烈赐新开漕河名曰通惠。至此，从杭州到元大都的京杭大运河全线通航，江南漕船可以沿着1700多公里的运河源源不断将粮食和物资运往中国北方。这一天以后，过了576年，苏伊士运河才在1869年修筑通航；过了621年，巴拿马运河才由美国建造完成，1914年开始通航。亲爱的游客朋友，我们是不是应该为中华民族开凿大运河而热烈鼓掌欢呼呢？"我话音刚落，听众们就响起了雷鸣般的掌声。

面对听众的掌声，女大学生还有点不服气，她又问道："古老不一定伟大，美国建国不到300年，如今实力超群，中国大运河为什么不是世界第一？"这时，我真的感到自己传承中华优秀传统文化的责任。我站在大运河地图前自豪地向听众们宣讲："自古，中国大陆的地势'西高东低'，决定了中国大江大河由西向东的流向。这种自然禀赋，造成中国南北方之间，长期人文与物资交流和贸易不便。在 2000 多年前春秋时代的古吴国，吴王阖闾因军事战略需要，下令伍子胥主持开凿邗沟，拉开中华民族世世代代开凿大运河的序幕，同时开启了在中华大地南北方向开凿人工河道的伟大壮举；而 1776 年美国建国时，它还不知道怎样建运河；看来美国也是从'零和落后'开始的。"此时，这对年轻人也微笑地点头认同。

我接着说："郭守敬所处的元代，气候进入'小冰期'，水源条件不如前代，把丰水区域的水源引导到缺水地区，需要贯通水系。而贯通水系需要对每个地区的海拔高度了然于胸。而郭守敬不仅组织'四海测验'，还在世界上第一次应用了'海拔'的概念。因此，1289 年，郭守敬才能有技术条件，具体组织开凿会通河，仅建闸门就 31 道；实现了不同海拔（高程）间的河道贯通成水系，并实现通航。俗话说：只要功夫深，铁杵磨成针。1290 年，郭守敬已经是 60 岁的老人，通过几十年详细的勘查和测量，他基本摸清了元大都城周边地区的地形起伏情况和河道泉水的分布情况。最终发现在大都城西北 60 多里的地方，也就是现在昌平县城东南 6 里的地方，有一座平地崛起的神山（今凤凰山），山麓有涌出的泉水——白浮泉，水清而量大，可以利用。此外，沿西山山麓一带，还有许多分散的小泉。于是郭守敬就设想，如果把这些泉水汇聚起来，引入大都，而不让它们直接流入白河，这不就可以基本解决水源问题了吗？但是在具体引水工作上，郭守敬发现有一定难度；在白浮泉和大都城之间，有两道由沙河与清河所造成的河谷低地，比大都低十多尺，水根本流不到大都去，而往上会随着河谷流走。郭守敬经过详细考察之后，便决定先由白浮泉引水到西山脚下，然后折而向南，避开河谷低地，开凿'C'形引水渠，并沿途截聚西山诸泉水注入引水渠，最后引水渠连接瓮山泊（今颐和园昆明湖），再接古高梁河，最终把水引到大都积水潭。为了让宝贵的泉水不会外流，他又计划在源头河道的东岸修筑长堤——白浮堰，以障源水流逝。应用这样的水利措施，大运河通惠河段的水源问题便可以基本解决。1292 年，元世祖再次采纳郭守敬建议，由郭守敬具体组织开凿了通惠河，河道从元大都万宁桥到通州，全长 160 多里，建闸门 24 道，漕船能够在几十米高程差的河道内'逆水行舟'。史书记载，工程劳役使用 19000 多名兵士、540 多名工匠、300 多名水手、170 多名'没官囚奴'，合计共用 280 多万工。通惠河建成后，南北大运河全线开通，连接起中国海河、黄河、淮河、长江和钱塘江五大水系，'漕运'成为京师与最富庶的江南地区的经济、文化、军事等交流的'大动脉'。由'低高程'向'高高程'漕运的通惠河工程最终呈现在世人面前，也形成了中华民族治水的伟大遗产。"热烈的掌声，此时再次响起。

现场一位带着孩子参观展览的家长又问我："郭守敬为什么能成功治水？"我说："马克思在《资本论》法文版序言中，写有一句当代中国人耳熟能详的名言：'在科学上没有平坦的大道，只有不畏劳苦沿着陡峭山路攀登的人，才有希望达到光辉的顶点。'中国古代杰出科学家郭守敬就是'不畏劳苦沿着陡峭山路攀登的人'；他于中统三年（1262），经老师张文谦举荐，受到忽必烈召见，而立之年的郭守敬向忽必烈提出整治水利的六条措施（史学家称为'水利六事'），其中一条就是治理北京水系的建议。从那时起到开凿通惠河竣工（1262 年至 1293 年），历时 31 年，郭守敬在元大都周边进行了无数次现场踏勘、无数次测量和验算、无数次寻找水源。大规模治水失败工程至少 3 次。郭守敬完全可以找出无数的理由，放弃、再放弃。但是，他没有这样选择放弃，而是不停地总结和实践研究。他的学生齐履谦在《知太史院事郭公行状》中记载，治水失败期间，郭守敬撰写的专业书籍就超过 100 卷。我认为，郭守敬治水所以能成功，在于他'真干事''干真事''真实干'，踔厉奋发、追求卓越。"掌声又一次鸣响。

虽然已经做了很多年义务讲解，但是每当看着展厅里越聚越多的听众，我依然会心情激动："淡水资源是经济社会发展、生产和生活的基本要素。美国能成为世界强国，很重要的原因在于，它的经济发达地区（特别是'五大湖地区'）占有全世界淡水总量的 20% 以上。它是用全世界 20% 以上的淡水资源，养活占全世界不到 4% 的人口；而我们中国是用不到全世界 5% 的淡水资源，养活着占全世界近 18% 的人口。谁更会利用水，一目了然。所以，古人的治水精神及经验必须弘扬、保护、珍视，作为新时代的中国人应该为拥有郭守敬这样的'老爷爷'而自豪。谢谢大家！"掌声经久不息……

【主编感言】

这一篇来稿十分难得，谢谢角楼图书馆负责人马宁力荐。当然更要谢谢作者本人，谢谢你作为大运河（北京段）的卫士，还要经常去做相关的公益讲解，真可谓身体力行处，"最美"起浪花！谢谢！

【作者简介】

姚猛，现任西城区城市管理委员会党组成员、副主任，西城区水务局副局长兼西城区河长制办公室副主任，西城区防汛抗旱指挥部水务专项分指挥部常务副总指挥。

重访张家湾

刘春声

我曾两次到访张家湾，前后相隔 30 年，第一次是为曹雪芹而去，这次是为"最美大运河"征文，实地考察张家湾大运河遗迹而来。

张家湾是通州的一个古镇，从辽代的皇家漕运码头，到清嘉庆七年（1802）改道，张家湾经历过千年的辉煌，不仅是大运河北京第一大码头，更是一个有故事的地方。

晚清随着大运河式微，张家湾也名隐了。再次声名大振，是 1968 年平整土地时，有人突然掘出一块刻有"曹公讳霑墓"几个字的墓石，还有一具草草入葬的男性尸骨，没有任何陪葬品。时代晦暗，发现墓石的人悄悄又把它砌到房基里了。20 多年后的 1992 年，当时的通县大力发展旅游业，墓石发现者便将此碑起出来上交有关部门，又被好事者登了报，这一下可炸了，曹霑不就是曹雪芹吗？说曹霑知道的人不多，提曹雪芹那差不多尽人皆知啊，况且曹雪芹的埋葬之地一直是个谜，简直是红学家们的一块心病，这事一经曝光，立马在全国文史学界、红学界掀起轩然大波，一时间考古学家、红学家、收藏家及各路媒体云集张家湾，口水仗打个不亦乐乎，争议的焦点是该碑石的真伪，众说纷纭，莫衷一是，红学领袖周汝昌、冯其庸两相对垒，针锋相对，前者同意考古专家断伪的意见，后者认定墓石为真，最终断伪阵营占了上风，这场喧闹一时的文化风波才偃旗息鼓。

　　我和妻子贺平第一次到访张家湾，就是30年前的90年代初，出于对曹雪芹的崇敬，蹭"墓石"热度去的，孰料，在张家湾遍访墓碑下落和典故无果，却意外收获一张老红木方桌，世间的事真说不清，有时是缘，有时是命。

　　有趣的是，这张红木方桌的身世竟然和大运河息息相关，200年前，它从老家苏州启运，经大运河穿苏、皖、鲁、冀、津一路抵达张家湾，又机缘巧合到了我家。

　　它并非民间普通的家具，且经历过多次的大起大落，不说别的，光看用料它是高档的硬木，老家具行把紫檀酸枝黄花梨等高级木料称硬木，榆木核桃木柏木等普通木料称柴木。这方桌是硬木中的老酸枝，酸枝是南方匠人的说法，北方匠人称老红木，什么是新红木呢？树龄短，不抓色儿，色泽偏黄。而老红木树龄至少百年以上，经氧化包浆，色泽沉穆，紫中透红，外行人看和紫檀有一拼。说它的命运大起大落不是没有根据，初见时，它是贫下中农家的一张普通饭桌，看上去白不呲咧，灰头土脸，一身的粥嘎巴。它是怎么到的我家，得从第一次去张家湾说起。

　　从前去通州远没现在方便，那天天清气朗，惠风和畅，我们雇了一辆小面的，和师傅讲好来回200元。车行两个多小时，才进通州地界，那会儿还没导航，我们一路打听张家湾村，问来问去，才知道本地人管张家湾叫张湾。到了张湾，我们挨家逐户问那块墓石的下落，很让人失望，别说碑了，连当时那么大的新闻村民都不知道。后来走累了，师傅建议进个户家歇歇脚，喝点水，就是在这家，我们和方桌不期而遇。

　　这户人家老实热情，现把饭桌上的碗盘撤下去，又沏了一壶茶上来，就在主人用湿抹布擦桌子的工夫，这桌子露出了"庐山真面目"。才进门的时候，我们也注意到了这张桌子，但是，一眼望去，它外表白不呲咧，还有一层多年积下的粥嘎巴，灰突突的像是一张柴木方桌，并不怎么动人。经主人用湿抹布一擦，着水之处便显现出老红木独有的魅力。我又摸了摸桌子的边沿，手感坚实肉头，立马悟出它绝非柴木而是硬木。于是我们再把这桌重新审视，这回看真切了，它是一张清中期的硬木方桌，方桌是旧时厅堂的摆设，桌后是长案，两边是太师椅，看来这家人一直把这厅堂的方桌当成饭桌用，甚是委屈了它。

于是，我们对这张桌子产生了浓厚的兴趣，也有些心生疑窦。首先可以肯定，这桌子的原主人至少是当年的大地主或大商人，可这家人怎么看怎么不像，否则他们怎会如此不知爱惜。我们边喝茶边和这家人聊天，得知他们是本村世代的贫农之家。一聊到这张桌子，男主人顿时有了些许兴奋，称这是当年斗地主分浮财时生产队分给他爷爷的，传到他这一辈，至少有六七十年了。我们俩对视了一下，心照不宣，难怪这张桌子蓬头垢面，摇摇晃晃要散架。"实在太旧了，不如换个新的。"当我们提出想把这张"饭桌"买下来的建议时，一家人爽快同意了。由于多年没有保养，这张方桌的榫卯已经松松垮垮，稍加用力就能拆散，搬上小面的没费什么事儿。

回到北京，我们给它彻底洗了一个热水澡，好家伙，多年藏污纳垢的脏泥汤儿淌了一地，干后烫上蜡，再定睛细瞧，简直脱胎换骨一般，立马显现出紫里透红的本色，古朴沉穆，油性十足，阳光照射下还有些许动感，一望就知是一件典型的清中期苏作紫檀工作品，攒边框镜板心，冰盘沿下带束腰，直方腿，内翻方马蹄，四周如意帐拉金钱寿桃纹，瞅着就喜庆。后来又请张德祥先生的工匠给它修整捯饬一番，愈发神采动人。苏州木匠以做工细腻见长，清中期以前多做黄花梨家具，后黄花梨用材枯竭，才改做红木家具。这只方桌，就是红木紫檀工，用料适中，结构合理，通体俊秀，特别是老红木的材质可与紫檀有一拼，难怪木器大家张德祥才出道时曾把一张紫檀画案标注成红木了。

更有意思的是，在清洗的时候，我们还发现在各个部件隐蔽处都有对应的墨书数字标记，原来这些南来的老家具从原产地启运时，为充分利用空间都是拆散捆扎，到北京上岸后，才按标记组装起来出售。

唐宋以降，大运河漕运出现夹带私货的现象，到了明清时期，朝廷开始认同这一现象，并制定相关政策予以规范。

明嘉靖年间明令规定，每条漕船准许携带货物二成，在沿途自由贩卖，并允许漕船沿途招揽货源，代客运输酒、布、竹木等大宗货物，往来贸易。

清代对于漕运人员附载土宜（土特产）的限量更是不断放宽，如康熙年间，准许每只漕船可附带土宜60石，雍正时加增40石，一年后，又加增至126石。空回南下船只捎带北方货物的现象也十分普遍。大运河年复一年的大规模漕运，不仅保证了京师宫廷消费、百官俸禄、军饷支付和民食调剂，也有力地促进了南北商品流通和南北文化的交流融合，毫不夸张地说，京杭大运河是中国最早的物流大通道，张家湾是南北商货最大的集散地。数百年间，京杭大运河带动了沿岸城市如德州、临清、东昌、济宁、淮安、扬州、苏州等，发展成为全国著名的商业城市。江浙一带的硬木家具就是在那个时期由苏州集中上船，沿运河北上，直抵北京通州张家湾上岸，供达官贵胄、地主富商选购，200年前，这只方桌就是通过这样的物流来到北京，成为大运河促进南北商品流通的实物证例。

重访张家湾，比第一次轻松许多，有导航，有高速，加上风和日丽，早上不到8点，我已经站在了古通运桥的桥头。实地考察，自己拍摄配图，是我多年的习惯。

早在千年前，辽人曾从南京析津府（今北京西南）向东开凿了一条人工河运送军粮，因主持此事的萧太后大名鼎鼎，这条人工河也就得名萧太后运粮河，当年的河口就在张家湾，此湾遂为辽代皇家漕运码头，这是张家湾作为码头之始。

元代，大都用粮仍依赖江南漕运。至元二十二年（1285），万户侯张瑄首次指挥海船运漕粮，自渤海溯海河而上，沿潞河至此湾，再改用大车陆运至大都城，用的码头还是张家湾，甚至连张家湾也是因张瑄运粮而得名。自元代京杭大运河取直后至清嘉庆七年（1802）改道时，张家湾已经形成巨大码头村落，直到今天，张家湾镇仍是一个下辖57个自然村、近10万常住人口的大镇。

据史料统计，明永乐后，每年经张家湾抵达通州的各类运船达 3 万多艘，换句话说，长达半年的夏秋两季，每天到达张家湾的运船平均有 200 艘之多，加上经过张家湾附近运河往返的船只至少有 400 艘。明代中期北运河浅涩，大部分漕船不能直接抵达通州城下，只能停泊在张家湾，以小船驳运，这也大大增加了张家湾至通州河道船只的数量。从张家湾到通州的河道，水势环曲，运河之上漕船、皇船、官船、驳船、客船、商船，形成狭路相逢勇者胜的壮观景象。算起来，张家湾作为京杭大运河北端码头已达 700 余年。

如今张家湾的萧太后运粮河和与之相连的玉带河，因失去功能而疏于通浚，河道内杂草茂密，已没有了昔日千帆竞发、百舸争渡的盛况，但它还顽强地活着，证明着曾经的辉煌。

张家湾除了头顶运河北端第一大码头的头衔，还曾筑有城池，这在北京也不多见。历史记载，明嘉靖四十三年（1564）为保卫北京、保护运河而在此地修筑城池，如今仅存南垣残段。

庆幸的是，村南萧太后运粮河故道还保留一座基本完好的三券平面石桥，如果不是亲身走过这座建于 400 多年前的石桥，亲手抚摸一个个已经半风化的石狮，根本就无法体会它给人带来的沧桑感。这座桥原是木桥，明万历三十三年（1605）太监张华奏请改建石桥，1605 年建成，万历帝赐名"通运"，两侧护栏望柱雕狻猊狮子，各具神态，栏板内外浮雕宝瓶荷叶，谐音和平。有人说是北京地区独见，其实不然，我考察过京西门头沟岢罗坨村的"娼妓桥"，它也是一座建于明代的三券石桥，栏板内外也是浮雕宝瓶荷叶，与张家湾运粮河故道上的这座桥如出一辙，只是一大一小、一平一拱而已。如今，通运古桥的青石路面上还可见许多深陷的车辙，无言地诉说着当年的繁华。我在通运桥和当地一位姓马的回族村民攀谈，他说他自打落生就在张家湾居住，现在全家已经搬入政府安排的回迁楼，老马指着河对岸的张家湾村，和我聊了不少从前亲历或是听上辈人讲过的往事。

我在老马的指引下，来到张家湾村口的清真寺，此寺始建于元代，当时万户侯张瑄为漕运曾征雇大量人丁，往返南北各埠，加之商贾相继北渡，南人不断北徙，张家湾和通州城的回族户数逐年增加，老马家就在其中，清真寺就是在这个历史背景下建成的。现在的清真寺规模仍然不小，大部为旧有结构。其中一口汉白玉浮雕的古缸，说是元代初建时的旧物。

据说张家湾十里街西侧旧时有花枝巷，巷南曾有曹雪芹家当铺，前些年台基尚存，问村民没人知道。花枝巷西部还有个小花枝巷，曹家染坊曾设在巷口西侧，据说尚存古井一口，但我没有找到。

村东有元代郭守敬开凿通惠河留下的故道，现在叫玉带河，河上尚保存明代所建两座独券石桥，一名东门桥，在原城东门外，一称虹桥，在原城东便门外。

镇十里街东侧，还曾有曹家所开盐店，以前还有几间旧房遗存，现在也不知确切所指。张家湾皇木厂村过去有一座小关帝庙，因布局平面形似葫芦俗称葫芦庙，说不定《红楼梦》第一回中葫芦庙的原型就在于此，这庙现在也没了。

张家湾居然有众多的曹氏家族遗迹，真让人意想不到，难不成林黛玉从扬州到都中，也是船行大运河并从张家湾弃舟登岸？后来真有一位红学家说：林黛玉正是在扬州大运河边东关古渡码头登船，到北京通州张家湾渡口登的岸。如此认真地给一位文学人物做考证，让人哑然失笑。不仅如此，他还言之凿凿地说：曹雪芹13岁那年随祖母、母亲就是乘船沿运河回到北京，在张家湾码头换小船后又走通惠河在大通码头进东便门，到广渠门大街，居于崇文门外蒜市口"十七间半"的。（原广渠门大街207号院，现已建为曹雪芹故居纪念馆。）

我不是红学家，没有考证过张家湾诸多曹氏遗迹的真伪，但往往真实的历史反倒枯燥乏味，远不如传说逸闻来得让人兴致盎然。"不过"，老马话锋一转，"除了您现在脚下的通运桥，别的那些个传说的古迹早都没有了。"

和 30 年前比，张家湾变化翻天覆地，村子主路北侧已经拆平，原居民都搬上了古城北部的新楼房，当年那红木方桌的主人也不知家在何处了。

老马还建议我去村南看看新建的曹雪芹像，坐像临萧太后河畔而立，曹公雪芹粗布长衫，目光深邃。基座有冯其庸先生题诗一首：“哭君身世太凄凉，家破人亡子亦殇。天谴穷愁天太酷，断碑一见断人肠。”这是冯先生 93 岁去世那年写的，可见他直到生命尽头仍坚信曹雪芹的终点就在张家湾。他还写过一首《题曹雪芹墓石》诗：“草草殓君土一丘，青山无地埋曹侯。谁将八尺干净土，来葬千秋万古愁。”诗中强烈地表达了他想在张家湾修复曹雪芹墓的愿望。可惜的是，甭管当年发现的曹雪芹墓是真是伪，现在都被新建的小区覆盖了。

经老马指点，我又来到张家湾另一处重要的码头里二泗村，在元明清漕运繁盛的时代，此地曾流传“船已到张家湾，舵还在里二泗”的民谚。村里有里二泗佑民观，是在原址上复建的，原是一座由明朝嘉靖皇帝赐名的敕建道教宫观，全名为“北京佑民观坤道院”。早在元初，里二泗就有天妃庙，天妃即海神妈祖林默娘。古人以天为帝，以地为后，以水为妃，所谓天妃，就是水神。中国河海之滨的商埠大多建有天妃庙，是航海船工、海员、旅客、商人和渔民共同信奉的神祇。元初，漕运官兵为保佑平安，选址在运河边的里二泗建天妃庙，供奉天妃神像。以后，凡经过的船只都要在此停留，到天妃庙祈求平安顺利，过往商旅以及附近村民也都前来上香拜神，以求风调雨顺，人寿年丰。随着明朝漕运的发展，天妃庙的香火越来越旺，原有的殿宇已经不能满足香客的需求，遂于嘉靖十四年（1535）扩建了天妃宫。竣工后嘉靖皇帝还亲临视察并赐名“佑民观”。

还值得一提的是，不惟萧太后、嘉靖皇帝、曹雪芹一众名人，明代大戏曲家、文学家汤显祖也曾多次在此乘船往返南京与京城。有一次他游佑民观，登玉皇阁观赏大运河美景，一时兴起，赋诗一首，名为《登张湾里二泗道院高阁》：“弭舳聚氤氲，躧舄凌晖皎。旅积方此舒，波情亦堪绕。榛邱见蒙密，重关思窈窕……"

明代文学家、思想家、戏曲家冯梦龙的名著"三言"中，也有多篇涉及张家湾。如《警世通言》第十一卷"苏知县罗衫再合"写道："苏云同夫人郑氏，带了苏胜夫妻二人，伏事登途，到张家湾地方。苏胜禀道：'此去是水路，该用船只，偶有顺便回头的官座，老爷坐去稳便。'"看来冯先生也是到过张家湾的。

如此说来，张家湾不光是京杭大运河北端的重要码头，还曾是历代文人荟萃的一方宝地，一个个熠熠生辉的名字皆因大运河而结缘，又演绎出一段又一段动人的故事，还将借滔滔不断的运河水而万世流芳！

2024 年 4 月 16 日于北京昌平林溪

【主编感言】

这是一篇丰富、翔实、通灵的殊美之作，非常感谢作者脚踏实地的独家呈现！张家湾其名在大运河的回环往复中，是那样名人荟萃、名物繁多，真是引人入胜，大开眼界！尤其令人感佩的是，无论是 2022 年我们征文成书《新北京新京味儿——最美长安街》中的《南长街纪事》，还是 2023 年我们征文成书《最美中轴线——中轴线申遗的百姓文本》中的《豆腐池胡同九号》，连同这次亦将于年内征文成书《最美大运河》中的这一篇，作者的应征之作真可谓是一以贯之的高水准、接地气、很独家！这不仅令人感叹，更令人折服。还有一点令人惊艳，如今的大众阅读早已升格为读图时代，作者在这方面也有很清醒的独家着力与奉献！这不仅是一种"与时俱进"的时代自觉，也是一种对新时代、新生活的自然表现，看似寻常，其实独美其美。尽管我们征文成书时一切配图只能割爱，我们还是期望一切应征者来稿时尽量有切用之图附来，这很重要。从某种程度上说，新媒体时代，我们对各位的应征之作先期用多个公众号迅速推展，确有"不似成书，胜似成书"之效，这点谨望各位注意，此文作者刘春声确为我们学习的榜样！诚谢！

【作者简介】

刘春声，中国作家协会会员，著有长篇小说《天雨》、散文集《探花集》等多部，专著有《中国古代镂空花钱鉴赏》《打马百钱》等。发表文学、学术文章 150 余万字。北京炎黄艺术馆副秘书长，北京长城文化研究会副会长。

穿越南新仓

秦少华

北京是一座古城，遗留下很多古迹。但很多古迹我们是知其然而不知其所以然。

早就知道大运河于 2014 年在 38 届世界遗产大会上获准列入世界文化遗产名录，成为中国第 46 个世界文化遗产项目。而在北京特别是东城，其实也留下很多印记，不过是我知之甚少。恰逢网时读书会、东城区图书馆和光明日报出版社开展"最美大运河"（北京段）征文，发现我的童年居然就住在大运河漕运粮仓重地。这让我觉得非常荣幸并充满了好奇，很想去探寻这一段历史，挖掘这一带的印记，还原它旧时的鲜活影像。

60 余年过去了，那日我站在南门仓街口，感慨良多。儿时的印象一帧一帧在眼前闪过。

南门仓豆瓣胡同 8 号，是姥姥家旧址，我一直在那儿住到 7 岁上小学才离开。

依稀记得妈妈有时周末会来接我回父母家住一天。我总是站在街口张望她的身影。那个十字街口正是东门仓与南门仓衔接的地方，街口对面厚重的围墙和墙外高高的古杨树，陪着我等啊等，一直等到天暗天黑，等到妈妈下班，才看到她在远远的林荫道下，骑着自行车不停地向我挥手。哪个孩子不怕黑呢？高大的围墙和古杨是见证过我那时的勇敢的。而那时谁也没有告诉过我，对面又高又厚的围墙里面，竟是古代大运河漕运粮食的最后终点——南新仓。

600 年前，据史书记载，当时建造这围墙，厚度和高度，是和建造北京城墙一样的标准。自古有云："兵马未到，粮草先行。"粮食关乎国家命脉，是军事及各方面建设发展的关键。

这里曾设"军卫"，专司军粮，是所有仓廒的中心仓，管辖其他 8 个仓。

据粗略估计，这里囤的粮食以上亿斤计算。盖建的仓廒鼎盛时期有 180 多座，而每廒又有 5 至 7 个仓房。

因为太大，南门仓胡同实际就是因这仓向南有个仓门而得名，东门仓胡同也是因这同一仓向东有个门而得名。两条胡同向东向南直角延展，都分别有一里多地那么长。组成了一个 2.6 万平方米的正方形超大仓廪重地。

这些仓廒大都集中在北京东城朝阳门附近，如今我们熟知的地名禄米仓、海运仓、太平仓等由此而来。仓廒里大都储米、豆，附近就有了豆瓣胡同、豆豉胡同和豆芽菜胡同。这座又叫南门仓又叫东门仓的超大仓，扩增之后统称为"南新仓"至今。

如今南门仓与东门仓的十字路口变化巨大，亭楼商厦平地而起。能辨出原来样貌的竟然只有那厚重的围墙和那一排古杨。我熟悉的东门仓小学和姥姥家旧址再也看不到了。通过姥姥家院子后面那条小道，经常去玩耍的护城河也早已填埋，盖起了那种时尚豪气的大厦。如今从地理位置看，东门仓小学当时已经突破古代仓廒的高大围墙，进驻到仓廒要地之中了。

童年的记忆里经常和小姨去她的学校——东门仓小学里玩儿，其实小姨才比我大 4 岁多点，是班里的大队长，那时的学校组织队日活动、歌咏比赛、跳皮筋儿和砍包比赛，是允许带着自家弟弟妹妹来围观的。那是我童年的欢喜。

那日我在南新仓高大的围墙和门垛子下面出出进进转悠了好几趟。记忆穿过 60 多年，被拉回到童年的岁月。

依稀印象里，当时东门仓小学进出十分自由，朦胧中有石砖灰墙的教室，围成了小院子，好几个，互相通达。但校门是从来没有看到的。依稀觉得不远处进出学校的地方很宽阔，两端有比围墙更高大的石砖门垛子，算是把学校与外面隔开了。想来它并不是全封闭校园，而且这应该是一所设施很简陋的学校，但它却给我的童年生活带来很多快乐。

想起当年，看着小姨换上白衣蓝裤，系上红领巾，别上三道杠，牵着我的手走进东门仓小学过队日，我就像过节一样高兴。虽然校舍破旧，但我很羡慕他们的学校生活，也很羡慕小姨臂上别的三道杠，一心想着我将来也要跟她一样。但后来实际上我没有她那么好，只别了两道杠。我7岁上学离开这里的时候，妹妹又从托儿所被接到姥姥家住，上到四年级才回自己家。那时双职工家庭都这样。妈妈把大点儿的从姥姥家接走，把小点儿的又换到那儿。俚语是怎么说来的？

"姥姥家的狗——吃了就走。"

接个下联应该是：

"姥姥带的孩子——都很优秀。"

因为妹妹后来在东门仓小学就读也当上了大队长。

如果我们换个方式论时尚，60年前的东门仓小学就是开放式校园，且在世界文化遗产要地办学，这可反超国外最时髦的开放式大学校园"好几条街"呢。

从保存古代遗迹的角度来看，这两端又高又厚的石砖门垛子连同这一带的围墙总算是保留下来了。保存完好一些的围墙，应该是从高大门垛子处延伸的那一段，能看得出来政府做出的努力，仿照老围墙翻新复建了一些地方，但再也无法还原几百年前的样子。

600年前的大运河漕运，京城终点是南新仓及各大仓。它是我国现存古建筑中一类特殊类型的建筑，它巧妙的结构、布局和形式以及完整的运作方式和管理制度，代表了我国古代劳动人民高超的智慧和勇气。

令人欣喜的是，现在的南新仓，内有9座仓廒，每座仓廒有仓房5座，是目前国内保存最多最完好的仓廒。

粮仓的选址对地形要求非常严格，首先必须离河道较近，方便运输装卸。其次为防止粮食霉变，必须选取地形较高且通风较好的地段。北京东城朝阳门一带就是绝佳场所。仓廒地下都建有周密的排水网络，地基由三层夯土构成。为了防潮，首先撒上厚厚的石灰，然后铺上严丝合缝的青砖，再铺一层吸水性极好的木板。屋顶选用悬山顶，墙壁都设有通风口，既可防潮，又能保持恒温。

据南新仓展览馆文案记载，仓廒常年储藏米豆，麻患便生。护粮官兵便捉麻雀取乐。仓官为奖励捕雀多者，发他们竹制筹牌以算酬劳，这筹牌上刻有数、画、字等，也可做游戏工具。筹牌还可换钱，有"证券价值"。于是便流传下来，演变至今，成了麻将牌！先是在大运河南方官兵中盛行，后顺流而下传到北方。

麻将上的文字，象形象声还引申，例如，"筒"的图形是火枪的象形符号。最明显的是"幺鸡"其实就是麻雀，"白板"即打空枪，"红中"是打中，"碰"即枪声。麻将之"胡"即"鹘"，属鹰的一种，有高超的捕鸟技巧，有了它不愁逮不到麻雀，所以赢牌便是"胡了"。它起源于中国文化的字、画与计算艺术，变化无穷，上下几千年久盛不衰，足见其魅力。

如今的南新仓，进出的地方，依然开阔，依然没有门。两端的高大门垛子上，醒目的黄底红字"南新仓"惹人注目。这里除了9座古代仓廒得以很好地保护，还仿建了一些与仓廒类似的古代屋舍，作为展览、绘画和用餐等场所。

东城区政府部门秉承中央对古迹一贯"保护、利用、弘扬"的精神，把南新仓旧地成功打造成了一条东城"文化休闲街"，供四面八方游客在这里参观游览仓廒古迹，是休闲、会友、欢聚、交流的极佳场所。

南新仓从600年历史中走来，蕴含着浓厚的精神文化气息。这些古代真迹，是不可再生的宝贵的文化资源，承载着几千年的灿烂文明，维系着一代又一代的民族精神。后人有责任保护、利用、弘扬之，赋予它新的时代内涵，传承发扬，利在千秋。

【主编感言】

今天这篇来稿最令人欣喜的是有"龙年走大运"的步履在！作者不仅是按我们《征文启事》所要求的"不逾矩"走的是"北京段"，而且走的是目前着墨尚少的东城区"新发现"——哦，"南新仓"！这显然又具有启示意义：噢，大运河真的离我们并不遥远！顺便再说，这次"最美北京"继长安街、中轴线的第三次征文大运河，一如既往，我们最看重的是形而上而非形而下，所谓"形而上者谓之道，形而下者谓之器"，是也。"道可道，非常道"，只要通过这次征文，我们能够增加对"最美大运河"的认知与承继，及对我们国家这项最可宝贵的"世界文化遗产"之一的珍视与爱护，就可以了，就很好了，此即是"文以载道"。谢谢作者，你的身体力行，可谓"龙年走大运"的又一篇好文章！

【作者简介】

秦少华，就读于北京第25中学并留校任教。毕业于首都师范大学中文系。后调入国家体育总局训练局做运动员文化教育工作。高级职称。编过书，出版过作品。

闻声西坝河

陈剑萍

我家搬来西坝河边居住，一晃儿已经 18 年了。听说当初在小区兴建过程中，在楼盘正中发现了一口年代久远的古井，因其与西坝河直线距离不足百米，施工方为了安全起见，故而加大了楼盘的地下打桩深度。有水则灵，万物皆生，小区里古老的枣树、柿子树也保留了下来，后来邻居们聊起此事，无不皆大欢喜。之后，我认识了楼下的一位 93 岁精神矍铄的老爷爷，有次聊天中说起西坝河，这位早年燕京大学的著名法学教授乐呵呵地讲起它的由来。

坝河又名阜通河。元至元十六年（1279），当时为了解决元大都至通州间的漕运问题，元世祖忽必烈采纳郭守敬的建议，在旧水道的基础上，拓建出一条重要的运粮渠道阜通河，即以玉泉水为主要水源，向东流入大都，注于积水潭，再从积水潭的北侧导出，向东从光熙门南面出城，注入温榆河。为了保证京城用水同时解决运河河道落差太大不便通航的问题，在阜通河上又修建水闸以调整水量，建造了"阜通七坝"，从西向东依次是千斯坝、常庆坝、郭村坝、西阳坝、郑村坝、王村坝、深沟坝。漕运带来了经济繁荣，当年在今天的太阳宫尚家村东边的河道处，人员聚集形成了村子，因其在常庆坝以西并与东邻的东坝河相对应，于是得名西坝河。不要小瞧咱们家门口望京西南、四元桥南侧属于北运河水系的这条西坝河，在元代是可以漕运的大运河的一部分，只是到了清代后期因水源不足，淤塞失修，逐渐失去了漕运能力。

一

因家距离西坝河直线距离不足 300 米，一眼望去，宽约 30 米的清澈河道尽收眼底。

家门前西坝河的河水涨了，原来是从上游尚家楼水闸的滚水坝"哗哗哗"地放来了春水。随着春天气温升高，河里的水草伸了懒腰，"呼呼呼"地飞长着，它们抱团嬉闹，有的竟然长到 2 米长，清清的河水里有鲤鱼、草鱼、鲫鱼、黑鱼，还有小虾、泥鳅、青蛙和小螃蟹以及我不认识的小鱼。

河边，"窸窸窣窣"，从树上掉落的是什么？原来在河道边的小山坡上，一位大姐正在采槐树花，她告诉我，"春天的槐花不老，我叫它槐米，清香得可以包包子、摊煎饼"，让我想起小时候妈妈做饭的味道。

前几日，我沿着河边漫步，不远处传来"隆隆隆"的声音，近前是一艘大约 10 平方米的无边木船，上面站着 3 位身着橘黄色救生马甲的工人，一人站在船头，半弓着腰，右手操控着船上的机械桨，另外两人各手握一把粗大的钢叉，躬腿、前倾身子用力地挑起河里深绿色的水草，再反手"啪"的一声将水草倒在船上。半个多小时过去，他们清理了 10 平方米左右的河道，木船上也堆起了 3 个半人多高的大水草垛。工人擦了擦额头上的汗水，告诉好奇的我："这一叉下去，连草带水少说 30 斤，一船 800 斤打不住。"我注意到在河边的浅水处，有师傅穿着胶皮连体裤，拉起一根长长的钢丝，两岸双双一起用力，不停地割断水草，然后才是这打捞船的工作。

满载的小船掉头，向着北岸驶去。岸上有一架简易的用马达操控的起钢索，4 位工人有负责挂钩起运的，有放架整理水草的，岸上、船上密切配合，3 大垛的水草在"哗哗哗"的滴水声中上了岸。据我了解，河道内水草的正常生长可以有效吸纳水体内氮、磷等富营养化物质，有利于改善河道水质、抑制蓝藻生长，但水草生长到一定程度后会断根脱落，大量漂浮在河面上，若不及时打捞则会影响水质。"春天水暖，水草长得快，得经常清。我们每年清理河道、打捞水草，要从早春干到上冻的。"西坝河美，是劳动者的辛劳！

二

夏天来了，河边的老枣树的树干依然黑黢黢的，但满树的绿叶吐故纳新，桃树、杏树、柳树、槐树、银杏树……不知不觉间，河边的树全变绿了。

"奶奶，蜻蜓，蜻蜓！"小男孩用胖乎乎的小手指着河边的山坡，在一簇盛开的紫色喇叭花上落有一只绿蜻蜓，他"咯咯咯"的笑声一时把我的思绪带回了童年。

"蜻蜓，粘着了！"我轻声喊起来。那时北三环路还没有修，我央求着楼里的小哥哥们带上扎着羊角辫的我，其时他们已经用橡皮筋煮好胶装在小瓶子里了，手里拿着长长的竹竿，于是高高低低的我们"浩浩荡荡"地出发了。到了西坝河边，看见有大人扛着鱼竿、拎着小桶和马扎来钓鱼，我们也会凑近看一看。那时的西坝河水清澈见底，水中游动着小鱼、小虾，河中间长满碧绿的荷叶，偶尔我还会得到一朵粉色的小荷花。一声声的"上菜喽"声响起，那是大人钓到鱼后小孩子的欢呼。

当时的西坝河旁边还有大片大片的菜地，靠近村边的小路上，时不时会看见农家的粪坑、粪堆，秋天经过时，清新的大白菜香夹杂着粪肥的味道扑鼻而来。著名京味作家叶广芩曾提道："夏家园也是种菜的地界儿，夏家园的菜长得比太阳宫的好，这里离东、西坝河更近，是元代通大都的漕河，因水源丰富，土地更肥，所有的菜都很水灵。"有一次，我们就遇到了疯跑打闹的一个小男孩"扑通"一声掉进了路边的粪坑，小哥哥们大喊着并伸出援手："快靠边，靠边！"幸亏粪坑不深，小男孩爬上来，做了个鬼脸跑去西坝河里洗澡了。但这一幕我从来没有对妈妈提起，时光飞逝，近半个世纪已经过去。

傍晚，忙碌了一天的人们，悠闲地在河边散步；有家长带着孩子来玩，爸爸抄起小捞鱼网兜，只听得"唰"的一下，捞起了河里的水草、鱼虫。"爸爸，你小时候这里有鱼吗？你游泳吗？""有鱼，我在河里游可都是狗刨的。"小女孩银铃般的笑声传来……

微弱的月光下，我踏着河边的石台阶上行回家，"嗦嗦嗦""嗦嗦嗦"，路旁的草丛里缓缓地鼓起了个小土包，我好奇地蹲下身去仔细观察，一只手掌大小的小刺猬从土里钻出来，它从卷缩的圆滚滚的身上露出两只小眼睛，好奇地打量着四周，见四下寂静无声，一骨碌滚出好远，在一处低洼处不动了。刺猬在消灭害虫方面起到很大的作用，还可以利用身上的刺来搬运植物的果实，我缓缓起身，蹑手蹑脚地走远。

三

近年来，西坝河承担了部分灌溉农田的功能，但偶尔河道旁的排水口有污水"咕咕咕"地排入了西坝河，河边小山坡上的野花蔫头耷脑，小草片片枯黄，树木无精打采，夏天的河水更是臭味熏天。北京市园林绿化部门为了治理环境，在河道两侧栽种了很多具有较强的抗污染性和修复性的树种，包括有植物界"活化石"之称的银杏树。

随着北京市落实绿色发展理念和推进生态文明建设的"河长制"的实施，河长负责组织协调供水、污水处理、雨水排出等工作，保障了水务设施的安全运行，在西坝河岸边安装了太阳能监测排污口的探头，每天设有定时的巡河人员，即使有管道不慎泄漏，也会在第一时间监控到位，一经发现排污，严惩不贷。"河长制"为维护河湖的优美环境功莫大焉。

清早，在西坝河岸边的小广场上，有悠然地打着太极拳的老人；有悠闲散步的中年人；有青春昂扬跑步的年轻人。从水边一溜望过去，每天都有人在河边钓鱼。

当第一场强劲的秋风骤起时，"啪，啪啪""啪啪啪"，银杏树的果实白果掉落，水色天光中，河边金黄色的银杏叶漫天飞舞，这是打卡人摄影的高光时刻。

四

"唰唰唰",秋风扫落叶后,冬天快来了。西坝河里,几只野鸭仍在河中玩耍追逐,一个猛子扎入水下,叼起一条小鱼,一会儿欢快地"嘎嘎嘎"地叫着,享受着它们的欢愉。

当年"阜通七坝"漕运鼎盛时,西坝河上鼓满船帆的风声,漕运码头上装卸货物劳动的号子声,商贾小贩的叫卖声,春日踏青的欢歌笑语,真是蒙太奇般的一幅"清明上河图"。而在鲁迅先生笔下的家乡绍兴,大运河在水巷阡陌中,乌篷船轻摇柔橹,悠悠地荡漾,乌篷欸乃悠远传来。大运河的历史与现实在西坝河这里交汇。

西坝河,从元代的阜通河常庆坝边走来,一走近千年,而今,你依然是一条生机勃勃的绿色生命之河,充满了一种使人心平气和的美与力。

2024 年 4 月 23 日

【主编感言】

此文讲"西坝河"的前世今生颇具匠心,可谓"前世"简明得当,"今生"美中有我,很显然,这是一篇"写自己最熟悉的"+"大运河就在我身边"的得胜文。恭喜作者!感谢作者!

【作者简介】

陈剑萍,中国报告文学学会会员,中国散文学会会员,中国林业生态文联理事。作品散见于《人民日报》《文艺报》《中国青年作家报》《中国环境报》《中国绿色时报》《北京晚报》《看熊猫》等报刊,偶有获奖。

彼　岸

高文瑞

　　幼时便被通州塔迷幻。胡同口有一爿小人儿书店，门外挂满彩色书皮，诱人，1分钱租看一次。偶看挂了《通州塔》，上面画有孙悟空，喜欢便被吸引，隔了若干时日才得以租来一看。内容在说孙悟空和猪八戒，借扫塔为名，沿台阶爬上顶层隐蔽，捉拿妖怪的故事。自此，通州塔也随《西游记》一起有了灵性，印在童年记忆。后来，于快速路上往来多次，一眼扫见大运河边古塔，便如清代诗人的描写，"一枝塔影认通州"，惦记着何时也能爬上古塔一看。

　　此塔确实古老，建于何时？古人也有迷惑。《帝京景物略》上记有一段趣事：古塔上刻有碣文，楷书，字迹不清，断断续续，下有落款，写着周□□年号。有人自诩懂古说，此塔建于周朝。作者刘侗、于奕正考证后认为，那人搞错了，佛教传入中国是在几百年后的汉代，而且那时也没有这样的书法。那人疏有不知，周是指"北朝后周宇文氏也"。之后的志书典籍多认为，塔在后周时建成。当地古有民谣："先有通州塔，后有通州城。"此言不虚。

　　塔多灵塔，而此塔供着佛像。"佛，石像也"，供在塔的中间，"中空，供燃灯古佛"，塔以佛名。燃灯塔八面玲珑，四面开窗，三面虚设，只有南面为真窗。窗有木门，门前有台，石佛应供奉于此。明朝的刘侗、于奕正看到，石佛"石面亦剥尽"。又过去几百年，风化应更严重。此时在塔下仔细观看，窗门虚掩，位置也高，不能看到里面是否有佛像，更无法确定有无那一尊石像。

　　缘何建塔，民间另有传说。通州城东临白河，白河因河中多有白沙得名，又称潞河，即今北运河。古时候，河里生有一条白龙，兴风作浪，祸害百姓。每当春季，白龙将河水吸干，无法汲水灌田，只能在河底掘井，取水抗旱。到了夏秋之季，阴雨连绵，庄稼本来水大，可那条白龙雪上加霜，将所吸河水一下吐出，波涛滚滚，冲决堤岸，淹没农田和村庄。一年年，一代代，通州民众与白龙的斗争感动了玉皇大帝，玉皇大帝派下天兵天将，建造一座宝塔，镇住河中白龙，使两岸百姓安生。次日清晨，通州人举目北望，一座玲珑宝塔矗立在北城白河岸边，全城沸腾，都说那是镇河塔，镇住了白龙。从此两岸人民再不受白河侵害。

　　宝塔发生过一件怪事。光绪《顺天府志》记：塔在顺治年间圮毁严重。过了很久，来了一位老僧，说自明代时就有人叫他，直到今天他才到。于是化缘维修，康熙年间修成，还在塔下修建了廊室，又做了很多铜铃，挂在塔身，声音悦耳。据现山门外的简介上记，悬有风铃2248枚，挂满宝塔。铃随风动，风声越大，铃声越响。风雨大作时，铜铃齐鸣，声势浩大，形成阵势，以至"闻者咸心动震怛云"。燃灯塔现今矗立在通州古城北，佑胜教寺内，北周时建，唐代贞观七年（633）复建，辽代重熙年间重建。元明清各代都有过维修。古塔分13层，"高二百八十尺，围百四尺"，为砖木结构，密檐实心，莲花台座，上有宝珠、相轮、仰月等，造型独特，体态优美。

　　古塔八面均有精美砖雕，还刻凿出几百尊雕像。听到有人说过，之中有一尊极像猪八戒，肥耳巨嘴，大腹便便，令人喜爱。沿古塔周围走了两圈，雕像头部多有缺失，于几百像中，很难找到那一尊。塔上雕像，有披铠甲执剑者，也有着袈裟合掌者，有慈眉善目者，也有凶相毕露者，这让我联想到那本小人儿书中的各种人物和鬼怪，通州塔是否真与《西游记》有关，吴承恩是否看到过古塔，受到过启发，也未可知。总之，雕像有立有坐，各具形态，惟妙惟肖，可称艺术精品。

还有人称，13层南面当中，有砖刻碑记"万古流芳"，下纵刻一首诗："巍巍宝塔镇潞陵，层层高耸接青云。明明光影河中现，朗朗铃音空里鸣。时赖周唐人建立，大清复整又重新。永保封疆千载古，万姓沾恩享太平。"背面正中刻"立碑僧寂玉造"。只是听说，几十米高塔，一块砖尚且看得不清，何况如此小的字迹。不过这些文字写得倒是真切，把燃灯塔创建重修事迹、所在位置、特殊景致、企盼心情描写出来。

古塔上还有奇事。顶上有一铁箭头，天气晴好时便能见到，很多人这样传，志书上也记，此事发生在金代，"上有铁矢，旧以为金将杨彦升所射"，而且言之凿凿，"迄今犹存"。这很吊胃口，也想找个好天观看。查过光绪《顺天府志》，不禁暗笑，原来古时也有与我同趣之人，想爬到塔顶一看。不同的是，我想学孙悟空，沿塔内台阶而上，看看通州景致，而他却是在探究古人传说。那是清朝人，名朱溶，从塔外爬到塔顶。读到此处，心里一震，这事不易，如此高的古塔，不要说搭脚手架，即便攀爬，至少也要十几丈高的梯子。制造需花费，爬上还需胆量。此人果真看到了究竟。原来塔内从塔尖到下面分出8个棱角，各有铁柱，"隐以铁柱柱持瓴甓内，岁久剥落，铁柱出，遂谓若矢耳"。原来那铁箭头是砖瓦剥落后，露出的铁柱。真相大白，破解了百年之谜，而此举又触目惊心。

幼时的幻想，自行破灭，塔下为砖砌实心，不能攀爬，显然《西游记》在虚构，生出诸多情节。不过塔内并非全实，上有空隙之处。古塔近年曾有维修。据参与者说，塔的两层砖台的中心，严丝合缝地插立一根巨大的熟铁塔心柱。这根铁柱串联的全是铜铸法器。相轮处有8根大铁链，分别与所对13层顶的8条垂脊连起来，既有稳固塔心柱的作用，又有很强的装饰性，是古塔建筑方面的杰作。这便与清人朱溶所见有相吻之处。参与者还见有四条扁铁支撑上有阳铭三条："康熙岁次戊寅仲夏吉旦立"，为此塔重建竣工时间；"成造宝塔戒僧赵盛修建"，为该塔重建之工程师；"成造解进忠"，为铜铸部分之工匠。文字记得真切,这是外人不能见到的。

塔上还有奇景,顶部生有一榆。此榆年龄多大?无人知晓。每年生叶甚晚,春雨后才发芽,而秋风初起,便行落叶,只余枝干。人们有时认为死,有时认为活,死去活来,不知经历多少春秋。据当地老人讲,小时看到的与现在大小相仿,看来此榆生长极为缓慢。为保护古塔,1987年修缮塔顶的时候,将它移植塔下。当事人发现,榆无主根,全是须根,密密麻麻布于整面瓦下砖上,靠着上面微薄渣土生存。不知何时,也不知榆钱儿如何到了塔顶,适逢雨季,得以生长。有人估计,榆龄有几百年之久。条件恶劣,其顽强精神足以赞叹。

如今此榆移至塔下葫芦湖畔,生长条件大为改善,非常茂盛,当地人约定俗成,都管此树叫塔榆。很想看看这棵奇树,于是离开佑胜教寺,奔向湖畔,相距不远,由于施工,绕道西海子公园。湖水碧透,绿柳环岸,休闲之人在这里或晨练或娱乐,很有生活情趣。问起塔榆,他们都知道,只是那里挡着铁板,无法进入。塔榆不高,周围树木繁多,只能从缝隙中看到所在位置。

公园里,青松翠柏,无意间发现古墓。明代著名思想家、史学家、文学家葬在这里。李贽字宏甫,号卓吾,著有《焚书》《续焚书》《藏书》《续藏书》等。他在府衙的楹柱上写了两副对联:"从故乡而来,两地疮痍同满目;当兵事之后,万家疾苦总关心。"另为:"听政有余闲,不妨麑运陶斋,花栽潘县;做官无别物,只此一庭明水,两袖清风。"可见其为官思想。他最终以"敢倡乱道,惑世诬民"的罪名在通州被逮捕入狱,其著作被焚毁,李贽自残而亡,享年76岁。墓西有通县人民政府所立《重迁墓记》碑,记述了李贽死后,先葬于北京通州北门外马寺庄迎福寺侧,1983年移至此地,依照旧制,青砖宝顶,墓前碑楼立有其好友焦闳书"李卓吾先生墓"碑,碑阴有记。碑前还有"一代宗师李卓吾先生之墓"碑,为文化部部长周扬敬题。

有古物榆、墓相伴,"古塔凌云"便多了层面,为通州八景积淀了内涵。

而"一枝塔影"不能近取，远望才有意境。想起了看过的老旧照片：运河如带，古塔矗立对岸，这是最好的角度。古诗有描写："天气清霁，塔影飞五里外，现白河水面，蠕蠕摇摇然。"还有："塔影远垂，映白河中，作摇摇势。"水上之塔，是为一景，而倒映水中，更有韵味。于是来到运河东岸，行走多时，慢慢体会古人心境。此时看去，没了旧时的空旷，塔的下部，盖起了现代化的楼房，而古塔卓然，立于其上，气势巍峨。无论怎样，这是北京地区最高最大的塔，名冠幽燕。神圣之塔在通州人心中，没有隔膜距离，而是亲切地称之为通州塔，那么平易，与幼时记忆的名字一样。

当年皇帝看到过这里的景象，描述另有视角，乾隆三十五年（1770）作有《过通州》："树梢看塔影，烟外过通州。沙岭延东亘，潞河自北流。浮桥连巨鹢，野岸起闲鸥。发帑完成郭，无非保障谋。"通州城的作用意义不必细说，塔也自有妙处，描写的景物也如照片一般，提供了真实画面，从中能看出大运河的历史与风貌。

燃灯塔是通州的标志，是京杭运河北端的象征。遥想古时，在大运河中航行，在漕船商舟上放眼北望，几十里开外就能看见城墙高耸，上有宝塔，凌云半空，十分壮观，宛如灯塔，引领航向。北上京城，千里行程，即将停泊，一年奔波劳碌的漕运也有了归宿。

那是心灵的彼岸。

【主编感言】

本文可谓写"一枝塔影识通州"，即京杭大运河北端"燃灯塔"的精品力作，不禁令人想起李白初登黄鹤楼时的吟赞："眼前有景道不得，崔颢题诗在上头。"真是如此，穷尽《彼岸》一座塔，"那是心灵的彼岸"。谢谢作者，恭喜作者！

【作者简介】

　　高文瑞，中国作家协会会员、中国散文学会理事。出版散文、随笔、报告文学、传记文学等 10 余部。文学作品获冰心散文奖等奖项约 40 次。北京电视台曾为其专著做专题片。

从大通桥码头到京师十三仓

青 铜

我第一次见通惠河是在 1983 年 7 月下旬，从安徽蚌埠军校毕业，乘坐与京杭大运河交织并行的京沪铁路 126 次直快绿皮列车驰骋北上，奔赴首都北京，前往解放军总医院报到。之前，京杭大运河虽然我没有见过，但在中小学和大学课本中却耳熟能详，心目中认为她与长江和黄河、万里长城和天安门广场一样，名满天下，享誉世界，是中华民族的瑰宝。

途中夜与昼，北上的列车与南下的运河，先后在徐州、德州、沧州、天津等地交会，我隔着透明的列车玻璃窗几次看见这条世界上里程最长、工程最大的人工运河，心潮起伏，浮想联翩。一边看着眼前机帆船、铁驳船穿梭往来，一边想象着古代百舸争流、樯桅林立的繁华盛景。

列车经过十几小时的长途奔驰来到北京，开始降速缓行，过永定门车站之后，从列车广播喇叭里得知前方经过东便门附近的通惠河铁路桥，列车即将抵达终点北京站。听到这里，我心情激动，边起身收拾行李，边看车窗外的景色。当列车"咣当、咣当"地经过京沪铁路与京杭大运河的最后一个交会处通惠河铁路桥时，我急切想找到历史地理课本上描述往昔通惠河两岸驳船穿梭、漕运繁盛的旧痕，然而，面对的却是荒芜的蒿草、斑驳的河岸、私搭的违建和浑浊的河水，曾经的辉煌荡然无存，不禁有点失落。

到了总医院，干部处把我分配到汽车队任排长。我和新老战友畅聊北京的过去、现在和将来。关于大运河的话题，我好奇地问，通惠河上有名的大通桥码头呢？三班长刘金明说，60年代修地铁时把大通桥拆了，码头早就没有了，现在建成了铁路机务段，停的全是火车头和列车车厢。

我的心情一时黯然，690年前元朝科学家郭守敬组织开凿了由通州到大都积水潭这一段大运河最北的工程，呈现"舳舻蔽水"的壮观景象，被元世祖忽必烈亲赐名通惠河，遂成为北京漕运最发达的水道；延续到明朝和清朝，通惠河一直得到维护，长期是皇都北京的一条经济命脉，历史多么辉煌啊！直到20世纪初叶，铁路和公路兴起，成为纵贯南北的交通大动脉，漕运才开始衰落并最终停止。

我慨叹，几百年漕运的辉煌只存在于尘封的历史记忆之中了。刘班长说，不用着急，北京城市总体规划很快就要实施了，包括建设二环快速路、北京西站、文物古迹重点保护等等，力度相当大。到时候，东便门这一带被老百姓称为"臭水河"的通惠河肯定会重现碧波荡漾、绿树成荫的景象。

我突然醒悟，古代河运大动脉的终点大通桥码头，与当代铁运大动脉的终点北京火车站，如此接近，几乎重叠，回溯京杭大运河昔日的辉煌，面对京沪铁路当下的繁荣，可谓风云际会，沧桑巨变，历史更迭，挺立潮头。

只要看到北京站的宏伟规模、科学布局、诸多功能，看到车站进出口川流不息的旅客，站台轨道上车水马龙的列车班次，就可以想象出明、清两代大通桥码头的繁华气象。通惠河水域宽阔，驳船穿梭，千艘衔尾，如鱼群前后相连；各闸口中，等待转运的驳船，密密麻麻，似鱼鳞依次排列；大通桥码头，漕粮卸下，货物装上，南来北往，旅人攒动，熙来攘往，异常繁忙。这些遥远而漫长的历史镜像复活起来了，我着实很兴奋。

是啊，码头与车站、漕粮与军需、运河与铁路、水路与陆路，相互并列，相互重叠，如果说大通桥码头是北京站的前身，那么北京站就是大通桥码头的延续。历史长河的变迁，人类文明的进步，让北京这座千年古都的温度触摸可及，北京总是在历史潮头，乘风破浪，日新月异，奋勇向前。

解放军总医院的规模和人员在全军乃至全国医疗系统都是数一数二的，除周日，每天发四路班车，接送上下班的医护人员，路过南新仓、海运仓、颐和园、积水潭、丰台仓库等等，这些地方散布着驻京各军事单位。

我就好奇地问，咋这仓那库，这潭那口的？老兵封长彬回答，仓与库，潭和口，跟大运河都有关。这些仓都是元、明、清各朝代的皇家粮库，这些潭也是那时的漕运河道或码头。四班长常志群解释道，哪一个粮仓米库都有几百上千年的历史，跟我们现在的军用仓库和物资分部一样，东二环边上，就有古代漕运史上著名的"京师十三仓"。我恍然大悟，这又是深藏在厚重历史沧桑中的国之重器与军需补给要地，使命重大，作用重要。

1988年8月，我调任总后勤部管理局汽车一队直属分队长。分队有一项重要工作是调度和派遣总后机关的几百台小型车辆执行军事保障任务。我本着熟悉业务快，解决调度人员少的实际情况，主动请缨兼任调度员，得到了队长赵春义和教导员宋继明的批准。于是，我和志愿兵万满民、吴乃利、冯月校一起昼夜轮流值班，执行车辆调度和派遣的任务。

小小调度室，两部电话机响个不停，我们忙碌地接听上级各部局委办下达的派车任务，再迅速选调相应车型和司机执行任务；司乘人员川流不息地进出，领派车单，收回车单。派车单上目的地是驻京总部机关、军兵种驻地、国家部委、院校企业、车站机场等等，经常还有去南新仓、海运仓和禄米仓方向的任务。

总部机关汽车调度台，整天高速运转，人来人往，正常任务不断，临时任务不少。一天下来，我们几个调度员累得腰酸背痛，渴得口干舌燥，但累并快乐着。

我的思绪穿越到古代，想起《大唐秦王词话》："自古道三军未动，粮草先行，兵精粮足，战无不胜。"联想到大运河，感觉在大通桥码头和南新仓那一带，作为国家数百年的军戎重防禁地，整天忙碌的就是粮草运输、装卸、转运、贮藏、保鲜等等，关乎的都是国家命脉、军机要事，又联想到自己为全军后勤领导机关担负的车辆保障任务，既要保质保量完成，又要注意保密安全，于是，一种使命感、责任感和自豪感油然而生。

转眼到了 2024 年龙年行大运，"最美大运河"征文活动开始。从策划动员、征文启事，到组织讲座、实地参观，李林栋会长都煞费苦心、张罗忙乎。

4 月 13 日清早，我又从大通桥码头到京师十三仓，来一个重走再访最美大运河。从建国门地铁上来，改骑共享单车南行，先后映入我眼帘的是古观象台、东南角楼和北京站钟楼尖顶，三座全国重点文物保护单位高大巍峨、气势恢宏，既古朴雄浑，又现代典雅，彰显出通惠河西岸的历史厚重感和现代时尚感。

骑行至明城墙遗址公园，只见爬墙虎绿草满墙，高大的国槐、挺拔的银杏、塔样的油松，郁郁葱葱，点缀其间；由东往西依次形成的"古楼新韵""残垣漫步"等景点，明快简洁、朴素大方；城墙虽残缺，美感却别致，花朵鲜艳密实的山桃花、绿叶衬底花色淡雅的海棠树，香气四溢，夺目养眼。

南北双向八车道的东二环快速路与东西向的京沪和京哈铁路桥、东便门道路桥，纵横交错，车水马龙。一直东去的通惠河，经过河道、水务、园林等部门若干年通力合作，全线清淤，拓河修堤，由曾经的"臭水河"华丽变身为一泓 40 米宽的潺潺碧水，清澈激滟，水草依依，鱼翔浅底，楼影倒映，一派生机。

自大运河申请世界文化遗产以来，变化最大的是通惠河南岸洲头，40 年前曾经集脏、乱、差于一身，现在脱胎换骨变成了角楼映秀公园、大通滨河公园和延伸到东三环的庆丰公园。公园的狭长花带，五彩缤纷地镶嵌在通惠河南岸，成为京城有名的"网红"打卡地。

小乔木花卉，高低错落，相互掩映。花冠大如杯状，或白或紫的名贵玉兰花，香气淡雅；枝条密匝展开，花朵紧簇成串，鲜红或淡红的榆叶梅，香沁心脾；花筒细长如钉、花瓣有紫有白的欧丁香，香气袭人。

灌木花卉，低矮铺排，蓬勃生长。枝条袅娜低垂，圆卵形单叶六花瓣、最早报春的迎春花，鹅黄明丽，翠叶衬底；枝条高大下垂，呈长扁四棱形单叶四花瓣的连翘，金灿耀眼，压满枝头。

沿河岸纵列的一长排柳树，枝条细长，弯垂摇曳，嫩芽翠绿，叶片似眉。蜿蜒的微凸坡地，跌宕起伏，铺满草坪，翠绿嫩黄，花草馨香。漫步在姹紫嫣红的公园内，一路嗅着丁香的浓郁异香，体验仲春时节大通桥码头一带明朗亮丽的风景线，十分舒坦，好不惬意！

虽然集桥梁、桥闸和桥码头于一身的大通桥已被拆除，令人遗憾，但大通桥作为通惠河漕运的最终停泊点，装卸粮物，在此上岸，粮入仓廪，作用巨大。从映秀公园西眺，可以看到东南角楼倒映在通惠河水中，沿京杭大运河一路并行北上的京沪铁路上，一列列"和谐号""复兴号"高铁动车组，电笛悠扬，通过四季花海，横跨通惠河，悦耳秀美。从大通滨河公园北望，大通闸码头北端，丹枫公馆、CBD 文化广场、万豪国际公寓、建外 SOHO 楼群等等，错落有致，鳞次栉比，绿草如茵，蔚为壮观。

站在昔日的大通桥码头岸边，我的脑子幻化出古代在这里呈现的"漕舟千渡，帆樯林立，商贾云集，游客如织"的繁茂景象，看看当年全国铁路客运规模最大、设备最先进，超过大通码头好几倍的北京站，再联想到如今运营的铁路"巨无霸"北京南站，忍不住感慨万千。网上最近甚至有传闻爆出，明年可能有时速达 600 公里的高速磁悬浮列车产生，届时从上海到北京仅需两个半小时。这则消息令人振奋，真是"坐地日行八万里"，大可期待。

从庆丰公园西园跨通惠河小桥北上，我沿古漕粮车运线路，经 17 分钟骑行到了 3 公里外的禄米仓胡同，看见古时候贮漕粮的禄米仓遗址有部分保留。相传，明朝名臣海瑞曾在嘉靖年间担任过禄米仓仓场监督。胡同里的全国重点文物保护单位智化寺保留完好。

我继续北上骑行 2.5 公里，14 分钟后到了著名的南新仓。这里作为全国仅有、北京现存规模最大、现状保存最为完好的皇家仓廒，也已成为全国重点文物保护单位。明永乐七年（1409）在元代北太仓的基础上修建南新仓时，外墙与皇朝城墙一样按军事标准建造，保证其坚固耐用。经 600 多年的风化剥蚀，老围墙已破败不堪。现在，又复建翻新。我近前目测，厚重高大的围墙有三米多高，透出一种森严壁垒的感觉。

几十年间，我造访过南新仓多次。眼下，从南往北看，南新仓左边是解放军总医院某医学中心，右边是新保利大厦。在京城寸金寸土之地，传统与时尚并存，古遗与现代同行，可见曾经担负着京师储粮重任的古十三仓，在历代王朝维系京师民生大计的过程中发挥了重要作用。

从大通桥码头到北京站，从京师十三仓到北京东城区，不但见证了古都北京的漕运史、仓储史，具有极高的文物价值，而且见证了中华民族灿烂文明的赓续、发展。我们的未来更美好！

【主编感言】

很显然，本文又是一篇应征力作！所谓力作，除了功力所在之外，就我们这次征文来说，还意味着若不花些力气"研究研究"或"走走看看"，而仅凭想当然或不管不顾我们的征文要旨"最美大运河"（北京段），是很难写出上乘之作的。之所以要借作者这篇力作言此，是因为到目前为止的不少来稿中，即使是一些名家之作也一改再改，而因上述之故仍在续改之中！这个"通病"如鲠在喉，我们不得不及时在此说一下，提醒大家一下！由此再说到眼下这篇来稿力作，正像此前我们已然先后推出的马力、刘春声、高文瑞等力作一样，除其功力斐然以外，都是有其"实践出真知"功夫在的，这尤其令人可敬可佩而击节叹赏！当然，这还不够，就本文作者而言，他的直奔主题绝不旁逸斜出，他的"以我求河"在于用心与努力，或者换句行话来说，无论是时间跨度还是空间维度，他的"形散而神不散"，都是堪为功力所在而令人叹赏不已的，可喜可贺！谢谢作者！

【作者简介】

　　青铜，本名欧阳青，系中国作家协会会员，中国散文学会会员。毕业于解放军艺术学院第五届文学系。曾在《作家》《中国作家》《解放军文艺》等报刊发表作品，著有小说《青苹果》《困惑》等多部。

因为探源，所以更爱

——什刹海风情录

吴东炬

探源什刹海，对我这个曾以为对它很了解的人来说，不仅产生了一种新乐趣，而且产生了一种从未有过的新感悟。

这是一片曾经风生水起的海。什刹海，饱经沧桑，几易其名。在金代时它叫白莲潭，到元代时管它叫海子，又叫积水潭。积水潭这片大海子，在元代有一半被圈进了皇城。同为一湖水，名誉分高下。圈入皇城的部分有了身份，改称太液池。未被圈入的部分名称一改再改。继积水潭、海子之后，还叫过西湖、北湖、后湖，到了明代才开始叫起十刹海这个名字。直至清代，水域被细分，名称又有了变化。到了民国，原积水潭水域名称基本定型，有了十刹前海、十刹后海、十刹西海，略称前海、后海、西海。这里，什刹海和十刹海两名是通行并用的。十刹海之称有说是源于海子边庙宇众多而得名，也有说是依十刹或什刹一寺而起的。不管如何变化，围绕什刹海自元以来就有庙20多座，这倒是有据可考的。不过，得费点儿功夫。

先人们深知建城立市离不开水，历朝历代都做足了"水"的文章。北京修运河从辽代就开始了，曾有萧太后河，也叫运粮河。金代也修运河，利用积水潭和高粱河。当时元大都的设立是颇费过一番心思的。都城以北及西北方，有燕山山脉横亘依靠，成为天然屏障，寓意为江山如磐，固若金汤。城内的积水潭水域，涵括了北海和中海，其西北面延续到新街口外的一片海子，叫太平湖。可以说，整个元大都是依托和围绕积水潭这片大海子修建而成的。

说到这儿，得感谢一个人，他就是元代著名的水利专家、天文学家郭守敬，他最大的功绩是提议并主持修建了通惠河。自辽、金起始修建的大运河，到元代京杭大运河全线贯通了。郭守敬修的通惠河，引昌平白浮泉水扩充了西山瓮山泊的水源，利用高梁河加以疏浚，再引瓮山泊水在西水门汇入积水潭，流至今地安门外向东南折流，沿东安门北街南下，向东在今崇文门合入旧运粮河，一直到通州，过闸桥出东水关南行，在张家湾东与北运河相接。这段河是北运河的南支河。北支河是金代修的那条高梁河经什刹海东北方向的坝河与通州水系相连。元时，是京杭大运河风生水起的鼎盛时期，当时城市供水的问题解决了，南粮北运的水上通道也畅通了，郭守敬功莫大焉，没人能比，那叫能耐！

什刹海，饱经沧桑，几易其名。京杭大运河自通州有两条支运河与什刹海相连，一路北上的南方船只可以直达皇城腹地。什刹海作为大运河最北端的水陆码头，要汇集两条运河河道上驶来的漕船，桅樯林立，熙来攘往，其水域面积之大，漕船齐聚水上声势之壮观，这是一幅有别于《清明上河图》，更加蔚为大观的《京杭运河图》，令人叹为观止，绝了。

这是一片有情义的海。时代更替，斗转星移。什刹海的浪花，从没衰落，也从未干涸。风里雨里，朝夕守望，它昂着晶莹圆润的脸颊，笑对着岸畔上的时过境迁，世事幻化……不是所有的北京人都能有机缘与什刹海朝夕相守，也不是所有的幸运儿都能得到什刹海的青睐与回眸。您问我对什刹海为什么多透着一份亲，多含着一片情？算您问着了，听我慢慢道来，您准会说：敢情！

什刹海里，我学过游泳。20世纪60年代中后期，正是烈火熊熊燃烧的岁月。7月暑热难熬，一天上午，机关里召开过一个大会，火药味儿剧浓。刚一散会，同办公室的同事就拉我到一边说："走，带你去一个凉快地儿！"我奇怪地问："去地下室打乒乓球？"他神秘地说："先不告诉你。"不大工夫，我俩骑上自行车，离开中组部机关大院，穿过背阴胡同，经西皇城根儿，过厂桥，一溜烟儿地来到了什刹海前海。

噢！平日湖水荡漾如画的什刹海，变成了露天游泳场，人头攒动，水花四溅，跟煮饺子一样，好不热闹。不由分说，我俩把自行车锁好，脱掉衣裤，往车后座一夹，跨过栏杆，沿阶步入水中，用水撩湿胸口，活动了几下胳膊，缓缓浸入水中，任清凉的水流拥抚全身，顿时，充斥胸中的炙热被涤荡净尽，神清气爽了许多。同事长在大连，从小会水，一身好水性，纵身跃入碧波，潜水艇似的游动而去。我不行，是旱鸭子，即便能憋口气扑腾几下，可脑袋直愣愣立出水面不会入水换气，就更甭提啥姿势了！从那以后，我和同事便每天中午就利用午休时间骑车去什刹海游泳，求得心灵上的一丝清凉。

什刹海边，我有一间爱的小屋，留下了一段回味无穷的最美时光。

20世纪70年代的第一个春天，我也迎来了我人生的春天：和在同一机关工作、相识五年的女朋友李淑琴喜结连理，我们结婚了。新房就坐落在什刹海后海南岸的观音寺胡同（现东明胡同）14号。

那是一条再普通不过的东西向胡同，西临德胜门内大街，往北不出10米就是后门桥，桥西是西海（积水潭），桥东就是后海。出胡同东口就是后海南沿。一间8平方米的南屋，是一位老师傅一家五口三代人的"祖屋"，一间屋子半间炕。厂里在石景山厂区给他分了新房才乔迁的。我搬入前，几个内弟帮助把土炕拆了才能挪腾身儿。我一个4000多人大工厂的普通工人，能有一个独立的空间，摆下一张请同厂木工师傅手工打制的双人床、二屉桌，和用家具票买下的小衣柜、一对陪嫁的衣箱，安下一个能烧水做饭又能冬天取暖用的铸铁火炉，墙角还能挤下一个直径30厘米、高60厘米的里外挂釉的小水缸，"标配"的二人世界，在当年够"天方夜谭"的了。

那是一个由四合院经改造和延展的临海小院，居住着六户善良质朴的人家。一家炖肉全院香，一家生忧全院忙。邻里间互敬互帮，和谐相处，对我们新安家的小两口关爱有加，添煤、留门，从不计较，胜似亲人，为我们的小日子平添了许多温馨和快乐。令今人猜想不到的简单、简朴、简洁的"婚礼"就在小院举行。没迎新车队，没司仪，没香槟塔，也没大蛋糕。下班后，老同学、新工友、老街坊就赶来围坐在当院，几张小饭桌，几圈小板凳儿，吃水果糖、嗑葵花子儿，敬一杯甜茶，收满院祝福。寒碜？才不呢。我们两个新人对大家的回报是，唱了一段样板戏，大家不饶，又加唱一首《革命人永远是年轻》才算通过。由衷的说笑声和着歌声久久回荡在"海空"。

什刹海是我们爱情的港湾。数不清的夜晚，我们在后海沿岸散步，享受着劳作之余难得的休憩；数不清的午夜，我去积水潭和新街口交叉的路口，等候从石景山发出的夜班车，接下中班的妻子回家；更数不清有多少次灯下，我满怀激情地笔耕不辍，坚持业余文学写作……终于有一天，妻子惊喜地告诉我，她怀孕了，我们大喜过望。一年之后，迎来了我们爱情的结晶——儿子晓光。

这是一片簇拥我书山跋涉、艺海泛舟的海。70年代末，全国曾失学的大批学子迎来了中断后的第一次高考，好似久旱的禾苗喜逢春雨。不久，我凭借着多年的业余文学与戏剧知识的自修，大着胆子报考了中央戏剧学院戏文系。苍天给力，我通过了初试，进入复试。复试的考场就在什刹海北岸一箭之遥的鼓楼城楼大殿上，名副其实的"殿考"。考试科目有戏剧、文学知识和写作，分两天进行。考试的人中没见到熟人，只记得我前一个座位是日后被戏剧学院录取的著名作家肖复兴。考试那两天，暑热难挨，对考生更是增添了精神负担。好在爱人请了假，在鼓楼东大街的馄饨馆里等着我，为我凉好吃食，陪我考试，减少了不小的压力。第一天考完没地方午休，我俩吃过午饭就坐上5路公交车，到北海琼岛北坡的凉亭里歇息，下午再接着考。最终三门获得平均80分以上的成绩。遗憾的是名落孙山，天外有天啊，还得铆足了劲儿。

80 年代末的一个秋天，就在什刹海东岸的一家会馆中，中国纪实文学研究会召开一次创作活动表彰大会，会长刘佳先生亲自将会员证颁发给我，并邀请我参与研究会的组联工作，鼓励我在纪实文学领域再创佳绩。什刹海，又一次为我在文学之路上的成长加油鼓劲儿，从那以后，一系列纪实性诗文如泉涌而出，成为我跋涉在诗与远方旅途上的足印。

这是一片想起来就身心温润的海。令我终生铭刻于心的是，我有幸参观了中南海伟大领袖毛主席的故居。1984 年冬，国家机关组织部分工作人员到中南海参观，我被通知可带家属一同去。说实话，能进入昔日的太液池、今朝的中南海参观，无论怎么说，那也算得上是份殊荣。参观当天上午，我们一家三口随同参观人员从北长街警卫驻地排队进入了中南海，先后参观了瀛台、静谷，并在毛主席故居丰泽园门前留了影。走进丰泽园，隔窗瞻仰了毛主席他老人家的菊香书屋、办公室兼客厅、被古籍典藏堆满半床的卧室，睹物思人，感慨万端，感到他老人家音容宛在，并未离开，他永远活在人民心中！

什刹海，多少北京人休养生息的摇篮。甲午年春节刚过，年届不惑的儿子和儿媳刚从外地演出归来，说馋了想吃宫爆鸡丁儿，便开上车带上一家人，来到万宁桥南地安门大街把角儿的峨嵋酒家。饭后想遛个弯儿，正赶上什刹海变成了溜冰场，人们在冰面上滑行、旋舞、跌倒、爬起，热火朝天，不亦乐乎。经不住诱惑，没的说，租了三辆冰车，我们也欢快地滑起冰来。孙女聪聪还自告奋勇推着我和老伴儿坐的冰车，在冰面上东奔西跑；儿子也护佑着聪聪滑来溜去，看着他们天真烂漫的笑脸，"奔七"的我们，仿佛又回到了逝去的童年。

斗转星移，岁月如烟。故地换新颜，唯留碧玉海。2022 年 6 月，我让年近半百的儿子晓光开车来到后海南沿的东明胡同 14 号寻根，重温旧梦。谁承想，爷儿俩徘徊在面目全非的故地，愣是找不到熟悉的面孔，进不去那座斑驳的街门了。只得临海而立，留下身影怀旧情了。

沧桑如梦难描画，为有源头活水来。什刹海，北京人的海，也是每一位热爱北京、向往北京、建设北京、守望北京的人心中的海。当下的什刹海，早已不是往昔的什刹海。入夜，海空澄净，彩灯陆离，笙歌笑语，仙若梦境。什刹海每年每月都有令人惊喜的发展，每时每刻都发生着令人振奋的变化。什刹海正以崭新的姿容，引领时尚，牵手祥和，走进千千万万与它邂逅相迎的心灵，因为它充满激情和希冀，目送着北大运河一道向东、向南奔流不息……

【主编感言】

尽人皆知的什刹海，可谓是大运河（北京段）上的一位"哈姆雷特"，各人眼里皆有其"风情"万种。但作者"只取一瓢饮"，把他数十年来与之的种种"纪实"一一道来，层次明晰，显豁真实，道是寻常非比寻常：因为探源，所以更爱！感谢作者不厌其改写出的这一篇独家"风采录"，这是一页难得的什刹海信史。谢谢，非常感谢！

【作者简介】

吴东炬，资深记者，中国作家协会中国纪实文学研究会作家，文化创意学者。现任环时网、又见丝路网执行总编。著有《北京大观园》《在谢老身边的日子》《从紫禁城到黄土高原》等诗歌、散文、影视、纪实文学作品多部。

白夜幻河

姜思琪

亮马河是从来不缺光的，无论从前还是现在。

我总以为一条河有一条河的气度，像潮白河的苍茫，通惠河的古朴，永定河的悲壮。京城里的河多半是活泼洒脱的，不像青山里的幽泉，磅礴的大河，承载不了太多寂寞。所以它们从来不缺热闹，或因为人声鼎沸，或是有声有色。亮马河就是这样一条永远不会寂寞的河，它是一条彻夜无眠的河。

大概多情的人心里都有两条河：一条塞纳河，一条秦淮河。秦淮河的桨声灯影，应是摇着旧文人的碎梦，远去了。我没有见过塞纳河，但料想塞纳河的流光溢彩也远不及亮马河，它的夜是蒙上了伪装的白昼，让人在晨晖与黄昏之间不辨真伪，它是一条载满光的幻景之河。

它的光正好映衬了它的名，而它的名却并不是因为光。亮马河从前叫"晾马河"，也就是晒马的河。它是坝河的支流，明代以前坝河做运粮河，属大运河的一段。南来北往的客商在此歇脚，熙熙攘攘，洗马踏歌。它的热闹应该是从那时就开始的。明代以后通惠河改成了运粮河，它就成了一段盲肠，若有似无地坠在已废弃运河的尾端。应该有很长一段时间，它的岸边不再人潮如织，而是禁卫森严，百姓晒马的河成了皇家禁苑的晒马场，人声渐消而马嘶长鸣。一记响鞭惊起，悠荡在水波里，摇摇晃晃地撞向运河岸。未知运河的那一头是否可以闻得一声回应，或者是十步之遥，或者是百年以后。直到坝河改作了排污河，彻底失掉了运河的身份，亮马河也便成了一条无人问津的污河之尾，再无人晒马，再无人踏歌。

我记事的时候，就住在亮马河边，这是我生命最开始的地方：一条臭水河。有人说，人在出生前会梦见一片海，或者是水。我对这并不怀疑，在母体里的时候周身被羊水包裹着，所以人是从水里来的。人们也常把河说成是母亲，艾青写《大堰河——我的保姆》，说自己是"吃了大堰河的奶而长大了的，大堰河的儿子"，一个人与一条河可以有着难以言说的血脉相连。所以总会有一条河，与自己的出生有关。

人的记忆是一种很奇怪的东西，常会选择性地遗忘一些事，再选择性地加工一些事。对于这条河，我出现过很多次记忆的偏差，不知是白夜的光制造了梦幻，还是因为时间让记忆的光影变得模糊。无论亮马河现在变成了什么样子，与它有关的印象总是那条垂着拂柳的臭水河，柳叶沾满了虫吃的孔洞和黏着的树胶，知了聒噪个不停。

记得河上是有一座主桥的，就是"亮马桥"。印象中和现在的是完全不一样的桥，单调，宽阔。而今这座桥显然富丽堂皇得耀眼，有着钢索的桥体，满是欧美风。我在这座桥上摔过一次，所以印象很深，是一座铺着石板装着铁栏杆的桥，暗沉沉的古铜色散发着锈蚀味。

那次是父亲领着我从农展馆买了第一辆自行车，带着辅助轮的红色小车，鲜活耀眼，这在同龄的小朋友之中已经算是奢华的了。父亲在车头拴了根绳，他在前面骑，我在后面追，他不时回头看我一眼，我便蹬得更起劲，就这样从农展馆一路骑回亮马桥。我从没骑过车，但靠着辅助轮也可以在马路上飞奔。那段路和现在一样喧闹，只记得车铃声不停地吵，混杂着小贩的吆喝声一起灌进耳朵，太阳刺眼，我的头一阵阵发蒙。骑到桥上时，精神恍惚间不知被哪个裂缝绊了一下，绳子一歪，翻了车。

我听不到父亲唤我的声音，却清晰地闻到了桥上石板的味道，被太阳晒过混着尘土的味道，桥下泛着浓重腥味的水草气也从石板缝里钻了出来。以至于记忆里的很多个夏天，这股味道都会在某一个瞬间莫名其妙地苏生出来，不是同一座桥，也没有相似的河。可能它只存在于我的某一种幻想里，是记忆经过了这么几十年的光阴，仍然想留下的东西。究竟想留住什么呢？我也说不清。

后来在网上搜过很多次"亮马桥"，也都又回去看过几次，无论图片里还是我亲眼见的，都再没有那座装着铁栏杆的石板桥。

还有一段记忆，也出现了偏差。那时我们一家三口常会在吃完晚饭后沿着亮马河散步，亮马河的对面就是昆仑饭店。90年代能数上名的大厦没几个，那一片除了"燕莎"就是"长城"，昆仑饭店就很扎眼，因为造型实在太特别了，不像一般意义上的楼。也许当时在全北京，它是第一个拥有异形屋顶的楼，那时在我看来就是外星人的建筑。

90年代的夜来得很早，八九点钟一过，万家灯火便见稀落，街上的人也三三两两地散去了。河畔的柳仿佛扭曲了形状，在幽蓝的天色下只剩下浓重的黑影。小孩怕走夜路，大概是黑夜会放大很多寻常的东西，包括恐惧。快走到昆仑饭店的时候，色调就一下子变了，只有这一带是灯火辉煌的，明晃晃的光倒映在河里，两岸就成了一条杏黄色的灯带。岸边的水泥地上有跳交谊舞的男女，在夜的浓妆下，撕开躁动的伪装。

夏天的时候，昆仑饭店有夜市，会在门口的平地上支上几个伞棚卖卖小吃。河岸上录音机里的流行金曲，正好成了小吃摊的背景音。旋律很明朗，简洁，又很有动感。不像现在的流行歌，已经不太能听得出节奏。随处挂着的霓虹彩灯，有时也会和着录音机的效果有节奏地闪。可通常是河岸边上挤满了人，打着伞的小吃摊冷冷清清。于是那高台阶上面的塑料椅，就成了我无限向往的地方。每每看着打扮精致的女人优雅地坐在阳伞下，我就知道，那种情景对我来说会永远是个幻想。因为凡跟着父母外出，我就从来没在外面吃过一次零食。那时候工薪阶层工资都不高，一月能挣到100元钱的都算生活条件好的，昆仑饭店的一碗凉粉可能就要花掉好几元钱。

忽然有一次，我们照旧散步到亮马河边，父亲指着高台阶说道："咱们上去坐坐吧！"期待的一幕就这么没有预兆地到来了，于是像得到了召唤似的，每走一步的台阶都变得神圣起来，白色的塑料椅在伞下熠熠生辉，发出一种童话世界特有的光。我们三个人点了一碗凉粉，就为在高台阶上坐一坐，我还记得它的颜色：黄的，像被橘子水浸过的。奇怪的是，坐在高台阶上的感觉我怎么也想不起来了，河岸上跳舞的人影变得模糊、散乱。或许岸边根本就没有人跳舞，台阶也不是我印象中的那样高。我还隐约记得凉粉的味道，甜得发苦，并不怎么好吃。可那味道却忘不了，它已经浸到了我心里，那是我们一家三口少有的几次一起在外面吃东西。以后的岁月，生活条件好了太多，在外面吃饭是太平常的事了，人却很难再有凑齐的时候。

"逝者如斯夫，不舍昼夜"，人生的聚散如河中漂萍一样无定。从前我以为，亮马河会像很多河一样，永远朝着一个方向最终汇入大海。长大以后才知道，很多河却并不只是沿着一个固定的河道，永远不改变流向。河流的岔道口太多了，亮马河也汇不到大海。

记忆有时很像一块被风蚀的石头，时间每蚕食一点，它就变一下形状，日子一久，石头原本的样子就变得模糊不清了。还记得我父亲常指着远处一座闪着灯的高楼，说只要找到这个"小红灯"就找着家了，那座楼是当时亮马河边上的唯一高度，夜幕里往家的方向遥望，最显眼的就是楼顶的红灯。后来太多的摩天大楼拔地而起，那座楼就埋没在众多的穿云大厦中，再难从错综的路口辨认出家的方向。亮马河的那个家是再也回不去了。

后来我偶然提起，问父亲还记不记得小时候在昆仑饭店吃凉粉的事。

"那么贵的地方，怎么可能！"

他的笃定又让我开始怀疑，究竟是我想要记住一场梦幻，还是他选择性地遗忘了这件事。留住或是忘记，一条河终会带走所有的因果。

有一回我忽然想去找找从前的故地，一到亮马河，脚就迈不动了，前卫的现代感倒让我觉得自己是个外乡人。沿街的餐馆酒吧太多了，走不了几步就眼花缭乱地转了向。夜越是深沉，河越是热闹，我被人潮簇拥着，倚在栏杆上看这一河的星辉。每一个翻腾的水花里都挤满着呼之欲出的情绪，倒映在河里各色的光影，丝带一般拉长、交融，翻落的油彩在水波中晃动着，让你分不清是哪一种、哪一色的光。

河上的游船在油彩里穿行，从桥上看河，如看梦境。料想船上的人看岸上，也会觉得人面灯影两朦胧，分不清何者是真，何者是影。河面淌着的，是触手可及的星辉，然而水波一晃，星河散乱，一池光碎。船桨或是眼眸，什么都触到了，又好像什么都没有。也许过去的时光本就如此，留住的或是留不住的，最后都会变成河中的碎影，一梦如幻。

【主编感言】

一水亮马河，作者不仅探究出了她的前世今生，而且展现出自己与之的血肉相连，这真是以"身"说大运河（北京段）的一篇好文：很独家，文字也颇具可读性。恭贺作者，非常感谢！

【作者简介】

姜思琪，丰台区作家协会会员。

人生两度"密接"大运河

李家良

东城区图书馆、网时读书会主办，光明日报出版社协办的最美系列收官之作"最美大运河"征文帷幕开启，《征文启事》发布后，我欣喜万分。又是一部新京味儿散文集将与读者见面；又是一篇篇精品力作，为大运河文化增色添辉。

阳光明媚的春日，我来到了位于城市副中心的北京大运河博物馆。走进船帆式设计的高大建筑，乘滚梯扶摇直上，来到展厅的二层，一幅巨大的运河流域地图和城市建筑尽收眼底。望着运河的流向，运河从源头白浮泉出发，沿京密引水渠一路浩浩荡荡向南行进，从南护城河向东从角楼北上，在东便门处继续向东流向通惠河，直奔通县八里桥，最终流向终点张家湾古镇……

观看一个展览，颠覆了我的认知，让我眼前一亮，对童年和人生有了重新认识。谁说自己离运河很远，其实不然，我曾经与运河缘分很深，不是吗？童年曾在南护城河摸蛤蜊，捞鲜螺子；中学时代学校与护城河近在咫尺，经常和同学们爬上桥洞，从这头走到那头，铤而走险，桥腹部有的地方缺少盖板，底下就是湍急的河流，那也照样在上面蹦跶。水源同根同源少年也曾在龙潭湖，陶然亭野湖里中流击水，享受湖水的快乐；也曾在通惠河湿地捞鱼虫，摘粽子叶，逮蜻蜓。这条古老的运河给自己的童年和人生带来了无穷无尽的欢乐和美好记忆。

作为一名土生土长的北京人，能够享受到大运河的润泽是一种机缘，而人生的历程能与大运河连在一起更是令人刻骨铭心，生活的经历让我两度与大运河密切接触。第一次密接大运河是在20世纪70年代末，作为一名知青，能参与古老运河的清淤劳动，挥锹挖泥也是值得回味、留存这份珍贵记忆的。那是麦秋后的一个夏天，生产队接到通县水利工程指挥部的命令，组织人员参加运河清淤任务。清晨5点多钟，知青和村民带着挖河工具，爬上手扶拖拉机，沐浴着晨光，向20多公里外的西集公社运河工地奔去。这是我插队以来，第一次到远的地方出河工，心情小有激动，站在车厢里有一种学校组织春游时的喜悦。拖拉机飞奔，沿着老京津塘公路一路向北向东，路边的风景尽收眼底。一个多小时后，到达水利工地。此刻的运河已筑起土坝，水流被拦腰截断，清淤的一侧河水抽净。挖河现场千军万马，一片热气腾腾的劳动场面，民工们光着脚板，穿着短裤，汗流浃背，推着小车迅跑如飞，工地广播播放着鼓舞士气、激昂的歌曲，河道两旁插满彩旗。我们迅速融入沸腾的劳动场面当中，赤膊上阵，挥锹挖泥，争分夺秒与大部队同行同速，在浅流的河床里，推车别有一番情趣，沙在脚缝中流淌，车在硬地上飞跑，溅起一层水花，很是惬意。夕阳西下，落日的晚霞披金洒银，运河的美难以用语言描绘。由于我们路途远，带队的党支部书记请示公社指挥部领导，想提前撤离，遭到拒绝。"你们必须按要求统一撤离，如果在你们这段开了口子，就要处分你。"书记听后也很后怕，无奈只好带着我们干到夜幕降临，月亮升空，清淤完成，才随挖河大军一同收工。

第二次与大运河"密接"是在大运河畔参与北京城市副中心建设，并在此结束了我的职业生涯，画上圆满句号，开启退休生活。

规划建设北京城市副中心，与雄安新区形成新的两翼，是以习近平同志为核心的党中央作出的重大决策部署，对推动京津冀协同发展，疏解非首都功能有着不同寻常的意义。是国家大事，千年大计。"世界眼光，国际标准，中国特色，高点定位"是习近平总书记作出的重要指示。作为首都城市建设的一支劲旅，我们有幸承接了北京城市副中心核心区的北京市人大、政协两项工程共计 36 万平方米的建设任务。面对工期紧、标准高、任务重的政治任务，国有企业的经验就是组建得力的项目班子担纲此项工程，这是保障马到成功的前提。集团党委常委会研究决定把我下派到项目部任党支部书记，挑起这份重担。

8 年前的一个冬日，寒风刺骨中，一群穿着厚厚棉服的工程技术人员，行走在树木林立的农田里，铺开施工图纸，寻找着工程项目的定位。随后，我们在村里租了一栋二层楼房，作为项目部的办公室，在工地安家落户。

重大政治工程建设需要强有力的宣传文化思想政治氛围，现场的宣传策划要同步进行，我根据多年的经验，在办公室闭门思考策划设计方案，仅用几天的时间就设计出办公区、食堂、农民工生活区、夜校、现场施工区文化宣传方案，内容包括思想政治标语、大型宣传图板、室内悬挂的宣传牌、室外灯箱式宣传栏，涉及工程建设政治意义、企业文化、励志警示等内容。鲜明的特色，独具匠心的宣传，在整个副中心工地成为样板，观摩学习的单位络绎不绝。强有力的宣传文化推动了工程建设，赢得了上级领导的称赞。

几度风雨，几度春秋。我们日夜鏖战，创造出 3 天半一层的施工奇迹，托起了一座蓝绿交织、水城共融的现代化的新城。精神文明建设，思想文化宣传工作也硕果累累：首都 17 家媒体采访项目部，北京电视台、《北京日报》《北京晚报》《支部生活》杂志等主流媒体对党建引领工程建设进行了全面报道，我代表项目部党支部在市国资委进行了经验交流。高光时刻，激情之下，站在漕运码头广场上，思绪万千，写下了充满诗情画意的文字……

古老运河流淌不息，漕运码头演绎历史传奇。咫尺副中心工地，创造着世界奇迹。红旗漫卷，塔吊林立……

以创造历史、追求艺术的精神，用洪荒之力，将世纪新城托起。

简洁律动的文字，概括了两年多奋战城市副中心的岁月，在北京电视台《党建进行时》栏目拍摄的电视专题片中，解说词就是这段文字。

光阴如梭，斗转星移。6年后再次踏上这片热土，城市副中心发生了天翻地覆的变化，站在大运河博物馆二楼远眺大运河对岸，行政办公区掩映在一片绿色中，原东方化工厂的废墟上，崛起的绿心公园和艺术中心、图书馆、博物馆三大建筑错落有致，熠熠生辉。

人生两次"密接"大运河，时间节点不同，时代不同，意义不同，但都留下生命历程的深刻印记，值得永久回忆。

【主编感言】

此文标题独领风骚。要说"身体力行"大运河，作者早在很多年前就做到了，而且是两次！而且——今天恰逢五一劳动节，作者的两次"密接"都颇具劳动者的"最美"，真是可喜可贺！借此公众号先行发布此文之机，我们向所有曾经"密接"过大运河的劳动者致以崇高的敬礼，也祝本文作者节日快乐！谢谢！

【作者简介】

李家良，《建设智库》杂志总编辑。曾获第十一届"华泓杯"全国诗词大赛三等奖，散文作品《挥泪祭椿树》获第六届当代文学杯全国文学创作三等奖。

走东城，看玉河

彭援军

　　什刹海的万宁桥，正好在北京中轴线的地安门大街上，此桥的西边是什刹海，东边就是玉河，什刹海的水自西向东流进玉河。

　　玉河作为京杭大运河——通惠河的城内河道，是元代通惠河在大都城的有机组成一部分，起着通漕至北京城区终点码头积水潭的作用。玉河什刹海到前三门的河段，也被称为"御河"，这是大运河北京段的精华，明代以后，漕运逐渐衰败，玉河就作为一条内河长流在京城，1956年全部改成了暗渠，玉河就此消失。

　　东城区的玉河故道，起自地安门外万宁桥澄清上闸东侧，沿途经帽儿胡同南侧、东不压桥胡同西侧、北河胡同，沿东皇城根一线至正义路南口，复沿崇文门东、西河沿一线，出东便门与朝阳区故道衔接，全长近8公里。2003年至2011年，历经9年，有关部门实施了玉河风貌保护工程，被掩埋半个多世纪的玉河重见天日，其中经考古发掘面世的部分全长约1.1公里，分为南北两区。北区自澄清上闸东侧，至东不压桥；南区自东板桥街北口至北河胡同东口，主要保存明清两代堤岸及河道、码头、雁翅、排水道、镇水兽石雕、玉河庵、东不压桥遗址、澄清中闸和下闸遗址等，是大运河重要人类遗产的最好见证，成为研究北京漕运和城市发展的重要节点。

　　为了对玉河有一个直观的真实感受，我沿着玉河北岸和南岸各走一个来回儿，并且把玉河附近的胡同、建筑也走了个遍，看了个遍。按手机上的计步器显示，这趟玉河之旅足足有五千步。

我仔细观察和拍照了万宁桥后，向东步入玉河南边的游步道，"全国重点文物保护单位大运河（玉河故道遗址东城段）"是国务院 2013 年 3 月 5 日公布的，北京市文物局 2018 年 7 月立牌；"玉河遗址"则是北京市东城区人民政府 2010 年 5 月立牌的。

玉河东边不远处，有一座新桥，新桥对着雨儿胡同南口，人车可自由通行，桥两边隔离有行人道，方便人们过河往来。雨儿胡同南口矗立着崭新的高大牌楼，雕梁画栋，很有气派，牌楼成了网红打卡地，不断有人在牌楼前拍照，这牌楼既再现了老北京的风采，同时也在时刻瞩目着玉河日新月异的变化。我看到，游人在逛了玉河后有就近钻进胡同一探究竟的，也有外国背包客，他们还把胡同口的胡同简介拍下来。胡同里井井有条、整洁干净，凡是有空地的地方都做了绿化、美化。

一路走，一路看，处处舒心亮眼、沁人心脾。眼前垂柳依依，河道两边绿树成荫，河水中倒映着蓝天白云，玉河里还有一片片葱绿的芦苇，整个玉河宛如天上银河、地上长龙，漂亮极了。

玉河边上有跑步的、散步的，有打太极拳的，有练嗓子唱歌的，有推着轮椅带老伴遛弯的，还有附近居民遛狗的。有牵着手漫步的情侣，有身着运动短裤跑得满头大汗的学生，也有行色匆匆的打工者。一位独行者沿河边游步道径直走下去，拿着照相机拍一张就走，但我看他选取的摄影角度却很专业。一位装扮时尚的老妪，摆好姿势以玉河为背景自拍，拍完几张就翻看手机，放大了看细部，然后又拍。

有一家三口来玉河边钓鱼，被护河管理人员看见，上前制止，爸爸看孩子钓鱼玩得正在兴头上，便央求说："再钓几分钟就走。"妈妈则在一旁说："人家师傅说不让钓，咱就别钓了，别让师傅为难。孩子想钓鱼，双休日你开车咱们去郊区的鱼塘钓。玉河这儿是咱家人每天来散步散心的地方就足够了。"

我马上插说："给这位妈妈点个大赞。"同时跟管理人员攀谈起来："玉河水有多深呀？""水深 1.5 米到 3 米。"从管理人员口中，我又了解到不少他们日常工作的情况，内心里对这些朴实的河丁、园丁充满了崇敬之情。

玉河中段，还有一座新建木桥，装饰典雅，曲径通幽，方便途中南北往来。玉河的两旁都分别有游步道和汽车道，这两条道都是用绿化带分割开的，彼此不会有什么影响。游步道景观台用木条搭建，很有品位；道路路面是用石板、石条铺的，也很雅致。玉河北岸从西到东的尖顶瓦房都是新建的，灰砖、灰瓦、红门，院内院外都有绿树映衬，有些老北京的风味。玉河南岸还没完全建设好，有的路段用宣传板遮挡着，宣传板上有著名景点和当地时政的介绍。

坐落在玉河上、位于地安门东大街的东不压桥，现为原址状态，桥两侧的引桥保存相对完整；清理出的黄白色花岗岩与豆青石相间。步量桥长、桥宽各有几十步的样子。澄清中闸就在东不压桥的下面，桥头西侧有块大石，上刻"通惠河遗址"字样。

澄清中闸是大运河重要人文遗产的最好见证，成为研究北京漕运和城市发展的重要节点。澄清中闸是元朝著名水利工程专家郭守敬为调节积水潭水位、满足漕船航运需要而建造的重要水工建筑物。该闸初名海子闸，分上、中、下三道闸口。元代元贞元年（1295）元世祖忽必烈赐名"澄清闸"，后将其木质结构改为石材重建，起着调节河道水流不稳、控制水位的作用。澄清中闸位于东不压桥遗址下方，经 2007 年考古发掘面世，主要保存闸口、闸墙、闸槽石等构件。我站在玉河庵俯身向东不压桥下和玉河周围细看，能看到澄清中闸口那些陈旧斑驳的闸墙旧砖以及墙根的地基石础。我再走到马路对面，从桥的东侧观瞧，桥底下呈台阶状，由此处往东的玉河暗河尚有待开发与利用。

从东不压桥头往西看，玉河北边是玉河庵，靠河边的玉河庵建筑把河北边的道路堵住，由河北往西去，要走再靠北边一点的胡同。主河南侧则有道路直通地安门东大街。再看玉河河道，从东不压桥往西，有数百米的涵河段，涵河段的尽头是一座新桥，新桥下的孔洞彻底封死，把玉河水堵住。

玉河庵坐落在地安门大街西侧玉河北岸，其外院的北墙布满长形壁雕，壁雕展现着劳动人民挖河清淤、玉河漕运的繁荣景象和城区陆路推车赶车运粮的繁忙场面，壁雕中央是郭守敬身穿官服、正气凛然，决心治水的整身像。东侧竖立着六块木板，上面刻制楷体书法《玉河记》。

外院地上散布着一些原石构件，外院东边靠近东不压桥处有块旧碑，此碑在玉河庵山门遗址附近出土，残高 0.8 米，宽 0.6 米，厚 0.25 米。碑首长 0.65 米，浮雕四条蟠龙，阳面篆刻"玉河庵碑"，阴面篆刻"万古留名"，庙碑名为《清重修玉河庵碑记》，嘉庆十三年（1808）九月立。已清理出土的玉河庵碑，印证了玉河庵与玉河河道的历史关系。

在 2005 年启动的"北京玉河历史文化恢复工程"中，玉河庵正殿、后殿完成梁架拨正、山墙开砌及殿顶重修，今玉河庵碑记、东西配殿均已复建。修缮完成后，该院落被东城区政府定为区级文物保护单位，后升格为市级文保单位，市政府于 2021 年 8 月 27 日公布，市文物局于 2022 年 8 月立牌。但我所见到的修建后的建筑内没有摆放有关玉河庵的任何实物与展品，如今的保护性应用，是作为一个公共休闲场所，玉河庵里院、各间房屋，以及一长条的玉河边上，摆放了不少桌椅，供人享用。

虽然看不到玉和庵里的旧模样，但这里的确是多功能休闲小憩的好地方，既是谈情说爱的好地方，又是朋友会客的好地方，有着绿枝掩映下的幽静，室内柔和灯光下的雅静。我看到有的大学生打开手提电脑在复习功课，有的靠着廊柱在聚精会神地读书。一群老年妇女正围坐在小桌前喝着咖啡聊天，谈天说地，家长里短；搞对象的相对而坐，拉着手凝视着、欣赏着对方。有个老外，坐在一进院门的墙角，和一位男士像谈着什么项目。

自然生态和人文生态如此美好的玉河东城段，不是凭空而降的，而是源于党和政府齐抓共管的努力，源自当地人民群众参与自治的共同努力。

【主编感言】

后杜甫时代，我们曾把老人家的"双万"主张简化为"走走路，读读书"而颇多主张与实践，但没想到越来越清晰的是，我们这次开展"最美大运河"的征文活动已经进化为"走走路，写写稿"了！为此，我们真应该浮一大白，为本文作者，也为实践不仅出真知，也出"最美"！谢谢本文作者！也再一次感谢身体力行大运河的所有来稿者！谢谢你们！

【作者简介】

彭援军，中国散文学会会员。在《人民日报》（海外版）、《工人日报》《人民政协报》《北京日报》《火花》《星星》等全国百种以上报刊发表各类文章数千篇，其中包括部分诗歌、散文。著有非文学类专著多本。

跟着"可爱"的老人走大运河

祁　建

"临水而居"，近 20 年来我曾多次行走大运河北京段，考证当年的水利工程旧址。

和我一起行走大运河的朋友之中，八十几岁的张文大老师给我留下的印象最深刻。步行是对身体的巨大考验，有时走着走着，我感觉体力渐渐不支不想走了，张文大老师就过来给我打气，看到张老师虽然高龄，仍然气定神闲，令我肃然起敬，选择了坚持。

张文大老师身体好，不怕爬山，不怕走路，"用脚丈量过"北京许多名胜古迹，是一位研究北京史地文化的著名"民间专家"，是诺贝尔文学奖获得者圣－琼·佩斯的代表作《远征》创作地的发现者。

舒乙在《贝家花园的故事》一文中提到过他："我曾随着文史专家张文大先生去过那里。他是海淀北安河村的人，自幼就熟悉那一带……"

有时我们约好一起去考察，有时也约了"一大帮"北京历史的发烧友一起走。春寒料峭，河边的桃花、樱花、玉兰……无惧寒冷，竞相开放，粉白相间扑满山野，彰显着春的气息。

记得 10 多年前，我和张文大曾经相约一起去过白浮泉，当时的白浮泉还是一家"度假村"，不开放。之后我们一起走过沿途的双塔河大桥、西闸、金代官河，走过温泉、蓝靛厂、广源闸、高梁桥、澄清闸、庆丰闸、平津闸、张家湾、里二泗……他多次说"历史上的北京，水资源充沛"。

"山不在高"，白浮泉是北京的母亲泉，是京杭大运河的北方起点。我和张文大老师看到白浮泉不再喷薄，只有静静一池水，似乎如楼兰之虞。从都龙王庙下到山脚下，转过一个弯，就来到白浮泉遗址——九龙池。

张文大老师边走边给我介绍元代著名科学家郭守敬为引水济漕，解决大都城的漕运，勘察了很多水源，发现了这个位于昌平的白浮泉，它出水量大，水位又高，随即上奏元世祖引白浮泉水做大运河北端上游水源。郭守敬亲自勘测选线，开凿了一条引水渠道，引水渠沿北京山区边沿绕了一大圈，接纳了无数山泉，最终把水引入城内，进入积水潭。至元二十九年（1292）白浮堰建成。其勘测准确科学，直到今天距离其一公里外的京密引水渠还基本沿袭了郭守敬设计的路线。

张文大老师讲过从源头昌平神山白浮泉经大都城到通州里二泗，共十一处闸，名二十四座闸，后改单闸为复闸，即一处二闸或三闸，闸距约一里左右，上开下关，上关下开，保证有足够的水量行船。《元一统志》记载：元代至元三十年（1293）秋开凿成功的通惠河河道上，自上游至河口依次设有广源、西城（会川）、朝宗、海子（澄清）、文明、魏村（惠和）、籍东（庆丰）、郊亭（平津）、杨尹（溥济）、通州（通流）与河门（广利）等24座水闸。

我们还曾专程去过万寿寺东面的广源闸遗址，张文大老师讲道："广源闸旁边有一座龙王庙，相传这位龙王爷是掌管水利的，大概相当于民间的水利部长吧。"……

我们不知疲倦地七拐八拐，横穿紫竹院和动物园，再往前走就是转河，沿途有许多古迹，如高梁桥、娘娘庙、"绮红堂"、"铜邦铁井"、老西直门火车站。河边还有两处碉堡，据说是傅作义修建的，后来北京和平解放，就废弃了……

我们一路考察，观水天一色，处处风景。转河起于动物园闸，上接高梁河，终于北护城河西端的松林闸，是大运河通惠河水系的一条人工河流。

1905 年詹天佑修建京张铁路时在西直门修建火车站，将河道改线，在高梁桥附近开挖河道向北绕过西直门火车站，再向东向南呈"几"字形与北护城河相接，被人们称为转河。

再走就是积水潭，书上说：1293 年，忽必烈自上都返大都途经运河终点码头积水潭时，见"舳舻蔽水"，盛况空前……

我们一边走，一边聊……当然有时学术上也有不同的看法，张老师也像"老小孩"一般和我争个面红耳赤。我们走北河沿，经正义路口、台基厂二条，再南拐船板胡同急行，绝少人会想到自己是在运河故道上行走，就是跟路过的老百姓打探道儿，问起某闸，他们的脸上也只剩下莫名的惊诧了……

转眼来到通惠河，这条河像一位亭亭玉立的少女。河边栽种着五颜六色的花，红的，黄的，粉的，把运河装扮得婀娜多姿，那一排排整齐划一的杨柳树，仿佛是少女乌黑秀丽的长发。我不由得赞叹："啊！多美的运河，多美的运河景色。"

大通桥闸早已无存，具体位置应该在东南角楼的东北方向，庆丰闸遗址处后建的庆丰桥，具体位置在现庆丰公园东园，新北京电视台南，有记载民国初年二闸以东仍有船只往来。民国时期北平的一首儿歌里有一句："劳您驾，道您乏，明儿个请您逛二闸"，这里俨然似一处游览胜地。

我们走走停停，时而停驻，时而向前，不知不觉到了高碑店，它曾是通州至京城的皇粮转运站，建有码头。特殊的地理位置使得这里商贾聚集，码头漕运繁忙，加之民间庙会、花会的兴起也使其在京城妇孺皆知。

张文大老师介绍说到高碑店自然得说说平津古闸，据史料记载，至元二十九年（1292），都水监郭守敬亲自勘察选定碑店村北督建了运河二十四闸之一的重要闸口"平津闸"，之后元世祖赐名大运河的这段为"通惠河"。

花园闸早已无存，具体位置应该在现远通桥附近，因为那里有花园闸路和花园闸小区。

再走啊走，运河、城墙、码头，张家湾素有"大运河第一码头"之称，号称"水陆会要"的繁华之地，南来北往的船只在这里会合，皇家漕运码头曾经设在这里。

张文大老师介绍说张家湾厉害得不得了，像皇木厂、木瓜厂、铜厂、砖厂、花板石厂、大粮仓，张家湾远近黑压压到处都是。就连明代武宗朱厚照皇帝都看上了张家湾寸土寸金的位置，正德年间在张家湾城开设宝源、吉庆两家皇店，以收租派款，征收杂税。

尽管我是初临桥端，却仿佛和这座桥有很深的感情，我抚摸着残缺的石狮子，心里有着说不出的感觉，周围静悄悄的，只听见桥下轻轻流水的声音……

那天，我和张文大老师从八通线的底站土桥步行，差不多要 40 分钟，路远但不难寻找。我和张文大老师站在桥头，整座石桥尽收眼底，只见石桥三孔连拱，造型独特，桥身两侧有 36 根望柱，各望柱顶部雕刻有石狮，神态逼真、惟妙惟肖，柱间嵌有宝瓶荷叶浮雕石栏板，这种图案精美异常。

桥面青石板上因长年经过车马，辙印凹凸，我低头望着道道沟痕，脑海中不禁浮现出当年大运河商业繁旺的景象。

大运河土桥距离张家湾码头仅有几公里的距离，南方漕运物资由此下船，再经陆路运输到北京城里。斗转星移，沧海桑田。土桥渐被废弃，镇水兽埋入土中多半……

张文大老师介绍镇水石兽是明朝遗物，原嵌砌于桥东南向雁翅上。镇水兽形体巨大，雕刻精美，形态生动。头长双角，遍体鳞片，兽尾奇长呈蜷曲状，扭颈蹲卧，瞪眼看着下面，是明代镇水兽的典型，具有极高的艺术价值。

我也听老前辈们讲过，石兽中部有一道裂缝，传说当年这只镇水兽是个不安分的家伙，有一次它趁着夜深，偷偷溜下桥，来到人间干坏事，没想到正碰上关帝爷，关帝爷手舞大刀一下子砍在了它的腰上，留下了伤痕。镇水兽赶紧逃回广利桥，再也不敢祸害人间……

我们正在热火朝天地聊着，一个大胡子的外国老人也走近我们，在我们身边听我们聊天，看他投来和善的目光，明显是想和我们交流一下。

他说，中国的大运河对他来说神秘而悠久，他对中国的古迹不但感兴趣，而且还很在行，聊到动情的地方，常常反客为主，手舞足蹈。

后来我们了解到，"大胡子"是法国一所大学的地理和历史老师，这次也是冲着大运河来的，他也在研究大运河和元大都……我们都开怀大笑，因为张文大老师退休前也是一所大学的老师，共祝东西方的大运河"发烧友"的"奇缘"。

"大胡子"说这次中国的大运河之行，"让我加深了对大运河的了解，我要把大运河的美丽记忆讲给学生们"。

记得那天，我们一起走到通州城南门外，虽然南浦闸已经不复存在。我们再往南，就是里二泗村，也就是通惠河的河口。

张文大老师给我们介绍里二泗村，元代已成村，因近四河：白河、凉水河、萧太后河、通惠河，里二泗名从水旁，该村曾为元、明、清三代漕运重要通道，曾有"船到张家湾，舵在里二泗"之民谣……

张文大和"大胡子"在前边走，驼着背的画面永远定格在我脑海里，因为他们是大运河边"可爱"的老人。

【主编感言】

征文至此，来稿不仅颇富"走走路，写写稿"的实践出真知，而且本文作者又提示我们，大运河真是一条神奇的河，她还在"写写稿"的多样性上，引众多作者竞折腰！感谢作者于"最爱"中又写出了一位老人的"可爱"。其实，作者本人又何尝不是如此呢！诚谢！

【作者简介】

祁建，中国作家协会会员，北京作家协会会员，北京民间文艺家协会会员，中国电影文学学会会员，北京史地民俗学会会员，北京史学会会员。

流水汤汤运河桥

赵润田

我无数次走过北京的河流，每一道涟涟清水都与大运河有着千丝万缕的血肉联系，我也走过那些河上的桥，每一座都隐藏着一个故事。

沿着西直门外的高梁河溯流而上，一路静谧，却隐藏着少有人知的大美，南岸北京展览馆环形剧场的影子倒映于湛蓝的水中，惊艳得俨如仙境。然而周围寂静无人，让我觉得简直一个人承受不起这样的美。北岸的五塔寺，长杨围拢，耳边似有梵音回响，轻轻的，若有若无。旁边的动物园里倏然传出一声大鸟的鸣叫，让你猜想那是一只何等威武的珍禽。往西过白石桥，就是紫竹院了，那里的平地泉曾是高梁河的源头之一。白石桥古代叫广源闸，元朝至元二十九年（1292）建，是调控高梁河水量的河闸，那座桥现在是在五塔寺院内了，与众不同的是它的桥头不是水兽，而是卧着的乖乖羊。这很耐人寻味。

但我特别在意刚出西直门路北不远处一座不算太大的古桥，那是高梁桥。它同时也是一道闸，闸住的不只是西来东去的水，也是千年之前辽宋之间那一场决定历史走向的厮杀。那场仗，让耶律斜轸和耶律休哥一战成名。

抚摸高梁桥旧迹斑斑的石栏杆，从千年前那场大战的遐想中抽回思绪，回望西直门立交桥的身影，我倒更喜欢古老的高梁河民间故事。

传说北京这地界儿有那么一年，全城的水井都干涸了，大伙儿赶紧报告了军师刘伯温，刘军师掐指一算，说："大事不好，龙王爷把水拐走了，谁去把水抢回来？"人群中闪过了一个叫高亮的小伙子，说："我去！"刘军师嘱咐："说你骑快马从西直门出，见到一个老翁推着独轮车，一个老太太在前面拉车，那就是龙王爷和龙王奶奶，你上去用银枪把车上的水篓挑破，回头就往城里跑，记住，千万别回头！"

好个高亮，追出几十里去，到北坞正见到那辆水车，举枪上去就刺破车上的龙鳞水篓，然后打马回城，刹那间，就听得身后潮声大作，如扬子江头决了堤，哗啦啦地追着自己过来，高亮已经看到西直门的城楼了，禁不住回头一看，大山一样的浪头忽地把他吞没了。他走过的地方，就成了河，北京城里的井，也有了水。北京人为了纪念他，就在大水吞没他的地方建了一座桥，叫高亮桥。这条河，叫高亮河，龙王爷独轮车走过的地儿，叫车道沟，到现在还这么叫着。

它也叫长河，清代帝后去玉泉山、西山游玩，龙舟就走这条河。

高梁河是进了《水经注》的："高梁河水者，出自并州，黄河之别源也。"它原是永定河故道，后来永定河改道向南，高梁河则分两支，一支流入北京护城河并进入宫城北、中、南三海和筒子河、内城什刹海，从正义路流向前三门护城河，再出城往东便门经通惠河进入北运河。另一支走城北，经坝河入温榆河，合力涌入北运河。

高梁河水是穿过整个北京城的，在今天的东便门还能寻到它的出城踪迹，那就是大通桥。大通桥也是大运河进京第一桥，我曾在20年前专门在东便门寻找过大通桥，初时只见铁路桥下的二环路，河水从这里开始变成暗河，直到从侧面发现了那个镇水兽，才明白新桥、旧桥合一了。那时我居住在广渠门，离那里并不远，却成了"灯下黑"。

从大通桥往北进老城，自朝阳门南小街至东直门南小街，一路在旧时都是京师粮仓。我许多次在那里穿行，这里曾有京师十三仓，每座仓是一个大院，内有廒八九十个，通州的仓大，每仓有两百廒。现在这一代的地名中仍可找到禄米仓、南新仓、北门仓和海运仓等。

我在那里拍到过民国时期留下的部分仓廒和西式医院房子。那医院的老房满是欧风，五叶地锦沿墙攀爬，覆盖了整个屋顶。最让我难忘的则是南豆芽胡同里的一座清真寺。那天我在那里发现了一院子好东西。我留意到靠近南侧厢房的地方有一张四方石桌，桌沿周圈满是花鸟浮雕，精美到让人叫绝的程度。石桌旁还有一件束腰石座，无花纹，四周为逐层细线，简洁中见功夫。我那次最幸运的是见到整个北京城里最独特、最美丽的砖雕窗户和三联栋房山雕饰。没有"之一"！

我惊讶于望月楼用了黄琉璃瓦，阿訇告诉我，这里是皇家规格。

为什么？

从大运河运来的粮食是进朝阳门入仓的，那时候这一带都是运粮队伍来来往往，他们中的回民有礼拜的需求，于是向漕运衙门申请。明嘉靖二年（1523），获准将原来的一个闲置的尼姑庵改建成清真寺，清道光三年（1823）再一次募捐增补后院2亩多地。使用这个清真寺的人都是为皇家粮仓服务的，由于是朝廷批准，是敕建，因此规格如此之高。

从大通桥往东，过二闸、高碑店、杨闸，就到了著名的八里桥。50年前我常来这里，因为我大姑她们家就在附近。古桥下流水汤汤，桥体优美极了，桥栏石狮各具情态，细看，石头有三种颜色，雕工也有异，显然有后补的。僧格林沁骑兵曾在此与八国联军殊死决战，使这座桥蜚声中外。

通惠河到北运河40里，有五闸二坝，在与北运河的衔接处设石坝和土坝，石坝在通州北关城门附近，燃灯塔距此不远。为什么老话说"一枝塔影认通州"？就是因为千里航行看到这座塔的时候，劳累一路就算到岸啦！旧时石坝归朝廷派出的仓场侍郎管理，设有税务机构，石坝卸下的粮食物资交验、纳税之后再装上驳船溯流从通惠河运往朝阳门仓廒。土坝在东门附近，归通州管理，就地进入通州粮仓。通州有完整的城池，其地位是很高的，绝非其他县城可比。我曾看到通州贡院，整个顺天府的乡试都在这里，规模之宏大，院门之伟岸，殊为惊人，至今通州一些街巷名还带着往日的痕迹。如粮食市、磁器口、鱼市口、南仓街、贡院胡同、司空分署街等。

如今，我走在通州北关拦河闸桥上，这儿就是北运河的北端了，附近"五河交汇"，温榆河、小中河、通惠河、运潮减河与北运河在这里交叉盘旋，大水浩荡南下，河坡开满野花，坐在河边的黄土地上，看水天一色，念古往今来，真是难得的享受。

"五河交汇"东侧通过运潮减河与潮白河相通，而潮白河其实是潮河与白河的并流。我也曾经多次去密云寻过白河湾和汤河口，水与岸自然衔接，沿着卵石和沙土走下去，那水清可见底，游鱼可数，白石绿树，青苇红蓼，好一派原生态自然风光。

我是如此地爱水、爱桥，而且，我还动手挖过河、建过桥，恰与大运河密切相关。我曾在通州台湖村务农五年，每年冬天都去挖河，那是从县里、公社里逐级组织的大型水利工程，千万人在一起干同一种活儿，累，但有趣，比在玉米地里耪地热闹得多。

我在温榆河、北运河以及通惠河连接凉水河、萧太后河的通惠灌渠水利工地上都流过汗。

挖河的主要工具就两种：铁锹和独轮手推车。人也是两种：小伙子和姑娘们，都是乡里乡亲，有的还沾亲带故。我已不是第一次去挖河了，貌似老手的样子，来到工地。但我没料到的是河面居然如此之宽。那时的所谓挖河，其实是两种情形，一种是平地开掘，从没有河的地方挖出河来，另一种应该叫作疏浚，就是把原有河道清淤、挖深、拓宽。

年轻不知累，手推车把土装到冒尖儿，从河底往岸上推，河越挖越深，也就越费力。小伙子们推着车，女孩子们把纤绳的钩子往车前一搭，拼命沿着河坡往上拉。后来有了电滚子，也就是电动机啊，算是饶过了姑娘们。

我也挖过温榆河，那次是清淤，比之那次挖北运河的活儿要难做，因为河底挖下去是黏土，很费力，粘在铁锹上又甩不出来。那次我有一个意外收获，是在附近发现明代李卓吾的墓立在北关外一片麦田中。李卓吾是明代的一位奇人，他晚年就在通州讲学，"燕蓟人士无不倾动"，但朝廷不喜欢，把76岁的李卓吾打进通州大牢，他义不受辱，以刀自刭。1987年全国第一届李卓吾学术研讨会上悬挂的对联精当地概括了他的一生："生泉州，葬通州，千里羁身，奋斗精神垂史册；撰《藏书》，著《焚书》，万言立论，革新思想耀文坛。"《焚书》《续焚书》在70年代发行过大字本，有函套，是一个很特殊的版本，我当时买了。李卓吾墓后来经两次搬迁，最终移到通州西海子公园，与古燃灯塔毗邻，可以长眠了。

李卓吾之所以不辞路途遥远，以古稀之龄到通州讲学，原因之一是通州乃天下大邑。通州的名字是金代起的，以前叫潞县，由县升级为州，取"漕运通济"的意思改名为通州。

我再一次见到李卓吾墓是北京奥运会之前通州"三教合一"整治完成后的首次开放。燃灯塔之下，孔庙、道观和佛寺三大院落聚集一起，彼此相连而又疏朗有致。我在那次展览中还见到文物级别的古锚，当然锈迹斑斑。它们排成一串，大小不一，来自当年不同的船只吧。更重要的是庭院外面摆放的几根极为硕大的出水木料，那是建造皇宫时从南方走水路运来的。

我也拍过张家湾古桥，萧太后河、凉水河、北运河在这里三水交汇，这里也是码头。其实我在台湖务农时，到这里赶过集。啥也没买，就是看热闹。

张家湾是一街一村。街也是路，往东沿着凉水河北岸通往烧酒巷、里二泗，里二泗有娘娘庙，元明时期所建。张家湾村后来重新拆建了，我去时正是拆而未建，见到那块"花枝巷"的石牌，也见到据说是曹雪芹家的井。周围的黄土都取走筑高速公路了，所以那井高出地面一丈多，俨如烟筒样貌了。张家湾虽是村，但因为是码头，所以有城墙，有明代龙头御制古碑。我见到的是未整修的原装城墙，一个半大男孩正在城墙下的河岸草地上放牛，真像一幅古画。

我母亲的上几辈是张家湾人，在北京花市也有房子，所以就城乡两处走。那天，我看到桥头有几位老汉闲坐，就过去跟他们攀谈。其中一个对我说："你说的那户人家我知道，新中国成立前就走了，房子的位置我还记得。"我回家跟母亲说起去张家湾的事，母亲问："东边那个小桥还有吗？"

我说有，我拍照了。

母亲说，小时候常从那座小桥去皇木厂。

那天我也去了皇木厂，古时把木料从南方驳运过来从张家湾上岸，是存放在皇木厂的。通州北关外还有另一个皇木厂，旧时也是木料码头。

我去张家湾那天其实走得更远，沿着凉水河去了烧酒巷和里二泗，那也是漕运遗迹，当然我家也有亲戚在那儿。里二泗那座著名的道教佑民观明代称天妃宫，供奉妈祖，当地称娘娘庙，入京漕运船工都会上来拜一拜的。明朝漕运另有一条海路，从天津登陆，沿海河水系到张家湾，所以崇拜妈祖。

大运河不仅仅流淌在内陆，它是连通大海的。

【主编感言】

此文读来甚是了得，洋洋洒洒而一切尽在熟稔之中！这是北京大运河之幸，也是我们此次征文之幸。君可细品，从白石桥到高粱桥到大通桥到八里桥再到通州北关拦河闸桥等等，这是多么妙运不凡的"一桥贯运河"，这真是神龙见首也见尾更见其中！而且，宛若一幅匠心独运的"清明上河图"，就在这些桥左桥右桥上桥下，不仅有"高亮赶水"的民间故事，而且有"南豆芽胡同里的一座清真寺"，有"发现明代李卓吾的墓立在北关外一片麦田中"的独乐乐不如众乐乐，甚至还有"我也挖过温榆河，那次是清淤"的汗滴河畔土，等等，真是一言难尽，独美其美矣！就此打住，劝君细品之，此文不仅有最美，还有大运河（北京段）之大美！谢谢作者！

【作者简介】

赵润田，北京作家协会会员，北京史地民俗学会会员。主要著作有《笔墨春秋——中国古代书法绘画图史》《乱世薰风——民国书法风度》《北漂白皮书——告诉你一个真实的演艺圈》《寻找北京城》《一门一世界》等。

运河之水润京城

朱　晔

"南通州，北通州，南北通州通南北。"这是上联，说的意思是，运河对北京城及全国南北经济发展的重大意义。

大唐初年，陈子昂看见孤寂的幽州黄金台矗立在自己的面前，写出了著名的"前不见古人，后不见来者，念天地之悠悠，独怆然而涕下"。

其实，在陈子昂写诗的前后，这里就挺热闹的。隋朝第二任皇帝隋炀帝开挖大运河，三次通过运河派兵攻打高句丽。其后，唐朝的第二任皇帝唐太宗也通过大运河派兵攻打高句丽。大军就是在当时还称为幽州的地方登岸北进，他们带来的不仅有南边的军队，更有南方盛产的大米和其他农作物。中国的南方与北方，因为一条河实现了文明和文化的传播和交流。

叔叔是抗美援朝的老兵。他回国后转业到北京工作，我们只知道他在北京当警察，至于工作内容、职业发展等知道得不是很多，那时候交通不便，偶尔保持联系的方式还是通信，我清楚地记得信封上的地址是打石磨厂，估计这是一条街道的名字。

在我读大学期间，叔叔给予我很多的帮助。毕业前，叔叔问我是否愿意到北京工作。由于少不更事加上对北方的陌生，我选择去了南方。就在我工作不久，叔叔这边传来噩耗，我觉得自己可能做了一件错事，且这是一件一生都无法挽回的错事。

我做出决定，循着叔叔的足迹来到北京。可到了北京一看，一切都是那么陌生，从一日三餐开始都得适应。研究生三年，既要在学校学习专业知识，又得到社会上学人文知识。

到北京后，熟悉的第一个地名叫"积水潭"，那是地铁站的名字，可这个名称着实让我感觉奇怪。北方都是干旱少水的，且南方蓄水的地方叫"塘"，这里怎么叫"潭"呢？

为了解开心里的疑惑，在一个周日的午后，我坐公交车去了一趟积水潭。那里不仅有潭，而且还有一个非常好听的名字——西海。

我终于理解了"潭"比塘应该更加宽阔和广袤，积水潭是城内大片面积的水域，最早形成于元朝定都北京时期。那是因为蒙古人喜欢临水而居，元大都城里，就有了这么一片水域。

积水潭的形成，功劳应该记在大科学家郭守敬的头上，据资料记载，郭守敬是元大都设计师刘秉忠的学生，他参与过很多重要的水利工程建设，包括西北的水利工程及大运河的疏浚。他在水利方面最大的贡献，还是北京城市的水域管理和规划，他先是疏通了香山、玉泉山、瓮山泊（今颐和园）进京的水道，接着将昌平白浮泉的水引到城里，在瓮山泊汇合最后注入积水潭。

积水潭即现在的西海、后海、前海那一片水域。积水潭水域拓展后，郭守敬开始疏通大运河到积水潭的水道，通过水闸设计，终于将大运河里南方运来的漕粮，很方便地就运到了积水潭码头，当年，那可是元大都的中心区域。

估计叔叔没有到过这些地方溜达，因为，那时候他工作非常繁忙，常年在外地奔跑。我便把目光转移到打磨厂街，那是叔叔工作过的地方。打磨厂街的名称来自石磨打造。

北京西南边的房山产石材，很多手工业者将房山的石料运到城南，早先给城里的居民家打造石磨，慢慢地也开始打造一些建房子、打地基的材料。祈年大街往北穿过前门大街，叫台基厂大街，台基厂是明朝时为皇家打造地基石材的，名称也是那时候就定下来的，打磨厂街主要是打造民用的石材。

刚去打磨厂街的时候还是挺亢奋的，有人说，这是北京最长的胡同。后经我实地考察，比它更长的胡同是其南边的东交民巷和西交民巷胡同。在元朝的时候，它们的真实名字叫"江米巷"。

南方稻子成熟的时候，运河里的漕运船首尾相接，以至于运河几乎水泄不通。漕运抵达通州后，立即通过通济河将粮食运到积水潭码头或者城外靠近大都城的地方。

在大都城南边两公里远的地方，就有这么一条水运航道，航道与大都的南边城墙几乎平行着。拉着南方新碾出来的糯米的船只一靠岸，随即被一群人包围了起来，因为他们都想着快点拿到这新鲜的货物，以便尽快转手卖个好价钱。

河岸就几里长，岸边被一家家店铺占满了。因为他们主要经营糯米，北京人称之为江米，因此，这条街便被称为"江米巷"。

到明朝以后，朱元璋定都在南京，因此，元朝兴建的漕运及内城的水系就有点荒废了，等朱棣在北京建城，先前的水利系统大多不能用了。粮食在通州码头下船后，只能通过车辆运到城里，江米巷很快失去了其本身的功能。

朱棣对北京城进行规划之后，江米巷被隔成两段。东边叫东江米巷，西边叫西江米巷。后来考虑到江米巷名存实亡，那地方离皇宫比较近，因此，在东江米巷设立了几个衙门：礼部、鸿胪寺、会同馆。

那几个馆也没有管太多事，主要管少数民族的往来及货物贸易问题。当然也有外国使节，比如，安南、蒙古、朝鲜、缅甸四个重要藩属国的使节。那里建了一座"会同馆"，相当于现在的"国宾馆"。东江米巷被更名为东交民巷，西江米巷被更名为西交民巷。因为，这里不卖江米了。

明朝在西交民巷设立了刑部监狱。明朝是实行严刑峻法的朝代，因此，刑部大狱里一定关过很多名人。在所有关过的名人中，有一个人被人称为"明代第一猛人"，他的名字叫杨继盛。

杨继盛因为拼死弹劾奸臣严嵩，被打得遍体鳞伤地投到刑部大狱。皮开肉绽的杨继盛为了剜除身上的腐肉，就打碎了一只碗，用碗的碎片将这些腐肉从身上剔下来。有一处还有筋连在骨头上，他用碗把筋切断。当时为他掌灯的狱卒都看不下去，战战兢兢地差点把灯掉到地上。

杨继盛最后还是被严嵩杀害了，他在临死之前写了一副对联："铁肩担道义，辣手著文章。"很多人对这副对联不陌生，近代革命烈士李大钊将其改成"铁肩担道义，妙手著文章。"李大钊先生也是被关押在位于东交民巷的奉系军阀张作霖的大狱，并在西交民巷被秘密处决。历史有时候就是这么巧合。

江米巷原本是运河在京城里最后的遗迹，随着城市化的发展，这些毛细水系要么经过改道，要么就慢慢湮没了。朱棣定都北京后，运河的漕运和水上交通变得更加发达。

像叔叔这样客死他乡的人，假如在古代，一般都是要叶落归根的。他们的灵柩会事先停留在城南的一些庙宇里。如革命烈士李大钊的遗体就存放在宣武的长椿寺里，戊戌变法的谭嗣同和毛主席的岳父杨昌济先生的灵柩就停留在法源寺里，等待着运河里南下的船只。

提到运河，不得不提到法源寺。

这座寺庙的历史几乎跟大运河一样长。法源寺最初叫悯忠寺，是唐太宗李世民为了纪念攻打高句丽阵亡的将士而建的寺庙。当年从运河北上的大唐勇士，为了大唐的基业，他们把生命和热血留在幽州和辽东的土地上，他们再也不能随着运河回到自己的家乡了。他们的身体融入到大唐北边的疆土，为大唐的北边建立了一座牢不可破的血肉长城。国家没有忘记这些勇士，悯忠寺成为他们灵魂的归集地。

法源寺的丁香是北京城南的一景，每年丁香花开时节，这里都要举办丁香诗会，以诗词颂扬美好、书写生活、讴歌人生。已故作家李敖曾写过长篇小说《北京法源寺》，说的是明朝末年袁崇焕和清朝末年谭嗣同等戊戌六君子的故事，在法源寺里，他们恢复了英雄的本来面目，运河也承载着这些历史的辉煌时刻。

关于通州的那副对联的下联有很多，如"春读书，秋读书，春秋读书读春秋""楚分界，汉分界，楚汉分界分楚汉"等等，就像大运河每流经一个区域，一定带来不同的影响和效果。作为大运河北方的终点，北京享受了大运河千余年来运送的福祉，当然，作为数百年的首都，北京也通过运河传输了无数的政治、经济、思想、文化方面的智慧，这是运河的功能，也是它的功绩。

运河很美，运河之水润京城，在千余年的天空里，我们时时能听到历史的回声。

【主编感言】

征文至此，离为期3个月的时限尚未近半，但众多来稿的实践性、多样性足可预言，将于年内由光明日报出版社结集本次征文公开出版发行的《最美大运河》一书，不仅独美其美，而且是我们"新北京新京味儿"系列丛书之"最美北京"三部曲继《新北京新京味儿——最美长安街》《最美中轴线——中轴线申遗的百姓文本》后的收官之作，机会难得，欢迎有更多作者、作家加入其中而不吝赐稿！并借此感谢本文作者朱晔先生，您已经历有赐大作并且均已入书，这次当然也会如此。再次感谢您的佳作毕呈！

【作者简介】

朱晔，安徽望江人，中国作家协会会员，中国金融作家协会常务副主席兼秘书长。2008年开始文学创作，已出版著作7部，累计出版和发表300万字。

运河之源

剑　钧

一

一条河，一条大运河，一条京杭大运河，在我心里流淌了半个多世纪。

运河起初流淌在先父对故乡的回忆里，后来流淌在我的小学课本里，再后来流淌在我读过的张继、孟浩然、杨万里、王安石等的诗行里。张继笔下的"月落乌啼霜满天，江枫渔火对愁眠"，描绘的就是苏州城西古运河畔的枫桥古镇。王安石笔下"京口瓜洲一水间，钟山只隔数重山"中的瓜洲就依偎在大运河扬州段与长江的交汇点上。于是乎，大运河之美，打儿时起就筑牢在我审美的制高点上，一提起大运河，眼前便会浮现出荷花、涟漪、枫桥、帆影、渔火、船夫、号子和桨声……

上大学之初，在阅读课上，读到了刘绍棠的《运河的桨声》，随着灵动的文字跃入眼帘，我看到了一幅幅唯美的画卷："运河静静地流着，河水是透明的、清凉的，无数只运粮的帆船和小渔船划动着，像飘浮在河面上的白云……"当有一天，我坐在他故乡的运河岸边时，河水依旧静静地流，依旧透明清凉，依旧有白云飘浮在河面，可早不见了运粮的帆影和渔舟的桨声了。

在漫长的岁月流年间，我对京杭大运河的理解还只限于北起北京、南抵杭州的字面意义上，而对大运河从哪里来，又流到哪里去，还真的不甚了了。

春和景明之时，我是被"运河源，白浮泉"这句颇有魅力的广告语，吸引到北京昌平区大运河源头遗址公园的。迎面的白玉兰花开了，丁香花香了，海棠花美了。我远远就瞧见了一团幽湖隔于遗址一角，平面如镜，没有一丝微澜，而我心里的运河，却泛起了层层涟漪。此情此景，适逢赏花时，有花草相邻，有山水相依，置身古运河源头，领略白浮泉风情，还真有点美滋滋的呢。

白浮泉亦称龙泉，源自一座海拔不足百米的龙山，又称龙泉山、神山。休看这山不起眼，且莫忘了刘禹锡的那句名言："山不在高，有仙则名。水不在深，有龙则灵。"遥想当年，奉元世祖忽必烈之诏，郭守敬受命为元大都找水，虽历时数年，引了玉泉山水修建了通漕运工程，但还难以适应元大都的城市发展和数十万人口之需。寻找充裕的水源，不光为了维持宫廷园林和百姓的用水，还要确保每年运几百万斤粮食进京的水路通畅，寻找水源地，也便成了朝廷重中之重的要务了。

我来到龙山脚下，抬头可见那条202级的砖石台阶，阶上醒目地标记着"龙抬头"字样，本意为游者每登几十级台阶都会抬头喘上一口气，即使皇上打此过也不过如此，故人人都可贵为龙人了。我拾级而上，那可不止几十级一抬头啊，眼见鸟儿在头上鸣翠，山花在脚边绽放，随处可见的苍柏古树，掩映在小桥流水的绿草丛中，仿佛都一一倾诉白浮泉曾有过的历史和辉煌，登几级就有一景，我可是要频频抬头呢。有位常来此山的背包客指给我，说山的那一边就是白浮泉源头了。登上台阶后，我没先去左侧很近的都龙王庙，而是急切切地去了郭守敬发现水源地的九龙池遗迹。那可是郭大人前后花费好多年周折才寻到的龙水啊。

我沿着蜿蜒小路行走，清风徐徐，满目葱茏，花香扑鼻，但见亭阁危岫，楼台绕池，碑石林立，古色古香。恍然间，我感到了龙脉久藏于此，可谓名副其实。忽见一行鹭鸟从天依次而落，齐聚到不远的鹭影台上，我方醒悟到，每年四五月间，都会有鹭鸟从南飞回北方。又一想，当年京杭大运河可绝非候鸟啊，自从白浮泉的引水连通了元代古运河，无论冬夏，无论南北，运河漕运，都会千帆竞发，直达京城的，那可是持续了好几百年的水运盛景啊。白浮泉，这个运河之源确实功不可没。九龙池遗迹近在咫尺，我想象得出：郭守敬当初踏破铁鞋，登上这座名不见经传的小山头，意外在龙山和山麓间发现了白浮泉，从岩缝碎石间喷涌而出，其水势丰沛如潮，浩浩奔流若江，那是一种何等亢奋的心情呢？

二

站在龙山上，眺望蓝天白云下的隐隐远山，我难以理解的是，在连绵群山之外，这是一座貌不惊人的孤山，且距玉泉山泉也有几十公里，却为何冒出个汪洋一片的白浮泉呢？我看了看周边地形，泉水发自龙山东北麓，半山腰有一块盆地，那泉水从山间像脱缰的骏马般喷放而出，聚成一泓深潭清水。因山下有个村庄叫白浮村，故而就称之为"白浮泉"了。

明初那会儿，白浮泉又做了人文景观的改建，特设了碑亭，下有九个石雕的龙口，池壁用了花岗岩，龙头用汉白玉雕刻，嵌入石壁，泉水就从九个龙口中喷出来了。这便是昔日"燕平八景"之一的"龙泉漱玉"了。

据乾隆年间的《日下旧闻考》记载："潭东有泉出乱石间，清湛可濯。"这即为30米深的九龙池了，泉水从深潭北沿溢出，形成数十丈宽的扇形水面，滚滚流向远方，足见当年山泉汇流的万千气象。而今尚见九龙池周边的山石已被泉水洗磨得光滑圆润，是数百年泉水冲刷的魔力使然。

遥想当年，滔滔泉水就这般源源不断地注入深潭，进而形成元代京杭大运河最北端的水源。一举实现了郭守敬上书忽必烈的愿景：修建白浮瓮山河，引龙山泉水，以济漕运。对此，元代官修地理总志《元一统志》有述："自昌平县白浮村，开导神山泉，西南转，寻山麓，与一亩泉、榆河、玉泉诸水合。"

我眼前仿佛再现出一条神奇之河，滚滚河水始于白浮泉，西折向南而去，过双塔、一亩泉、温榆河、玉泉河等水系，经由瓮山泊（今昆明湖）至积水潭、中海、南海，又从文明门（今崇文门）东南出，一路流至通州高丽庄（今张家湾），再入白河（今潞河），总长为82公里。这条由郭守敬主持修建的漕运河道，由忽必烈赐名为"通惠河"，也即为今北运河的故道。

九龙池遗迹在岁月的流逝中并没有沉睡，而是在久久地沉思。她以其百年的沉默，无声地昭示元代大运河的历史，似乎在用这块无字丰碑来验证：中国人开凿了这条由白浮泉到瓮山泊的引水河道，是何等英明与聪慧。水是一个城市生存的命脉，正是这条引河的开凿，确保了北京自元大都始，得以延续元明清三朝古都，长达700多年。最初，京杭大运河的北端终点在通州，通州到京城的水路运输，一直是个难解之题。幸有这条引河，实现了漕船可由杭州直达大都，这是人类文明发展到一定高度和水平的历史见证。难怪著名古建专家罗哲文坦言："如果没有这条运河，北京城可能就修不起来了。"

大运河源头遗址还记忆着曾有过的高光时刻。九龙池边生长的古柏、国槐、垂柳、油松、榆树也都不舍昼夜，守护在这里，有的盘根错节、嶙峋峥嵘，有的枝繁叶茂、郁郁葱葱，有的柳絮飘然、枝条吐翠。它们都在不同年代见证了白浮泉的往昔和今朝。

大运河源头遗址，早已不见了当年汪洋水系的磅礴气势。清朝中晚期，随着大运河（北京段）漕运的日渐衰落，这一带的引河故道也断流，甚至消失了，大运河的源头白浮泉也几乎被世人遗忘，此地一度空余疮痍的楼台亭阁和稀疏斑驳的古树，留下了一种残缺的美，这怎能不让人扼腕慨叹？

三

我从九龙池遗址拾级而上，不远处就是都龙王庙了。院内有两棵古柏，以甬道为轴心，分立东西，苍黛交映。龙山之顶的都龙王庙，可是北京唯一以"都"字冠名敕建的建筑，被尊崇为燕北龙王庙之首。都龙王庙建于元初，明弘治八年（1495）的碑文写道："白浮村北凤凰山上有都龙王庙，乃前朝所救，迄今犹存。"言及此庙源于白浮泉之水，化解了运河漕运入都之难，元帝龙颜大悦，遂敕赐在龙山顶上建都龙王庙。

都龙王庙坐北朝南，由照壁、山门、钟鼓楼、正殿及配殿等建筑组成，带有鲜明的金元建筑元素。我穿梭于其间，见有明清修庙记事碑六块，记述了那会儿百姓祈雨、修庙的热闹场景。庙的最南端为钟鼓楼，足见都龙王庙的等级是很高的。

放眼院落，我感受到了都龙王庙的气场。明清那会儿，都龙王庙以"祈天祷雨最为灵感"而负盛名。庙殿后的石碑记载，都龙王庙的影响力，向南延至廊坊的大城，向北影响到密云古北口，从正殿两幅巨幅壁画中，我也能感受到远近百姓求雨的虔诚之至。

我站在龙山顶上，一眼望到了山脚下的龙泉禅寺群落。民间俗称都龙王庙为上寺，龙泉禅寺为下寺。现存碑文说，此寺旧时称"海角龙泉梵苑"。明朝景泰年间，还进行过修缮和立碑，赐名为"龙泉禅寺"，延至清代禅寺依然梵音不绝，至乾隆时期规模尤盛。这一番游走，我顿然大发慨叹：一座山，一座庙，一座寺，因一泓白浮泉而闻名遐迩，想必国内外也绝无仅有。

在龙泉禅寺，我一下子便被"大运河源头历史文化展"吸引住了。展览以生动的实物、图片、视频，以及互动屏幕等科技手段，重现了大运河以及白浮泉的历史和现实价值。我与这儿的工作人员聊天时得知，2014年2月间，因修建北京地铁昌平线二期线路的五个站点，全部为地下线路，就需要对昌平区境内20世纪60年代兴修的"京密引水渠"进行截流改造。勘测设计人员在实地勘查后，确定了一条月牙状的弧形施工线，正当他们着手施工时却惊异地发现，早在700多年前，这一带就有条引水河故道，几乎与他们的引水线路是重合的。我顿然浮想联翩：以21世纪水利勘测的科技水准，来验证13世纪引水工程的勘测精确度，足以说明元代的水利勘测水平是何等超前啊。当年，郭守敬发现白浮泉的地势比西山山麓高约15米，便设计出白浮泉水先向西引，汇集沿途诸水，流入瓮山泊的引水路线。就是这条30多公里长的月牙形引水渠，神奇地解开了这一西高东低，却要东水西流的难题。那条引水故道就是"白浮瓮山河"。他最早提出以海水平面作为高程起算的基准面，这一概念要比德国数学家高斯提出的海拔概念早了560多年。

我的目光紧紧地盯着那幅"白浮瓮山河"示意图，这起源于龙山的一泓白浮泉，曲曲弯弯，竟"盘活"了一条通向元大都的黄金水道。元代文人黄文仲在《大都赋》做了如是描述："华区锦市，聚四海之珍异，歌棚舞榭，造九州之秾芬。"可谓盛极一时，美极一时。那一刻，我似乎看到了那8000多艘运河漕船，每天川流不息地把自江南而来的漕粮运到积水潭码头，天南海北的货物也都在此集散，好一派舳舻蔽水、千帆竞泊、水润京城的繁华景象。

那一刻，我不由得想起父亲曾给我讲起过，他对故乡大运河（临西段）的印象。临西曾为古临清的主体，是临河而生的千年古县，直到20世纪60年代，方与山东临清分开，划归河北邢台。大运河在宋代时称为御河，又称卫运河，临西段是京杭大运河的一部分，河水就在父亲故乡的门前流过。父亲说老家除了卫运河的水光山色，还有临清古城遗址、净域寺和万和宫的古迹风光。儿时，他常坐着爷爷摇的小船去打鱼，看惯了河面上那蔽日的帆桅，听惯了艄公嘶哑的号子，还有那净域寺悠远的钟声……

哦，一条河，一条大运河，一条京杭大运河，流淌着多少中华文明的波光和悠悠岁月的涛声。春天里，我站到了大运河之源，满怀春意和深情地道一声：

美哉，大运河；壮哉，大运河。

【主编感言】

征文至此，"不畏浮云遮望眼"，在众多作者的努力实践、努力表达中，虽近又远的大运河（北京段）越来越呈现出其古老而又新鲜的真面，这非常令人鼓舞！即如此文作者"探源白浮泉"可谓写别人所未写，而且独具只眼，颇富力道，不禁又令人想起李白初登黄鹤楼时"眼前有景道不得，崔颢题诗在上头"的由衷之叹,真是如此!无论是立意、语言,还是种种写作手法,如首尾观照的完整性、以程为序的清晰度,或是移步换形的美感、引经据典的信手拈来,等等,都给人一种独美其美臻至"最美"的艺术享受,殊为难得!感谢作者!非常感谢!

【作者简介】

剑钧,本名刘建军,中国作家协会会员,现居北京。曾入选新浪读书超强阅读人气榜,作品入选中央宣传部"时代楷模"重点选题、中国当代作家长篇小说文库等。结集出版长篇小说、纪实文学、散文25部,约600万字。

依邻一甲子　悠悠未了情

陈　揆

　　不知是何缘故，我的生活总是离大运河很近。从我记事时起，小伙伴们经常吃完午饭溜出家门到运河边上玩耍，胡同里的孩子爱从犄角旮旯钻来钻去，那时我住在朝内南小街什坊院，出门向东一拐就钻进了仅有几十米长的小胡同松树院，这胡同最窄的地方只有1米多，而里面还有一条十几米长、两尺多宽的小巷子，是我们必经之路，巷子另一端通往小雅宝胡同，再往东就到了大雅宝胡同，我们一溜烟儿曲里拐弯跑完这400多米就来到了河边。

　　这里和狭窄的胡同空间形成了鲜明对比，先是一段5米宽、2米高残缺的城垣，然后是两条废弃的环城铁道和一条又宽又长的卸货站台，最后是一条护城河，它们并排形成了100多米宽、南北走向的开阔地带，一眼能望到天际。护城河上槽宽50多米，下面有十几米宽的水流，河水不深，堤岸上遍布着杂草荆棘和野花，这是我儿时的天堂，我们在岸边逮蛐蛐，捉青蛙，在废弃的站台上玩打仗，演绎着孙敬修老先生在收音机里给少儿讲述的一个个童话故事。护城河上架着一座5米宽的木桥，把雅宝路和日坛路连接起来，不过当时我们把它当作界桥，城里的孩子在桥西玩，城外的孩子在桥东玩，互不侵犯对方的地盘，童年就这样不知不觉地在河边度过。

　　到了上小学的时候，我终于跨过了那座桥，但并非去玩耍，是为了上学。我是9月中旬出生的，按规定9月1日以后满7岁的儿童要错后一年上学，母亲当时在朝外下三条中心小学教书，为了不让我荒废这一年的时光，她通过校长帮助把我安排在朝外二条小学，就这样每天早上7点钟，母亲骑车带着我从那座桥上匆匆而过。9月的桥下河水湍急，与哗哗流水相伴的还有蟋蟀、蝈蝈和蛙叫声声，远处河面上，三三两两的人穿着雨靴，拿着抄网在打捞。冬天河面结了冰，整个河床都静悄悄的，几只乌鸦在冰面上觅食。城内地势高城外地势低，过了桥就是一个大下坡，母亲紧蹬两脚，自行车就一溜烟跑出了好几百米，回家时可就崴了，母亲费劲扒拉地骑到半坡就不得不下车推着走，我也跳下车来帮着妈妈往坡上推。我就这样在这座桥上早出晚归走了一个学期。

放完寒假，母亲就把我转到了就近的西总布小学，她如释重负，我也从此告别了这条护城河，那时我还不知道这条河就是曾经维系着京城百姓生命的大运河。到了该上二年级时"文革"开始，学校停了一年的学，无拘无束的生活又来到身边。我们常常在晚饭后偷偷骑上家长的自行车去兜风，孩子们学会了骑车，活动半径就从几百米扩大到十几里。人小车大，没人能坐在车座上面，个高的跨在车梁上，个矮的掏着裆骑，摇摇晃晃地走街串巷，没多久我就把周围街巷的名字背了个滚瓜烂熟，什么赵家楼、羊尾巴、南竹竿、前拐棒，让我奇怪的是不知何由周围到处都有带仓的胡同，北门仓、南门仓、东门仓、禄米仓、海运仓、新太仓等，想找个明白人问一问吧，可那会儿谁会搭理你这小毛孩？

第一次让我了解和懂得大运河的是我的历史老师李元林。1970年，我幸运地就近升入北京二中，那是一座师资优秀的名校，但因正值"文革"中期，课堂秩序很乱，而李老师的课却很安静，他操着浓浓的山西口音把中国历史编成一段段的故事讲给大家听，我们最佩服的就是李老师在板书上画地图，不管是七国列雄还是魏蜀吴，每一个历史时期的域图，他都可以一笔画成，和教科书上的一模一样。我至今还清晰记得李老师讲隋炀帝修大运河那一课，他在黑板上熟练画出了冀、鲁、豫、苏、徽、浙六省的地图，标上京、津、洛、杭四个坐标后他用一条曲曲折折的线把这四个城市连了起来，这就是最初的中国大运河，他还特意给我们讲述了明清时期大运河漕运的朝阳门码头，以及坐落在周边的京城十三仓，我茅塞顿开。下课以后再次赶到儿时玩耍的地方，遗憾的是彼时的护城河从东直门到建国门正在施工，黄土堆成一条高高长长的土山，环城铁路变成了地铁，护城河也被埋入地下。

回到学校我怏怏地告诉李老师身边的运河没有了，他苦笑着对我说，水资源不够啊，我们只能放弃一部分河道把水集中起来。

岁月荏苒，光阴似箭，2003 年，步入了不惑之年的我在国家改革开放的进程中已经成了一名高级工程师，在行业中的拼搏和社会上的历练使我逐渐成熟起来，我当选为民革北京市委委员、东城区政协委员。那一年为了迎接2008 年北京奥运会，南小街和雅宝路都进行大规模拓宽，我家的四合院也随之拆迁，我和父母搬到了安定门东滨河路上一座公寓的 16 层，小区南门边的河道在断水清理，这正是北护城河，上达积水潭下至通惠河，疏整之后将开闸引流迎接奥运。我兴奋地盼望着这一天的来临，2006 年一个秋日的清晨，睡梦中的我被夫人唤醒："快看！河道通水了！"我立即起身向窗外望去，哇！碧绿的河水泛着清波以排山倒海之势疾速地充满眼前的河床，下班回家后水流缓慢下来，40 多米宽、3 米深的河道完全灌满了水。没想到阔别 30 年的大运河又回到了我的身边！

同年，为配合大运河申遗，东城区政府启动了玉河恢复工程。2014 年京杭大运河入选世界文化遗产名录，玉河一期考古挖掘出的万宁桥和东不压桥成为重要的遗产点。2016 年在玉河二期工程即将完工时，政协委员受邀参观和考察这一段历史遗迹的恢复成果，虽然那时我工作很忙，但为了与大运河那份难解难分的情缘，我义无反顾地走进了沉睡了 50 多年又经过疏整后连接积水潭与通惠河的雍和宫脚下的北护城河。重见天日的玉河，一条蜿蜒东流的大河从明清风格的民宅建筑中穿过，两岸杨柳依依。在短短 1000 多米的河道中发掘出多处珍贵遗产，解说员一件件为我们做了介绍，而与漕运相关的万宁桥旁的澄清上闸、东不压桥旁的澄清中闸以及北河沿东侧的澄清下闸引起了我极大的兴趣。后海的水面比北海高两米，北京传统地貌也是西北高、东南低，货船从东南到西北要反落差逆水而上。精心设置的三个澄清闸巧妙地解决了这个难题，上行的船通过下闸口后关闭下闸，开放中闸，待水位提升后将船驶过中闸，然后再关闭中闸，打开上闸，船就像坐滚梯一样节节升高。世界上最早出现的这种被称为"复闸"的水闸是我们的祖先在北宋年间发明的。至今，葛洲坝和三峡大坝仍然以这种方式升降过往的船只。

回到家中，我为玉河遗址上先人的杰作所感叹，作为一个走过了人生甲子的中华儿女，不能把目光仅仅停留在观赏大运河的美景之上，应该从更深的层次去探讨和研究大运河为人类进步所做的贡献。

我是学理工的，喜欢从工学的角度去度量和揣衡身边的世间万物。世界上有十大著名的人工运河，中国大运河堪称第一！不用多说，就以最引人注目的苏伊士运河和巴拿马运河来比较。苏伊士运河长约190公里，至今154年，连接地中海与红海，由于苏伊士运河的水道与海平面一致，设计者根本不用考虑水的资源和流速等技术环节；巴拿马运河长约81公里，至今110年，连接太平洋和大西洋，水源来自容量巨大的阿拉胡埃拉和米拉弗洛雷斯等湖泊，由于河床比海平面高26米，巴拿马运河在与太平洋和大西洋的两个交汇点上也建造了升降船只的复闸；中国京杭大运河至今已存续了2500多年，1794公里的长河蜿蜒于南北大地，长度是苏伊士运河的9倍，是巴拿马运河的22倍，因其贯通海河、黄河、淮河、长江、钱塘江五大名川又被称作七段大运河，各段水源的汲取、河水的流向均不相同且非常复杂，总体概括为四个节点五种流向：海河以北向南流，海河至黄河段向北流，黄河至淮河至长江段向南流，长江至丹阳段向北流，丹阳至钱塘江段向南流。以元代郭守敬为代表的工匠大师们把当时靠撑帆摇橹行舟的船速设计成顺水速度每小时3公里、逆水速度每小时2.4公里，这就需要精确控制各段大运河的流速，也就是要合理规划各段大运河的落差。为了完成这个使命，绵绵长河上遗留下数不清的"截直使曲""筑堰挡水""复闸升降"等传世宝典，成为人类漕运事业发展的见证。

如果说伊利运河改变了美国的国运和南北格局，那么大运河2500多年的兴衰史也映射出中国国运的兴衰。1992年，随着改革开放和综合国力的增强，国务院正式启动了宏伟的南水北调工程，大运河也担负起南水北调部分东段的输水重任，经过30年的努力，南水北调完成了中线和东线两大跨世纪工程。2022年4月，位于山东的四女寺枢纽南运河闸开启，位于天津的九宣枢纽闸开启，南来之水经海河汇入南运河。京杭大运河实现了近一个世纪以来的首次全线通水，再也不会出现缺水断流的尴尬。

今天，我站在安定门东侧喧嚣的二环路边那条闹中取静的碧水绿荫的运河之滨，沐浴着5月的风和飘洒的花瓣，我的注意力不再为水中的野鸭和偶尔飞抵岸边觅食的白鹭以及河堤上成排随风飘逸的垂杨柳与柳荫中鲜艳的紫叶李、红枫所吸引。我的思绪随着水中的落叶漂向远方，漂过海河、漂过黄淮、漂过江淮，一直漂到曾经是海上丝绸之路起点的宁波三江口，祖先用双手开凿出的那条弯弯曲曲流淌千年的长河挽起了中华的五大名川，浓缩了精深的华夏智慧，也凝聚了海内外华人的心。

当我老了，走不动了，我会坐在门前的河边向子孙后代讲述这条大运河的故事。

【主编感言】

本应征之作又是一种写法，可谓"亲水之最"法！作者"依邻"且"一甲子"，故其"悠悠"且情"未了"，十分自然而贴切；更兼其年齿渐长，对大运河（北京段）的"认知"也自是更宽广，更深厚，也自是令人信服。谢谢作者，感谢你的"实践性"近乎天成，感谢你的写作为这次征文成果的"多样性"又奉献了一朵独异的"亲水"之花！

【作者简介】

陈揆，高级工程师，中国科技产业化促进会理事，民革北京市第 14 届委员会委员，民革东城区委第 10、11 届副主任委员，东城区政协文史专员，东城区作家协会会员。

最美万宁桥

徐怀远

北京城有两个黄金交会点，首先当数中轴线与长安街的交会点——天安门，其次是中轴线与京杭大运河玉河的交会点——万宁桥。朋友，咱们说说万宁桥的前世今生。万宁桥位于地安门外大街中部、什刹海东岸，南北跨越于玉河水道之上，是北京中轴线上最为古老的桥梁。

我常常漫步什刹海景区和玉河故道，驻足万宁桥感受北京城悠悠水韵换新颜。

银锭桥东南、前海东岸有褐色巨石，椭圆的石头上镌刻"京杭运河积水潭港"镏金大字。巨石旁边的碑记让游人明白什刹海与京杭大运河的渊源关系。京城有水，源于白浮之泉，流于瓮山之泊，经高梁河故道，积水成潭，是为积水潭。元代，前海、后海、西海合称积水潭，即今天的什刹海。什刹海在京杭大运河具有特殊的地位，她是京杭大运河的终点码头，也是北京通惠河的起点。

巨石的东北有一座古色古香的彩绘长廊。七八个京剧票友在长廊内吹拉弹奏，中间一位中年女士咿咿呀呀唱着。迎面走来一群金发碧眼的青年游客，是法国高中生60人旅游团。举着三色小旗帜的导游让法国高中生观看京剧演出，时不时用外语讲解几句。京剧唱完一段，法国高中生给予掌声。

北京大爷骑着三轮车而来，在巨石北面小广场用水笔写大字。导游和法国高中生围成一圈，老大爷苍劲有力地写道："法国朋友，北京欢迎您。"一个高个儿法国女孩横平竖直写上"我是法国人"，另一个女孩有模有样拿笔写"我们喜欢北京"。一个男生被导游喊出，他在嬉笑中写出"一二三四"，写"五"时忘记一笔写成"王"，引得大家一阵哄笑。

这一刻，外国青年、国内游客、老北京居民在美丽的什刹海景区和谐相处，一片欢声笑语。

巨石前，一片月季含苞待放。青色石块和球状迎春花、平枝栒子、红叶小檗等观赏灌木勾勒出一条百米曲折蜿蜒的鹅卵石小道，从东南延伸到巨石后侧。细看，一米宽的白色鹅卵石小道是京杭大运河线路图，中间褐色条纹砖把运河城市名称串联起来，横排黑褐色鹅卵石代表沿途海河、黄河、长江等自然河流。我坐在高度适中的青色石块上，看鹅卵石小道，听着景观道上三轮车师傅给乘客讲大运河历史，别有一番风味。

鹅卵石小道旁边是火神庙，名为庙实则是道家场地。历史上，舳舻蔽水的积水潭、运河之畔为什么会有火神庙呢？常人难以理解，首尾相接的木船在积水潭港最应该回避"火"。我带着疑惑走进火神庙才明白其中缘由：在华夏文化中，由于火神祝融被敕封为南海神，因此火神也是水上运输的保护神。大运河的水与火神庙的火完美融合，和谐相处。

走出火神庙正门，我便看到万宁桥和桥下栩栩如生的镇水兽。万宁桥，位于北京城的中轴线上，在地安门以北、鼓楼以南的位置。京城百姓俗称地安门为后门，因而此桥也叫后门桥。你看，两侧光滑润泽、中间暗淡饱经岁月洗礼的汉白玉桥栏和莲花宝瓶雕刻，新旧配搭的桥栏直观呈现时间跨越的历史沧桑感。万宁桥既是桥，桥下又是大运河澄清上闸遗址的一部分。

万宁桥东西两侧河堤各有两个镇水神兽，其中东北角这个风化严重，已看不到雕琢细节，是元代产物，弥足珍贵，其余三个是明代重修万宁桥时后补的。值得一提的是，与桥西河堤镇水兽对应的还有水中镇水兽，有"双龙戏珠"景观——游客多不知晓，只有站在近处才能发现水中的兽头和石球。

镇水兽名为蚣蝮，传说为龙的九子之一，生性喜水，能镇消水患，是保佑一方风调雨顺的吉祥之物。

最美万宁桥，700多岁"高龄"的古桥焕发生机。万宁桥，2013年被公布为全国重点文物保护单位，2014年列入世界文化遗产大运河的遗产构成。万宁桥是北京中轴线与京杭大运河的黄金交会点：桥旁有"大运河"全国文保碑和"北京中轴线"界桩。

古老的万宁桥一直在承担交通使命，焕发活力。在北京市现有的9处桥闸类全国重点文物保护单位中，仅有万宁桥这座"高龄"古桥仍承担着城市次干路的繁重任务。

万宁桥往东的一段水道，为东城区玉河故道。玉河故道先自西向东走向，然后倾斜向东南的南锣鼓巷地铁站方位流去，成"Z"造型，或说书法艺术"之"字造型。

玉河故道有块光滑梯形大石头镌刻"通惠河玉河遗址"金色大字，旁边是澄清中闸遗址。遗址是露天的开阔凹槽，保存着闸口、闸墙、闸槽石等构件，给人一种历史厚重感。澄清中闸是元朝著名水利工程专家郭守敬为调节积水潭水位、满足漕船航运需要而建造的重要水工建筑物。澄清中闸遗址东侧有一座复古建筑玉河庵，现为文旅咖啡馆。清乾隆年间的庙册载玉河庵为尼僧庙，即由尼姑来住持和修行的庙宇。

横穿地安门东大街，往南是玉河故道南段，河道偏窄，浅水中有喷泉，两岸广植桃树、玉兰树、柳树，风景优美。两岸亲水栈道，是周边居民休闲聊天的好去处，家长常带着孩童嬉水捉鱼。河的南岸有长约100米的青铜浮雕壁画《京杭大运河风物图》，浮雕壁画描绘了白浮泉、万宁桥、玉河、大通桥、东便门、通惠河直到通州张家湾，以及天津到德州到镇江、常州、无锡、苏州、杭州，直到钱塘江……1794公里的京杭大运河，浓缩于百米长卷之中。

至皇城根公园为止，靠近马路有澄清下闸遗址——相对中闸的宽阔，下闸是一个深陷的凹槽。玉河故道水域止于澄清下闸遗址处。

说起玉河亲水栈道，东南角有东城区吉祥社区卫生服务站。2016 年前，我骑自行车穿梭玉河故道南段，那时周边民居在腾退环节，河道两边栈道处于修建阶段。我亲眼见证玉河故道南段日新月异的变化。2017 年 9 月 24 日，时任北京市委书记蔡奇视察东城区玉河故道保护工作，并到东城区吉祥社区卫生服务站视察。我和吉祥站大夫进行业务拜访聊天时，他们对领导视察倍感荣幸。北京市领导多次视察玉河故道，重视玉河故道保护和周边居民生活环境提升。

东西城沿着中轴线对称，涉及大运河也有宽泛的对称元素。南锣鼓巷对标烟袋斜街，东城区"通惠河玉河遗址"题字石对标西城区"京杭运河积水潭港"题字石，玉河故道浮雕《京杭大运河风物图》对标什刹海的鹅卵石版京杭大运河线路图，玉河庵对标火神庙。

玉河故道小学生讲解员对标积水潭郭守敬纪念馆小讲解员，一句句"郭守敬爷爷""郭爷爷"的童声讲解，让大运河文化代代传承，生生不息。在玉河故道，我碰到两位老师带着小学生练习大运河风物图的知识讲解；在郭守敬纪念馆，我见到一个小学生绘声绘色讲郭守敬生平展，女老师带领 10 多个小学生在"大都水利篇"展厅练习讲解。

从什刹海景区到玉河故道，我感受北京城的水韵悠悠。什刹海风景区游人如织，后海酒吧歌声漫漫；玉河故道北段衔接什刹海与南锣鼓巷，有游客有居民，闹中有静；玉河故道南段好似小家碧玉般藏在闺房里。最后，我还是驻足在万宁桥上。

万宁桥，可谓活化石般的文物，她默默见证 700 多年历史变迁，依然承担着地安门外大街的现代交通，包括车流和人流，曾经的皇家威严和现在的市井生活。朋友，你知道吗？万宁桥桥畔，每天上午聚集泥瓦匠、木匠、装修工等民工找零活。朋友，你看到了吗？傍晚，有小商贩在桥畔售卖老北京冰棍、糖葫芦、糯米糕等特色小吃。落日余晖，有网红在镇水兽旁边的河堤进行视频直播，有音乐爱好者在火神庙正门西侧空地进行露天 K 歌，一展歌喉。

自元代始建起，万宁桥一直承担着南北交通的重要功能，是北京中轴线与大运河玉河段的交会点，是玉河水系进入什刹海的重要门户，也是联系城市南北交通的重要桥梁。历史悠久的万宁桥静静矗立，喜迎国内外游客，你我从桥上经过也是一道美丽风景。

【主编感言】

本文作者着力万宁桥，写出了她四通八达的"最美"。这种"美"如诗如画，却又颇富烟火气，更主要的是，这种"美"是作者独具只眼的、关于北京大运河的细节之美，殊为难能可贵。据悉，本文作者是个来自安徽农村的准北京人，是个跑"医药"的奔波者，这就更加难能可贵了！向他致敬，感谢他的"市井"奉献！

【作者简介】

徐怀远，安徽省作家协会会员，北京皮村文学小组成员。做过电缆车间工人、医药内勤，现于北京跑医药商务。工作之余记录生活所见所感，著有小品《卖红薯的故事》、小说《浮梦》《钟鼓楼大杂院》等文学作品。

大运河，我的幸福之河

阿　桐

提笔写"最美大运河"的征文，不由得想起我家的几次迁移，都与大运河有着一些联系。

1970 年我家从灯市口本司胡同 65 号搬迁至朝阳门内豆瓣胡同 25 号，由此我也从西花厅小学转至东门仓小学上学，那年我 11 岁，上五年级。

记得，学校北边约 50 米有一片老破房子，当时不知道是干什么的，总是封闭着。后来，才知道那就是有着悠久历史的元代"十三仓"中的南新仓，后称东门仓，也是京杭大运河的漕粮最终落脚的古粮仓，就是现在的东四十条 22 号。

据史料记载，漕粮由通州经通惠河运至京城东便门外码头，然后通过护城河、马车运至各粮仓。朝阳门旧称齐化门，这里地势居高，通风良好，仓储的粮食不易霉变；又紧依护城河，有着舟楫之便，并且东行 40 里，就是京杭大运河通州码头。南来的漕粮登陆后可直抵南新仓，而紫禁城与南新仓不过一箭之遥。得天独厚的地理位置，令朝阳门成为京城唯一的"运粮门"，真可谓大运河的天之骄子！

小时候常到粮仓那边玩，翻过它的墙去掏过鸟窝。上中学的五年，该粮仓更是我的必经之处，故对这个建筑印象深刻。众所周知，那个年代是个动荡的年代，那时的学生也无法好好学习，所以对这个古粮仓知之甚少，常常经过也视而不见。并且，该古粮仓后改为百货仓库，破败不堪，墙皮脱落。记得屋顶上长满了一片片高高的杂草，犹如龙须沟的危房，岌岌可危。

听说，有一年此仓拆建，发现大批沉积漕粮，已成霉黑色。附近居民蜂拥而至挖走当花草肥料，据说施之花草异常茂盛。

如今，写大运河的文章，才开始了解、研究这个古粮仓，才对它肃然起敬。现在的古粮仓经过维修焕然一新，仓四周的大城砖围墙显露出来，顶部合瓦皮条脊熠熠生辉。它应该是全国仅有，北京现存规模最大、现状保存最完好的皇家粮仓。1984 年它被定为北京市文物保护单位，现如今，古老的粮仓在现代化的林立高楼当中，仍然像历史巨人般散发着难以抵御的傲然气场。

1986 年我结婚生子，单位分房，我搬进东四环里，通惠河附近一栋楼房，楼房共七层，我选择了最高层。

30 多年过去了，不单是我，世人都看到了通惠河周边的巨大变化。庆丰闸修建了拱形虹桥，石兽卧伏于水边。水草间成群的鱼苗穿来穿去，整条通惠河，成为鲫鱼、"麦穗儿"、鲇鱼、泥鳅和田螺等水生动物以及野鸭、鹧鸪等水鸟的乐园。"庆丰闸遗址"纪念壁上，有描述当年二闸风光的文字和绘画。再往西看更是翻天覆地的变化，CBD 商务圈、国贸、央视大楼，还有中国尊更是令世界瞩目！

随着中国经济的快速发展，房地产更像雨后春笋遍地开盘。现如今，我的楼房已成为老破小，关键是没有电梯，随着年龄越来越大上高层也越来越困难了。

去年上半年儿子一到休息日就带我们到通州运河边看房。儿子老大不小了，又因为疫情耽搁，婚房一直没有解决，我们也很着急，所以这次儿子购房，我们全力支持，但是每次看完房我们都累得够呛，因此我产生了厌烦情绪。心想，你买房凭什么要带上我们，后来再看房我总是找理由推托，但是他妈却积极性很高，精神劲十足。我只能无奈地硬着头皮，不情愿地跟在他们的后面，应付着。

经过半年多疲惫不堪的寻找，再进行不断的比较、研究、讨论，终于在运河边的月亮河小区定了下来，这套两居室，虽然是二手房，但房子维护较好，拎包入住。并且，这个小区配套十分齐全，环境优美，三面环水，出门就是大运河，可以说"风景这边独好"。这个小区美其名曰"休闲小镇"。

那天，儿子拿到房子钥匙，请我们吃饭时，他却郑重地把钥匙交给了他妈妈。他说："我买这个房其实就是想让你们住的，因为你们年龄越来越大了，爬那个高层实在太困难了……"不等儿子说完，他妈就迫不及待地抢过话来说："不成！不成！你的婚姻大事最重要，不要管我们……"儿子急着说道："这事，你们得听我的，你们身体好好的就是对我最大的爱！另外，咱们先互换住着，如果老小区能装上电梯，你们可以再回去住。并且，我可以把老房子简单装修一下，照样当婚房，并且离我上班的国贸近，省我很多时间……"他妈看儿子有点着急，怕他急坏了，由此默不作声了。我像是一个旁观者，一言不发，等待结果。他妈看我这态度，跟我喊上了："你倒是说话啊！你是什么意思呀？！"其实我是同意儿子观点的，经他妈这一呲儿，我憋不住了，说了心里话："儿子说得有道理，我们先互换住着，对我们双方都有利，并且现在通州发展挺快，老了担心医疗，现在很多大医院都落户通州了，并且这里环境会越来越好，适合养老，最主要是我们不能辜负儿子的一片孝心，你说是吧？"

就这样，我们接受了儿子的意见，暂时住了下来。就这样，我也开始了在运河边上的每日万步行。

我每天上午从小区的西门出发，西行百米来到美丽的千荷泻露桥，欣赏着远处的风景，向北望去，壮丽的七孔桥、大光楼尽收眼底。

然后下桥向北穿过国际财富中心，来到古色古香、歇山脊黄色琉璃瓦的大光楼，一副对联映入眼帘："碧水分香浮御气，潞阳城郭界清流；烟浪送香敷海宇；风帆迎日上神舟。"这是出自元末明初诗人王宣作的《波分凤沼》。

大光楼又称为验粮楼，又因紧临石坝，亦称石坝楼。历史上大光楼位于通州旧城北门外以东、石坝码头南端。八国联军侵略通州时被尽数烧毁。如今的大光楼为 2007 年复制建筑，距大光楼原址百米之外，虽非原制，但也在运河北首恢复了一处壮丽的历史景观。

紧临大光楼的是北关拦河闸，它位于北运河起点处，于 2008 年建成，由 7 孔节制闸加 1 孔船闸构成，是北运河上重要的控制性水工建筑物，也是"通州堰"防洪体系及北关分洪枢纽的重要组成部分。

再往西走，累了可以在一仿古凉亭休息片刻，同时尽情地观赏面前葫芦湖的美景，只见成群的锦鲤游来游去，还有垂柳、槐树和枫叶的倒影，甚至"塔榆"奇观。

葫芦湖是金代闸河遗址，古代高梁河东派支流汇入潞水（今北运河）处，水面宽阔，形似葫芦，故名"葫芦湖"。

葫芦湖东边就是燃灯塔，我从塔的西门进入，"古塔凌云"就在眼前。抬头仰视，宝塔似入云霄，在蔚蓝天空的背景下，白云缓缓浮动，被塔刹分割，微风拂过，铃声清脆，甚是壮观。

只见，塔下有小石碑刻有清代王维珍诗："云光水色潞河秋，满径槐花感旧游，无恙蒲帆新雨后，一枝塔影认通州。"看来，燃灯塔就是古城通州的标志。

过了燃灯塔，就是佑胜教寺，俗称塔庵，一进院落、山门三间，斗拱飞檐、雕梁画栋。有民国石碑一座，记载八国联军毁寺罪行。

转过来再进紫清宫，它是道教宫观；因殿壁所绘红孩儿，生动逼真活灵活现，又称红孩儿庙。一进院落，山门一座，正殿三间，西配殿三间，观内供奉太上老君。

最后是文庙，其实文庙在前，因为我是倒着进来的，走了后门。佑胜教寺和紫清宫在文庙之后，呈"品"字形罗列，与西侧玲珑挺拔的燃灯塔，组成一座参差错落古色古香的风景园。

文庙是祭祀孔子的场所，是这三庙中规模最大的建筑。文庙始建于元大德二年（1298），比北京孔庙还早4年。文庙亦称学宫，历代从这里走出了大批人才。

通州文庙坐北朝南，中路主体建筑依次为照壁、射圃、如日中天坊、棂星门、泮池泮桥、戟门、大成殿、崇圣殿。中路东西两厢有名宦祠、乡贤祠、东西朝、东西庑，以及尊经阁、崇圣殿、圣容殿、圣训亭以及古水井。

我作为"三庙一塔"的常客，认真看过几次后，基本都是走马观花了，主要是活动活动身体，顺便感受一下这里的文化气息，也不失我是一个"文化人"之义。

回家路上，在东关大桥上回望刚走过的路，像经受了一次运河历史文化的洗礼。我沿着运河边的绿道向北，看着慢慢流淌的大运河，好像看到了源远流长的、永不间断的中华优秀传统文化，也看到了几千年来大运河给我们子孙后代带来的福祉！看着、想着，马上就要到儿子给我们安置的新家了，回望运河，我真想说：大运河是我们的幸福之河！因为从大运河里，我还看到了中华民族的传统美德——孝道！

【主编感言】

此文内容颇为真实可感，难能可贵为一篇北京老百姓讲自己与大运河的情理之缘，既有巧理，也有亲缘。而且本文质朴无华，却又点染出了大运河流经其新居的几许"最美"风光，令人耳目一新！谢谢作者！非常感谢！

【作者简介】

阿桐，本名蒋铜，北京人。影视剧及配音演员。

胡同里的江南水乡

张东之

如果谁问我，举世闻名的京杭大运河在北京内城的源流是什么样子？在几年前，我会说不知道。就算是打小在北京长大，也没几个人能有清晰印象，这条玉河从地面上消失已经半个多世纪了。

人们常说历史上"北京城是水上漂来的"，玉河就是水运货物进入北京内城漕运河道的"最后一公里"。在元代，京杭大运河的货船来到都城，可沿玉河直达积水潭码头；明清时期，河道改建变窄，至近代逐渐被掩埋于地下。

近些年来，北京市启动玉河保护工程，正逐步重现玉河故道的历史文化风貌。现在我们就能够进行深度的城市漫步，探访"胡同里的运河"，感受历史上"水穿街巷"的北京城市景观。

2024年春夏之交，在约一个月时间里，一有空闲我就去这条线路上遛弯儿，游览胡同里的"江南水乡"，穿行平民化的"皇家园林"。北京内城的运河文化保护初见成效，规划设计别具匠心；我也领略到这一线的市民文化休闲生活，品味优雅，丰富多彩。

玉河在北京内城的故道，主体在今天北京市东城区，目前只是部分复原通水，但全线已经得到了基本保护。从北到南分别建立了三个遗址公园：玉河遗址公园、皇城根遗址公园、明城墙遗址公园。

首先从北京中轴线上的万宁桥开始走起。胡同深处，曲巷斜街，青石板路，小桥流水……北京内城里，具有江南水乡雅韵的胡同群落，目前仅此一处。

万宁桥边是"澄清上闸"，从这里沿着拐棒胡同和东不压桥胡同，到考古发掘出的"澄清中闸"，约500米，是玉河遗址北园。这里直通什刹海，河道宽阔达20米，水流潺潺，波光粼粼。再往东南到北河胡同的"澄清下闸"，约600米，是玉河南园。河道窄处仅三五米，河水清浅，行人踩着踏脚石就能过河。

玉河故道两岸绿树浓荫，花木繁盛。岸边建有亭台水榭，尤其是南园的亲水平台，清澈的河水触手可及。经常有小朋友在河边戏水，甚至是在水面上往来嬉戏，也还是比较安全。这里成了市民尤其是附近居民散步休闲的好地方。

为什么玉河南园的河道这么窄而且浅？原来明清时期，这一段玉河相比元朝时已经变小了很多。元代这里还能走漕运的货船，明代玉河逐渐失去漕运功能，扩建皇城时这一段就纳入皇城之内，也称御河。河上曾有一个"东不压桥"，听起来有点儿奇怪，实际意思就是修建的皇城墙靠得很近，但没有压在这个桥的桥身上面。民国时拆皇城，这个桥也被拆掉，如今只留下了"东不压桥胡同"这个名字。

这几次实地考察也解开了我另外一个长久的疑惑。如今万宁桥看起来饱经风霜，紧挨着的澄清上闸被考古发掘出来时也是元代遗迹。那么当初这个万宁桥真的能够过漕运的货船吗？现在这个平坦的石桥肯定不能，其实上溯至明清两代也不行。现存的桥在明代已经被重建，修改了拱券上部结构。到了民国，为了交通便利，更是把桥面"削平"，成为现今这个样子。元代过漕运大船的万宁桥，原本是高高隆起的。附近的澄清上闸、澄清中闸、澄清下闸，由元代著名水利专家郭守敬主持设计，原理和今天三峡大坝的"五级船闸"类似。我们去看三峡船闸的货船繁忙起落，就可以想见古代北京玉河上桨声帆影不绝的繁华景象。

如今玉河虽不见帆影，但已恢复的河道景观如此亲民，也增添了江南水乡的情韵。不必说沿岸垂柳依依掩映民居，更有玉兰、碧桃、海棠，还有紫叶李、美人梅、金银木，从春天到初夏，次第花开，繁花似锦。水边种有大量芦苇、菖蒲、睡莲及荷花等植物，从盛夏到深秋，也美不胜收。

最近一年多，我也一直通过摄影作品，欣赏玉河遗址公园四季的美景。曾经在前海东岸的广场上，结识了一些打鼓乐的北京本地朋友。他们是附近胡同的居民，经常在朋友圈分享什刹海和玉河公园的照片。以四合院为背景的水面风景特写，取景构图很有意境，也特别灵动，就像颜料正在流淌着的水彩画。

遇到动人的美景，我们总是会不由自主地想哼一首歌，或者画一幅画。曾经在北京中轴线上漫步，那恢弘气势和壮美的秩序感，激发了我创作的热情，三年为中轴线写歌约30首。现在我坐在玉河南园的亲水平台上，看着河面上轻轻飘动的水草，河对岸正盛开的"蔷薇花墙"，胡同里明清古韵的四合院，蓝天上游动的白云，眼前分明是一张又一张变换着的绘画。好像是李可染式的写意山水画，下一幅又变成了莫奈式的印象派油画。很希望把创作灵感定格下来，也许就在最近，我要拿起放下很久的画笔，来认真描绘"水城北京"的风景。

沿着玉河的故道遗迹，我走访了北京东城区内的全线：从万宁桥到北河胡同，从北河沿大街、南河沿大街、正义路到东便门。一路上想象着，如果这些历史水系能全部恢复，将会颠覆性改变人们对北京城市景观的固有印象。就像历史地理学家侯仁之先生说的："北京城的血脉就通了，北京就有了灵气……"

暂时没有全线恢复玉河故道，稍微有些遗憾。据悉，北京市东城区政府已经有规划，玉河南段的故道将一直沿东皇城根向南，与长安街北侧的菖蒲河公园连通。目前应该还在进行前期的考古勘测工作。这是一项关键工程，令人期待。届时，"六海映日月，八水绕京华"，山水园林之城的新北京呼之欲出。

令人欣慰的是，目前在明清的玉河故道沿线已经建成的三个遗址公园，都有鲜明的运河文化要素。以北京内城东南角楼为主体的明城墙遗址公园，北侧部分同时也辟为漕运码头公园。明清时期，当北京内城不再通漕运时，东便门下的大通桥头就成了大运河连通北京城的漕运码头。公园里约10米长的"老北京漕运图"文化浮雕，展示着昔日这个漕运码头帆影幢幢、商贾云集的盛况。

在玉河遗址公园南园，更是设计了近200米长的铜铸浮雕，以"清明上河图"式的长卷，生动再现京杭大运河1794公里的沿线风情，令人叹为观止。驻足《京杭大运河风物图》浮雕前，移步换景，以京西北的白浮泉为起点，绕道玉泉山，引水流进入北京城内的什刹海，经玉河汇入通惠河，从通州一路南下，来到杭州六和塔，最后汇入钱塘江。浮雕壁画，图文并茂，配有大运河风情的古典诗词。在这里花上半小时，就能纵览千里大运河的全线，几乎是一个小型的露天博物馆。

中间的皇城根遗址公园，直观上看不出有运河相关的影子。整体上是南北走向的带状街心公园，园林景观设计却颇具匠心。高大的白杨、银杏、洋槐、元宝枫，绿荫如盖，茂密处似森林。又种植有数片竹林，穿行其中，竹影婆娑，舞风清响。忽然就想起《兰亭集序》里的名句："此地有……茂林修竹，又有清流激湍，映带左右。"的确，历史上玉河就在皇城墙内侧流淌着。循着线路遗迹漫步，仿佛淙淙清流就在身边。北河沿大街、南河沿大街这样的地名，还有街边一些民居忽然就相比路面"沉降"两三米，都在隐隐约约诉说着历史的故事。

不见皇城根下曾经的清流，内心有期盼也有惋惜。不过来到皇城根遗址公园的南端，却给我一个惊喜。广场上有一大块儿石雕，沟壑线路曲折往复，如同迷宫；稍一定神，恍然大悟，这不正是"曲水流觞"的意境吗？原来这街心公园的园林设计者，正和我们心灵相通；主题是皇城根遗址公园，也很好地呼应了历史上的玉河故道。的确可以携三五好友，来此游园，曲水流觞，列坐其次，畅叙幽情……

多次漫步，碰见的外地游客不多，遇到的北京市民聊起来都很热情。还有一个新的发现。三个遗址公园的空地上，早晚照例成为市民广场舞的场所。不过交谊舞性质的传统广场舞，只有两三处；主要跳民族舞、健身操的舞团，有五六处。民族舞包括藏族、蒙古族和新疆舞蹈，健身操舞团更多的是中青年人。带领跳曳步舞的"辰辰"老师是北京人，舞姿动感优美，跳得很专业。被吸引来跟着学舞的学员，很多是在京工作的外地青年。散场之际，老师和学员还聊着包饺子等日常生活话题。在这样的公众休闲场地，北京本地人和外地人，已不只是萍水相逢，而是建立起了深度连接的朋友关系。

正如京杭大运河连接着北京和杭州，颐和园的昆明湖和杭州西湖，园林风景异曲同工，一样诗情画意，是南北方兼容并包、交流融合的大运河文化的一个缩影。随着北京逐步恢复历史水系景观，来自大江南北的我们一起相会北京，必将更多地遇见灵动柔美的"水乡江南"！

【主编感言】

这个题目真是令人惊艳！最值得称道的是，他写的是似乎人人眼中有却又似乎是人人笔下无的新北京、新胡同里的"最美"！当然，这里的最新最美，都孕育自我们古老而又年轻的大运河……"弱水三千"，谢谢作者"只取一瓢饮"！这很重要，当为欲再投稿者鉴！谢谢！

【作者简介】

张东之，青少年新媒体主编，曾任《中国青年报》首席记者。多次获得包括中国新闻奖在内的国家级奖项。科普作家。

大运河

——文学之河

李敦伟

看到"最美大运河"《征文启事》，我思前想后，犹豫不决。一个外乡人，从未到过京东大运河，能提笔参加征文活动吗？

身在千里之外的彩云之南，我担心写不出来，担心传递不出其中的岁月浩荡、大水汤汤。

可我太喜欢著名乡土文学作家、"大运河之子"、神童作家刘绍棠了。他以家乡京东大运河一带农村生活为题材，写出一系列格调清新、乡土色彩浓郁的文学作品，把我与大运河的距离拉近，成为流淌在我心灵里奔流不息的"文学之河"。

1982 年初夏，我首次以《滇池》杂志社编辑的身份，跨省组稿，第一站到首都，见的第一位作家就是刘绍棠老师。

这是北京城内一个典型的小三合院，没有北房，南房三间是正房。中间是客厅，东间是卧房，西间是书房。书房很小，只有十多平方米，他称之为"蝈笼斋"。院中还有东西厢房、厨房等，另外有枣树和槐树各五棵。

那天，恰巧绍棠老师在家，正准备行装，第二天要返回老家。我为自己的贸然闯入感到内疚，连声道歉。可他却搁下手中的活儿，热情地带我走进他的"蝈笼斋"书屋，边为我沏茶边说："你从千里云南来，正所谓'远方的客人'，欢迎！欢迎！"顿时打消了我的局促不安。

坐下后，他爽快地与我谈起来了："这房是1957年以很便宜的价买下的，但我并没有在这里'享乐'多久，被打成'右派'，送去劳改，后又回乡十多年。在此居住的是我父母、妻儿。直到1979年平反后，才重新回到这里。这不，我刚参加完北京市作协的会议，准备返回北运河我的家乡，也是我长期的创作基地。我喜欢乡间的恬静，特别是乡亲们的纯朴、真挚和对土地的眷恋，常激起我创作的灵感。要写出好作品，保持旺盛的创作活力，只有紧靠衣食父母——农民，紧贴大运河这块孕育生命的热土，那里有我取之不尽的写作源泉啊！"

我向他说明来意，主动介绍《滇池》文学月刊，告诉他这次专程来京、津两地，就是来学习、取经、约稿、交朋友。希望获得作家们的支持帮助，把刊物办得越来越受读者欢迎。

绍棠老师侃侃而谈，滔滔不绝："云南是个好地方，多民族聚居，各种文化相互碰撞融合，各具特色，丰富多彩，是文学创作的沃土。我深信在《滇池》这块文学园地里，能培育出一代代出类拔萃的新人。"

接下来，他讲起了自己艰辛坎坷的创作历程："我出生在一个普通农民家庭，从小酷爱读书，13岁就开始写作发表作品，立志成为人民的作家。我受老作家孙犁老师和苏联作家肖洛霍夫的很大影响，梦想一辈子能过上像肖洛霍夫式的田园生活，扎根在自己的家乡写乡土小说，反映大运河农村生活。我的作品受到孙犁老师赞赏，常在他主编的《天津日报·文艺周刊》上发表。1952年元旦，孙犁老师发表了我写的小说《红花》，反响强烈。当时我正上高一，团中央把我列为重点培养对象，大力扶持我。团中央第一书记胡耀邦同志曾找我谈过四个多小时话，鼓励我多写农村青年题材作品，还让我到东北农村去深入生活。那次我去了两个多月，回来把得到的素材挪到自己的村子里，换上我所熟悉的人物原型，开始构思写成小说《青枝绿叶》。《中国青年报》以整版篇幅发表后，又被编进了高中课本。我扬长避短，专写大运河风貌，留下自己家乡历史、景观、民俗和社会学的多彩画卷。为此，加入中国作家协会后，我坚决要求从事专业创作。经胡耀邦同志及团中央批准，正式成为专业作家。"

在50年代末至70年代末，整整20年间，在家乡父老乡亲的同情、保护下，绍棠老师没有中断写作，趴在荒屋寒舍的土炕沿上，写出《地火》《春草》《狼烟》等长篇小说。说着，他翻出曾经写的小诗给我看：

芬芳故乡土，

深深扎我根。

运河水灵秀，

哺育我成人。

是啊！坎坷经历并没挫伤绍棠老师为大运河家乡人民创作的锐气，新时期以来，他进入新的创作鼎盛期，于1980年6月发表了引起广泛反响的转型作品《蒲柳人家》。以后，又先后推出了《渔火》《京门脸子》《瓜棚柳巷》3部长篇小说。这些被誉为乡土文学的作品，散发着田园牧歌式的清新优美，形成了他的艺术风格，成为新时期最高产的作家之一。

仰慕敬佩之情油然而生，我把携带的笔记本拿出来，请他题词留念。他愉快地接过笔记本，拿出钢笔，不假思索，挥笔写下："坚持文学创作的党性原则和社会主义性质，坚持革命现实主义传统，继承和发展中国文学的民族风格，保持和发扬强烈的中国气派和浓郁的地方特色，描写农村的风土人情和农民的历史与时代命运。"

1988年8月初，惊闻绍棠老师病重住院，我便赶往宣武医院看望他。看着他疲倦的病容，我明白他为了把失去的时间夺回来，不顾一切地拼命写作，健康状况不容乐观，引发中风，住进了医院。经过专家们的紧张抢救治疗，命保住了，却造成了左体偏瘫。但病痛并没让他停下脚步，他仍奋力写作，为创立乡土文学体系拼搏，为培养青年作家呕心沥血……

1997 年 3 月 12 日，绍棠老师因患肝硬化，肝腹水抢救无效病逝，年仅61 岁。中国文坛失去了一位扎根乡土、矢志不移的文学大师。他被安葬在故乡儒林村大运河畔。运河涛声伴他长眠，他田园牧歌式的优美文章，在中国文学史上留下了绚丽的一页。

而今，70 后著名作家、茅盾文学奖获得者徐则臣，传承老一辈作家的优秀品质，挥毫写出了讴歌大运河的巨著《北上》，反响颇佳。这部作品气韵沉雄，视野开阔，讲述了大运河上几个家族之间的百年"秘史"。探究普通国人与中国的关系、知识分子与中国的关系、中国与世界的关系。探讨大运河对于中国政治、经济、地理、文化及世道人心变迁的重要影响，书写出百年来大运河的精神图谱和一个民族的旧邦新命。

读后，仿佛置身大运河上，纵观大运河的磅礴气势和历史积淀。这是一条民族文明的河，一条充满人间烟火气的河。一条河，让一段历史活起来。

正如徐则臣所说："我写运河十五六年了。我的文学、我的认识向前发展，是沿着运河发展的。所以运河一直是我写作重要的背景，也是以文学方式认识世界有效的途径。"

大运河啊，你是催生文学的河，你是多少文学人内心的深厚情结。

同绍棠前辈一样，徐则臣也出生在大运河畔，喝着大运河的水长大成人，大运河文化滋养了他。从他踏入人生那天起，就走运河，看运河，听运河，写运河，与大运河结下不解之缘。

大运河啊，文学之河！

【主编感言】

我们的这次征文，除了期冀作者们"走走路"之外，其实"读读书"也是客观上的一个限定。且唯二者之结合，才能实践出真知，才能各美其美达致一卷北京的"最美"。而最美者，多样性是其一也。在这一点上，众多来稿已有纷呈，今天这篇更是独树一帜——那是大运河上的文学大旗在高高飘扬！谢谢作者，唯独具只眼才能写出大运河的与众不同，诚谢！

【作者简介】

李敦伟，从军多年，转业后先后在《滇池》杂志社、《人民文学》杂志社、《中国广播电视学刊》和央视中国电视剧制作中心任职，参与多部影视剧策划、编辑、制片，获过飞天奖、金鹰奖、骏马奖。

瓮山泊畔吃捞面

张国领

人一生都在忙着赶路，有许多经历没有时间坐下来考虑它是偶然还是必然，退休之后，当静下心来去梳理那些远去的往事时，惊讶地发现，经历过的这一件事与那一件事，尽管时间和空间都相距甚远，却都有着密切的关联。由此我就想，任何事情的发生，都有其必然性。

就拿这次参加光明日报出版社、北京东城区图书馆和网时读书会举办的"最美大运河"征文来说，我原本没有准备参与，虽然我在北京生活了 20 多年，可工作和生活的圈子都在西三环一线，对京杭大运河北京东段知之甚少。甚至一直认为通往通州的大运河是在中轴线的东边，与其他地方无关。我的人生更没有与大运河发生过什么交集。因此，要写一篇几千字的大运河征文，一是没有那个经历，二是没有那个认知，三是没有那个底气。

可天下的事就是这么神奇，我这个自认为与大运河无关之人，竟然被征文组委会的李林栋会长指定为征文来稿联络人，理由是我当过《中国武警》杂志主编。按说搞通联是办刊物的一个重要环节，接收来稿、初选稿件对我来说是轻车熟路。可没想到的是，当我接受这项并不艰巨的任务后，无形的压力却随之而来，因为天天接收与大运河有关的来稿，看着不同地域、不同职业、不同年龄、不同性别的人都在写最美大运河，自己倘若不写出一篇来，对这次活动和活动中所担负的职责，似乎都无法交代。

因我是征文收稿人，也就有幸成了来稿的第一读者，阅读来稿多了，我对大运河也逐渐有所了解。原来大运河并非仅是源自北京的东城，也并非源自北京的西城，可以说是源自北京的东西南北城。它的北延伸线是密云水库的引水渠，它的源头是昌平白浮泉，元代水利专家郭守敬经过精心勘测计算，在仅有两米落差的地势上，将白浮泉水通过昌平区引到海淀区玉泉山的瓮山泊，就是今天颐和园的昆明湖。

北京地势西高东低，玉泉山在北京的西北方，把水引到高处才能解决北京城的水源问题。元代时开凿这条几乎和今天的密云引水渠并行的水道，还有一个更重要的原因，那就是仅靠白浮泉的水作为运河水源，来打通通州到皇城的漕运，是远远不够的，必须将昌平至玉泉山沿线的十大名泉之水，聚集起来，汇入同一条河流才行。

这十大名泉就是北京著名的白浮泉、王家山泉、虎眼泉、马眼泉、孟村一亩泉、灌石村南泉、侯家庄石河边泉、温汤龙泉、冷水泉和玉泉。十大名泉之所以有名，正是因为水流量大，水质清洌甘甜，即使遭受百年不遇的干旱仍不会断流。十泉之水汇成一渠，先囤水于瓮山泊，再向南引入大都积水潭。

当然还有另外一条河，也被作为大运河水源的存在，它就是贯穿北京门头沟、石景山、房山、丰台和大兴五个区的永定河。永定河被北京人称作母亲河，永定河引水渠和京密引水渠两股巨流在玉渊潭相交、相聚、相融，集细流而成大势，共同承担起润泽北京城的天职。

北京人都知道，北京城在相当长的时间里，都是一个异常缺水的城市，后来党中央下定决心为北京人民解决用水问题，取汉江水入丹江水库，又花费巨大人力财力调入北京，这就是著名的南水北调工程，方才缓解了京城的用水荒。

然而，在遥远的元代，北京的水源却是丰富的，不信的话可以打开北京市地图，看看那些数不清的与水有关的地名，北海、中海、什刹海、中南海自不必说，积水潭、玉渊潭、莲花池、三里河、万泉河、钓鱼台等等，这些赫赫有名的地方，原来都是汪洋恣肆、浪花澎湃的所在。

老北京不但有海，还有湖，有潭，有池，有河。海者，与陆近邻的水域也；湖者，陆地上聚积之水也；潭者，小而深的湖泊也；池者，人工挖成之水体也。而这些海、湖、潭、池、河内的水，都牵动着一条重要的水系，那就是京杭大运河。

了解了大运河在北京境内的来龙去脉之后，我恍然大悟，原来我在北京这28年，一直就住在运河的边上，更有幸的是，还在运河最上游的河水汇聚地——瓮山泊边上吃过一次捞面条呢。

1996年夏天我从河南调北京工作，单位是在西三环与北三环交界处的苏州桥附近。那时单位住房紧张，和我一同调来的是个写小说的作家，我俩都是单身汉，为了工作方便，临时在办公室架起一张高低床便住了下来。

听同事说单位距我向往已久的颐和园非常近，心中好不高兴，正想着找个周日去游玩一趟呢，不料周末的下午被领导叫去谈话，说我们常住办公室也不是事儿，经办公会研究决定，由单位出钱为我们在六郎庄租了三间平房，明天周日就可以搬过去住。我一听连声感谢领导，一是早就不想住办公室了，感觉一天24小时都像是在办公，根本没有空闲的时候；二是单位租房不用自己出房租，又是在距颐和园更近的六郎庄。

等第二天我搬进出租房才发现，这里何止是距颐和园近，分明就是一路之隔，出门路对面就是颐和园的小南门啊。太让人惊喜了。

不过，由于当时初调北京，急于想在工作上得到认可，上班经常是早出晚归，中午在单位食堂就餐，住在颐和园门口两个月之久竟然没有时间进去看看。

终于等到阶段性的公务紧张过去后，我专门找了个星期天来逛颐和园。那天我乘兴而去，尽兴而归，一直从上午逛到了傍晚。出园时才发现，为了方便北京市民游园，下午6点之后进大门不收门票，晚9点之后才闭园。这一重大发现让我欣喜若狂，这不就是给我这样的上班族、熬夜爬格子者提供方便吗？从那之后，我就成了颐和园的常客，只要有空就进去转转，散步锻炼、颐养心神。我自得其乐地开玩笑说：这哪是皇家公园？分明就是我的后花园嘛。

颐和园的风景，不在山，在水，在那一片占去全园四分之三面积、水面阔达3000亩之巨的昆明湖。正因有了这一湖碧波，颐和园才有了迷人的神韵，才有了游人如织，才有了步步美景，才有了经久不衰、享誉全世界的吸引力。

最难忘那一个周日的下午，我没有去单位食堂吃晚饭，而是自己在出租屋里做了一碗河南风味的蒜汁捞面。端起装满面条的大瓷碗，我和往常一样抬腿就迈进了颐和园，我边吃边走，边走边看，不一会儿就来到了金牛雕塑旁。

金牛坐落在廓如亭北面的堤岸上，当年清朝乾隆皇帝将其点缀于此，是希望它永镇悠水，长久降伏洪水，给百姓带来祥福。但乾隆肯定没有想到，多年之后，一个来自中原大地的小伙，在一个初秋的黄昏，依靠在金牛的栏杆上，滋滋有味地吃了一碗河南特色的捞面条。

我边吃捞面条边顺着铜牛的目光向昆明湖对岸看去，看到了万寿山，看到了南湖岛，看到了十七孔桥，看到了西堤上各具特色的六座桥，它们从北向南依次是界湖桥、豳风桥、玉带桥、镜桥、练桥、柳桥，还有六座式样各异的桥亭；在柳桥和练桥之间，是取范仲淹《岳阳楼记》中"春和景明，波澜不惊"之句命名的景明楼。碑刻记载，西堤六桥是仿杭州西湖苏堤而建。沿堤遍植桃柳，春来柳绿桃红，有"北国江南"之称。行走在昆明湖畔，静观风吹而涟漪开，云归而绿荫冥，瞬息光影之变化，湖上时光之不同。

那时不知这昆明湖上的景观，为何要仿杭州西湖苏堤来建，心想也许是皇家知西湖苏堤有名，以江南名胜而托北地名园。现在才恍然大悟，今日之昆明湖，即昔日郭守敬引白浮泉水汇集之玉泉山的瓮山泊，将瓮山泊改为昆明湖，是要借瓮山泊之水，为皇家所用，而仿西湖苏堤筑六桥，是为了将北京至杭州的京杭大运河，首尾相顾地融进这同一个景区啊。俗话说，山不转水转，没想到兜兜转转，蜿蜒如游龙之运河水，九曲连环，畅通南北西东，润泽九州方圆，呼应古今未来。

前些年我曾写过《昆明湖的桥》《昆明湖的柳》《昆明湖的石头》《昆明湖的倒影》等系列文章，那篇被人制作成视频广泛传播的《颐和园的红围巾》，写的是 1984 年我第一次来颐和园，在柳桥的台阶上照相时，无意中把一位戴着一条红围巾的女大学生拍进了镜头，姑娘看我是名解放军战士，不但没有生气，还郑重地站好让我为她正式拍张照片，还落落大方地把自己的地址写在一张纸条上递给我，请我务必把冲洗出来的照片寄给她。

我那年 24 岁，年轻气盛，手捏着她留下的地址暗自激动，可最终由于我的粗心大意弄丢了她写的地址，那张洗好的照片，至今还保留在我的相册里，再也无法寄出。

我在六郎庄租住了一年半的时间，后来因分到住房而离开此地，也远离了颐和园。

新分的住房在莲花池附近，离昆明湖远了，距莲花池近了，湖与池的规模大小虽有区别，但莲花池的悠久历史却更不容我小觑。

1264 年忽必烈弃金中都城，在其东北建元大都新城前，莲花池水系一直是都城的主要生活水源。搬家到此后，每天吃过晚饭我都会到莲花池边，沿着九曲小道散步，时常想象着池水往日的繁华景象。

正当我以为再难与昆明湖时常亲近的时候，情况发生了令我意想不到的变化。单位又在蓝靛厂建了一批住房，按照分房的硬杠杆和条件，我可以分到一套新房子。这让我又对昆明湖产生了梦想。

有人说有梦想的人才能实现梦想。我与莲花池为邻十年之后，再次将家搬到了昆明湖附近。这次虽不是一路之隔的近，但我每天上下班都要横跨一条河，这条河有一个如梦如幻的名字——昆玉河。

一天两次跨河而过，早晚沿昆玉河栈道跑步，经常从昆明湖的出口跑到下游的麦钟桥。而麦钟桥的故事，想必北京人都是知道的。

如此来看，我和大运河之龙首，也是有着不解之缘。

第一次住在颐和园边上时，虽然是短租，但我可以端着饭碗坐在昆明湖边吃捞面条；现在又搬回颐和园边上居住了，虽然不能端着大碗进去吃面了，但这一处整肃安静的社区，成了我永居的美好家园。

这些在外人看来或许没有什么特别之处，但对我来说，却是意义非凡。因为我在自身经历和历史变迁中，对颐和园、对瓮山泊、对昆明湖，乃至对大运河都有了更深刻的了解和更亲近的感情。并且于无意中，这些见闻感悟不仅助力我完成了一次征文写作的任务，更让我作为一名新北京人，拥有了一份新的自豪与福荫。

【主编感言】

本文作者的身份有点儿特殊，但其在瓮山泊即昆明湖畔"吃捞面"的经历也可谓绝无仅有。更独其所美的是，这篇实实在在的文章就是一位"新北京人"对大运河（北京段）的一页认知史，毫无疑问，这当然是一页信史。这独其所美的一点，我们于作者"卒章"中很容易看出来："于无意中，这些见闻感悟不仅助力我完成了一次征文写作的任务，更让我作为一名新北京人，拥有了一份新的自豪与福荫。"谢谢作者，你于此的"显志"极富启发意义，这也许就是我们推展此次征文的"由衷"之义吧。谢谢你为此次征文所做的一切，让我们共勉！

【作者简介】

张国领，1978 年入伍，《橄榄绿》《中国武警》杂志原主编，武警大校军衔。作品有诗集、散文集《血色和平》《柴扉集》《千年之后你依然最美》《张国领文集》（十一卷）等 26 部。系中国作家协会会员，丰台区作家协会副主席。

大运河与陕西巷

——"徽班进京"钩沉

奚耀华

陕西巷是北京大栅栏西南延长线上的一条小胡同，总长不过 400 米，南北向。从地理位置上看，它与大运河并不搭界，就离最近的运河水系三里河，也有数里之遥，若把两者相提并论，全因为一段有着因果缘由的梨园往事。

其实，这里的陕西巷只是本文所涉及区域的代指，实际范围还包括胭脂胡同、韩家胡同、百顺胡同、铁树斜街和石头胡同等，彼此相隔很近，四处连通，坊间曾有"陕西百顺石头城，二条营外路纵横"的说法。这里在明代初年就已成胡同，多住陕西客商，故有此名，但后来就与"陕西"没有什么关系了，只是胡同名称。陕西巷虽属前门外的"花街柳巷"之地，却因为曾经另有乾坤而被赋予了不尽相同的含义和色彩。

行走在今天的陕西巷一带，依旧可以看到两边间隔错落的二层小楼，即是当年戏园、茶社或青楼的旧址。时值午后，春日的阳光已经有些晒热，街巷行人稀少，颇为清静。时见三两居民在院门外闲聊，看到我走走停停地拍照，也不以为意，显然是到这儿寻访城南旧事的人多了，已经习以为常。巷子的格局没有什么变化，只是家家门面都经过了修整，一水儿的青灰涂盖，虽干净整洁了许多，但墙垣原本的质感肌理反倒隐没不彰，略显单调。从侧面观望，偶见有不曾粉饰的旧砖老墙显露，一种隔世的历史感才陡然而出，令人怦然心动。从院门上几乎都有的"居民住宅，谢绝参观"提示牌来看，这般"此地无银三百两"，已然昭示了这里曾经隐匿着的过往与传奇。

那么，这片旧京的繁华之地，与大运河究竟有着怎样的牵连呢？

几年前，我为造访运通桥，曾到过通州的张家湾，这里曾经是京杭大运河最北段的漕运码头。古桥横卧在凄清的萧太后河上，淡泊沉稳而有些许落寞。桥的北头留有一段百余米的老城墙，与桥形成一个 L 形的景观组合，古韵犹存。桥身与墙体都经过修缮，桥两面栏板的浮雕宝瓶线条别致流畅，有着文玩的雅致，而望柱上的石狮虽有破损，却依旧不怒而威、栩栩如生，只是保留着原始状态的凹凸斑驳的桥面，还记录着车轮曾经碾压过的岁月沧桑。早年间，大运河向北京输送漕粮物资，包括修建紫禁城所用的珍贵木材、金砖城砖等，都是在此集散，一度帆樯林立，极尽繁华。

乾隆五十五年（1790）的一天，繁忙的张家湾迎来了一批特殊的客人，为首的就是当时的江南名伶高朗亭，他率领三庆徽班从大运河南段重镇扬州出发，浩浩荡荡沿河北上，专为乾隆帝 80 大寿而来，从他们肩挑手提登上张家湾码头的那一刻，便拉开了一出大戏——"徽班进京"的序幕。

乾隆年间，北京和扬州是南北两大戏曲中心。扬州地处长江与运河的交汇处，水运昌盛，商贾繁荣，因此吸引了各地戏班纷纷流向这里。乾隆帝六下江南，也都以扬州为驻跸之所，这大大激发了地方官绅大肆铺张迎驾的热情，于是勾栏戏事十分兴盛。三庆班便是当时最有影响的戏班，它主演昆乱而以乱弹为最佳，同时兼事梆子和罗罗腔，班底以安徽安庆籍人士为主。当时的景况《扬州画舫录》中有这样的记载："若郡城演唱，皆重昆腔，谓之堂戏，本地乱弹只行之祷祀，谓之台戏……后句容有以梆子腔来者……湖广有以罗罗腔来者，始行之城外四乡，继或于暑月入城，谓之赶火班。而安庆色艺最优，盖于本地乱弹，故本地乱弹间有聘之入班者。"正因为三庆班的出类拔萃，乾隆五十五年，清廷为给高宗祝寿，率先从扬州征调三庆班入京，于是便开启了徽班沿运河水路进京的先河。

三庆班迢迢北上之路并非一意孤行，而是边走边演，在沿途几个重要节点上交集了其他戏种，如济宁的柳琴戏、临清的汉剧、德州的梆子腔等，不断兼收并蓄，借鉴融合，待到北京时，已合同道之力，有了平添羽翼的新姿。

之后，启秀、四喜、霓翠、和春、春台等徽班也相继入京，与三庆班一起反客为主，占据了京城戏曲舞台的大半壁江山。在后来的演出过程中，经过数次整合兼并，最终形成三庆、四喜、春台、和春四大徽班，而陕西巷一带，即是他们在北京最初的落脚之地。三庆班住到了韩家潭（今韩家胡同），四喜班住到了陕西巷，和春班住到了李铁拐斜街（今铁树斜街），春台班住到了百顺胡同。四大徽班的入驻，宛若初日破苍烟，冲淡了这里清吟小班弥散的脂粉香霭，原本的风月之地开始飘出缕缕清新的风雅气息，这气息穿过大栅栏，渐渐在北京蔓延开来。据记载，当年仅在陕西巷住过的戏曲名家就有张紫仙、孔元福、白云胜、李砚农、陈芷香、侯永奎等十余位。原本只是来祝寿的徽班，终有了稳定的住所，开始在大栅栏的茶园长年演出。又据《中国京剧史》表述："四大徽班专为宫内承差之戏班，后因徽班中有名禄官者，得仁宗（嘉庆帝）爱宠，有损朝纲，因而宣宗道光时，将四大徽班逐出宫门，令宿于前门外粮食店街梨园馆，是后，徽班遂演于民间。"这是对四大徽班驻留之地另一个角度的解读，原委略异，但方位地点大体是重叠吻合的。

徽班在京城粉墨登场后，以精湛的演技和亲民的剧目，很快赢得了观众的认可，特别是高朗亭，虽然年事已高、体态发福，但仍靠着高超的技巧，将旦角人物演绎得惟妙惟肖，"一颦一笑，一起一坐，描摹雌软神情，几乎化境"，令戏迷折服。自此，北京的戏曲艺坛日渐兴旺，戏班也日渐其多，仅前门外就有 13 家，昆声弹唱不绝于耳，以至于出现了花雅之争的局面。徽班也在原来演出风格的基础上，融合了京、秦二腔特点丰满自己，同时打造各班底演员的特长，逐渐形成了"四大徽班各擅胜场"的格局：三庆班的轴子（大戏），四喜班的曲子（昆曲），和春班的把子（武戏），春台班的孩子（童伶）。

而所谓花雅之争，则是指民间花部（乱弹）与宫廷雅部（昆曲）间的竞奏关系，颇似当年扬州的堂戏和台戏，既有竞争的一面，也有相互吸取的一面，菁芜并陈。道光年间，随着汉调进京加入徽班同台，徽班又兼习了汉调之长，"班是徽班，调是汉调"，二者已然平分秋色，尽管仍有着各自的躯壳，但在肌体中，已流淌着对方的血液精华，这为融二黄、西皮、昆曲、秦腔为一体，最终向具有京音腔调的皮黄戏——京剧的演变奠定了坚实的基础。

大河汤汤，同光阴一道培育着两岸各地的一方水土，既关乎社稷的桑梓民生，又关乎黎民的心性灵魂。自古"商路即戏路，水路即戏路"，早在徽班进京之前，北京本土的许多戏曲都是由外地输入的，曾主宰北京舞台的"东柳西梆"就是通过运河漂移而来。而北京的北杂剧，也是先经历了依运河向南流布，在吸收、融合了昆山腔、弋阳腔等南方戏曲元素后，又沿运河北上结果，可谓云摇雨散同在一个摇篮。可以说，京杭大运河对中国南北戏曲的切磋与交流、演化和繁荣，起到了举足轻重的作用，成为穿越南北戏曲艺术生命的一条绚丽纽带。而在它莽荡无垠的万千气象中，一件伟大的作品就是在流域的最北端，助力诞生了中国最具代表性的剧种——京剧。从某种意义上说，从徽剧诞生到现在的 300 年间，正是因为有了大运河，才有了徽班沿河北上的奋楫笃行，进而也才有了张家湾的那次惊艳登临，它无愧为京剧艺术的恩惠之源。

都说北京城是大水漂来的，这是对北京与运河相互依附的诗性表达，对京剧来说，何尝不是如此？四大徽班涌聚京城，先唱红了宫廷，再唱红民间，最终契合了北京人的审美理想，成了他们生命中不可或缺的情感家园。陕西巷虽不比邻运河，但两者之间却并不疏离，它就像运河之水外溢出来的一泓清潭，荡漾着皮黄板眼、鼓瑟笙箫的层层涟漪，滋养浸润了北京戏曲的肥沃土壤，京剧就在这片沃土中孕育、诞生、成长，终沉淀为大运河丰盈内涵中最为美丽的精神遗产。今天的陕西巷一带已然没有了往日的喧嚣，不躁、不闹，静静地守候着岁月。当年伶人们的身影，早已隐没在"居民住宅，谢绝参观"的楼堂瓦舍中，但光影婆娑的街巷墙壁上，一块块浮雕还在向我们延续着曾经的勾栏盛景、梨园往事、名角风华……影影绰绰，宛如浮梦。这是一份对往日情怀的提醒与眷恋，既深切，又浓郁得化解不开，不知现在的人们看到这些历史记忆，是否会想到，这竟是大运河给北京舶来的一份珍贵馈赠？

【主编感言】

本文独辟蹊径，从"徽班进京"感念"商路即戏路，水路即戏路"的大运河功德，视野开阔，点水成"文"，而且笔力道劲，识见丰富，实属为本次征文成果的多样性又呈一独家"最美"矣。感谢作者！

【作者简介】

奚耀华，北京大学（一分校）毕业，历任中国文联出版社《中国新文艺大系》编辑部编辑、室主任、副总编辑、总编辑、编审。中国当代文学研究会会员、中国版权协会理事。

"运河之子"引我行

赵国培

对于流经北京的大运河，我这个"北京土著"，自然怀有一种亲切的情感。但真正令我关注她、热爱她甚至歌颂她，细细想来，却可谓是一句成语：爱屋及乌。没有刘绍棠，我又焉能领略大运河的"最美"呢？！

我从心眼里十分热爱大运河，更特别钦敬尽人皆知的"大运河之子"、当代著名作家——刘绍棠老师。作为名满天下、享誉世界的一代俊杰，出生、成长于大运河怀抱的绍棠老师，还有许多标签、诸多头衔，令人肃然起敬：十岁神童，二十才子，乡土文学大师，荷花淀派圣手，大运河乡土文学体系创立者，中国作家协会副主席，北京作家协会驻会作家、副主席，北京写作学会会长……

作为铁杆文学爱好者、资深业余写作者，我将绍棠老师作为自己的奋斗楷模和志向标杆。同在京城，与文学圈及文学人也算熟络，自然对他并不陌生，也有偶尔见面的机会。当然，大多都是他在台上侃侃而谈，滔滔不绝；而我则规规矩矩端坐台下，支棱起双耳，恭恭敬敬、屏声静气地倾听，手里紧握着笔，仔细捕捉真经干货、神思妙语，时不时地匆匆记上几笔……

十分幸运的是，我与绍棠老师有过两次未曾谋面的交集（或曰交流、交往……）

80年代末，《北京日报郊区版》副刊部主任王保春老师（绍棠老师同乡兼好友）告诉我，一次在与绍棠交谈时，他们提到了我。绍棠老师特意叮嘱一句："告诉他，好好写。"

90年代末，一位诗友在电话里讲，他在《农民日报》上读到一篇文章，名为《刘绍棠与大运河乡土文学体系》。文中公布了体系中人——一支并不庞大的队伍，列举了一些坚持文学创作的作者（大多身居京郊）。在不太长的名单里，竟然有我，排位倒数第三……

绍棠老师啊！尽管我与您从未面谈过，没有登门拜访过您，向您讨教、聆听您的教诲，但我内心里，真的早就以您为师啊！我拜读过您不少作品，许多篇目、诸多章节倒背如流。您大力倡导并身体力行的文学主张，亦即在文坛上十分流行的两个十六字方针："中国气派，民族风格，地方特色，乡土题材。""城乡结合，今昔交叉，自然成趣，雅俗共赏。"我一直奉为习作指南和努力目标啊！

绍棠老师作为"神童作家"，富有得天独厚的天资天分天赋，大有神奇传奇惊奇的一面。当他还在校园求学时，他的小说《青枝绿叶》就被收进了中学课本。每当上到这节课时，他就被请到讲台上，当上了"先生"。他口吐莲花，旁征博引，现身说法，大谈心得体会，倾诉个中甘苦。而任课老师，则安安静静地坐到课桌旁，和同学们一起，聚精会神，全神贯注，认真听讲。

绍棠老师笔下的运河两岸，魅力无穷，何等迷人啊！他文字里传达出的运河桨声，何等赏心悦目、委婉动听！他在中篇小说《夏天》里，如此生动如此传神地描绘出大运河畔的田园风光：

清晨，太阳还没有升起来，村庄也还没有睡醒，雨后的运河滩，静寂得非常空旷。在风暴雨里沉默了半夜的布谷鸟，送着消失了的星星和远去的月亮，叫出了悠长清脆的第一声，长久长久地回旋在青纱帐上，而且在河心上得到更悠长的回声。渡口那里，小船拴在弯弯的河柳上，在水皮儿上轻轻摇荡。管船老张还在梦乡里，从小棚里传出雷鸣似的鼾声。布谷鸟歌唱的回音，惊起夜宿在河岸的水鸟，它们的首领第一个尖声地叫了，于是扑噜噜一阵喧响，水鸟群像一朵白云，从地面升上淡蓝的天空。

这，就是绍棠老师笔下大运河两岸的夏景，如诗似画，宛若仙境，不逊锦图，一个美字岂能道尽！四十多年的创作生涯，无论一路春风、万里阳光的坦途，还是风云突变、风狂雨暴的逆境，他都紧握手中的笔，辛勤耕耘、埋头苦干。他向祖国和人民，奉献了多少名篇佳作啊：《大青骡子》《京门脸子》《运河的桨声》《金色的运河》《田野落霞》《瓜棚柳巷》《蒲柳人家》《渔火》《春草》《狼烟》《村妇》《蛾眉》……

绍棠老师是我的乡亲、我的父辈、我的师长。而与我们祖祖辈辈、世世代代息息相关、生死相依的大运河，则是一座富饶的文学宝库，取之不尽，用之不竭。作为晚辈、后来人，我以绍棠老师为榜样，牢牢扎根生活沃土，深挖不止自己的"一口井"，力争多写、写好。当然，绍棠老师是一棵耸入云霄的茁壮大树，而我顶多也就是扎根泥土的一株青青小草。与绍棠老师不同，在文学样式上，我选择以诗歌为主攻方向。因此，讴歌大运河，赞美运河人，也是我的一大题材。我先后为大运河写下了一些诗歌，如《写给京杭大运河》《记住漕运》《运河芦苇》等，都被报刊选用发表了，并且在通州区举办的征文活动中还获过奖，《运河芦苇》更是幸运地被收入《中国年度优秀诗歌2023卷》，由新华出版社推出，全国各大新华书店纷纷上架。据说，还挺抢手呢！

最后，我抄录一下《记住漕运》《运河芦苇》两首习作，作为此文"结束语"，可谓一举三得：既是告慰英年早逝、已经长眠在大运河畔的绍棠老师，告诉他，他的后来人、追随者以他为榜样，钟情大运河、迷恋大运河、倾情大运河，力争写出无愧于大运河的心灵之作；也是向父老乡亲、文朋诗友做一简单汇报，大运河儿女永远也不会中止对乡土的讴歌、对乡亲的礼赞；更是献给在我心中永远流淌、日夜欢腾的"母亲河"——大运河：

大运河古老而又大度／将京杭两位紧紧挽住／这条水状的长绸／分明是宽广大路／请来南国秀美／装扮已然高龄的古都／送上北地厚朴／让柔美增添些许硬度／货物多得可以喝令／无穷词语循环反复／跑在最前端的字眼／莫过于那粮米与布／古往今来国计民生／衣食铁定第一要务／穿梭往来的辛苦船只／而今大多史册中驻足／化身为现代的大小车辆／撒着欢儿在两岸上忙碌／铿锵沉重的船工号子／吆喝成车轮滚滚急促／就连漕运这一熟语／也生疏得俨然文物／但后人怎能忘却／一代代铭心刻骨！

你被泱泱河水溺爱滋养／河水搂抱着你紧紧不放／你是大运河里的庄稼啊／清亮亮的水是你的土壤／你在一春一夏一秋／蓬蓬勃勃挺立亮相／运河被你装扮成竹园／芦花却又标榜为北方／冬天的你转移了驻防／暂时告别挚爱的家乡／眨眼之间／大变模样／房箔一卷卷／编织一件件／暖席一张张……／跨入远近都市／走进大街小巷／飞到异国他乡……／你和运河母亲一样／怀揣着火热的心肠／展示骄人的风采／大做长久的文章！

【主编感言】

流经北京的大运河是有回响的。特别是对曾经倾情描绘过她的作家们来说，这种回响经久不息。尽人皆知的"大运河之子"刘绍棠，便是最好的例证。斗转星移，"回响"依旧在。谢谢本文作者的念念不忘，是的，念念不忘，必有回响！

【作者简介】

赵国培，中国作家协会会员，朝阳区作家协会副主席，朝阳区政协文史研究员。发表文学作品近两千篇（首），结集有诗集《第一串脚印》《两种颜色》等8部。获北京市群众文学创作辅导终身成就奖、北京市最高群众文学奖。

一个"运"字看通州

王　新

　　转眼来北京工作、生活已 30 多年，对于爱动的我，北京的大街小巷也转了不少，首都俨然已成为我的第二故乡。

　　前不久，不经意间在电视上看到了北京通州举行的北京城市副中心马拉松比赛盛况，一个既熟悉又生僻的地名跳入我眼帘——通州运河。这次比赛赛道就在北京市政府办公区、通州大运河沿岸。

　　说熟悉，通州作为京杭大运河的起点，几乎无人不知，无人不晓；说生僻，很少听到关于通州运河的讯息。提起运河，记得 20 年前看电视剧《铁齿铜牙纪晓岚》，乾隆爷南巡时，见江南风景旖旎，大悦，脱口给纪晓岚出了个上联："南通州，北通州，南北通州通南北。"伶牙俐齿的大才子飞快对出下联："东当铺，西当铺，东西当铺当东西。"本是千古绝对，但后来却听研究军事的叶征老师调侃，说纪晓岚投机取巧蒙骗皇上。乾隆爷的"南北"是方位，纪晓岚的"东西"是物件，对不上。然后他还重新补了下联："东环路，西环路，东西环路环东西。"因觉得挺好玩，所以就记住了，但对通州运河却仍没什么感觉。印象中，北京着实是个缺水的城市，运河恐怕早已是明日黄花，不见踪影了吧。

　　好奇心让我凝神看去，屏幕里波光粼粼，情趣盎然，来自中国、埃塞俄比亚、肯尼亚、美国、英国等十几个国家的万名选手龙腾虎跃，你追我赶。

随着炸裂的步伐，依稀可见古老的燃灯塔出现了，还有绿心森林公园、运河森林公园、市级行政办公区、"文化粮仓"北京艺术中心、"森林书苑"城市图书馆、"运河之舟"运河博物馆在眼前闪过，简直美不胜收！那塔影荡漾、宛如大湖的背影，竟真是通州运河吗？我简直不敢相信自己的眼睛。看来大美运河真是远在天边，近在眼前呢。

于是迫不及待打开了神奇的百度，找到了关于运河燃灯塔的记载。此塔建于北周557年的漕运时代，辽重熙元年（1032）重建，是京杭大运河北起点的第一个航标，是千年运河的标志性建筑。古诗云："一枝塔影认通州。"古时候，漕船和商队经过数月漂泊，望见古塔，便知道北京到了。自古以来，燃灯塔不仅照亮了运河两旁的堤岸，也温暖了无数船家的心霏，今天还点燃了我内心的向往。

今年五一小长假，是阳光明媚的日子，我踏上了贯穿京城东西的地铁六号线。北京城确实太大了，以至于西面的人很少到东面去，走一趟就如同出了远门一样。

在地铁上，脑海里不停翻腾着通州运河留下的画面，除了电视里亮丽的色彩外，就是老辈儿人嘴里腥臭的龙须沟，泛着泡沫的潮白河，这些都曾经是我心中运河的影子。

在我储备的历史知识里，北京大运河的鼎盛时期也曾相当壮观，确实是"南北通州通南北"，船队如梭，游客如织，由运河而带动起来的通州商埠极度繁荣。每年有几百万石漕粮，汇集于通州的石坝、土坝，然后从通惠河直抵北京城内的积水潭。可以想象，那时的漕运码头一定热闹非凡。意大利旅行家马可·波罗在《马可·波罗游记》中叙述元大都盛景时道："比较大的码头、最热闹的景象应集中在离鼓楼最近的银锭桥、烟袋斜街一带，最盛时，积水潭舳舻蔽水，盛况空前。"谁能想到，后来晚清、民国、新中国成立初期那个黄沙肆虐、干旱缺水的大北京，曾经也是千帆竞泊的水都啊！

我特别喜欢有水的地方，平静的湖水，涓涓的溪水，滔滔的江水，奔流的河水，无边的大海，都让我流连忘返。有水就有灵气，有水就有期待。

一路胡思乱想，忽听地铁通告——北运河西站到了。一出地铁口，一阵清风袭来，放眼望去，看到了清澈、宽阔的运河水，顿时心旷神怡。

迫不及待登上运河玉带桥，视野豁然开阔。河道是古老的河道，桥梁是现代的桥梁，交相辉映，别有一番情趣。玉带桥的设计很精美，桥上鲜花装点，争奇斗艳，阳光照射下绽开了一张张笑脸。玉带桥两旁的大厦高高耸立，直抵蓝天白云之下，有种置身画中之感。运河沿岸是人们休闲、纳凉、锻炼的好去处，远远望去，四通八达的大路，车辆川流不息，交通一片繁忙。果然是"东西环路环东西"，壮观大气，这和"东当铺，西当铺，东西当铺当东西"简直不可同日而语！

沿着运河绿道，向漕运码头方向走去，蓝天白云，绿树成荫，清澈的河水，平整干净的步道，让人心情舒畅。沿途有悠闲惬意垂钓的，骑车游玩锻炼的，树挂吊床乘凉的，推车放着音响听曲的，拿着麦克风歌唱的，各行其乐，好不自在。运河中央的游船上，双人橡皮舟上，巡逻的游艇上，人人笑脸相向，开心快乐。

行走中，忽听火车的声音，回头向桥上一望，一辆动车正穿梭而过。古老运河的慢节奏与现代城市的高速度撞了个满怀，既恍若隔世，又形成鲜明对比，只能感叹时代发展的速度真是太快了。

继续往前行走，不一会儿又听到了火车的轰鸣，并见一架飞机从空中掠过，好一派水陆空交互的繁忙景象。如今漕运已不复存在，代之而来的是陆海空四通八达皆通途。古老的大运河守望着时代发展的车轮和翅膀；现代化的运输工具俯瞰着大运河沧桑舒缓的容颜，互相欣赏，相偎相依。身临此境，确有被旧时代牵扯、被新时代环绕之感，美哉壮哉！

走着走着，我忽然看见运河沿岸竟镶嵌着一个个巨大的"运"字石。"运"在汉字里十分讲究。本义是主动的，包括运动、运营、运力、运销、空运、海运、运算、运笔、运筹、运气，并由此延展出命运、运程、国运等引申义。

中国人现在显然是幸运的，天佑中华，国运来了，挡也挡不住。

在一个笔法遒劲的"运"字旁边，我伫立了许久，望着眼前的运河水，思绪万千。历史上，运河的兴衰，恰似中国国运的晴雨表。运河兴则国家兴，运河衰则国家衰，大运河曾见证了多少沉浮？她曾见证过隋炀帝百官花船赴江南，见证过元大都满城春水赛江南，见证过乾隆帝微服私访下江南；也曾见证过八国联军烧北京，见证过日军铁蹄践踏北京，见证过北京和平解放。在历史的年轮里，运河虽只是寥寥的一撇，但在国家的记忆里，运河却是深深的沟痕。

确实，国运已经来了！运河旧貌换新颜，连古老北京都生机盎然。我想起春节庙会什刹海的热闹盛况。我过去所在部队就在本属于运河水系的什刹海附近，经常在积水潭、什刹海一带骑行。几经变迁，如今的积水潭、什刹海又焕发出了生机，水天一色，花团锦簇，成为人们一天紧张工作后放松的好去处。在什刹海莲花市场牌楼旁有一条"蛟龙出海"龙灯，金红色的龙头，彩云做鳞片的龙身，昂视远方，长须飘逸，昭示着红运当头。春节庙会时，这里人山人海，热闹非凡，一派国泰民安盛景。

望着这运河水，我忽然明白了，如今通州运河已经今非昔比，脱胎换骨，河畅，水清，岸绿，景美，成为绿色的运河、生态的运河，生生不息的运河，成为首都北京的一张亮丽的名片。作为华夏子孙，我们要把京杭大运河这个祖先留给我们的珍贵遗产守护好，使她再次以其特有的东方之美，把好运带给中华，滋养着北京城市副中心快速成长。

不远处传来悠扬的歌声《大运河》：

> 有一条古老而神奇的长河
> 那是我们的祖先用双手开拓
> 蜿蜒南北千里水
> 浇灌那东西万顷禾

大地是母亲宽广的胸怀

河水像乳汁深情地流

天下粮仓恩泽神州

传唱着生生不息

生生不息的歌

有一条古老而神奇的长河

因为我们的勤劳她重放光泽

连绵冬夏千年久

竞渡那春秋万重舸

两岸是父亲坚实的肩膀

河水像血脉尽情地流

生命长廊荡桨扬波

承载着美丽梦想

美丽梦想之舟

大运河大运河

"燃灯塔，高高立，照亮通州新天地。大运河，唱大戏，迎来八方好兄弟。中国人民有志气，中国人民好运气……"塔铃叮咚，耳畔似乎传来阵阵童谣声。

【主编感言】

本文题目甚佳，一是可以涵盖全部内容而非文不对题或题不辖文；二是一字双关，所谓这个"运"字，自是大运河之意，没有大运河，通州的底蕴焉能与众不同？同时，这个"运"字又显系有"国运"的意思在，没有"国运"，今日之通州又焉能如此令人惊艳？本文作者依题尽意，但又显而易见：此文绝非想当然而写，而是"知其然又知其所以然"的行而后为。这一点，尤其值得我们称道。是的，本次征文时限几近三分之二，"最美大运河"（北京段）征文如何写？写什么？还是要以《征文启事》为要，并且绝知此"事"要躬行！让我们共勉，感谢作者！

【作者简介】

王新，研究员，军旅 30 年，毕业于中国人民解放军西安通信学院，参加了罗援主编、叶征总策划的大型纪实文学《百面战旗红》《战旗美如画》的创作。

积水潭的斜街、北饼、关汉卿

车　弓

一

我在京工作时，因颈椎病常发作影响工作，由鲁院学妹贺平介绍，曾在积水潭医院住院治疗。闲暇之际常去附近溜达。由积水潭桥顺着西海水面走，就是什刹海著名酒吧一条街，银锭桥烟袋斜街胡同市集，内有众多风格各异的个性饰品小店。

在此街上，记忆犹深有一个小小的"门钉肉饼"店，因相传是清慈禧太后赐名的御食、寓意吉祥福祉的传统民间小吃，年轻人嗜食油腥，常在铺内买上两个肉饼，搭上一碗羊汤权充正餐，实是价廉物美的佳馔。我不知现在这家肉饼摊儿是否还在。

退休后回宁波老家，因中国大运河以及浙东延伸段被列入世界文化遗产，又"老夫聊发少年狂"地组织浙籍作家、摄影家数十人，考察、采写、拍摄京杭大运河与浙东运河沿边城镇，收集了不少资料与旧照片。

有意思的是我们在聊城、台儿庄、淮安、扬州、杭州直至宁波运河沿埠，均有形状稍异与称呼不同的"肉饼"出售。在浙东运河，此饼被冠名为"北饼"，亦有称"船饼"的。与无馅大饼（当地人称为校饼）的区别，内馅不是牛肉而是猪肉，偶尔还掺有萝卜丝的肉馅，制作方式与门钉肉饼相近，揉和面团塞入已调制成的肉馅（北方为牛肉，江南多为猪肉），压扁成圆形用油（北方为牛油，江南为猪油或素油）煎制，出锅则浓香扑鼻，入口外脆内柔。我在杭州西兴埠头，也吃到被称为"埠头饼"的煎饼，询问其由，答曰：制作简便，携带方便且耐饥，是当年南来北去运河漕运的船帮所喜之物。

北京人会说故事。对门钉肉饼解释为：因其形状类似古时城门上的门钉得名。有多个版本，流行的说法是：慈禧路过紫禁城城门时，指着上面门钉说："我今天要吃这个。"于是御厨们便将牛肉饼烙成三厘米的墩子形状，放之食盒献之御前，得以名扬天下。

二

现今积水潭附近烟袋斜街，除了桥东南角的解放军歌剧院和郭守敬纪念馆，能引发人们对运河漕运的记忆极少。历史追溯至 800 年前，这儿曾是世界上最为繁忙的运河市埠，同时也是最大的戏剧舞台。可惜已被历史的拂尘轻轻掸除，亦被匆匆过往的游客视而不见。

至元二十九年（1292），已完成"提举诸路河渠，掌管各地河渠整修和管理"和《授时历》，由督水监提擢为太史令的郭守敬，风尘仆仆地监理修建通惠河，年余，至元三十年（1293）通航。那时的元王朝，正是蓬勃向上时节，雄心勃勃的元世祖忽必烈虽因武功立国，却不忘文运昌盛；自上都归京过积水潭："见舳舻蔽水，大悦，赐名曰通惠河。"《元史·河渠志》载："上自昌平县白浮村引神山泉，西折南转，过双塔、榆河、一亩、玉泉诸水，至西（水）门入都城，南汇为积水潭，东南出文明门，东至通州高丽庄入白河。"因地势西高东低，途置二十四闸，闸闸肘制，芳草萋萋、碧水荡漾，成为京都一大景观。

那时积水潭名"海子"，面积较大，囊括了如今前海、后海、西海三个湖泊，交连处的鼓楼斜街（时无烟袋斜街之称）。载有贡赋稻米，连同瓷器丝绸的漕船跨越数省，浩浩荡荡，累及数月，风餐露宿地自江南、湖广、巴蜀经京杭、隋唐大运河而来，由通惠河入京，不必停靠通州张家湾，直达都城中心。在积水潭泊仓，形成"华区锦市，聚万国之珍异；歌棚舞榭，选九州之秾芬"，宫廷和民间演出繁盛，宴舞之声不绝，带来了都市经济文化圈的繁荣。

史载元杂剧在大都兴起，著名演出地点有两处：一为西城砖塔胡同，二就是积水潭码头斜街。时称"海子"的三湖水深流阔，平展无际，能泊下吨位很重的漕船；钟、鼓楼一带，遂成为商品货物聚集交易之地。驿馆、酒楼、茶肆、勾栏林立；店铺米面市、柴炭市、服装鞋帽市、铁器市前人声鼎沸。达官显要、商贾人士络绎往来；觥筹交错，酒酣耳热之际，应酬饮宴之中，艺人献唱助兴自不可少。宋褧《望海潮·海子岸暮归金城坊》描绘："山含烟素，波明霞绮，西风太液池头。马似游龙，车如流水，归人何暇夷犹。丛薄拥金沟，更萧萧宫树，调弄新秋。千里烟波，几双鸥鹭两渔舟。暮云楼阁深幽，正砧杵丁东，弦管啁啾。淡淡星河，荧荧灯火，一时清景难酬。马上试冥搜，填入耆卿谱，摹写风流。明日重来柳下，携酒教名讴。"记录了积水潭昔日奢华风流的场景。入夜则管弦笙箫、吴歌楚舞，一派风华绝代的文艺复兴景象。

三

在元代积水潭斜街，传诵着诸多元杂剧名家的故事，关汉卿就是其中之一。今人犹记得他在此写下的散曲："秋景堪题，红叶满山溪。松径偏宜，黄菊绕东篱。正清樽斟泼醅，有白衣劝酒杯。官品极，到底成何济。归，学取他渊明醉。"是的，他在灯红酒绿、勾栏买醉的斜街，要学陶渊明归去桃花源。史载约大德元年（1297）前后，自称"我是个普天下的郎君领袖，盖世界浪子班头"和"蒸不烂、煮不熟、捶不扁、炒不爆、响当当一粒铜豌豆"的他，于杂剧《窦娥冤》在此引起轰动后，曾与"杂剧当今独步"的女演员珠帘秀闹出绯闻，留下一段艺林佳话。

珠帘秀是艺名,本姓朱,河南洛阳人。虽说不上倾城倾国,甚至有些驼背,却主工花旦,风姿绰约,扮相俊美;闲暇时女扮男装,且能诗善曲,歌喉清婉。关汉卿好友、比她年长20岁的曲家卢挚,有散曲《醉赠乐府珠帘秀》云:"系行再谁遣卿卿,爱林下风姿,云外歌声。宝髻堆云,冰弦散雨,总是才情。恰绿树薰晚晴,险些儿羞煞啼莺。客散邮亭,楚调将成,醉梦初醒。"珠帘秀回赠道:"山无数,烟万缕,憔悴煞玉堂人物。倚篷窗一身儿活受苦,恨不得随大江东去。"可想是个有墨水底儿的性情中人。

今人已难寻此才子佳人相识,是否由卢挚牵针引线?其实追寻业无意义。一个是砚田笔耕、佳作频出的戏曲巨匠,一个是技压群芳、独步舞台的表演明星,惺惺相惜,自是顺理成章之事。后元杂剧南移,两人同去山清水秀、风光旖旎的江南。关汉卿在心上人巡演扬州时,曾写散曲相赠:"碧玲珑掩映湘妃面,没福怎能够见?十里扬州风物妍,出落着神仙。"可惜这对露水鸳鸯未及善终,关汉卿未至天年而亡,珠帘秀嫁与一风流道士,晚年开山授徒,弟子赛帘秀和燕山秀,都是传名后世的杂剧演员。

四

元杂剧在我国的戏剧文学里,是"开山鼻祖"的存在。贡献有二:首先是文学形式功能转换,自汉赋、唐诗、宋词排列下来,元代散曲和杂剧的出现,把文人自我情怀的宣泄,上升到面对大众服务。其次是顺应了中国首次出现的市民文学的潮流,就内容上着眼于大众娱乐的需求。关汉卿在积水潭创作与排演的公案剧《窦娥冤》《蝴蝶梦》以及婚姻爱情剧《救风尘》《望江亭》《调风月》等,更多的是反映下层人民的斗争精神与痛苦生活,从而开辟了中国市民文学的先声。其作品通过运河漕运与舶商船工传递,使稍后南戏兴起,诞生了一大批戏剧家,如高明、汤显祖、屠隆和李渔等各呈佳作,繁荣了我国的戏剧舞台。直至明、清文学形式转换,小说话本兴起,运河沿埠作家,如罗贯中的《三国演义》、施耐庵的《水浒传》、吴承恩的《西游记》等,甚至连兰陵笑笑生的《金瓶梅》与曹雪芹、高鹗的《红楼梦》，都深受运河市埠文化与元杂剧的影响。

我在京期间常跑图书馆，有个强烈的意愿，想为中国市民文化或说市埠文学整理些东西，闲时会踩着一辆自行车，沿着通惠河至积水潭采风。可惜当时杂务缠身，抽不出整块时间成文。现时过境迁，离京十年余，只得蜷缩江南兴叹；相信有人定会追寻积水潭斜街足迹，有追溯中国市民文化或市埠文学源头的大作呈现。

【主编感言】

从门钉肉饼到北饼到船饼甚至埠头饼，可谓一饼贯运河；从烟袋斜街到关汉卿的"海子"，以至后来的《三国演义》《水浒传》，甚至后来的《红楼梦》等等，都曾深受大运河市埠文化的影响，大运河滋养了不朽的元杂剧，也滋养了人们喜闻乐道的明清小说……谢谢作者言别人所未言，写则人所未写，非常感谢！

【作者简介】

车弓，本名张坚军。中国作家协会会员，北京师范大学与鲁迅文学院文艺学。文学创作研究生学历。有小说《海地》《名利圈》《太阳正在升起》以及影视、报告文学作品 21 部问世，7 次获省级以上优秀作品奖。

运河明珠高碑店

王 林

水墨画廊好江南，胜境风采客流连。千载梦幻高碑店，运河明珠意缠绵……写下这首《鹧鸪天·仙韵高碑店》词上阕，回想在北京工作的岁月，我曾走过很多地方，也欣赏过很多美景。然而，要问起我最钟爱的地方，还是高碑店漕运历史文化游览区，这并不仅仅因为我曾在高碑店村生活过，更为重要的是，我曾亲眼见证了这片漕运码头，从昔日的杂草丛生到如今的美丽巨变。而随着时间的推移，我与运河明珠高碑店的情感也愈加深厚，愈加沉醉于她那仙韵悠悠、如梦似幻的水墨画廊中。

在中华文明的历史长河中，有三项举世瞩目的工程：雄伟的万里长城、神奇的坎儿井以及波澜壮阔的京杭大运河，而长城与大运河的交会点就在北京。我之所以如此喜欢高碑店漕运历史文化游览区，还有一个很重要的原因，那就是在这里，曾经解开过我儿时的一个疑惑。小时候，只要我一哭闹，奶奶就对我说："别哭了，麻猴子来了。"只要奶奶这么说，恐惧的我就会立即停止哭声，然而，儿时的我并不知道"麻猴子"到底是什么，直到来到高碑店，我才从博学的彭老师那里得知"麻猴子"的来历。原来，我小时候所恐惧的"麻猴子"，历史原型是隋炀帝时修运河的麻总管，由于他长了一脸"麻胡子"，又做了很多坏事，大人小孩都怕他，所以，大家都用"麻胡子"来吓唬小孩，后来叫白了，就变成"麻猴子""马猴子"或"毛猴子"。

彭老师的解释，解开了我多年的疑惑，此时，坐在码头岸边亭子内的长椅上，看着碧波荡漾的高碑店水库，有一种心旷神怡的感觉涌上心头，这让我情不自禁地想起初次邂逅高碑店的往事。20年前，我刚到北京工作时，住在马管营附近的单位集体宿舍——西希公寓。有一次下班，闲来无事的我，就到附近坐上大一路公交车，来到了终点站四惠站，下车后，随兴往东漫步，不经意间就来到了高碑店水库。那时的水库到处都是杂草丛生，虽然景色算不上美丽，但岸边垂钓者却让我印象深刻，他自豪地提及"金窝银窝，不如我们的老闸窝"的俗语，还告诉我水库建于50年代，不远处还有元朝遗存的"平津闸"。他的那份自豪感溢于言表，也让我特别想去看看"平津闸"。然而，由于当日确实有些疲惫，再加之天色已晚，所以，我决定下次再来游览。

谁知，与高碑店这一别就是十几年，等到我再次来到高碑店时，我发现这里全变了，不再是记忆里杂草丛生的模样，而是变成了一处梦里的江南。放眼望去，古色古香的滕隆阁伫立在岸边，给人带来诗韵的美感，雕梁画栋的滕隆阁，还有"揽昔日漕运码头得天独厚不二景，评今朝紫禁城外获誉总冠第一村"的对联，都让我情不自禁地想起南昌滕王阁，此时，我朗诵着"落霞与孤鹜齐飞，秋水共长天一色"的诗句，一边沿着水岸散步，一边在心里想：如果王勃在世，他又会为滕隆阁写出怎样的惊世诗篇呢？

滕隆阁不远处的一座古人雕塑，吸引了我的注意力，等到我来到雕塑前，看到这尊雕塑正侧头看向伸开的手指，好像在测量着什么，这个雕塑是谁呢？我接连问了好几个路人，都没有得到准确回答。正当我准备离开时，一位老者走过来，他笑着说，雕塑上的人是元朝著名的水利专家郭守敬。当我终于得知雕塑人物是郭守敬时，我的心里充满了敬意，因为正是这位元代的水利专家，以其卓越的才智，将运河水系从通州连接到整个北京城。

老者笑呵呵地说，前方过了孝悌园就是平津闸，现在还有闸门槽、绞关石等遗迹。听老者这么说，我顿时来了兴趣，就怀着请教的心跟老者攀谈起来，老者带我来到不远处的石碑前，用手指着石碑跟我说，平津闸是京杭大运河的历史见证,建于元至元二十八年(1291),竣工于至元二十九年(1292),刚建好时叫郊亭闸,后来才改叫平津闸,当年,郭守敬把京城运河建好后,元世祖忽必烈特别高兴,就把这条河取名为"通惠河"。老者博学的回答,使我恍然大悟,原来通惠河的名字,也有着造福百姓的美好寓意啊。

在老者的引领下,我迈步走进孝悌园,尽管二十四孝的故事已经很熟悉,可是,当我看到那一个个栩栩如生的雕塑,再仔细阅读雕塑上的石刻介绍时,我情不自禁地感叹中华孝文化的博大精深。孝悌园内绿树成荫,与不远处的滕隆阁相映生辉,让我情不自禁地感叹,孝悌园不仅丰富了高碑店的文化内涵,更让我感受到中华五千年历史的厚重。

当我终于来到平津闸前时,我仿佛穿越了时空隧道,回到了那个舟楫往来、商贾云集的年代。那斑驳的绞关石,静静地伫立在将军府前,如同一位历史的老者,正默默守护着这片通惠碧水。我抬起双手,轻轻地抚摸绞关石,一股历史的沧桑感立即涌上心头。我在心里想,巨型的绞关石虽然历经700多年的风雨洗礼,却依旧屹立不倒,这不但证明了中国古代工匠的卓越技艺,也激励着后世的中国人去传承那永远不变的华夏匠心。

绞关石不远处的将军庙,虽然大门紧闭,但门两侧那副繁体字对联,仍然激起了我的好奇心,我在心里想,这座将军庙里供奉的将军到底是谁呢?我问老者,老者摇头表示不知道,虽然我没有得到确切的回答,但却打心眼里认为,有这位大将军守护着这片仙韵的高碑店,定会让这片运河碧水变得更加秀美。

这次到高碑店游玩,虽然看了不少美景,却依然是走马观花,难以发现高碑店全部的秀美,直到几年以后,当我跟随彭老师来到高碑店生活时,我才有了多角度了解高碑店漕运码头的机会。有一天,当将军庙的大门打开时,我怀着敬意走了进去,等看到供奉的雕塑时,我才恍然大悟,原来,庙里供奉的将军竟然是武圣关羽,只见关圣左手持《春秋》,右手持长髯,样子威严而庄重。更让我没有想到的是,这座关帝庙竟然是全京城最小的关帝庙,虽然庙很小，但关圣的名声却远播千里。他不但是佛教里的伽蓝菩萨，还是道教里的武财神。我想，有了关圣这位财神爷的守护，高碑店一定会更加地兴旺繁荣。

来到高碑店漕运历史文化游览区游玩，必须打卡的地方就是龙王庙，因为就在附近生活，所以，只要闲来没事，我就经常到龙王庙玩，日子久了，我与庙里的道长就成了好朋友。据道长介绍，这座始建于明嘉靖年间的庙宇，是明清时代祭祀龙神的重要场所，承载着历代先民虔诚的信仰，时间虽然来到现代，但每逢节日或重要的日子，当地居民都会前来庙里上香，以祈求龙王爷的保佑，因此，将军庙内的香火非常旺盛，像我这样的虔诚香客也是络绎不绝。

随着在高碑店的时日愈久，我对高碑店也越来越喜爱，越来越觉得高碑店是一处仙韵十足的瑶池胜地，而最能体现她仙韵风采的时间，其实就是夜晚了。每当夜幕降临，通惠河上的大桥被半圆光幕笼罩，宛如一轮皎洁的明月，倒映在波光粼粼的水面，形成一幅绝美的水墨画。伴随着音乐喷泉灯光秀的绚烂上演，光影也随着音乐的激昂节奏舞动，奏响一曲曲动人的仙韵乐章。湖心岛上300多岁的七彩菩提古树，则在灯光的照耀下，更显神秘、璀璨与悠远，这棵树非常迷人非常好看，仿佛是上天派下来守护这片碧水的神仙。而平津闸、滕隆阁等建筑在绚烂灯光的勾勒下，也让每一位游客穿越时空，来到那令人心驰神往的瑶池仙境。

高碑店的夜晚如诗如画，这种仙韵之美，其实是任何文字都无法形容的，此时，我坐在滕隆阁前亭子里的椅子上，遥望着那璀璨的美景，心潮无比澎湃。我想，高碑店不愧为京杭大运河上的明珠，她的仙韵之美，其实也鼓舞着每一个来到这里的人，用双手把首都北京建设得更加美丽。想到这里，文中开头那首《鹧鸪天·仙韵高碑店》的词下阕便涌上心头：锦绣美，绘斑斓，碧水映月爱溯源。仙境瑶池舞璀璨，滕隆华彩绽新颜。

【主编感言】

即使是北京段的大运河，自然也是源远流长。我们的征文至此，已将近两个月，感谢很多作者的不懈努力与独异追求，我们既定征文后的成书多样性，其内容已足可乐观。但亲切又可爱的这条我们自己的河仍抱有期待，希望我们能像今天这位"外乡人"写高碑店一样，写出我们身边这条大运河更多的新意来！时不我待，离本次征文截稿时间尚有1个月，让我们再接再厉，共同把握好这次"最美"的时机！就此再次感谢本文（自发来稿）作者王林，非常感谢！

【作者简介】

王林，山东人，系中国散文学会会员、中国音乐文学学会会员、北京丰台区文艺家协会会员、广东省电影家协会会员，作品多次在全国征文征歌活动中获奖。

它与我的快乐

王升山

"它是谁?"有人在问。我爽快地回答:"当然是京杭大运河北京段了。"回答的那一刻我内心透着爽快,因为我知道大运河不光在此前而且在今后还会给我的生活带来更多的快乐。

知道京杭大运河最早是在初中的历史课本上,但那时生活的惯性并没有把它与我身边的这片水域联系在一起。按照北京城里人的习惯,通州以上大运河的各个河段都有自己的名称,比如通惠河,比如前海,比如积水潭、太平湖、长河,它们都有各自的历史和故事,并以独特的魅力构成我们相互间的情感互通。当然,直到有一天单独的水面串联起来,活灵活现地告诉了我一个更遥远更宏大的故事,那一刻我的内心如水面投下一块石子荡起了无限的波澜。

童 年

大运河对北京人来说是个绕不开的生活所在,远的不说了,只说我幼年能摸得着的地方,出了颐和园走长河顺流而下就是紫竹院、动物园,穿过两园,水流入太平湖区域,而后进入城内积水潭、后海、前海,这是京杭大运河北京段最美的地区。早年间太平湖边的护城河和积水潭间隔着城墙,墙下还有座水闸,这闸是运河城内城外的分界处,想想 60 年代中期我住在那附近时水闸和城墙还在,闸是在汇通祠和解放军歌剧院间,水从城墙下流过,再跳过水闸就进入积水潭了。

儿童喜水，我成长过程的记忆中最美好的都与这段水有关，当然与父母间的温情回忆也多在这里。荡舟在昆明湖上，远山与近景、温情与亲情、水波与桨花，今天怎样回想都不易逃出它留下的记忆。动物园，孩子们的最爱，因离家太近，沿着太平湖北面的小路，父母骑车带着我们20分钟就到了，动物园里水禽区域用的水其实都是从运河水道中取来的，也是因去的次数太多，那年我居然在动物园与父母走失，好在我坚强，抹着眼泪用了一小时徒步走回了家。记得到家的那一刻父母没有大的惊讶，只是说在动物园留下了寻人信息。不过多少年后再回想起这事，更多的是感谢当时的社会治安和人的朴实善良。

接下来说的是我与积水潭的故事，早年间积水潭的西北角是借着水面开的天然游泳场，今天的孩子少有在自然水域游泳的自由。我第一回游泳就是在那里，孩子喜水也怕水，我是被父亲拎着扔到水里的，父亲是军人，看不得我那熊样，这也让我很早学会了游泳。那时的积水潭野趣横生，和现在公园的精致不同，老舍先生《想北平》中的一段话挺能说明我当时的心境："面向着积水潭，背后是城墙，坐在石上看水中的小蝌蚪或苇叶上的嫩蜻蜓，我可以快乐地坐一天，心中完全安适，无所求也无可怕，像小儿安睡在摇篮里。"直到今天每每读到这段文字，我都可摒弃现代城市的喧嚣回到从前，回到废弃的汇通祠和它身后的城墙。

青少年

10岁那年父母因工作，我们搬了家，为方便起见我的学校也转到了西板桥小学，西板桥小学的分校在什刹海边上，百度地图现在标注为"什刹海学区学前教育活动中心"。那里到水边的距离只有百多米，抬眼就是现在的湖心小岛，你说这距离怎能让一个10来岁的孩子不心旌摇荡？现在想来那时我们与后海最亲密的接触应该是在冬天的冰面上，想想我们当时用来滑冰的冰车如宝马良驹也是很讲究的,是身份的标识,两块角钢,一块木板,四个螺栓,这是一个冰车的标配。上学时,角钢螺栓放书包里,木板往胡同里一藏,这东西大不能进教室,放了学,再找回来,三样东西往一起一攒,走你,冰面上见,是不是现在我道来,都能让你羡慕得不要不要的,这就是那个年代真实的生活。

关于什刹海与后门桥,后门桥与大运河的关系,对于小学生的我是一塌糊涂的。小学生的知识有限,想问题也简单,那时我最想不通的是为什么前人在那里修了座旱桥——后门桥,因为当时的"河道"上都是住房,这事整整折磨了我小学的三年时光,直到很多年后我仍然不能修正元代时京杭大运河的主河道在哪儿,因为那宽阔的水面向南穿过北海又去了中南海。真正让今世的北京人看清后门桥及京杭大运河走向的那还是2000年和2005年两次对桥体和两侧河道的整修,整修后的运河河道又光鲜地展现在世人面前。从此,这座国宝级的运河桥又以它特殊的身位确立了自己的价值,也是从那时起我对大运河的认识立体起来。

中 年

这个时期我在北京市文联工作,想想这段时间我和运河的交往应该是在精神层面的,精神是什么?精神自然是超越现实,是人的内在灵魂和心理现象,特别是情感与意志等生命体征和心理状态的内化与外溢,这多体现在关于大运河的那些文学作品和它们的作者身上。我之所以这样说是因为我曾经服务过30年的北京作家协会有许多这样的作家,他们一生中重要的作品多是围绕着运河的北京段写出来的,这让我有既读作品又交人的先天便利,也让我深深地爱上了这美丽的运河。

老舍先生是我们文联的老主席和文联文学创作室的负责人,文学创作室也是北京作家协会的前身。关于老舍先生对北京运河的爱,不仅在它的作品中,其实在我的工作中也能深深地感受到。我和老舍先生未曾谋面,他去世那年我还在上小学，但关于老舍我既有先辈作家关于他的口传，又有他文学作品《四世同堂》《骆驼祥子》《老张的哲学》《想北平》里的北京城、北京人、积水潭的妙笔，而我接续着老舍先生关于积水潭的昨天和今天。

大运河通州段土生土长的作家有两位，刘绍棠与王梓夫，他们一生的创作也多围绕运河而书，绍棠老师的《运河的桨声》《蒲柳人家》和梓夫先生的《漕运码头》等共同描绘了家乡运河的多彩画卷。绍棠老师有"大运河之子"的美誉，他在世时我经常去他市内的家中"公干"，有时大家围坐在一起聊运河、聊儒林村、聊文学创作，聊到高兴时他经常忘形。绍棠老师出生在运河边上的儒林村，在那里翘首能看到运河，而儒林村小院凉棚下发生的文学趣事，又成为后来我们的津津乐道，而那聊天的场景自然也成为我诗歌追述的佐证。

那个下午的记忆

如烟　就氤氲在水的面上
茶壶　茶碗跳动着
在每个人的嘴边传递
笑声一片
是在故事的精彩处

夕阳洒落在儒林村
也洒落在村外的运河上
村子不大
鸡鸣狗吠
躁动着的还有那群围桌的人
讲不完的是运河人家

故事很乡村也很乡愁

三十年前讲述的是更遥远的往事
那个远行的船队
黑发与红衣点染还在
舵把子紧嵌艄公双手
晕染出江南水乡的忧愁

船队在村的水面滑过
留下白帆点点
也留下波纹的破碎
水线深深
感知粮食的温暖与力度
河底污泥报之以翻桨的欢快

凭栏北望
漕运之上还有张家湾的浮影
记忆与历史也从未间断
古城墙通运桥
一座座粮仓讲述着南来北往
也有京城人生命的感谢

游船随波逐浪
摆动着往事的再现
远处有人挥手
物是人非　人非物是
总挡不住美好的今昔
更如幻的是未来的期待

那年梓夫先生的新书小说《漕运码头》出版，这是一部在庙堂与江湖之间的漕运码头传奇，为浩浩汤汤的古老运河立传之作，看后拍案叫绝。也是书写得好，后来被影视公司买下拍成电视剧，是叫好又叫座。新书出版的那年正好是姚雪垠长篇小说作品征集年，征文通知发到作协，我第一时间联系梓夫先生把作品报了上去，那年《漕运码头》不负众望荣获姚雪垠长篇小说大奖。

《北上》是一部关于大运河的宏大叙事，小说气韵沉雄，在当下与历史两条线上发力，讲述了发生在京杭大运河之上各种势力间的相互博弈。小说力图跨越运河的历史时空，让人在运河的百年变化中看到民族的希望，展示人民生生不息、勠力前行的勇气和力量。小说的作者徐则臣是我多年的朋友，2008年那阵子北京作协团结了一大批青年作家，当时大家都希望成立一个青年作家创作委员会，以集合青年作家共同讨论他们关心的创作话题，则臣被推选为主任。则臣出生在连云港，大学毕业后留在北京，他的作品《北上》有他对运河的自我认识，他曾为《北上》深入大运河，为我们全面地了解运河提供了一个更广阔的视角。

退　休

人就是在永恒的时间面前走向一个个轮回，退休正好让我们走完了一个甲子，我又回到了原点，回到了积水潭边。退休那年我的小外孙出生，在他而后的成长中，他又如我一样深深地爱上了这片水域，我经常带他到什刹海来感受北京的美，我希望在他小小的年龄里更早地刻上北京的痕迹。

写这篇文章时我带他正走在后门桥上，那一刻我指着不远处的层层灰瓦，我说那是我当年的小学校，他似懂非懂。要说小孩子对后海更感兴趣的是那水面、老街和古刹。汇通祠是我带小外孙参观什刹海中的第一座祠，汇通祠建在积水潭湖面的西北角，我给他讲汇通祠感觉深了点，祠、庙、庵对小孩来说本没有意义，小外孙对汇通祠的理解其实就是郭守敬，而我认为他的理解正是对复建汇通祠，并借用此址设为郭守敬纪念馆用意的报答，站在郭守敬爷爷塑像面前，他能理解的是这湖面与老人家的关系，这是我们没想到的。

另一座我们经常去的小庙是后门桥边的火神庙，说小还大的火神庙听说当年是京城九庙之一，由官方祭祀，门及后阁加黄琉璃瓦。秦汉以来求仙炼丹的方士，用金木水火土五行相生相克的道理来附会王朝命运，称五德，帝王受命正是五行的火运，即为火德。火德不只帝王家供奉，作为神灵也受到民间敬拜。因此俗称火神的火德真君就这样屹立在后海边上1000多年。咱老百姓讲究个实用主义，火神庙当然不只有火神，多放几尊神明方便百姓祭拜也应该是庙主的用心。我家小外孙是踩着今天人的节奏进庙的，说他只认火神庙里的赵公明和关老爷你不奇怪吧。我感叹每个时代都有自己的不同认知，我们那个时代讲情怀，将来他们讲什么，不知，反正我是用情怀感染他们的那个人。

文章写到这里不得不停笔了，想一想写多少能详尽我对这京城运河的爱，而那快乐又岂能用文字来完美表达，这里只是撷取几片时光，我们想用时光闪烁在微波荡漾的水面上，用童真、梦想、精神、轮回铺陈在这古老的运河上，用陪伴让运河的水源远流长。

2024 年 4 月 30 日

【主编感言】

此文以亲历为序，真实可感地写出了北京大运河与自己生命的种种关系与交集，可谓淋漓尽致。若非如此用心地去回味，去描摹，大运河之于作者以至各位读者，又岂能朝朝暮暮，快乐永相随？谢谢作者的倾情奉献，谢谢！

【作者简介】

王升山，北京作家协会原副主席、理事，北京市丰台区刘孟家园社区作家协会主席，北京老舍文学院原常务副院长。现有小说《南瓜门》《女巫小土》《奈何桥》，散文《永远的埃及》《对波斯文明的敬意》等。

运河边上北漂人

王洪莲

疫情防控一结束，我第一个就给母亲报名参加旅行社"北京三日游"，总算兑现了对她的承诺。

旅游大巴沿荣乌高速一路观光，傍晚到了北京，大家共进晚餐后住进了便捷酒店。饭后，导游分别征求大家意愿，按旅游行程第二天分为"香山颐和园游""八达岭长城游""国博军博首博游"，还有搭家庭型旅游团坐私家车"运河民俗风情游"四条线路，游客自行选择。上次母亲来北京去过颐和园，爬长城又累，博物馆太历史，还是去运河民俗风情游合适。导游立马联系。

"妥了，陪你们的是个90后，人家可是个金牌导游！"

第二天来接我们的是一位年轻的姑娘，还未言语先微笑："大姨好，我姓屈，屈原的屈，叫我小屈就行。"

姑娘的话让我感到很耳熟，我11年前来京参加全国烟草行业举办的听证会，负责接机时的那位司机师傅也是这样介绍自己："我姓屈，屈原的屈。"令我印象深刻的是副驾驶座上，坐着个扎羊角辫的小姑娘，冲我笑了一下，露出两颗小虎牙，继续去看她手里的画册。我又仔细打量了一下姑娘，顺口说出了和老屈师傅的一面之缘。

"嗯，那是我爸。暑假没事，我经常坐我爸的车去边兜风边温书。"确认之后，姑娘非常兴奋，感叹缘分弄人，一下子成了故交。时隔这么多年，小女孩长成了大姑娘，脸上洋溢的笑容和刻在骨子里的谦和却一点没有变。

"姨，跟着我，您就放心吧，这两天保准让您吃好玩好休息好，有家的体验。"没变的还有与她父亲一样的幽默睿智。

小屈打算顺着西集镇起始，来一次运河岸边游，走村落，吃庄户饭、住民宿，串门儿似的让我们体验不同的人文习俗，领略运河人家的烟火风情，我在内心佩服小屈的旅游攻略。

路上，小屈一边开车一边跟我们讲解，那神情跟她的父亲特别像。让我记起了她父亲，老屈师傅在车上神采飞扬地讲北京城的变化，讲路边标志性建筑，讲他知道的出门在外的人情世故，让我坐在车上就了解了北京城的故事，长了见识。

我听老屈师傅说话，普通话里还夹杂着南方的尾音，问了才知道，原来他并不是北京人，祖籍是江苏宝应。听他父亲讲，他的曾祖父曾经是运河上的一名船工，顺着京杭大运河的南端一路向北，往京城送货，人很老实能干。一次偶然的机会在岸上认识了盐店老板，老板是扬州人，祖上做盐业生意，身边只有女儿陪伴，缺个帮手，久而久之经过了解，便把自己的女儿许给了他。结婚之后，两个人经常往返于南北大运河之间，做生意，创家业，留子嗣，讨生活，倒也安然。动荡时期，屈师傅的曾祖父回到老家。时隔多年，屈师傅的父亲又带着妻儿重回北京，与其说是为了做生意养家糊口，不如说是为了寻找父辈在运河岸边的生存意志与发奋自强的精神，因为屈师傅很小的时候就跟着父母顺着运河一路北上，来到北京通州，在西集镇儒林村安了家。父亲靠力气在货栈打工，母亲用手工给人缝穷维持生计，养活一家老少。孩子们长大后，都在北京安了家落了户。屈师傅说，自己从小就对运河有着不一样的情愫，像他这样的北漂人家，在运河边上不算少数。

我问了老屈师傅的近况，她说，父亲已经退休，跟母亲一起帮哥哥看孩子，就住在通惠河岸边的西海子公园旁边的小区。自己也在附近买了房子，现在跟朋友合伙做民宿生意，她负责做家庭式旅游团导游。

大约上午 10 点半，我们来到了通州区西集镇号称"樱桃第一村"的沙古堆村时，正好赶上大棚樱桃搞采摘活动。小屈下车对接后，带我们进了大棚，说来了沙古堆，一定要尝尝樱桃，这里的天然沙土是大运河上游冲积而成的，含钾量高，非常适合樱桃生长，孕育的樱桃个大、色艳、肉脆、味浓。我尝了一颗，果然汁水饱满，酸甜可口。小屈说，今晚还要回到这个村，晚上就住在这里的民宿。

带着满满一桶樱桃，也带着满满的收获体验，我们继续前行，到了吕家湾村，这是大运河出京前路过的最后一个村，始于明代，河水在这个村拐了一道急弯，滋养着吕家湾数百年。我们下去看河水的时候，遇到了小屈的朋友，同样是北漂人的"张叔"。

张叔当年从河南信阳来到吕家湾村，虽说村里大多都是吕姓，对这位外来户，村民们也非常关照。张叔在运河岸边建了一处养猪场，因为污水排到运河里，对水源造成了污染，在最赚钱的时候，张叔毅然决然关停了养猪场，到附近工厂打工，及时止损，用自己的行动给岸边的同行做了表率，保住了运河水的清澈。

"当时那味道别提了，连自己都不愿意闻。现在站在河边，你看看，路面硬了，房子漂亮了，公园建起来了，连在外面住的人都喜欢往家里跑，我现在每天都会到这里遛弯，感受这一年都是好风景的地方。"张叔望着运河缓缓流淌的碧水，深情而坚定地说道。

漫步于运河左岸的大堤路，南侧是拓宽改造后的滨河绿道，北侧是干净整洁的吕家湾村，笔直的行道槐树用绿色将运河与乡村串联起来。一群骑行的自行车从我们身边驰过，透着蓬勃朝气；远处河边有跳舞唱歌的，锻炼身体的，有垂钓赏景的，岸边垂柳与五颜六色的鲜花倒映在河里，犹如美轮美奂的画卷。

时间很快到了下午，为了让母亲多休息一会儿，我们决定提前回去休息。

"咱不走回头路。"小屈虽是开玩笑，我明白，她是为让我们多欣赏一下路边不同的风景。回到沙古堆村，车直接开到了一家民宿门前，接待我们的是小屈口中的曹姐。

17 年前，曹姐从山东菏泽来到北京，做过保洁，开过服装店，后来又开了家具店，因房地产原因，家具生意不理想，运河岸边旅游业盛行，曹姐决定到沙古堆村开一家民宿，在这里认识了"漂三代"的小屈，两个人各负其责，加上运河文化的滋养，她俩一唱一和，民宿生意做得非常不错。

运河边的农家小院，有一种改良后的简洁而周全，不见传统农具，也没有捕鱼家什，五间客房窗明几净，床具整洁。高大的葡萄架下，摆放着可以十几个人就餐的大圆桌，厨房全是名牌灶具和实用电器。晚饭是地道的农家口味，但葱油鲤鱼和干煸豆腐丝却是厨师小李从家乡学过来的真传扬州风味。无论如何也想不到，能和一众来自不同地方的游客会聚在运河岸边，坐在院子里听风、看花、吃鱼、品茶，谈天说地，好不惬意，实属难得，可谓是偷得浮生两日闲了。

我和母亲被安排在一间临河的客房，屋子不大，但非常干净别致。刚想休息一会儿，突然听到外面锣鼓齐鸣，人声喧闹，一问才知道一条仿古游船表演"下江南"，沿河而过。隔窗相望，游船徐徐前行，船上身着清朝服饰的"达官贵人"们向两岸游人招手致意，人们目送着渐行渐远，演绎着当年京城显贵下江南的情景。版本虽然简陋，热闹气氛却引人回味。

游船远去，岸边渐渐安静了。躺在柔软的床上，听着外面潺潺流水声，想着能逃离城市的喧嚣、拥挤堵塞，躲进郊外的运河小院，呼吸着新鲜空气，给忙碌生活按下了暂停键，一瞬间烦恼压力统统抛之脑后，整个人都轻松起来。我庆幸着这种"慢旅游"才是我所期待的，不虚此行，小屈不愧是个金牌导游。

第三天一早，我们去参观"三庙一塔"，终于见到了"一枝塔影认通州"的燃灯舍利塔。之后又去张庄参观"大运河龙灯文化博物馆"。听说这是张庄村驻村第一书记傅程豪创建的，傅书记是浙江人，当年他从运河尾来到了运河头，看到这条非遗龙灯很久没有人舞了，上面都落满了一层灰，觉得很有必要让这条飞龙能够亮起来，舞起来，传承下去。于是与村民一起筹建了这个文化博物馆，收集了运河沿岸 11 个城市的龙灯图、文、实物，深度挖掘了运河龙灯的历史，开展了非遗进校园活动，点亮心灵，让孩子们接受大运河文化的熏陶，亲近大运河，热爱大运河。

游兴未尽，可返团集合的时间到了。在送我们回城里的路上，小屈又跟我讲了很多被这条黄金水道滋养衍生出的诱人愿景。在我的追问下，她悄声告诉我，她的男朋友刚从中央美术学院毕业，准备在宋庄文化产业基地建个自己的画室，这些天正忙着帮他装修呢。我问她怎么认识的，她说在运河边上见他写生迷了路，帮他带路就结识了。

"我喜欢他的文艺范儿，人很纯朴，西北兰州人，我爸说先处着吧，日久见人心。"我没问，小屈全掏给我了，这姑娘真坦诚，心地就像运河水那样晶莹澄澈，我只有在心中祝福她。

不是所有的河流都流向大海，有时一条河流可以流入心海。这就是大运河。都说北京城是从水上漂来的，我想也涌来了数不清的北漂人，他们从东西南北奔来，依偎着抱成团，勤奋劳作，生生不息，穿越千年，使运河流经的地域，成为滋养当下、泽被后世的风水宝地。

【主编感言】

征文至此，此篇的视角尚无先例。确实，大运河边的北漂人，在我们的这次征文中不能缺席。感谢作者在有限的"观光"中青眼有加，又"开掘"出"最美大运河"（北京段）的一种多样性。更应该感谢的是，此文是在作者先投一篇被"婉拒"后重起炉灶力写的一篇，令人感动，非常感谢！

【作者简介】

王洪莲，笔名沧海一笑，山东省作家协会会员、烟台市作家协会会员、龙口市作家协会名誉副主席，山东中烟特约记者，烟台龙口南山新铭源寻味书屋读书人，已经在国内外多家报刊发表文章 500 多篇。

玉河两畔花球舞

王炜宁

一

我至今清楚地记得 15 年前什刹海凌晨 5 点的玉河两畔，临近鼓楼，在灯火阑珊中，一群穿着五彩制服的初中孩子，在桥下哗啦啦的流水声陪伴下奔跑，挥洒汗水，一次次为了国庆 60 周年的庆典练队，尽情抒发着自己的爱国情怀。那是在 2009 年暑假，我是北京市第五中学分校的初二学生，我们接到了一项光荣的任务，在国庆 60 周年那一天（2009 年 10 月 1 日），在天安门广场的国庆典礼上表演花球节目。同学们一听到这个消息，都非常激动，那时候的五中分校主校区还位于鼓楼东大街，校舍和操场都很小，所以就把排练节目的地点设在了地安门的新校址。从鼓楼东大街步行到地安门，总会经过什刹海的万宁桥，那儿属于京杭大运河——通惠河的城内河道，始建于至元二十二年（1285），曾作为大运河千里漕运的最后一段在胡同中蜿蜒，也被老人称为"胡同里的运河"。万宁桥坐落在地安门外大街中部、什刹海东岸，清代诗人得硕亭《京都竹枝词》中写道："地安门外赏荷时，数里红莲映碧池。好是天香楼上座，酒阑人醉雨丝丝。"眼望着波光粼粼的运河，同学们用手轻抚着被阳光炙烤得有些滚烫的栏杆浮雕，稚嫩的眼神也变得逐渐坚毅，那是一个个青葱少年对祖国挚爱的承诺，如同桥下的荷叶正当碧绿青春，花丛中草木茂盛生机盎然，运河两畔的街道上有不少供游人休息的石桌椅，就成了同学们练队后步行休憩的绝佳地点。

孩子们的身高往往还没长过花架杆，稚嫩的肩膀每天都要背着一个大行李包，包里装着两副铁质花架杆、五种颜色的纸质花球，塑料制成的、象征着金色麦浪的特殊道具，用粉色花布拼贴在钢丝上的"桃花"道具，还要随身携带着一天的干粮。我们每人胸前别着一张标识花色顺序的胸卡，身上按照不同节目的点位而穿着不同颜色的制服，头顶上戴着特制的遮阳帽，手推着几十公斤的花架车，上千人的队伍从玉河前整齐地走过，如同一道五颜六色的风景线，又如同五彩的旗帜飘扬在大运河前，引得来来往往的游客驻足观看，纷纷拿出手机拍照。同学们身上的制服分为纯黄色、纯绿色、纯蓝色和纯白色，在运河两旁柳树枝条的映衬下格外明艳。站在运河旁边，远观钟楼巍峨，火神庙庄严，同学们心中更生起来一股壮志豪情，不禁让人想起了明代《燕都游览志》中的记述："银锭桥在北安门海子三座桥之北，此城中水际看西山第一绝胜处也。桥东西皆水，荷芰菰蒲，不掩沦漪之色。"练队不仅是要锻炼学生们不怕吃苦的坚强毅力，每个人还需要根据点位的不同而变换花球颜色，几十个点位更是要求大家动作整齐划一，最终由全市 8 万余中学生共同组成一幅巨大的花球方阵。

二

让我记忆犹新的是一次夜间的排练任务，由于早晨 8 点要准时到达天安门广场彩排，所以我们要在凌晨 4 点就到达地安门校区的操场集合，分发完彩排当日所需的饮用水和食品后，再整队步行前往天安门广场。当学生们迈着整齐的步伐走过万宁桥时，天还没有亮，街道上格外安静祥和，从鼓楼到地安门的大街上晨光熹微，远处朱红色屋檐的鼓楼在月光的照耀下沉静庄严，只能微微听见运河流淌的水声、学生们急促轻快的脚步声、不断跑动而有些低沉的呼吸声和盛满了道具的拉杆箱轮子摩擦桥面的声音混合在一起。由于万宁桥桥面的石头地有些坑坑洼洼，再加上夜间橙黄色的路灯忽明忽暗，一不小心，拉杆箱里侧兜里的瓶装饮用水就会从桥面上扑通一声掉进水里，或者是"咕咚咕咚"一出溜滚到旁边的人行道上，还有同学花架包里的盒装牛奶也不断滚落到桥面上。有的同学下意识弯腰去捡，这时候只听见带队老师在前方喊起："上桥时保持队形，快速前进，千万不要停下，以防出现危险！"这时候，大家只能有些依依不舍地告别了自己的食物，拎起箱子就昂首挺胸地快速向前跑去。当同学们结束一天的彩排，再从天安门广场返回地安门校区时，已经是日上三竿，就又会走过什刹海万宁桥，这时候孩子们都已经非常疲劳，甚至有些已经快睡着了，所以老师们会安排学生们在玉河河畔的石桌石椅上进行短暂的休息。同学们可以坐在玉河旁边的大石头上饮食以补充热量，也可以拉开花架包侧后的小椅子，眯瞪一小会儿。当我面对着已经空空如也的拉杆箱，看着桥下奔流不息的河水，听到哗啦哗啦的声音时，心里总是空落落的，心想着我的牛奶可能已经随着水波到达了远方，随着一阵微风吹起水面涟漪，腹中也先行唱起了"空城计"。这时候，旁边的一个同学主动让出了自己的牛奶，当饱含着同学体温的牛奶喝到腹中时，那滋味，简直是我一生中尝到的最美味的饮品。

三

我还记得年级中有个身体残疾的同学，他的右手因病截肢，所以不能用双手转动花球，本来可以请假休息，但他却自愿在队伍中当起了"超级替补"。我至今记得他所说过的话："虽然我的手不能参加演出，但我能做点别的，哪怕是当替补也行啊。"就这样，每当同学们排练走到万宁桥上时，他总是早早地等在队伍中间，自愿为班级与班级之间的队列维护秩序；虽然只有一条健全的胳膊，但每当上桥的时候，他都主动为身材矮小的同学们扛起花架包；每当同学们需要夜间步行经过什刹海时，都会在人群队伍中看到一股光亮，那是他拿着手电筒为同学们义务照亮。每当我们需要观看花架杆上的指示灯时，他都会蹲在学生中间，为视力不好的同学小声念叨起花球转动的顺序，也正是有了"超级替补"的存在，每当同学们扛着花架包走上万宁桥时，没有任何一位同学因体力不支而掉队，同学们掉落在桥上的饮品，也有不少被他捡到而物归原主。在全市排练花球节目时，同学们在 55 帧不同的花球转换中，没有任何一个人出现错误，这些记忆不光储存在同学们的心里，更记录在运河哗啦啦的流水声中。

我记得国庆前最终一次全市排练，那天全市共计有 30 万参与演出人员要提前赶到天安门广场，同学们也一个个斗志昂扬，心中早就把花球转动的顺序记得滚瓜烂熟，所以我们半夜 1 点钟就从鼓楼出发了。但当同学们走上万宁桥的时候，一位女同学的花架车轮胎的铁制底座却被一块凸起的石头割断了，整个花架车登时便散了架，轮子、铁制骨架、花球和各种道具撒了一地。由于事发突然，再加上当时已经是深夜，我们男生只能轮番上阵，誓要把这几十公斤的花架车从什刹海用双肩扛到天安门广场。那是一个有些清冷的深夜，晚间温度仅有 13 摄氏度，万宁桥上凉风习习，玉河下的水面映照着点点幽暗橙黄色的路灯，天空中升起着一轮格外明亮的月亮，可我们所有的学生却斗志满满。女生们纷纷将男生的花架车连在自己的花架车上，尽量减轻大家的负担。一个男生将花架包从花架车上拆卸下来，如一名冲锋的战士般拎起花架包就登上了万宁桥。另外两个男生每人拉着花架车的一端，如抬担架般将花架杆抬下了桥面。

在那一整晚的队伍行进中，时间仿佛过得格外漫长，我们都仔仔细细欣赏到了什刹海的夜景，也把花架包在早已硌麻青紫的胳膊间相互传递，同学们都争先恐后地去拎花架包，总是想把休息的时间尽量让给他人。为了及时跟上大部队的步伐，同学们纷纷压低声音拉起了号子，就这样，我们及时赶到了天安门广场，没有错过彩排的任何一个细节。

2009 年的 10 月 1 日，在国庆 60 周年当天，同学们圆满完成了花球的表演任务，下午从天安门广场返回鼓楼校区，又一次路过熟悉的什刹海。阳光照耀在金光灿烂的运河上，也照耀在身着鲜艳制服的同学们的脸上和身上……十几年后，我又一次路过什刹海，看到什刹海两岸有身着运动服的人们在进行体育运动，一瞬间，我就回到了那个暑假，想起了那一段珍贵缘分。

【主编感言】

本次征文已近尾声，而《征文启事》仍然是我们把握来稿取舍的不变准绳。温故而知新，望还未投而欲投稿者注意：1. 内容不能溢出"北京段"太多；2. 时至今日成果已多，望取材要出新，最好"写别人所未写"。谨此。还有20天，应征的大门仍然敞开着，欢迎来稿！

【作者简介】

王炜宁，青年作家，河北省景县作家协会会员，作品见于《北京文学》《青春》《北京纪事》《北京晚报》《北京日报》等刊物。

本家，我来告诉您

郭秀景

  人有没有前世，我不知道，有没有灵魂存在，我也不清楚，但我相信，人与人之间只要有缘，总会在机缘巧合的时候相见，这相见不一定是在同一个时代，也不一定就在现实中，有可能会穿越时空，在某一时刻相遇。

  前几天，因开个证明，我回了一趟原单位，证明开完后，想着下次再来这地方，还不知道又得什么年月，于是决定转转周边，看看昔日生活过的这些地方，都发生了哪些变化。沿着单位大院北门向东，不期而遇一小片古建筑，它们掩映在高楼大厦中间，如果不细看，很可能就会走过。我以前看过一些资料，知道这附近是古代皇家粮仓所在地，我想这应该就是保留下来的古粮仓吧！看文字是一回事，实地所见又是另一回事，我决定零距离感受一下它的存在。

  走过几处老房子，看到一片绿荫下有椅子，因已转悠了大半天，脚步有些发沉，我便坐下休息，不知不觉中打起了瞌睡，迷迷糊糊中，看到有人向我走来，那人问我："您从哪里来？这是什么地方？这是什么年代？"我回了他的问题。看这人虽然身着古装，但精神矍铄，怎么就不知道现在是什么年月了呢？莫非，得了健忘症，我想一测究竟，于是回问道："老先生，怎么称呼？您来自什么地方？怎么不知道现在是什么年代了呢？"

  老人家道："我叫郭守敬。"一听这名字，我赶紧套着近乎："本家好，我也姓郭，虽已无法考证，我是不是您的嫡系后人，但一笔写不出两个郭字，血缘相亲，在我们的骨子里应该还刻着相同的基因，而且我还是您的铁杆粉丝，不但是我，很多现代人也都是您的粉丝，您主持疏通修建的京杭大运河，已是中华民族灿烂的精神之魂，它不但养育了中华儿女，还孕育了运河文化，产生了一批作家，写运河颂运河，生生不息传承着运河文化。"

他听着这些，似懂非懂。看他的样子，我知道他与现在的生活脱节太久远，对于我说的这些一时难以消化吸收，我又赶紧解释道："我们现在是 2024 年，也就是您身后的 708 年，您离开后 52 年，元朝就灭亡了，后来又经历了明朝、清朝、民国时期，现在是中华人民共和国，现在的国家是人民当家做主的国家。700 多年中发生了很多变化，我慢慢讲给您听好吗？"他冲着我点了点头。我便从脚下的土地开始，把我知道的讲了一个遍。

"我们脚下的这片土地，你们那时候叫大都，现在叫北京，我们所在的位置是东城区南新仓，就是你们那个朝代的穆清坊，在你们那个朝代，这地方都是存放粮食的仓廒，经大运河运过来的粮食就放在这些仓廒内。到了我们这个时期，北方种出来的粮食足够吃了，要想从南方运送东西，有火车、有飞机，非常方便。你们那时候从大都到杭州，来回一趟得两三个月，我们现在乘坐飞机到杭州，只需两个多小时，坐高铁的话，也就是四五小时。就像您发明简仪等一样，我们现在叫它们为科技。

"我以前就在西边的这家医院上班，它是一家三级甲等医院，三甲的意思就是规模很大、综合实力很强、水平很高，能同时救助很多病人。30 多年前，从军校毕业后，我被分配到这家医院工作，那时候它还叫北京军区总医院，后来又叫过陆军总医院，现在叫中国人民解放军总医院第七医学中心。那时候，我很少看书，只知道它是从国民党手中接管过来的医院，后来才知道它建于 1912 年，再往前的时期都是用来当粮仓用的，在你们那时候叫北太仓。

"明清时期，京杭大运河依然发挥着重要的漕运作用，清朝中后期，国家财政困难，粮食贮存得越来越少，这些粮仓就失去了使用价值，再加上大运河缺水，20世纪初叶，漕运就停止了。就像现在脚下的南新仓被改用为休闲场地一样，民国时期的执政者就把很多粮仓改为它用了，我们的军区总医院就是当时北洋政府在古粮仓上建立的陆军军医学校附属医院，后改为民国军政部北平陆军总医院，紧临总医院被改用的还有陆军军医学校、陆军卫生材料厂和陆军兽医学校等。现在总医院内还保留有原北洋陆军军医学校遗址，以及两处雕梁画栋的门楼，门楼上的砖砌花雕非常漂亮，足见大师之手艺。大院的西墙重新复原了原来古粮仓墙壁的样子，让人们见到了昔日古粮仓的样貌。我原来住的宿舍就紧临着那面墙，那时它还被水泥包着，我不知道它的历史，更不懂它的价值，现在想想，真是太可惜了，在这样有背景的土地上生活，这是脚下有宝却不知啊！看来看事物不能只看其表面，还要细究其背后蕴藏的道理和底蕴。

"医院西南方向是原来'十字街'的位置，十字街附近，包括从朝阳门到东直门之间的这些胡同，我们现在叫东四，也就是你们那时从齐化门到崇仁门之间的位置，现在是京城最老的街区之一，东四附近的胡同依然保持了你们那时横平竖直、整齐有序的样貌。现在的北京城，基本也是按照你们那时的经纬布局规划建设的，在一些没有古迹建筑的地方，建起了高楼；在一些有旧建筑的地方，修旧如新，古今相融。我刚来总医院上班时，里边除了几栋四到六层的楼房外，大部分还都是平房，如今里边门诊楼、住院部、家属楼都是二三十层的高楼了，我们身后的新保利大厦、五矿广场，也都是后来建的高楼，都是为了节省空间。

"胡同里藏着文化气息，也藏着烟火味道，这些年，人们认识到了民族文化的重要性，这片区域也开始了环境整治，更新破损的房屋建筑，打造出了一批'国风静巷'精品胡同，一些名人故居成了重点保护单位，胡同的脚步也慢了下来。2018年，建成开馆的东四胡同博物馆，通过视频纪录片、模型图片等形式，专门重现胡同浓郁的历史风貌和人文特色。

"现在北京修复了很多原来的古迹，包括你们那个朝代的一些建筑，这样做就是为了不忘记你们的贡献，也为了让一代代国人记住我们的国家所走过的那些脚步，借以增强民族文化的自信心。现在大街上有穿古装的人，刚开始我还以为您也是穿上了古装哪！"

他听着我的讲述点了点头，微笑着示意我继续说下去。我接着道："您主持修建的大运河虽然现在已经不再作为漕运使用了，但很多地方都保留下你们那时候的痕迹，一来是为了让人们探究曾经的历史文化，二来也是为了让人们知道今天的生活是前人一步一步努力的结果。您曾经主持开凿的通惠河如今恢复了从万宁桥到澄清下闸的样貌，建成了人们悠闲的乐园，澄清下闸往下建成了皇城根遗址公园，这个公园是明、清皇城根东墙的位置，里边复原了小段城墙，还有皇城墙基，在繁华的闹市区打造出了一处清新飘逸今古同辉的新景致。

"对了，忘了告诉您，我来自沧州，就是清代诗人孙谔写的'夜半不知行远近，一船明月过沧州'的那个沧州。我的祖先是从山西洪洞县大槐树底下搬过去的，1403 年明朝皇帝朱棣组织人口大迁移，老祖宗走到沧州地界，看到有两棵大槐树，便在树下搭屋建村至今，但在山西之前，他们来自什么地方已无据可查。

"在总医院工作时，我们 20 多个姑娘住在一个宿舍，非常热闹，为了有自己的空间，一有时间我就去北海公园，就是你们那时候的太液池，现在湖中的那个'琼华岛'仍在沿用你们的叫法，记得您的老师刘秉忠写过《江城子·游琼华岛》：'琼华昔日贺新成。与苍生。乐升平。西望长山，东顾限沧溟。翠辇不来人换生，天上月，自虚盈。'多美的诗句啊！让人心神陶醉。我特别喜欢下雨时坐在亭下，看暴雨飞落，听鸟儿啁啾，有时也会拿本书去看，我自学的大专、本科、研究生文凭，都是在那里打下的基础。

"你们以琼华岛为中心规划的大都城，为后来北京城的建设定下了模型和方向。明朝迁都北京后，在太液池以东建造了皇宫紫禁城，向南拓展水系，形成中海、南海，现在的中南海仍旧是中华人民共和国国务院、中共中央书记处和中共中央办公厅等重要机关办公所在地。如今强大的中国，没有了外敌入侵，人民幸福生活。"

听我说到这儿，他满意地笑了。正当我想再和他说说东边的护城河，以及重新恢复生命的通惠河时，一阵悦耳的笑声传来，我一个激灵被惊醒，只见一个小女孩子从我的身边跑过，她清脆的笑声惊走了我的梦境，小女孩的后边跟着一对年轻夫妇，他们幸福地说笑着。一时间我怀疑自己是真做了个梦，还是恍惚间灵魂出壳。

天色渐晚，我起身准备回家，往前走了没几米，就见不远处的树下立着一个雕像，雕像的样子正好和我刚才所见之人相像，我走近一看，这雕像不是别人，正是郭守敬。这地方是元代粮仓所在地，而且近些年，人们认识到了大运河的价值，开始挖掘运河文化，在这地方放置他的雕像也就不奇怪了。

大部分雕像坐北朝南，而他的雕像面向西南，那正是玉河流经的方向，也是元朝"上苑"皇城所在的方向，这应该是塑像人专门的心意吧！我深情地注视了一会儿他的雕像，禁不住笑了，看来我和这位"二大爷"还真是缘分不浅啊！小时候经常和小朋友们比谁家有能人，我说我们家有郭守敬，小朋友问我郭守敬是谁，我说是我二大爷，没想到今天我和"二大爷"跨越时空，在这里相遇，悠然一梦连古今，这是冥冥之中的天意吧！

北京市东城区图书馆和网时读书会正在牵头举办"最美大运河"征文活动，这是他老人家托梦来告诉我什么是最美啊！修建大运河的目的就是解决人民的温饱问题，今天的人民不仅有了饭吃，还过上了幸福生活，这幸福生活不就是大运河的最美吗？大运河已不是一条具体的河流，她是民族精神的象征，她的美不只是物质层面的，还有精神层面的、水利层面的等等。"最美大运河"征文征的不就是人们对幸福生活的真实感受吗？我赶紧掏出手机，记下这美丽的感受：葳蕤山河色，千古匠人心。送给一代一代为了中华民族繁荣富强而努力奋斗的建设者。

【主编感言】

此文写得从容不迫，虽构思奇巧，却又完全符合我们这次征文的意旨，可谓是"最美大运河"（北京段）的一朵奇异之花。谢谢作者，我们欢迎这样的别开生面之作！

【作者简介】

郭秀景，全国公安作家协会会员，北京市公安文联影视专业、文学专业会员，北京作家协会会员。作品散见于各大媒体报刊及网络。著有纪实文学作品《南城警事》、长篇小说《刑侦女警》、短篇小说《偷梁换柱》《玉兰花开》等。

相伴一生的京城大运河

金京一

有时候，我站在永定门城楼凭栏北望，北京城在太行、军都、燕山的怀抱中，宛如一位沉睡的巨人，安然地仰卧在幽州平原的怀抱。长安街与中轴线，如同巨人的骨骼，贯穿东西南北，而温榆河、南北沙河、京密引水渠与永定河引水渠，宛若血脉般环绕，滋养着这座年轻的古城。京城大运河，如同巨人体内的动脉与静脉，将生命之水输送至每一个角落，孕育出北京城近千年的"灵气"。三山环抱，水系相依，长安街、中轴线和京城大运河凝聚成一个完整的肌体，绽放着北京的最美。

我是一个土生土长的老北京，北京大运河虽然耳熟生茧，但一直茫然不能详。京城的大运河源自何处，流经何地，又从哪里流出北京汇入京杭大运河，直到 2014 年 6 月 22 日京杭大运河成功列入世界文化遗产，经过各级政府和媒体十年来的大力宣传，北京大运河水路像一条条绿色的绸带、一幅幅迷人的画卷，以及建造者的身影展现在眼前，我才慢慢地、渐渐地清晰起来。

我从北京的导航图上细细地研读了北京运河的水系，原来京城大运河发源于北京昌平的白浮泉，先向南流入沙河水库，由南、北沙河西行经京密引水渠向南折入昆明湖，流过长春桥后一路流进南长河入紫竹院、积水潭、什刹海……再经过转河、亮马河、坝河汇入温榆河。还有一路经京密引水渠注入玉渊潭，接永定河引水渠到南护城河，在西南二环路菜户营立交桥分汊，一路向东顺南二环入通惠河，一路继续南行变为凉水河（洗马沟），绕行北京南部再向东，两股河流最终汇入通州的北运河。而京城东面的温榆河由沙河水库起源后在通州北关变成了北运河，东西主河道最终归入京杭大运河。

远在辽、金、元代，京城就布下了密集而纵横交错的运河水系，无论是潺潺溪流还是大小湖泊、湿地草甸，举步投足你都会在不经意间与京城的运河邂逅。虽明、清两朝大部分水路枯竭干涸，但它们的身影却无处不在，地上地下尽显大运河的痕迹，巧合的是我的父母、我自己与我孩子的生活都与这无处不在的运河相伴为邻。

我出生在东城区东皇城根附近的东厂胡同，胡同出西口就是现在的皇城根遗址公园，这里曾经是过去的皇城墙，它的西边是紫禁城，如今东边的二环路是外城。据说，当年穿皇城而过有一条运河支流叫玉河，因为沿皇城流过，后改名为御河，它从积水潭过万宁桥流经现在的红楼、沙滩一带，沿皇城流向如今的南河沿、东长安街、崇文门……明宣德年间，皇城由御河的西岸移到东岸，圈在皇城内的御河成了皇家禁地，因失去货运功能和缺水，慢慢也就干涸了，民国时期御河变成了道路。

60年代我在东皇城根小学上学，后来才知道我们的学校竟是建在皇城的遗址上，要不是探索最美大运河，从小到大我还真不知道我每天上、下学必走之路竟然是在当年的河道上"蹚水而行"。有趣的是我工作后在东华门的"出口大楼"，按照皇城根遗址公园的走向画线，整栋大楼也是建在几百年前的河道上，这真是"不识皇城真面目，只缘身在此河中"。

那些曾经滋养着京城的运河，如今或干涸，或深埋地下，它们见证了时间的流转，承载着历史的厚重。然而，它们并未消失，而是以另一种形式，融入了这座城市，地名遗留着它们曾经的痕迹，清代《宸垣识略》中记载"骑河桥北有石础堵水中，开二尺许，当即银闸也"，现在南河沿以及南河沿大街上的"骑河楼街""银闸胡同"等地名，这些都是御河曾经流过皇城的留痕。

时过境迁，随着社会的进步和时代的发展，城内运河转换了它的作用，静静地流淌的运河经过疏通、治理、改造，焕发了美丽的青春，河水绿波荡漾，河岸绿柳成荫，河畔步行道绵延数里供游人休闲散步，人们在观赏沿河风景的同时享受着河水给人们带来的负离子馈赠。

孩子家住在西南大运河一侧菜户营立交桥附近的一个小区，小区马路对面是金中都公园，这个公园与皇城根遗址公园、明城墙遗址公园、元大都城垣遗址公园共同构成京都四大城垣遗址公园，这个公园也是南护城河与凉水河分路的地方。

孙女出生后我几乎每天都要带她到这个公园游玩。公园建在河滨，面积虽然不大，但它却记载着北京建都和开凿京城运河的历史。北京建都始于金，据《金史·海陵纪》载："贞元元年三月辛亥，上至燕京……乙卯以迁都诏中外，改燕京为中都。"为解决京都用水又先后修扩开凿了运河，公园边的护城河就是当年开凿的。公园里还建造了"铜坐龙""下马卸鞍""营城建都"等多处雕塑群和仿金建筑，栩栩如生讲述着一件件大金建都史。每当我用小车推着孙女来公园游玩，都会在雕塑群下驻足休息，闭目欣赏那雕塑群像诉说的故事，一路走一路还会给小孙女讲述金中都公园所呈现的历史，孩子虽然还小，但希望她能在我的故事中平添些许历史感悟，感受到北京和北京大运河厚重的历史和文化。

我自己住在右安门附近，我和夫人经常去南二环旁的护城河散步，沿河畔的林荫路向西走是大观园公园。大观园公园是 1983 年为拍摄电视连续剧《红楼梦》而建造，《红楼梦》中女主人公林黛玉据传就是从江南乘船到通州张家湾码头上岸，再乘车进京的。有一天我和夫人边走边聊，只见她指指护城河又转头瞟了一眼大观园说："这护城河能否到通州？"我瞬间明白了她想问什么，回她道：当年的林黛玉如果住此"大观园"，那时如果河道畅通，林黛玉便可免舟车劳顿，由江南直接到大观园门口下船进园了，只可惜雍正年间的南护城河可不像现在这个样子，那时已经是干涸的沟道，放在现今，如果再出现一个"林黛玉"，或许她就可以从江南直接入住这园里的"潇湘馆"了。

数百年来，大运河承载着南粮北调、货物流通的功能。明、清时期，运河沿岸的省份每年要向京城提供三四百万石漕粮，供皇室亲贵、官员、兵丁、百姓等食用。自元朝起在崇文门、朝阳门、东直门沿城墙建立了很多粮仓，俗称"十三仓"，明、清两朝一直沿用。其中之一的禄米仓据记载始建于明嘉靖四十年（1561），为明、清两朝储存京官俸禄的粮仓。据传，此粮仓的俸米只供给京城五品以上的官员。

说到禄米仓我和它有着近40年邻里情结。新中国成立后禄米仓划归军产，1985年北京军区在禄米仓原址上盖建了"北京军区禄米仓离休干部休养所"，建成后，我父亲搬到了该干休所休养。虽然院内盖起了高楼，但仍保留了两间仓廒，北京市人民政府将其列为市级文物保护单位。从我父亲家的后窗向下看，两间仓廒尽收眼底，灰墙灰瓦，房顶上有通气窗，因隐藏于市井加之军产保护，几十年的"邻居"我都不曾进入过其中。仓廒虽也注意保护，然而经过460多年风雨侵蚀，室内的木构件、外墙体的青砖和房顶上的盖瓦破损严重。2023年有关部门对仓廒进行了施救性保护和修缮，2024年年初，修缮一新的仓廒交由地方政府作为博物馆使用，几百年来运河与粮仓的交集早已成了尘封的历史，而将开始的是一派古为今用的古风新貌。

为了更深入地了解大运河的历史，2024年借五一放假之机，我和夫人参观了通州新建的大运河博物馆。虽然我与大运河博物馆有着建设者的缘分，但是开馆后还没有参观过。新建成的大运河博物馆远远望去就像一艘帆船，那高高风帆一样的屋顶造型凸显着扬帆远航的气势，两栋建筑中间的"水道"上有一艘货船模型，船上的人物摇动着百年船橹，随运河远航。二楼那幅用350多万片马赛克镶嵌的京城大运河图案，向每一位参观者诉说着京城演绎和变化的历史。

当我走进第四展馆时，突然一个"幽州茶韵"的展区映入眼帘，引起我极大的兴趣。"水门向晚茶商闹，桥市通宵酒客行"，唐代饮茶之风随大运河的千里清波为北方送来饱含清香的茶叶。"悠悠茶船，是大运河上繁盛的物质文化交流中的一个缩影。"茶叶与大运河的渊源，勾起了我在外贸公司工作时的回忆。那时我负责全国各省茶叶进出口公司的系统管理，1990 年我被公司派驻到阿联酋迪拜公司，主持那里的工作。茶叶是我国向阿联酋出口的一项主要商品。千渠归河，千河入海，运河以水为魂养育着流域的民生，中国的茶叶也是通过更大"水路"（海洋）和"驳船"（远洋货轮）运送到世界各地。迪拜人因生活习惯，非常喜欢喝茶，我曾经有一个做茶叶批发生意叫穆罕默德的客户，60 多岁，来自巴基斯坦，是一个阿拉伯语和英语说得都蹩脚的老人，英语也只会 how much one kilo（多少钱一公斤），pay cheque and pay cash（支票付款还是付现金），虽然与他谈生意就是蹦单词，但他绝对会讨价还价。有时我告诉他为什么中国的茶叶好喝，全因为有日晒和水源丰富，湿润协调，不像迪拜这个沙漠之舟，除了进口矿泉水饮用，其他用水全部是海水淡化。绿洲似的迪拜每棵树下都有着一条黑色的注水管，一年四季昼夜不停地为这棵树滴水。我曾经问过养护树木的人，他告诉我一棵树单是滴水费用每年就要支出 1500 美元。那时我就想，中国的茶树要是也棵棵滴水才能成活，中国的茶叶还不要卖到天价？回过头想想也替他们可怜，如果迪拜也有中国那样可开凿引水的大运河，也不至于耗费天文数字的金钱搞绿化了。

有的时候缘分总是在冥冥之中延续，通州的大运河博物馆与我有着 20 年的不解之缘。首都博物馆和大运河博物馆一直被业内人士称为"西首博"和"东首博"，2023 年"东首博"被正式命名为"大运河博物馆"。

2004 年我所在的北京中咨信贸易有限公司有幸参加了首都博物馆文物库安防门的投标，在众多的投标者中脱颖而出一举中标。经过严格的进口采购、安装调试、使用培训和提供专业的定期维护，获得了业主的交口称赞。良好的信誉，更获得了业主的认可，进而在大运河博物馆文物库安防门的投标中再次中标，我的脚印也随着长安街由西向东、向东……一直走到了大运河博物馆。施工中总承包方对工程质量要求十分严格，三天一小会，五天一大会，几乎都是追踪工程质量问题。我多次和工程部的樊部长交谈，调侃他们质量把关要求太严了，他回答道：大运河博物馆是大运河申遗成功后北京段标志性的建筑，工程质量必须细之又细，严之又严，否则对所有参与大运河博物馆的建设者无法交代、对后人无法交代，最重要的是对北京的历史和文化无法交代！我目睹了施工现场各路建造者的专注和认真，看到了他们的责任与付出，每一个建造者都为北京大运河最东边的辉煌付出了辛劳和努力。

现在，我站在大运河故道的通蕙桥上向北眺望，大运河博物馆和大运河故道交相辉映，远远望去大运河博物馆屋顶上的"桅杆"就像一个人伸开手指，召唤着沿大运河上行的历史和文化探索者，告诉他们"我"是北京大运河的门户，欢迎你们先在"我"的体内参观，再从"我"身边走过，去探索北京大运河那些被岁月雕琢的古迹、河道、湖泊、历史和文化，去感受京城大运河数百年来的脉动与灵气！

【主编感言】

这是一篇颇见研学功夫与夹叙夹议浑然天成的饱满之作，静水流深，处处可见"最美大运河"（北京段）在作者心中"复活"的得与爱。而且着实难得的是，作者视野开阔，既能从大处着眼，揽"大运河"全景于笔底；更能从小处入手，写出了自家几代人包括自己的工作经历与"大运河"的具体关联及不解之缘——原来该"最美"就在我们身边！谢谢作者的诚恳写作、朴实表达，感谢！

【作者简介】

金京一，毕业于天津师范大学中文系新闻专业，1969年入伍，1985年转业，曾任中国土产畜产进出口总公司子公司副总经理，退休后任北京中咨信贸易有限公司常务副总经理兼工程部经理，兼任北京科技诗苑音画总监。

明城墙下探古今

李　辉

　　明城墙遗址公园位于北京市东城区崇文门到东便门一带，紧临北京火车站，是一座以北京保存最完整的明代城墙为主体的城市公园。明城墙遗址公园离我家和单位都很近，单位经常组织去那里踏青赏花、健步行，是我最喜欢光顾的地方之一，这里地方不大，也是北京著名古迹和打卡之地。

　　时值盛夏，雨后初晴，一扫连日暑热。我信步走进公园，绿草如茵，鲜花盛开，各种树木浓荫如盖掩映着小径。在东南角楼下，我发现了两块分别写有"漕运码头"和"蟠桃宫"介绍的大理石石板。"漕运码头"中写道：

　　"京杭大运河始建于隋炀帝时期，南起余杭北至通惠河。城东南角楼城墙脚下东北侧河道，是为通惠河北终端漕运码头。昔日之码头，帆影幢幢，商贾云集。历史上，大运河曾为南北经济贸易的发展发挥过巨大的作用。"

　　哇，真是得来全不费工夫！可是我来了这个公园这么多次，为什么从来没有发现过这个漕运码头呢？

　　恰好迎面走来一位身板挺直、精神矍铄的老者。我礼貌地问他是否知道京杭大运河的漕运码头在什么地方，他诧异地看着我问："你还知道这个？过去这里是有运河的漕运码头，早已经不存在了，但在北面的玉棠广场里有一幅浮雕。"

　　我沿着墙边爬满橘红色凌霄花的小路，向东下到东便门的马路上，穿过铁路桥洞拾级而上，果然找到了环境幽静、别有洞天的漕运码头公园。原来它就和明城墙遗址公园一墙之隔。

公园里一些学龄前的小朋友在奔跑玩耍，老人们或是追赶小孩子，或是三三两两站在一起悠闲地聊天，古色古香的亭子里长廊上游客在小憩。间或有北京站出站进站的火车在铁轨上的哐当哐当声打破公园的幽静。我这才意识到这里幽而不静，这可不是一个安静读书的地方，难怪大家都在散步。公园里绿树成荫，玉兰、海棠树很多，花期甫过，果实累累，确实应了玉棠广场的称号。花喜鹊、灰喜鹊、乌鸫、麻雀等鸟在草地上蹦蹦跳跳地歌唱，在树间轻盈地飞来飞去。公园里还竖立着很多有关森林有益人类健康的科普宣传栏。

公园里果然已经没有漕运码头，只有一幅长约10米的"老北京漕运图"浮雕，草地边不时能见到一些残破的砖墙和石墩石块，让人想象昔日这个漕运码头"漕舟千渡，帆樯如林，商贾云集，游客如织"的热闹景象。漕运码头公园的西北面，绿树掩映的古城墙边，露出万豪酒店富丽堂皇的金顶。

据记载，1291年，在元朝著名水利专家郭守敬的建议和主持下，引元大都西北白浮泉等西山诸水，经大都西门汇于积水潭，然后再出文明门（今崇文门）至通州高丽庄入白河，全长82公里，称为通惠河。

到了明清两代，因城内故河道圈入皇城之中，漕船遂以东便门外的大通桥为终点码头。所以后来通惠河仅指东便门外水闸至通州城这段26公里长的河道。

在明城墙遗址公园的西侧就是崇文门。元朝的时候叫文明门、哈德门或者哈大门，据说是因为哈大王府在门内而命名。崇文门是京师地区唯一征收百货税的"户关"。

明城墙遗址公园南边的蟠桃宫也曾经是一处胜景，刚才见到的那块大理石板上是这样介绍的：

"蟠桃宫为道教寺庙，地址在角楼东南，始建明代，清时称'护国太平蟠桃宫',乃京城著名庙宇之一。自明末形成庙会,有'三月三蟠桃会'之美誉。自崇文门迤东三里之遥庙市最盛,春波泻绿、软土铺红、百戏竞陈、衣香人影,展现出一幅老北京民俗风情画卷。"

看到这里,我眼前不禁浮现出一幅生动热闹的历史画面:明清时期,东便门附近最热闹的地方,是位于城门内桥南的蟠桃宫。每年农历三月初三,都要举行蟠桃庙会。届时很多城内外的人都会来这里踏青游玩,投壶射柳,搭台唱戏。而随着炎热夏季的到来,东便门通往通惠河的河面上,人们一边乘着船消暑纳凉,一边欣赏着绿荫如盖、民舍俨然的两岸风光。

如今,东便门附近虽然已经看不见昔时漕舟千渡的壮观之景,但是站在漕运码头公园里的"老北京漕运图"浮雕和地上散落的砖墙、石块前,历史的厚重感和沧桑感仍然会油然而生。

听着明城墙遗址公园东面东便门立交桥上下车水马龙,周围汽车风驰电掣的呼啸声,不远处北京火车站火车进站前的减速声音和出站后的提速声音络绎不绝,每天有很多火车拍摄爱好者分别在公园东北角的桥上或北京城东南角楼上,从不同的角度拍摄疾驰而过的火车,有慢悠悠的绿皮火车,有疾驰而过的复兴号……

火车沿着明城墙脚下穿行,古老的文明与现代的文明在东便门角楼处交汇。看着明城墙遗址公园里人们疾步健走,老人和孩子们悠闲地沐浴着大自然阳光雨露的温馨画面,漕运码头公园里的"老北京漕运图"浮雕和浓密的绿荫,仍然能感受到另一种隔世的繁华与热闹。真是世事白云苍狗,沧海桑田,不禁让人感慨万千!

最近几年,北京的京杭大运河段遗址正在京城部分恢复,眼前这个坐落在明城墙遗址公园东边的漕运码头公园,让我欣喜不已。

站在如今玉棠广场的花丛树荫里,西面是北京站的火车声,南面是东便门立交桥上下的车水马龙,轻轻地闭上眼睛,似乎可以穿越时空,感受得到古代京杭大运河的浪潮声和历史的呼吸。这是一道亮丽的古代文明与现代文明结合的风景，是京城一条小而美的 city walk 路线。风雨过后，更是美不胜收！

【主编感言】

历时 3 个月的征文还有半个月就要结束了。此时此刻，力求出新"写别人所未写"当然是"征"之所愿。但也不尽然如此，说到底，我们这次征文的终极目的就是给众多国人特别是京人们提个醒：大运河就在您身边，她古老又年轻，是为"最美"！我们应该认识她，热爱她，保护好她！准此，今天此文的平民之"探"，或可代表京城普通百姓对"大运河"的用心一瞥，这是新鲜的，也是深情的。谢谢作者！

【作者简介】

李辉，高级国际商务师。曾在《北京青年报》《北京晚报》《中华周末报》上发表多篇散文。文章《风生水起中轴线》，收入光明日报出版社出版的《最美中轴线——中轴线申遗的百姓文本》一书。

通惠之水清且长

史　宁

　　城有水则秀，居有水则灵。多年前，我曾被一本名为《水乡北京》的书深深吸引。自幼老师就告诫我们北京是一座极度缺水的城市，谁又能想象历史上北京会是河湖纵横、清泉四溢的模样呢？原来我们脚下的土地在700多年前也曾具有江南水乡的俊逸灵秀。这的确让人有些难以置信。昔日众多的河道中有一条河水对古都的发展举足轻重，它就是日久岁深的通惠河。

　　对这条河的认知最初来自历史课，隋炀帝开凿大运河，南起余杭北至涿郡，沟通五大天然水系，浩浩荡荡，实现了人类水利工程的伟大壮举。大业四年，炀帝下诏动用百万民工开凿"南达于河，北通涿郡"的永济渠，不足一年，这条河渠便竣工通航，运载着杨广浩大奢华的龙舟往来南北。起初颇为不解，既然皇都位居洛阳，运河修到洛阳就好了，为何还要一路向北绵亘蜿蜒到今天的北京？日后慢慢才知道，这是隋炀帝东征高句丽计划的一部分，他以幽州作为讨敌的军事基地，永济渠实则是粮草运抵涿郡后转运辽东的交通补给线。彼时的北京，虽只是北陲边地，但军事意义已日益凸显。

　　辽金两个游牧民族政权入主中原都将北京作为国都倾力经营。也正从这时开始，作为都邑的北京与水的联结与日俱增。辽时实行海运，将辽东粮草由渤海口登陆，经潮河到达张家湾。而张家湾与京城间本无河流，于是人们修筑了一条连接两地的人工河，民间相传为萧太后所开，后世遂以萧太后河命名这条运河。此河到金时已淤浅不畅，金世宗计划重开河道接济漕运，于是出现了利用永定河开凿的金口河与利用高梁河水系开凿的闸河。但永定河含沙量大且易泛滥，导致金口河时通时塞，未能尽用。闸河开凿后尚能维持漕运，只惜水量不足，漕船浅涩难行，至金迁都开封，逐渐湮废。丘濬在《大学衍义补》云："河漕视陆运之费省什三四，海运视陆运之费省什七八。"原来古人早已算过一笔账，水运效率之高使得他们矢志不渝要在通漕上前赴后继。

辽金通漕彰显最早经略北京水利者的倔强求索，他们的成功失败似乎预示着即将有一位才高盖世的通人来完成更大的历史挑战。郭守敬横空出世。这是一位不世出的奇才，史载其"习知水利，且巧思绝人"。郭守敬在开平首次拜见忽必烈就面陈水利六事，为未来新都规划漕运。他巧用金口河，扩建阜通河，改造大运河北段，累积充分治水经验后，郭守敬决心新挖一条通州至大都的漕河。元代南北统一，为郭守敬再次贯通京杭大运河提供了便利。他新辟昌平白浮泉作为上游水源，中间设河闸24座，一举解决了前人未能攻克的难题。元世祖目睹一艘艘满载货物的漕船循河直入大都停泊积水潭，喜不自胜，即赐新河为"通惠河"。至此，远在江浙的漕船可由水路直抵大都。

提及北京水利工程，郭守敬开凿通惠河几乎尽人皆知，我想将更多的笔墨留给另一位被人淡忘的治水功臣。永乐帝重新定都京师后，荒寂40年的通惠河上又驶来了来自江南的漕船，此时西郊诸泉水量已明显减少以至河道淤塞已久，舟楫难行。英宗至武宗，京师面临愈加庞大的粮食需求，而通惠河却屡治屡废，漕运航道疏浚畅通成了明代北京的头等大事。时代急需一位像郭守敬一样杰出的天才再来破解危局。此时，嘉靖朝走出一位监察御史吴仲，他上奏皇帝力主重修通惠河。短短三个月，吴仲疏浚河道，建成石坝，改造石闸，又打造一批新式漕船。当年就运粮200万石，省银20万两，史书用"上下快之"四个字形容朝野官商对其赞扬。吴仲由此获嘉奖，很快出任处州知府。当他离京赴任行至张家湾码头时，忽然想到自己走后河道可能会再次淤塞，于是索性在船上将通惠河源流与治理之策书写成册，这就是两万余字的《通惠河志》，成为专门记述通惠河唯一的志书，影响明清两代漕运，泽被天下。通州百姓感其功绩，为他修建生祠。每年三月初三，通州人为庆祝首批山东漕船运抵通州，还举行盛大的开漕节祭祀吴仲，尊之为河神顶礼膜拜。

自辽金至明清，从郭守敬到吴仲，一代代古人像在进行一场伟大而艰巨的文化与智慧的接力，目的只有一个，让古都北京得以源源不断从全国各地汲取物资和养分，使这颗心脏久久勃发。

我曾先后走过通惠河在老城区的大部分河段，虽然很多地段流水不复，但不少地名仍记录着当年的水波帆影。如内城东南角北侧的泡子河东巷。这是我循迹运河故道的起始，也是漕运历史结束的起始。周围密布的铁轨，正是清末终结漕运的标志，火车汽笛提醒世人一种新的交通方式已登上舞台。明代由于城内的河道变化，船只不再直达积水潭，漕粮只从通州沿河运抵东便门外大通桥，改由马车运往城内。城内的通惠河不再承担漕运使命，变成北京城排水的主干渠，此时终于不必再大费周章地修闸葺道，任凭水流从高到低由西向东流淌。而我却反其道而行之，自东向西回溯，一如元代通惠河入大都最初的航道。

进入老城后，这条运河的名称发生了些许变化。明代漕运终点变更使人们对原有水路一分为二，将玉泉山至东便门大通桥一段称玉河，由大通桥至通州一段仍称通惠河。玉河之名显然来自玉泉山。光绪《顺天府志》记："玉河，源出宛平县西北玉泉山之玉泉。"清代玉河特指万宁桥至大通桥之间的河段，因经过皇城又称为御河。

崇文门西北有一条正义路，如今笔直的街心花园之下正是当年的玉河河道，且至今河水仍涓涓流淌。历史上曾经有三座御河桥错落横跨河上。20世纪20年代，这段河道改为暗沟，以原先的东西河沿为道路。两边林立的中西建筑见证岁月的沧桑，也常静听路面下玉河水的潺潺低语。原先的北御河桥毗邻皇城，再向北就是南河沿与北河沿大街，这段玉河的古道刚好处于带状的皇城根遗址公园一线，亦即与皇城东墙平行。说起这段与运河相关的地名，人们大概首先想到银闸与骑河楼。此外更具代表性的一个地方，恐非东安门遗址莫属。东安门是皇城东门，原在玉河以西，河在墙外。明宣德七年，"上以东安门外缘河居人，逼近黄墙，喧嚣之声，彻于大内，命行在工部改筑黄墙于河东"，这段玉河遂被圈入皇城之内。虽然那时河道不再通漕，但两岸的热闹程度于此可见一斑。今日南北两个下沉展示区内含东安门两段皇城墙遗址、四处磉墩、两段障墙及石桥雁翅遗址。此桥名望恩桥，连接东安门与东安里门，桥下正是玉河之水，埋藏地下百余年的运河遗迹如今再现沧桑。

行至皇城根北端，玉河于此折而向西，此后多次转向，相应出现了著名的澄清三闸。这一段行走恰好是细雨天，撑起伞走入玉河故道旁，眼前小桥流水人家，恍如烟雨迷蒙的江南。最吸引我的是南岸《京杭大运河风物图》浮雕，将运河沿途胜景一一展现：营建皇宫的木料采自川贵，九城的城砖来自临清砖窑，皇家建筑地面的金砖产自苏州御窑……皆靠运河输送入京，至此终于明白运河漂来北京城是何其形象。过东不压桥澄清中闸不远就是万宁桥与澄清下闸，元代漕船至此即将迎来终点。此刻，天街小雨润如酥，万宁桥上车水马龙。是不是700年前这里也当如《清明上河图》描绘的熙攘景象，桥上与船上的人们彼此远呼致意："这趟又辛苦呀！"原来，北京能从一个边陲小城发展至统一的多民族国家政权中枢，除了自身独特的地理区位还有赖于这条沟通南北的运河，把江南富庶的物资源源不断地运抵北京，通过这条长河北京得以与中国最富裕的地区实现信息物流不间断地交融汇通。

其实，每一次行走我好像都在探寻着自己与这座城市的内在联系，这座城市里有个我，而我又在这里昭然认清了我从哪里来，将往何处去。似乎总有一条丝线把我和北京城维系在一起。大运河把全国和北京连接在一起，也把北京和我连接在一起。这条河就像我们的脐带，和母亲的心跳、血脉紧密相连。永定河是北京城的嫡母，大运河又何尝不是北京城的乳母。一代代城市的子民都不该忘却跪乳之恩，来日还要一代代地悉心呵护她每一寸肌理。

我们要让这位可敬可亲的母亲永远美丽下去。

【主编感言】

本文作者系我们上次征文"最美中轴线"一等奖获得者（并列）。这次应征之作可谓寄深潜功夫于清亮笔端，抒独家情怀于"只取一瓢饮"，而且横竖点染均见"北京大运河"之"最美"！真是令人既感欣喜又感欣慰，尤其是作者行文的最后一段，赤子情怀，溢于言表！这不仅是我们本次征文之幸，更是我们"中国大运河申遗成功十周年"最好的纪念感言！感谢作者，非常感谢！

【作者简介】

史宁，出版社编辑，人文学者。现任中国老舍研究会常务理事，北京史地民俗学会会员，北京市东城区作家协会会员。长期从事老舍研究、北京文化史研究。著有《经典名著这样读》（合著）、绘本《北京的庙会》。

玉河：历史废墟上的萋萋绿洲

李红霞

　　时光看似慷慨，总是大片涌来，但它总会野出孩子气，抖落功绩，像抖落一粒尘，专心赶路，从不为谁停留。玉河遗址，在风与时光的齐头并进中，老成了遗迹，专门负责回答千年来遗落风中的若干问题。我习惯了迎来送往，也习惯追随时光去苍老，落步一间历史的密室——玉河遗址，我看见一部典籍高耸诗行蜿蜒处，如一个人栉风沐雨后，心性会被养成富庶的绿洲。

　　蒙运河之恩泽，我曾有过一段将计就计的所谓恋情。一直以为这恋情如同运河之下的宝藏，难有"破土而出"的一天。中学时，历史老师遣我的同桌——一位刚从外班转来的新生，画隋唐运河图。新生把背影甩给新集体，在黑板上且书且画，如明代那幅《水程图》，自然扶疏，人文茂盛，历史逶迤，"山河丰沛处，流线赋光明"，倘若吹毛求疵，亦恐差一阕隋朝的残月和一声桨橹欸乃。

　　运河并非横空出世。它始于春秋，完成于隋代，繁荣于唐宋，疏通于明清，连接海河、黄河、淮河、长江和钱塘江五大水系。按里程计，世界之最。这条人工大运河仰仗与生俱来的贵族气，一路豪歌连接起人间烟火的繁华。所以，它有达官显贵的血脉，又有寻常百姓的筋骨。大运河，在数十座城市间流淌，气势如虹，绝代风华。其遗迹，其流风，与海与江相若。

　　于2000多年的历史中，运河风云自有历朝历代的人物评说。少不了车辚辚马萧萧，惊沙入面；亦会有千帆竞渡，舟楫纵横。我为运河作此文，深谙大运河在南北交通和漕运事业上所立的奇功，它传递着对运河人家无尽的爱，也缩短了天之涯与地之角。

大运河就是一部典籍，有着丰盈不屈的灵魂，而谁人能阅尽其无涯之精神？

历史的天空深邃高远，彼时，顾不得探究天空的色彩，我如一只追赶祥云的鸟踏上新版图，好奇、兴奋，也紧张。青春本是明亮的，但我因学习上的懈怠，无意中将青春时光推向了至暗时刻：我可以在五一、十一、元旦等特殊日子上台唱一嗓子或在运动赛场上抢出一个冠军，其余时段我是无人问津的"草"。但同桌新生喜爱唱，那时，在母亲的无意教导下，我已超然"物"外地背诵了《我爱你中国》的歌谱（瘦弱的分值并未影响我对祖国的爱），所以，一截懵懂的爱情应运而生。

汪曾祺说，一定要爱着点什么，恰似草木对光阴的钟情。而那时的我处于做梦的年龄，对光阴钟情无比，绝不肯荒芜丝毫。我想发现它，好的一面，不好的一面，都需要。向好的一面，或许我不缺。至于它不太强的一面，恰好可以缩短我与它的距离。我这个钟情鲁迅百草园的无心人，也肩扛大师的精神胜利法，疗伤之时也坚信：阳光即便洒向了荒滩，毕竟，阳光来过。如今忆起，那时的阳光，如雨，阳光雨来了，泥泞如影随形。经了一段沧海难为水，班主任发现端倪后，漂亮的板书和手绘运河图随一段暗恋雪浪般震荡、飘落了。

这世界太过广阔，运河水一路豪歌向天涯，传递着对运河人家的爱……

这日清晨，有淡淡的雾，阳光毛茸茸地新，还有些静，我沿着北京地安门大街悠走，在玉河故道遗址处，打捞曾经喧腾的历史：忽必烈迁都燕京后，作为都水监的郭守敬，耗时一年，修治了元大都到通州的运河，而那时的他已是60岁的年龄。史料称，忽必烈从上都（今内蒙古锡林郭勒盟正蓝旗草原）回到大都，路过积水潭时大悦，亲赐名通惠河。

　　水的特性是"率性而为"，可郭守敬坚持"逆流而上"，开辟了京郊的白浮泉、马眼泉、虎眼泉等10处泉眼，然后囤水于瓮山泊，解决通惠河上游的水源问题后，再将水向南引入大都积水潭，致使积水潭（什刹海）成为南北大运河的终点码头。而"师出有名"的通惠河源于北京西山东麓的玉泉山，水从高坡一路奔泻，动感十足，我独独爱它的运势不凡。玉泉山的水延伸着，至东便门外大通桥这段河便是拥有雅致名字的"玉河"。玉河是京杭大运河通惠河的末段，这条城内河道始建于元至元二十九年（1292），后与金水河、筒子河等皇家御用水系合流，亦称"御河"。说来，"御河"系列是有着非常正式之名分的。

　　隐匿着的一段运河肩负使命，以无声胜有声的姿态陈述历史。而运河的勋章总是令人瞩目，玉河"遗址"处有明清两代堤岸、河道、码头、排水道、东不压桥遗址、澄清中闸和下闸遗址等。考古发掘面世的部分为南北两区，全长约为1.1公里。如今，题有"通惠河玉河遗址"（东城区）的梯形石与题有"京杭大运河积水潭港"（西城区）的丽石，从最美中轴线与最美大运河的意义而言，它们遥相呼应着。

　　与现代气息相契相融，这是运河该有的气象。

　　玉河，与岁月同住，清丽素雅，闲适舒缓，当柔亮的光跳上水面时，那水却静得出奇，似一位有修为的女子，话少，令人心动和充满敬意。缓步下桥，不舍，再回望，小桥卧波，垂柳舞动水袖。环顾运河两岸，整体铺设古典简约，堤岸步道整洁清爽，人流不息，再看老式的招牌、古朴的街灯，一砖一瓦、一花一草都显现出独特气韵。目光再向北探，春光融融中，运河人安居里巷，彼此悦慕，亭台负暄，一派祥和。为运河人家的"近水楼台"，游人一边艳羡着，一边感叹，必连辞带酒，相邀胜友。

　　漫步小街，总会与几株玉兰树相遇。玉兰花冠较大，花色繁多，热烈的花瓣形似一枚酒盅。一日雨后，天然紫扑入眼中时，我立时无法沉默了。脉脉花语间，接受和见证岁月的厚重与诗情画意。倘若在清晨，酒盅里会藏有花露，这花露是用来饮的，又是饮不尽的。我想，啜饮玉兰花的一滴露也会沉醉不知归路了。原来，这"玉兰"的"玉"跟"玉河"的"玉"真是妥帖的呢。

运河水与北京的海有着难解的文化和历史渊源。玉河故道北段与什刹海、南锣鼓巷相连，游人不必再试探庭深几许，顺一路好风景，长驱而入，就那样随了心情去。当夕阳隐退、素月出场时，运河人们还在歌之舞之，音韵婉转，舞步频频。玉河的南段，有长约100米的浮雕《京杭大运河风物图》，从通惠河出发到通州、天津、德州，再一路飞驰至无锡、苏州，与钱塘江相遇后，互敬相拥，喜极而泣。

而我，似做了一个梦中梦。

一分精神一分财（才），一座城市有了水，自然有了精气神，与五大水系相连的运河，汲取日月精华的运河，以其资源优势，带动了运河沿岸城市的繁荣发展。多年前，我从出生成长的呼伦贝尔，辗转至齐鲁大地，于鲁西北的运河小镇游过"旧"时光，而今有良机聆听草原文化浸润过的运河之回声，赏运河之妙景，又为运河作文，算是添了仪式感。

有人说："运河下面有宝贝，不知哪一河段之下还藏有一艘船。"于是，人们的想象越发地超出想象了。"清淤时，有人拾到一把手枪呢。"无论船抑或手枪，这些伴了日月辰星的历史的残片，总会不时地怀想自己的前世今生：运河传颂着水上文明与华夏文明，铸就了中华文化和人类文明史上的不朽丰碑。

运河两岸风景优美，人民的幸福感增强，我流连于玉河遗址，一老者擎相机忙于作业，待收工，我紧步上前："打扰您，要是没猜错，您是北京人？"老者并未抬头，他正忙着装备入库。我望着他，想着怎样打破僵局，他京腔京韵地回了我："您说得没错，老北京！"

"那您该不是第一次来这里，不是第一次给玉河拍玉照吧？"

"是啊！老话说得好，先有大运河，后有北京城。这可是咱们的生命之河啊！"

运河必将是生态的，繁荣的。人民养护着它，它还福祉于人民。我想，老北京人说得没错，这也正是他缱情于此的理由。

我知晓，运河水在夜晚也不会停止流动，它们心灵相通，带动历史奔腾向前。我知晓，枕河入梦时，那古朴的灯火总会预示另一种光明的到来。当人们打捞运河的历史时，历史的潮一涨一落就现出运河的峥嵘与灵光，显现文化与光明时，文明也水到渠成了。

【主编感言】

这篇自发来稿写得灵动又劲道，而且融小说写法于散文之中，读来津津有味，恰如"北京大运河"百花盛开又风情独具。是的，本次"最美大运河"（北京段）征文已届最后时限，我们尤其欢迎"独树一帜"的精彩来稿！感谢本文作者！

【作者简介】

李红霞，中国作家协会会员，中国小说学会会员。短篇作品见于《光明日报》《解放军报》《中国青年报》《文艺报》《中国艺术报》《解放军文艺》《天津文学》《山东文学》等，著有长篇小说《北归》《单行道》。

我和通惠河的故事

纪建国

　　童年的时候，我很爱到有水的地方去玩耍。那时候我们家住南城的龙潭北里，南边有龙潭湖，东边有护城河。护城河两岸有很多高大茂密的柳树，有各种漂亮的蜻蜓在河边来回巡飞，翩翩飞舞的蝴蝶也不时闪亮登场，给我们带来很多乐趣。

　　每年夏天的傍晚我最爱去护城河边，尤其是太阳落山以后，河水和树木氤氲出凉爽的气息。很多蝉的幼虫纷纷爬出小洞到柳树上完成一次生命的蜕变。我带着一把手电筒每次到天黑都能捉到六七个麻唧鸟（蝉的一种）的幼虫，然后把它们放到家里的纱窗上，之后就看到一次美丽的蝉蜕。新的蝉身上有一层乌金似的色彩，蝉翼薄薄而且透明，特别招人喜欢。我惬意地把蝉拿在手里，手心里很痒痒。

　　后来我还从同学口中知道那是一道民间美食"炸金蝉"。那时候谁家的日子都穷，母亲把我捉回来的蝉虫洗干净腌好。第二天早晨再往锅里放一点油。嗞嗞啦啦一会儿蝉虫就被炸成金黄油亮的颜色。我吃了一个，蝉肉软嫩香酥，甭提多香了！从此护城河和蝉虫儿都深深地留在了我的记忆里。

　　我上中学时开始有中国历史课。老师对我们说："东边的护城河往北一直通到东便门的通惠河，那里是大运河的一部分。这是一条中国历史上非常有名的人工河。"从此，大运河便像一首校园歌曲里唱到的那样，"没有人能够告诉我，山里面有没有住着神仙。"令我非常向往。

1975年我上高中时，我们家搬到城东的建外大街北边，我也转学到朝阳中学。那年夏天班主任李老师带着我们到双桥南边的农村参加麦收劳动，我们一路向东沿着京通路走到了通惠河的双桥大桥时，李老师对我们说："这里就是中国历史上最著名的大运河的一段。"这是我第一次目睹通惠河的真容，它掩映在茂密的树木和大片的农田中，横贯东西，源远流长，只是河道并不宽阔了。

20世纪80到90年代中期已在运输公司参加工作的我，常年跟车当装卸工，很多次看到通惠河的现状。两岸有多家工厂、农贸市场、火车机务段、大片低矮破旧的平房区，还有荒地和城乡接合部的村落。通惠河已变成了一条穿过京城的臭河，乌黑的河水漂浮着难闻的气味，翻着一股股黑浪缓缓地向东流着。

后来我们单位又搬到了通惠河南岸的双桥一带，我每天上下班都要沿着河岸走一段路程。那时喜欢读新闻的我，时常在媒体上看到一些评论环境的文章，不时心有感悟。

大运河是世界上最伟大的工程之一，河水清澈、风光旖旎的景色，让很多文人墨客留下了无数美丽诗篇。"千舟北上止通州，异宝奇珍聚码头。车马穿梭声鼎沸，皇家一饭万人愁。"还有"漕舟千渡，帆樯林立，游客如织"。我也听到过老辈人说起"东便游船"和"二闸的狮子会凫水"的故事。可见当年盛况空前。

望着这条历史的名河，我心里怀着复杂的感情。觉得通惠河不应该是这个样子。仿佛一个美人被打进冷宫一般，令人怜香惜玉。

好在几年之后，它被治理了。经过清淤、治污、治水、护岸，还原了它清澈的河水，高碑店新建了更大的水坝和大桥。河面一下宽阔很多，还有成群的野鸭和水鸟在河里悠然地游着。尤其在初夏的傍晚，我走在回家路上看到宽阔的水面，远处的高楼和殷红的晚霞格外漂亮地倒映在平静的河面上。

几只野鸭游过来，搅得晚霞碎了，波光粼粼，仿佛河里游着一群红色的金鱼。我惊叹：这是一幅多美的画面呀！

又过了几年，我退休了，有了更多的空闲时间。我听说通惠河新建了一个庆丰公园，我家离那儿挺近的，经常到那里走一走，看一看。

庆丰公园在通惠河的南岸，从原来头道闸那里向东 1700 米建成了一个滨河公园。公园分为东西两个园，一进门便看见一条健身步道一直向东延伸，三三两两的跑步者不断在身边掠过。每隔不远就有一处水榭歌台似的建筑物，也有人在这里轻歌曼舞，舞姿曼妙，展示出一幅美好幸福的生活场景。公园的深处还有一个乒乓球健身中心，每天都吸引着几十名爱好者，我也常到那里健身娱乐。

2009 年春，朝阳区政府结合城中村的改造，对该地区进行环境整治，同年 9 月 28 日建成公园。它占地面积 26.7 公顷，通惠河两边的河道都被砌成水泥的河道，河水清澈，岸边栽种很多柳树。

我们从西门走进去，一半是马路，一半是健身步道。公园里绿树成荫，正值秋天，路南边一片金黄色的银杏林很有气势地展现在人们的眼前。公园里的各种植物真是无比丰富，有玉兰花，有多种松树、侧柏。河岸边的铁栏杆每隔一段距离就有一个桅杆的造型，叫惠州帆影，让人想到这条河道曾经的船帆盛况。

再向东不远，树林深处有一个四合院古色古香，据说此处原为元代都水监张经历的花园，时名双清庭，后称张家花园。花园为两进院，正房的布局坐东朝西，该建筑群属典型的民国式样。相传这里的花园内曾饲养了百只鸽子，每当飞起时伴随着悦耳的鸽哨，一大群鸽子掠过长空上下飞舞，煞是好看，成为远近闻名的一道风景，1981 年此地被定为双花园。

继续向东行走，依旧美景不断。水清岸绿，垂柳依旧绿意浓浓。樱花、矮株紫樱在路边闪现。紫叶李是落叶小乔木，它的叶子常年紫红，是著名观叶树种，紫色发亮的叶子在绿叶丛中，像一株株开不败的花朵，是一道亮丽的风景。元宝枫摇动着一树的红五星在微风中向游人招手。

抬头向北望去，原来河北岸那些工厂早在多年前就已拆迁，随之建起了一幢幢高楼大厦。那里现在是京城 CBD 商务中心的一部分，世界 500 强的很多企业在此落地生根，一条东西走向的公路依河而建，车流如潮在此穿行。北岸的滨水景观区，与南岸生态文化区，与西园的桃柳映岸、都市蜃楼、灰舟帆影、印象之舟四个景点，体现了人与自然相互协调，传统与现代交相辉映，使传承历史文脉与彰显现代都市景观统一于一体。向东看去，大北窑立交桥如长虹卧波一般；向西看，一桥凌空飞架而起，与四通八达的东便门立交桥相连。

秋天，傍晚的夕阳把一切景物镀上一层金黄色的色彩。晚霞中的都市街头公园太美了！

【主编感言】

就是这样一篇素朴的文字，读来竟然令人心生感动！诚谢作者！是的，正如您从小到大与"大运河"的如切如磋，亦忧亦喜，亲情有加，等等，可谓句句诚不我欺，完全是发自内心深处的自然流淌，这真是咱老北京人对"大运河"的一世情深呀！而且，既源远流长，又一往而情深……再谢作者！

【作者简介】

纪建国，65 岁，平时喜欢阅读和写作。自 1991 年以来先后在《北京日报》《北京晚报》《北京青年报》《北京广播电视报》《北京纪事》和《是与非》等报刊上发表各类文章近 300 篇。

大运河畔，风景这边独好

周德恒

有人说"大运河漂来了北京城"，细琢磨这话有些道理。北京自古便是苦水之地，众多粮食、物资都非常依赖南方的供给，漕运成了古代最主要的运输方式。千余年来，北京城内纵横交错的水系不断连接、交汇，并与由南至北的大运河贯通，不仅为古时北京带来了充沛的供给，也让北京城多了几分与众不同的韵味和风采。

历史的变迁总是难以预料。随着科技发展，四通八达的公路、铁路、航空网络不断兴起，漕运逐渐失去优势，大运河货物往来的盛况成为历史。由于漕运废弃，大运河疏于治理，通惠河段（北运河支流）连年频发洪涝，污染严重……

"绿水青山就是金山银山"，打造"国际一流的和谐宜居之都"，成为新时代首都北京发展的新理念，大运河也随之发生了巨变。近几年，有关大运河的好消息纷至沓来：2015 年通惠河完成了一期水环境治理，消除了长期困扰居民的臭味；2019 年北运河通航，乘坐观光游船可尽情畅览运河两岸绝美风光；依运河两岸建成的森林公园，不仅再现了运河古韵风貌，更成为人们滨水休闲、户外野营、文化娱乐的理想乐园；2023 年大运河畔的三大建筑（北京城市图书馆、北京艺术中心、北京大运河博物馆）惊艳亮相，为大运河再添新气象。另外，沿运河的城市绿心公园、运河文化广场、运河奥体公园等陆续对市民开放；一座座横跨运河的大桥脱颖而出，不仅造型优美，还兼具赏景、观鸟、遛娃、摄影、健身等多种超变能力……"百闻不如一见"，今年4月初，我终于踏上了大运河探美之旅。

这一天，风轻云淡，碧空如洗。我们清晨7点出发，大约一小时便到达大运河森林公园门口。从西六门入园，进门东行没多远，依河而建的运河绿道、碧波荡漾的大运河扑面而来。我十分兴奋，正想着怎么更近一点去欣赏运河风光，一条通向运河的、弯弯曲曲的栈道映入眼帘，栈道旁还立着一块带地图的牌子，标注此处为"风行芦荡"。好熟悉的名字，我想起古代通州不是有"文昌阁十二景"吗？其中一景便是"风行芦荡"，为此文人墨客还留下了"叶声如雨絮如烟""两岸芦花一钓船"的优美诗句。

4月，河道里大片芦苇刚从地面冒出，齐刷刷地伸出绿绿的、尖尖的脑袋；风吹动处，尖尖的芦苇你挤着我，我蹭着你，发出沙沙的响声。没有芦苇荡，栈道像是被架在空中，显得孤单落寞，我有些失望。但转头看向这大片和运河密接的芦苇湿地时又不免生出无限的遐想来：夏日，芦苇将会蹿到一人多高，青翠繁茂的芦苇宛若一道密不透风的青纱帐，沿木栈道在芦苇荡中迤逦前行，不见首尾；偶惊起一只水鸟，倏地飞向空中，直冲云霄，你不由得会心笑了。也不妨折只芦笛放在嘴边，吹一首悠扬的曲子，放飞心情，让快乐翱翔。到了秋日，芦花盛开，芦絮如烟，如梦如幻；落日余晖下，芦苇荡仿佛披上了一件轻薄的金缕衣，尽显风姿绰约，意境悠远……

伴随着无限的想象，我来到一处极为开阔的近水观景台，大运河近在咫尺，触手可及。我疾步走过去，凭栏极目远眺：大运河啊，缓缓流淌了千年的大运河，历经繁华和沧桑的大运河，像一条巨大的、闪光的绿缎静静地横卧在眼前，天高水阔，绿堤蜿蜒，十分壮观；望远处高楼林立，体态各异，气势不凡；看对岸花团锦簇，树木葱葱，大美人间。再看，清澈的水面上不时有游船穿梭而过，荡起层层涟漪，也留下笑声片片。网络上"小外滩""北方的维多利亚港""小苏杭"等赞美运河景观的昵称早已不胫而走，今日得见果然名不虚传。

我依依不舍地从观景台折回，来到柳廊。柳廊，顾名思义，柳树搭起的长廊。高大粗壮的柳树矗立在道路两旁，细长的柳枝上冒出了嫩嫩的新绿，恰是"碧玉妆成一树高，万条垂下绿丝绦"。待葱郁繁茂的柳枝交织在一起，不就形成了一条遮阴纳凉的绿色长廊吗？走着走着，我发现每棵树的树杈上都有若干个不同角度但很精致的鸟窝，难道这柳树是鸟的栖息之地？到近处一瞅，才明白这哪里是什么鸟窝，而是灯罩做成的鸟窝状夜景灯。早就听说大运河的夜景非常美，原来夜景灯都藏在鸟窝里呢。设计者真是独具匠心，你想啊，运河边，树杈上若都挂着个方头方脑的金属罩，岂不是太有违和感了。从设计角度上讲，与自然的融合要体现在方方面面。

穿过柳廊，转向北前行，道路旁的灌木已郁郁葱葱，木槿、紫荆、二乔玉兰、海棠、丁香、玉簪千姿百态，竞相开放。不过最吸引我的还是樱桃李，红红的叶子、粉白色的花跃然点缀在纤弱的枝条上，微风吹过，有一种温柔的质感。据说到了秋季，它还会结出类似樱桃的小李子，是鸟类十分喜爱的美食。我正想停下拍照时，听见前方传来一阵阵的喧闹声。循声走过去，原来不知不觉到了"双锦天成"。所谓"双锦天成"指的是"桃李之锦"和"池鱼之锦"，"桃李映岸，池鱼雀跃，相映成趣，浑然天成"，景点名称由此而来。如今桃花才要落幕，池鱼又闪亮登场，喧闹声即是从鱼池边的人群中发出的。

这是一个很有趣味的池塘，池中有供观赏的栈桥、小岛。池塘南侧紧临一个小广场，主要供游人投喂池鱼之用。池边虽不设栏杆，但清晰可见若干台阶渐隐入水中，应该很安全。这里应是一个遛娃的好场所，围观的人群大多都是家长和孩子。可不嘛，家长刚买来面包，孩子就迫不及待抢了去，然后立马跑到池边的台阶上，迅速扯下一片面包扔入池塘。看到成群的锦鲤闻风而动，蜂拥而至争抢面包片，孩子们开心地大笑起来。家长带着孩子三五成群地不停投喂，锦鲤也就追着美食一会儿游东，一会儿游西。有的锦鲤并不扎堆，自顾自地摆着尾巴游来游去，有时趁你不注意，突然跃出水面又倏地钻进水里，仿佛在展示优美的身姿。池塘边，大人的欢笑声，男孩女孩的尖叫声、拍手跺脚声交织在一起，分外热闹。

池塘里除了锦鲤外，还有绿头鸭、花鸭和白鹅，它们似乎不屑与锦鲤抢食，看到专门投喂的孩子才慢慢游过来。鹅鸭们一点儿不贪食，池塘西有一喷泉，喷起的水花不停地落在水面，荡起一圈又一圈波纹，也许它们觉着很好玩，就不时游到喷泉下淋淋水，又懒懒地飞到小岛上，转个圈，扑扑翅膀，像舞蹈，又仿佛炫技。看到它们笨拙可爱的样子，池塘边的孩子更是乐不可支。

与双锦天成毗邻的是京杭大运河书院，走乏了可以到书院小憩，古朴素雅的书院有一角书柜专门陈列和大运河相关的书籍。静下心来，找一个闲适的座位，捧一盏清茶，在这里回顾运河历史，领略运河文化，阅读文人笔下不同角度的大运河，一定会让你酣畅淋漓，受益良多。

大运河畔，美景无处不在。且看，北京城市图书馆的独特外观、优雅的空间设计、融入人工智能的图书管理，都将为你提供全新的阅读体验；大运河博物馆，宛如一艘扬帆起航的大船，无声诉说着大运河的千年过往和运河故事。再说大运河的桥，座座好风光：东关大桥，长安街延长线上唯一的跨河桥，造型优美，古铜色的装饰和栏杆上的浮雕彰显着浓郁的历史气息；气质满满的千荷泻露桥，桥身以"荷"为设计主题，以荷露交融之形，诠释了运河千年文化韵味……

如果说把古老的大运河比喻成高大健壮的男子，他扛起了南北商贾往来、文化融合和经济繁荣的重任，那么今日的大运河便化成了一位拥有古风底蕴、风姿绰约的女子，她温婉、端庄，散发着迷人的风采。

大运河之美不仅是悠久的文化和历史，更是新时代的日新月异，一派祥和。移步大运河畔，探索古迹，怀想大运河"舳舻蔽水"的繁忙景象；听字正腔圆的京剧和运河故事，感受包容的运河文化；欣赏河流两岸美景，看造型迥异的现代建筑，领略不同风光的跨河大桥，美好更多了几分惬意。花影里、树荫下、堤岸边，你很难见到步履匆匆的人群。不妨忙里偷闲，来此一睹风华绝代的大运河，尽享宁静与安详。

大运河畔，风景这边独好！

【主编感言】

征文至此，本篇来稿又填补了一个空白：新时代，新北京，"大运河畔"真可谓"风景这边独好"！而且征文至此众多作者的"实践性"及众多作品的"多样性"，真是令人既感欣喜又感欣慰，谢谢你们！至于本文作者身为"工科生"还要增加一番感谢，我们的征文从来就是不拘一格，任是工农兵学商普通老百姓，只需您所著当用，我们就在或属文学高地的殿堂里允您一席之地。再次感谢作者！

【作者简介】

周德恒，教授级高级工程师，从事建筑业30余年，文学爱好者。

从丰益仓到南新仓

班永吉

当兵第一天，我们一群新兵就集结在昌平沙河大桥南侧，十几个新兵渐次跃上解放牌大卡车上，过朝宗桥，沿着京密引水渠，来到阳坊镇南侧的坦克团开始紧张的新兵连生活。

那时候，还没有双休日，新兵们好不容易盼来一个星期天，由班长带队到镇上的新华书店或其他店铺买一些书籍和生活用品。每一次，班长在归队前的一会儿，带我们在营房门口前的京密引水渠畔自由活动一阵子。新兵们看着欢快的河水，心情也特别愉悦。

新兵下连队后，觉得营房前的小河，特别亲切，也时常在这里散步。仿佛有什么心里话，就总想与河水说一说。我常想，京密引水渠那端的密云水库，一定有用之不竭的水源，要不，营房前的引水渠河水为什么日夜奔流不息呢？

历经几次变迁的阳坊镇老营房，给我留下军旅生活的难忘记忆，也恰似我人生运河的一个码头、一家驿站。这里，也像我生命中的一座加油站、一块食物补给地，它承载着我火热的士兵生活和幸福的小家回忆。我和妻子是在阳坊镇领的结婚证，就在这里的运河畔部队里举办的婚礼。

在团里召开的新年联欢会上，我和当幼儿园老师的新婚妻子，还唱过与河水相关的歌。像"一条大河波浪宽""浪花里飞出欢乐的歌""边疆的泉水清又纯"。妻子给士兵们教唱的歌《那就是我》，也与河相关。"我思念故乡的小河，还有河边吱吱唱歌的水磨……如果有一朵浪花向你微笑，那就是我，那就是我……"

那个年代，我还特别喜欢邓丽君的歌《在水一方》。"我愿逆流而上，依偎在她身旁……我愿顺流而下，找寻她的方向……找寻她的踪迹。"

我和妻子也时常沿引水渠两岸散步。记得有一年秋天，我们顺渠边石阶而下，把妻子折叠的一只纸船，一起放进清澈见底、水流平缓的渠水里。纸船，俨然一艘爱情的船，它缓缓驶向远方，一直到我们看不见小船的影子。它或许到了颐和园的昆明湖，到了城内的玉渊潭、什刹海……它会不会与我女儿小时候在什刹海岸边放入的彩色小纸船会合呢？

京城的每一条河流，我感到似乎都连接着大运河，它们成为大运河的水网、支脉。

2023年5月，我在中央党校学习。在校园里散步、快步走，成为学员们紧张学习后休息和锻炼身体的方式。有一次，我在党校大门东侧的"方介眉宅园"驻足。这里是清末官僚方鉴善（号介眉）所建私家宅园。石上文字介绍，方家经青龙桥引入京密运河之水充盈园中溪流、池塘，分明是一座精致优美的自然山水园。建筑布局为传统的多进式四合院形式，屋宇间以回廊相连，庭院间布有亭、台、楼、阁等建筑。据考证，此处即"方介眉宅园"旧址。古柏、太湖石和石雕花瓣形水池底座均为此宅园所存遗物。

上善若水。水，是有灵性的。水，是财。有山，无水，显得沧桑而呆板；有水，无山，显得不奇而平淡；有山，有水，方显灵秀而敛气。

真巧，在我居住的17号学员楼前，我特别留意一块巨石，上有"丰益仓"三个字，它引起了我强烈的兴趣。我想，它是否和我居住的东四十条南新仓有关联呢？诵读石刻文字，原来这里真的与南新仓一样都是储运漕粮的官仓。

巨石上写道——丰益仓，据《日下旧闻考·郊垌》记载，安河桥南有丰益仓，丰益仓又名安河仓，系清代储运漕粮的官仓之一，建造于清雍正七年

（1729），总占地近 100 亩，建有仓房 10 余廒，仓门 3 楹，大门向东，为大式歇山顶。全盛时期，一年四季每天昼夜不断经运河和小清河等水路进出、支放粮食，延续使用至清末才随着漕运制度的变化而破败消失。经考证，此处即丰益仓旧址，这两棵古槐为丰益仓仅存的故物。

睹树追怀，丰益仓遗存也和东城南新仓一样见证着北京大运河段的漕运史、仓储史。

我在南新仓工作、生活近 30 年。这里有一家部队医院，这一带的北京老人都叫它"陆军总医院"。现在是解放军总医院第七医学中心。这所医院始建于天津。前身为北洋军医学堂、陆军军医学校。后又在天津黄纬路设附属医院。1914 年，由天津迁至北京，进驻东城南门仓至北门仓、东门仓一带皇家粮仓，后几经更名。1946 年，命名为北平陆军总医院。1949 年 2 月，中国人民解放军接管医院，又将医院改名北京陆军总医院、华北军区总医院、北京军区总医院。2016 年，医院改名为中国人民解放军陆军总医院。2018 年至今，医院改为现在的名称中国人民解放军总医院第七医学中心。20 世纪八九十年代，我就在这所具有百年历史的医院里当新闻干事、保卫科长。这家医院就在"皇家粮仓"里办公。我也见证了它为军民服务的历史。

坐落在"皇家粮仓"里这所医院东北侧的南新仓，是全国重点文物保护单位。2013 年 7 月，北京市文物局立石碑"大运河——南新仓"。

南新仓，是明清两代京都储藏皇粮、俸米的皇家官仓，也称东门仓。始建于明永乐七年（1409），至今有 615 年的历史，是依托元代北太仓旧基改建而成，随京杭大运河通漕。南新仓现存古仓廒 9 座，是国内现有的北京规模最大、保存最完好的古仓廒群。南方各省沿大运河北上的漕船可直达北京周边，甚至城区之内。在指定码头、泊口清卸漕粮，再分批陆运、纳入官仓存储。明清两代的京城发展迅速，粮食需求日益增长，但北方产粮不足，须靠调运南方粮食来周济。因此南新仓在当时的仓储地位非常突出。

漫步在南新仓景区，你会发现一尊郭守敬塑像。郭守敬出生于河北省邢台县，生于 1231 年，卒于 1316 年，是元代著名天文学家和水利专家，也是 13 世纪世界上杰出的科学家。铜像中的郭守敬，风吹长袍，飘然若动，两目炯炯有神，硬且微翘的胡须，勾勒出郭守敬坚强的意志和务实严谨的精神风范。郭守敬手持大运河图纸，代表着他一生大部分时间从事水利建设，曾主持开发当时为大都水源的白浮堰、开通惠河，促进经济发展，为我国水利建设做出重大贡献。

在南新仓步行街徜徉，我感觉自己的家就在大运河岸边。一位亲戚从商丘来北京就医，在我家住了两个月。他羡慕我们生活在"粮仓"里、工作在大运河畔。有一天，亲戚调侃说，豫剧《朝阳沟》中有一句二婶道白的台词："现在的年轻人，没有吃过旧社会的苦，一生下来，就掉在蜜糖罐里。就这，还不嫌甜嘞。"我总觉得这位亲戚是"话里有话"，但无不善之意。

在我上班必经之路的平安大街南锣鼓巷西侧不远处，有一东不压桥胡同，胡同南口西侧有一小桥，小桥的北面是澄清中闸遗存和玉河故道遗址。大运河玉河故道，是全国重点文物保护单位。

不久前，我在公交车站地安门东下车，专门到玉河南北故道访古。

玉河故道上是澄清中闸遗址。澄清闸是郭守敬为调节积水潭水位，满足漕运需要而建造的重要水工建筑物。该闸初名为海子闸，分上、中、下三道闸口。1295 年，经元世祖忽必烈赐名叫澄清闸。后将其木质结构改为石材重建，起着调节河道水流不稳、控制水位的作用。澄清中闸位于东不压桥遗址的下方。经 2007 年考古发掘面世，主要保存了闸口、闸墙、闸槽石等构件。澄清中闸成为大运河重要人文遗产的见证，也是研究北京漕运和城市发展的重要遗址。

此段河底多见巨型砖石。横跨大街的小桥北侧是半圆形闸门，中心有直径约 1.5 米的圆形凹进去的构件，我想不出它的用处。

如今在澄清中闸的一侧，摆放着桌椅、小凳，成为游人小憩、对饮的休憩打卡地。

修缮后的玉河河道南区，夏秋两季通水，冬春季河道无水。随着玉河南区考古发掘逐渐完成，玉河南区河道景观也恢复整治。在玉河4号桥到5号桥之间的近200米的河岸，设计师和艺术家们以《京杭大运河风物图》巨幅长卷匠心独运，用焙烧、铜铸等10多道工艺分运河不同河段分别展示了京杭大运河的历史、文化遗存、景点、人文历史风貌。

举世闻名的中国大运河，是世界上开掘时间最早、里程最长、持续利用时间最久的人工河道。大运河流经北京、天津、河北、山东、江苏、浙江、河南、安徽6省2直辖市的33座城市。沟通海河、黄河、淮河、长江、钱塘江五大水系，蜿蜒数千里，是中国历史上南粮北运、商旅交通、军事调配、水利灌溉等用途的大动脉。

大运河是一部保存中国灿烂文化最丰富的文化长廊、博物馆和百科全书。大运河的开挖是我国劳动人民血汗与智慧的结晶，是一项享誉世界的伟大工程，是联合国教科文组织世界遗产名录中一项独具魅力的文化遗产。

在我的心中，大运河，它已不单单是一条河流，而是贯通南北东西、阡陌交通的精神家园。

我忽然想起我的家乡永城也曾是隋唐大运河上豫东的一颗明珠。我是在家乡河水的滋养下长大的。

永城为大运河上的重要码头。遥想永城当年，汴河众多船只在这里停靠，或中转货物，或购物交易，或逆水拉纤，或泊岸避风；名臣雅士，或寻亲访友，或休憩观光，等等。每天千帆竞发，百舸争流，熙熙攘攘，络绎不绝。实乃"永城运河之大观也"。

大运河既是历史中国的飞跃，又是中国历史的延续。把老祖宗留下的大运河文化遗产守护好，让历史文脉传承恒远，需要大运河两岸的我们为中华文明的演进继续注入生生不息的活力。

大运河，它一头连着我家乡，一头又连着我的第二故乡北京。它也成为我的生命之河、润泽之河。

"子在川上曰：'逝者如斯夫。'"大运河，你饱受风霜与冰冻，你历经沧桑与枯荣。我衷心祈愿美丽的大运河，给运河人家带来绵长的福祉，谁不希望呢？从心里，从灵魂的深处。

【主编感言】

不期而遇的大运河，一次又一次，一处又一处，就这样，居京几十年，大运河与作者形影不离，或者说作者与大运河相知相亲，这真是一幅难解难分的"最美"图！今回首，又岂止是《从丰益仓到南新仓》？谢谢作者的倾情奉献！

【作者简介】

班永吉，中央党史和文献研究院第七研究部一级巡视员。系中国作家协会会员。作品集《行悟初心》为中组部第六届全国党员教育培训教材展示交流活动向基层党组织和广大党员推荐的优秀读物。

情缘温榆河

朱燕军

"女人的眼泪推船走，扛绳扳船的男人的歌。浊水清，清水浊，清清浊浊温榆河。"

"娘的眼泪比水皮薄……浊浊黑土爹的筋骨用泥和。铜帮铁底温榆河，一边清一边浊……"歌谣不知道出自何人之手，千年以来，温榆河一直在或急或缓地讲述自己的故事。

一个人、一条河、一座城，因果往复，能量守恒。

温榆河全长47公里，一路向东，自昌平，下顺义，过朝阳，到通州，汇入大运河，东注入海，流向更远的终点。

人亦如此，河水一样流淌，积蓄活水，不断向前。

2002年，妻子从内蒙古赤峰市来到北京。因为"非典"差点丢了学历，她的小家具厂搬过几次家，最初在朝阳区郎辛庄，后来在通州区潞城镇东堡村，最终搬到北关拦河闸的某个地点，搬来搬去，距离大运河越来越近了。

"大杏金黄小麦熟，堕巢乳鹊拳新竹。"实际上，来到北京最初的几年，穿过一片片的毛杨林，就看见白云蓝天红日下金黄的麦田。我们并不知道，每天经过的就是温榆河。

我曾经营过一个家具厂，后来不做了。在家具厂散伙的一个下午，北关拦河闸，温榆河与潮白河交汇，形成"二水会流"景观。妻子在阳光下支起帐篷，我在帐篷里睡觉，两只"斯芬克斯"一左一右打起呼噜，那时候心头一件闲事也无，就这么睡着了。此后十年有余，一路磕磕绊绊再无片刻停歇，焦虑、愧疚、愤怒、狂喜、无所谓或不在乎等各种情绪叠加，诚惶诚恐，也再无那样的一个安静午后。

过了一年，儿子出生。我总认为，这是我们一家与温榆河的第一个缘分，都是天大喜事。

离开农村，学会与城市共情，觉得生活经历和别人不太一样。我是"泥腿子"变成"笔杆子"，这是我与温榆河的第二个缘分。

担心在工地吃不上饭，我应聘成为一家报社副刊编辑。做编辑第一年，因为找不到选题、同事关系复杂而焦虑，因为没有归属感、看不到出路、薪资微薄而沮丧。"长安米贵，居大不易。"房是砖瓦房，床是上下铺，门用一根细铁丝拧着，天寒地冻，北风呼啸，我跑到街上排队蹲公厕……大城市"出人头地"还是小地方"另谋生路"，在我心里拉扯："一会儿想走，一会儿想留；上午想走，晚上想留……"我好多次想过逃离北京。

温榆河，有一种叫不出名字的果子，苦中带涩，涩中带酸，酸后回甘，我的心情也是这样。不能把无聊当有趣，职业让我与老北京历史风貌保护纠缠在一起。我默画老北京地图，跟随老舍先生书作，探访老北京的掌故，先生说过："这儿什么都有，有御河、有故宫的角楼、有景山、有北海、有白塔、有金鳌玉蛛桥、有团城、有红墙、有图书馆、有大号的石狮子，多美，多漂亮。"

很长的时间，我漫无目的沿着温榆河一段接着一段行走，运河文化孕育在美景、美食，戏曲、技艺，好玩、好赏之处，嵌入在水道、码头、拱桥、古塔、驿站、粮仓、闸坝、官署、行宫之中。这样一写五年多，编辑了几十篇温榆河的文章，写了几十号保护温榆河的人物，我的知识弱项、能力短板、经验盲区得到弥补，陶陶然乐在其中。

第一次采访如此惊喜。北京朝阳区文化馆作了一首关于农民工的歌曲，创作了农民工真人活体雕塑。但我意外发现《温榆水经》首发。千年文脉绵延不绝，温榆河离我如此之近，引起我的兴趣。报社整版刊发了《唤醒温榆河》这篇文章，总编满意，同事羡慕。

依然记得，时任朝阳区文化馆馆长徐伟将刚刚印制完成的《温榆水经》，交到工程建设办公室负责人手里的场景。北魏郦道元首次对温榆河水源进行考察。"温榆河文化工程"始于2002年之前，4000多张图片、100余个民间传说、100余首民歌、200余幅剪纸……温榆河文化脉络跃然纸上。

《温榆水经》编撰者说，这本书在启迪人们要恭敬地请教温榆河，小心地靠近温榆河，精心地梳理温榆河，和谐地融入温榆河……在以后的工程规划和建设中，人们像重视自己的眼睛一样，不伤害温榆河宝贵的生态资源和文化遗产。

一支笔、一页纸、一个镜头。我碰见不同的人、不一样的风景。每个古村落，都有一棵老树。国外有一种树叫"蓬迪卡萨里尼特"，意思是"善良的母亲"。我找到北京的"妈妈树"，这是一棵松树，在金盏乡小店村周王庙西边。村里年纪最大的老人不记得这棵树多少岁了，当地人向这棵树许愿还愿，小孩生下来会身体健壮。温榆河两岸"妈妈树"一类的保护，现在是不可触碰的红线。

像"妈妈树"一样的原始景观，我抽空还探访了十几处，如二郎爷坡、老河套、四季斋。二郎爷坡也在金盏乡。温榆河早先从这里流过，常有水患。名为二郎的长者为治水被淹死，人们便称这里为二郎爷坡。现在温榆河能排洪泄洪，灌溉农田，鸟语花香，流水淙淙。

阴历七月十五日，温榆河两岸祭河神。老辈儿人说，除了不能动弹的人，都要来祭河神。温榆河畔有许多花会组织，孙河村的"子弟秧歌会"、康营村的"小车会"、苇沟村的"五虎棍"……村歌社舞把温榆河打扮得像个新媳妇。令人遗憾的是，有些民俗消失了……

新闻从业者的习惯，就是要了解和探寻流域内原住人群的特征和文化层次，两岸村落地名如何形成，民间艺人和民间组织是如何传承的。

爱好、专业、工作、生活，如果不用刻意糅合，这是令人羡慕的一件事。但我不早不晚放弃了那份怀揣"新闻理想"的职业，毅然转身离去。

人河相亲，城河相容。

我与温榆河的第三个缘分，职业生涯兜兜转转，回到建筑工地。遗产保护、生态修复、公园建设，北京城市副中心重大标志性项目建设，大都出自所在单位之手。这些年，我目睹温榆河由污浊变得清且涟漪。

2024年6月22日，中国大运河申遗成功十周年。中国人不能忘记"运河三老"：朱炳仁、郑孝燮、罗哲文三位老先生，他们付出3111个日日夜夜，可谓厥功至伟。

穿越时光，千百年来，大运河的规划者、开凿者、建设者、管理者、治理者，在时光之河中，奔涌而来、逐浪而去。他们规划、建设、漕运、治运的思想与实践，深沉而邃远地叩问，体现了适应自然、改造自然、与自然和谐共处的中国智慧。

明清时期，南来北往、千帆竞发，帆樯林立、万舟骈集。中国国家博物馆馆藏《潞河督运图》，"尤近乎张择端《清明上河图》之作，允为国家重宝"。《潞河督运图》从张家湾画起，至通州税科司衙门止，绵亘十余里，描绘乾隆中晚期潞河漕运盛况。专家推知，当时温榆河连通大运河，作为运河文化的一条支脉，漕运事业亦臻鼎盛。在温榆河清淤施工中，施工人员挖掘出导流石槽、砌石等一批古代建筑遗址构件。后来证实，这是一个明代漕运码头。

随着历史变迁，温榆河流域内人口骤增，企业密集，污水注入，功能退化，破败不堪。尤其是历史遗迹、民间传说、传统习俗、民间艺术等文化遗产，日渐萎缩，难以还其旧观。

温榆河，这条具有历史文化内涵的古河；温榆河，秉承了古都文化底蕴的文化之河，在开发建设中，如何体现历史文脉，又保留相对原始的河流风貌，使现代文明与河流自然生态有机结合？温榆河公园，即将成为北京城区最大的生态"绿肺"。

2022年4月，京杭大运河实现百年来首次全线通水。

2022年9月，温榆河公园一期对外开放。水上观景、岸上漫步、非遗展示、农耕体验、营地休憩、沿河骑行……这些闲情逸致不那么奢侈了。

我不由得想起，在《故都的秋》中，每年到了秋天，郁达夫最怀念陶然亭的芦花、钓鱼台的柳影、西山的虫唱、玉泉的夜月、潭柘寺的钟声。《明昌遗事》所记"燕山八景"，当时称：太液秋风、琼岛春阴、金台（道陵）夕照、蓟门飞雨、西山积雪、玉泉垂虹、卢沟晓月、居庸叠翠。

北京总体是缺水的城市，八景之中，一半与水有关。

运河之畔，四季更迭，我看见了北方的冬天。2022年，辛丑牛年，俗称"水年"。腊月十八，果不其然，初雪来了。过了大寒，迎来新的一年节气轮回。"垆边人似月，皓腕凝霜雪。"芦苇、残荷、鸟翔，水波层层叠叠，宛如丝绸一样舒展……在清冷之中，这是温榆河的人间烟火。

我们关注温榆河今天和明天发生的故事，故事结局让我们沿着温榆河找到生命的起点，向下看到温榆河的未来，生命从一条清澈小溪奔流成大江大河。

何以文明？何以中国？

如果允许时间退回千年，血脉、根基、文明，都开始在一条芳香的河边。

【主编感言】

温榆河，关于三个缘分的歌，也是一曲"生命从一条小溪奔流成大江大河"的歌。谢谢作者的生活之歌！

【作者简介】

朱燕军，曾任记者、编辑，著有散文集《向美而行》，多篇作品获得全国级奖项。

北京胡同有条河

王　征

　　有段时间，我经常是兜里揣上个卡片机，在胡同里漫无目的地闲逛。我喜欢感受胡同里那些还残留着的"京味儿"。我也会随手拍一些带有胡同记忆的照片留作纪念。我还会停在某处，回想一下这里以前的样子。比如，某条胡同的拐角处，以前是个带着窗户板的三开间的油盐店，每每走过，都会闻到一股浓浓的酱香味儿；现在小店连同周边的几户人家都拆了，建了个四合院，高台阶，大红门，看上去有些俗气……

　　老北京人爱把"东四、西单、鼓楼前"挂在嘴上。一来是说，东四、西单和鼓楼一带是老北京有名的繁华之地；再有是说，这几个地方特别能代表老北京的风貌——胡同连着胡同，几百年的人间烟火生生不息，把老京城的民俗民风，传承得淋漓尽致。

　　我住家就在东四，一住几十年，所以对北京胡同里的旧俗和老北京的人情世故情有独钟，对胡同里发生的大事小情也特别留意。

　　那天出门办事，骑车沿平安大街向西，刚过南锣鼓巷，忽然发现路北的胡同里，出现一排特别扎眼的汉白玉桥栏。这让我很是吃惊：这胡同里难道有河吗？我停下车走近一看：没错，是河。让我更加纳闷的是，我在这一带生活了几十年，从不知道这胡同里还有河！

　　于是几天后的一个下午，我专程来到这里，走进胡同去探究这条河。

这胡同叫"东不压桥"，原来很不起眼，现在胡同里流淌着一条河，来看河的人也就多了起来。一进胡同，见河的西岸立有一块碑石，碑文细密，把这条河的来历说了个大概。

这条河叫"玉河"，是京杭大运河最北端的通惠河流经城内的一段河道，元代修建，起于东城区地安门外大街的万宁桥，穿几条胡同，又经皇城根、正义路、崇文门东，出东便门与朝阳区的通惠河故道衔接，全长近8公里，现考古发掘出了地处东城区的部分玉河故道，长约1.1公里，以东不压桥为界，分为南北两个区。北区自地安门外大街的万宁桥至东不压桥，长约500米。南区自东不压桥往南，过平安大街，从东板桥街北口到北河胡同东口，长约600米。

我所在的是玉河故道北区，河道宽处足有十多米，河水清澈，水中菖蒲茂盛，两岸绿树成荫，还建有几处过水桥和观景平台。我沿着河道，从出土的东不压桥遗址，先是向北又向西，一直顶到地安门外大街的万宁桥，河水穿过万宁桥流入桥西的什刹海水域。我又循着河岸往回走时，遇到一位当地的老住户，大高个儿，推着一辆老旧自行车，十分健谈，典型的北京爷们儿，姓宋，已退休多年。老宋和我聊起了这条河。他说以前曾听老人提到过这条河，说50年代旧城改造时给填了盖起了民房，前几年又听胡同里吵吵说要挖河了，先是来人在胡同里测量，接着就是动员河道上的居民搬迁，没两年的工夫就挖出了老河床。老宋说他亲眼看见被填埋了几十年的东不压桥和桥头两侧的大条石被挖了出来。他说这话时一脸的得意，向南指着不远处新出土的东不压桥和两侧的几块硕大的条石。

听老宋这么一说才知道，这胡同叫"东不压桥"，取名于这座重见天日的古桥。

都说南方小镇才会是小桥流水人家，而北京的胡同里出现了一条水流涓涓的河，总让我感到新奇，就开始查阅资料，看看这河究竟是怎样的来历。

结果却出乎意料，这河还大有来头！

首先要说这玉河的岁数。北京是著名皇城，引以为傲的当数故宫。但故宫的历史也不过 600 年，而玉河已有 700 岁高龄，显然是爷爷辈儿的！因此老北京有这样的说法，说北京城大大小小的建筑，包括 600 年前建故宫，所用的石材木料，都是从这条玉河运上来的，所以说，北京城是从玉河上漂来的。也有的说：先有玉河道，后有北京城。

再有，中国历史上有两大古迹堪称世界文化遗产之最，一是蜿蜒在崇山峻岭之巅的万里长城，再一个就是世界上开凿时间最早、规模最大、里程最长、延续时间最久、2014 年入选世界文化遗产名录的京杭大运河。而在北京胡同里流淌着的玉河，竟然是这条伟大河流重要的一部分，这不能不让人肃然起敬！

玉河还有一个更值得骄傲的地方：主持修建这条河的是中国乃至世界科技史上大名鼎鼎的郭守敬！

郭守敬，元代太史令，精通算学、天文、历法、水利，还能制造各种仪器，因他在科技方面的卓越成就和在世界科技史上的崇高地位，国际天文学会把月球上一座环形山命名为"郭守敬环形山"，国际小行星中心还将一颗小行星命名为"郭守敬星"，我国中科院国家天文台也将 LAMOST 望远镜命名为"郭守敬天文望远镜"。就是这么一个牛人，主持修建了这条后来被称作玉河的漕运河。我们可以想象，700 年前郭守敬站在万宁桥头，手里拿着一个他自己制作的仪器，面向东，仔细测量着远处河道的某个关键位置……

要说这条河对当时的大都城有多大影响，查阅资料时，看到这样一段描述，说通惠河动工时声势极其浩大，尤其是玉河段的修建，不但有民工挖河，连朝廷的官员都跑来参加劳动。上上下下齐上阵，真可谓"大干快上"，工程在第二年入冬前就全部竣工了。

什刹海分三片水域：前海、后海和西海。西海也叫积水潭，河道开通后，这里便成为京杭大运河最北端的码头。又有文字这样描述：通航后，自江南来的粮船在积水潭东北岸挤得满满当当，河道上每有浩浩荡荡的排船驶来，城里人便拥向河岸争相观看，还热烈欢呼，犹如节日一般；当时正赶上元世祖忽必烈从上京回来途经此地，在万宁桥上看到水面上往来的大小船只——史料记载，忽必烈"过积水潭，见舳舻蔽水，大悦"，就亲自命名从万宁桥到通州的河道为"通惠河"。

还有一段描述更为可信，说自通惠河开通后，漕运船只可以直接开到大都城的积水潭码头。因此，什刹海一带连同鼓楼大街便热闹非凡，尤其是后来被叫作"烟袋斜街"的巷子，从河岸到街巷，旅馆、酒楼、饭馆、茶肆及大小商店遍布，成为大都城内最为热闹的地界。这不能不让人想起北宋张择端笔下《清明上河图》的繁华景象；同时，那什刹海的荷塘美景，与玉河之上的船只往来，加之两岸店铺比邻，傍晚渔火与灯光交相辉映，宛如秦淮……如此美丽，使清代文人留下这样的诗句："柳塘莲蒲路迢迢，小憩浑然溽暑消。十里藕花香不断，晚风吹过步粮桥。"

后来我又不止一次地去看这条胡同里的河，有时也去南区走一走。

南区的河道，水浅且窄，已经看不出昔日漕运河流的模样。有专家考证，元代时玉河水面宽有三四十米，两岸多有码头，明清两代河面逐渐变窄，以致失去了漕运功能，成为一条城内观赏河流。

南区的河道虽不宽却独具特色，尽显林园水韵。两岸多有粗大的垂柳，郁郁葱葱。最显眼的是，河的西岸长长的观景台上，镶嵌着多块大型浮雕，为这古老河道增添了浓郁的文化气息。浮雕为红铜铸造，厚重而古朴，取名《京杭大运河风物图》，内容是千里运河上，北起白浮泉，南到钱塘江的多处历史景观。我很快在一块浮雕上找到了玉河段景观：宽阔的河面上有几只漕船，两岸古树参天、民宅掩映、店铺林立，街巷里人来人往……这让人联想到当年玉河的美丽景色——

那时候定是蓝天白云，清清玉河之上，漕运船只往来，船夫或撑船或摇橹，岸边码头有赤着背的劳工在装卸货物，岸上有身着布衣的市民在观望，不远处会有三五赤脚的孩童，在水边青草地上追捕蜻蜓……

自打喜欢上这玉河，北京的胡同在我心中又多了几分美丽。最近，在一次偶然的翻看中，看到一篇赞美北京胡同的文章，文中有一小段文字：2023年十大"北京最美街巷"揭晓，东不压桥胡同榜上有名。显然，这荣誉与这条古老又重生的玉河有关。

我在想，这条有着700年历史的古老河流得以重见天日，能看出政府在竭尽全力、想着法儿地让这个城市变得更加文明，更加美丽。细想，这背后也蕴含着人们对祖国的历史文化的敬畏之心！

【主编感言】

这是一个老北京人对北京胡同"新发现"的惊叹与浩赞。行文周到，采图用心，令人读之津津有味，更可感知作者对"北京胡同有条河"的拳拳之爱。感谢作者！

【作者简介】

王征，副编审，中国报告文学学会会员，曾任《环球企业家》杂志、作家出版社编辑。

后门桥畔故事多

——大运河北终端漕运码头的故事

冯伏生

20年前，中央电视台播放了一部有关京杭大运河的大型电视系列片，其中特地提到了我家祖辈在鼓楼前的后门桥卖爆肚的事情。

当时，我看完后还挺纳闷。我打小就知道，太祖父带着我祖父在北中轴线的后门桥卖过爆肚，怎么会卖到京杭大运河上去了？

后来，我一查资料，才搞明白，京杭大运河的北端最早只到达通州。是我国历史上声名赫赫的水利工程专家、元朝的总设计师郭守敬，受元世祖忽必烈委派，重修大运河，打通了一条从通州到元大都的漕运河，解决了困扰大运河漕运船只顺利通达京师的大难题。而澄清上闸，正是郭守敬为调节和控制积水潭水位，满足漕船通行无阻而建造。

澄清上闸原名叫"海子闸"，元贞元年（1295），元世祖忽必烈赐名"澄清闸"，民间及史书一直相传到今日。

元至顺元年（1330），原来的木质水闸重建为石材水闸，并与东侧的万宁桥连成一体，成为通惠河起点外最重要的水上枢纽。

后门桥是京杭大运河最北端，积水潭漕运码头出入漕运船只的把门关。桥西侧趴着两只元代遗留下来的石兽，看护着一个石球。这个石球就是观察水位的标志点，漕运河水低于这个石球，只能通过小船，水位高于这个点，大型漕运船才能允许通行。

有了漕运船只往来不断，什刹海周边的经济才发达起来，商业铺面日益增多，呈现出鼓楼前一片繁荣景象。特别是明朝时，地安门往北到鼓楼，北中轴线街两边全是商业铺面，卖什么的都有。

我太祖父冯立山，也沾了漕运码头的光，在后门桥桥北路西的一溜儿胡同把口，摆摊卖爆肚，并且闯出了字号，一直延续至今。

我祖父接班时，已经是清朝光绪三十年（1904）。祖父的爆肚摊位紧挨着卖油盐酱醋的严家，他家字号叫大葫芦宝瑞。爆肚蘸料需用的芝麻酱和油盐酱醋，都是从严家店铺进，因为他家也是回族，用起来没有民族忌讳。

再往北就是火神庙山门，门南侧是卖芝麻烧饼的杨家，掌柜的也是回族人，专门往我家爆肚摊供应刚烙好的热芝麻烧饼。

过了火神庙山门，北侧就是回族人老王家经营的"德泰号"羊肉铺，我祖父每天天不亮，就去他家趸新鲜的羊肚子。

我祖父的爆肚摊，卖的全是羊肚子（就是羊的四个胃），因为羊是反刍动物，四个胃作用不一样，有存食的，有助消化的，所以形状也不一样。可以分出羊食信儿、羊葫芦、羊蘑菇、羊散丹、羊肚领等十来个部位。

我小的时候，祖父经常跟我讲，您老人家的手艺都是从我太祖父那儿学来的，爆出的羊肚脆嫩适口，老少皆宜。您老人家在十四五岁时，就能盯爆肚摊了。您在祖传作料配方的基础上，又添加了十几味中草药熬制的汤料，兑入蘸料中，使现配的爆肚作料更加鲜香诱人，深受什刹海和南锣鼓巷蜈蚣街一带慕名而来的新老主顾们的喜爱。

因为积水潭是大运河漕运最北端码头，清朝那会儿被看作是块望山傍水的风水宝地。那里的经济繁荣发达，居住的人口也更加多起来。一些宫内官宦、大内画匠、太医院太医、八旗子弟，抢着在那里安家落户。

住在什刹海漕运码头周边的满八旗纨绔子弟，打生下来那天起，就拿着皇家的俸禄，有了"铁杆庄稼"，吃喝不愁，穷奢极欲，哪里有好吃的、好喝的、好玩的，他们就出现在哪里。他们也成了我太祖父爆肚摊上的常客。

清朝贵族为了健身娱乐，在什刹海漕运码头附近，开辟出一块空地，建立了一个善扑场。

善扑就是满族人的一种跤法，那可是清朝贵族才能耍的玩意儿。想当年，康熙皇帝从皇亲国戚中选拔出三百族人，组成善扑营这支绝对亲信部队，不但能舞枪弄棒，还练就了一身高超的善扑跤法。在皇帝接见外番官员或外出打猎时，做贴身的护卫。善扑后来成为满八旗子弟非常喜爱的一项运动。它融合了满式布库、回式绊脚和蒙式角力的不同风格，而最终形成以汉式摔跤方法为轴线的满族善扑。什刹海善扑场，那可是满族人非常耀眼而回汉百姓又不能近前的地方。

光绪三十二年（1906）中秋，一位穿着善扑服的满族大爷，在地安门外大街闲逛，看到我祖父的爆肚摊买卖兴隆，人来客往，好多食客围坐在大条桌前吃爆肚。他也走了过去坐在条凳上，点了两盘爆肚，又要了一小壶衡水老白干，自斟自饮起来。

这位满族大爷吃完后，一抹嘴说道："掌柜的！你这一天能赚多少银子？不少我这俩子吧？"

我祖父那年十七八岁，正是满不吝的年龄，身上带着山东人的憨直和不惮，说话比较冲："我一天卖多少银子您管不着，但您得把饭钱给我结了，一个子儿都不能少！"

这位满族大爷，见我祖父跟他这么说话，脾气也上来了："哎哟嗬！我还是头一次瞧见，有人敢跟我这么炸刺！你知道我是谁吗？我生下来那天起，就是一人之下、万人之上的主儿。我今儿个把你的摊位给掀了，你信还是不信？"

我祖父犟劲儿也上来了："你多少人之上我管不着！但是，你今天敢掀我桌子，我就跟你没完！"

看样子这位满族大爷嚣张跋扈惯了，一扬手就把我家爆肚摊红案掀了个底朝天。

这下，我祖父可不干了，上去揪住那位满族大爷坎肩，一抻胳膊就给那位来了个大背跨："你敢掀我冯大个儿的家什！"

"大胆！"有几个刚才还在街上闲溜达、提笼架鸟的彪形大汉冲了过来，三下五除二就把我祖父摁倒在地，"你竟敢冒犯大清朝的铁帽子王爷，想找死啊！"

其中有一位像是头领的人，抽出一把腰刀架在了我祖父脖子上。

在这生死关头，那位被下人称为铁帽子王爷的满族大爷，高喊一声："刀下留人！"然后走向前来，喝退左右，把我祖父扶起。

铁帽子王爷说道："你真是条汉子！我还是头一次被人动真格的，看样子你也是个练家子，会使回族的绊脚？"

那几个彪形大汉的头领指着我爷爷鼻子，说道："你真是狗胆包天！你知道你今天冒犯的这位爷是谁吗？他可是当朝的铁帽子王爷，是善扑的布库（摔跤常胜者），当过善扑营的总统大臣。"

铁帽子王爷摆摆手，然后对着我祖父说道："我今天练完善扑，忘了换行头，你才没看出我是谁，才敢跟我犯刺！搁往常，别人见了我，都得点头哈腰，给我行大礼。当今，除了皇上，还没有人敢跟我说一声不字！"

我祖父赶紧双腿跪地，向铁帽子王爷行大礼："千岁爷，请您高抬贵手，放过小人。我刚才真不知道您是位王爷。"

铁帽子王爷一挥手说道："我出生到现在，只有什刹海那帮练善扑的练家子，敢与我比画两下子。你还是头一个敢给我使回族绊脚的人，你让我长了见识，见证了大清朝满八旗之外，回族里的横主，我欣赏你！"

年轻气盛的我祖父，这会儿也蔫了，赶紧赔不是："千岁爷，我刚才冒犯了您，万请您高抬贵手，多多原谅！"

铁帽子王爷再次把我祖父扶起，说道："平身吧！刚才也有我的不是，不该掀你的案子，搅了你的生意。为了补偿你的损失，把我后宅正房的那张紫檀八仙桌赐给你，就算王爷我补给你的赔偿。明儿个，我让管家给你搬来。"说完，甩手而去。

第二天，铁帽子王爷还真差人把那张紫檀木八仙桌给送来了，往爆肚摊位前一摆，还真气派。按大清律例，只有皇亲国戚才能使用紫檀家具，一般百姓根本不允许拥有，也买不起。

打那以后，那些达官显宦，那些纨绔子弟，到我祖父摊位上吃爆肚，脾气都收敛了几分，很少有人再闹酒炸，耍胳膊根。这张八仙桌，震慑力真是太强了，它也成了我家爆肚被介绍到紫禁城，成为皇家御膳房专用食材的一条引线。

我小时候，祖父骑着自行车驮着我到后门桥，去寻找您卖爆肚时，那个摊位的遗迹。然后，到后海夹道找上您曾经雇用的伙计张师傅，到烤肉季大撮一顿，让我也大长见识，大饱了口福。

去年中秋，我骑着三个轱辘的电瓶车，来到南锣鼓巷雨儿胡同，拜访老朋友吴哥。吴哥他们家原来就住在雨儿胡同西口路北，现在新建的大牌楼后面，是座三进的四合院。这座四合院前院，迎面原来是五间大北房，非常宽敞。近些年，南锣鼓巷周边胡同整改，雨儿胡同好些院落重新翻建。吴哥住过的四合院前院五间大北房，改造成三间大北房带东西两耳房，显得更加规整。

吴哥带着我在院子里转了一圈，没敢往屋里让，因为他家已经腾退搬走了。吴哥跟我讲：南锣鼓巷蜈蚣街这几百年，也没少沾漕运河的光。街西边八条腿就建立在古漕运河的东边，像他家住过的这种规模的四合院，在这里多了去了。

出了院门，往西走几步，来到雨儿胡同西口外的汉白玉桥前。吴哥指着这座桥跟我说："这是近些年新建的桥，以前没那么宽，没那么大，桥址更靠西一些。因为古漕运河槽重新清理出来时，往东移了好几米。"

我揣着好奇心问道："吴哥，您小时候在雨儿胡同居住时，这条漕运河还有吗?"

吴哥答道:"从清朝那会儿就荒废了,成了一条臭水沟子,河床里长满了青草,积满了雨水,成了北京又一条龙须沟。你别看这样,可便宜了一个姓左的大户人家,他们家从民国政府那儿,把这段漕运河给租过来,改建成养牛场。吃河床里茂盛的青草,啃河两岸的古松柏树皮,那些牛长得又肥又壮。从母牛身上挤出来的鲜牛奶,全供应给了北中轴线两边的大户人家。"

我感叹道:"真是一方水土养一方人。老左家靠古漕运河床,真是发大发了!"

吴哥摇了摇头说道:"新中国成立前,他们家就不行了,后来就不干了。1956年,东城区政府把这漕运河床给填埋成平地,在上面盖起了煤厂。这个煤厂可大了去了,北门在雨儿胡同西口,南门在地安门大街上。我们家一年四季烧的煤,都从这个煤厂买。"

我又问吴哥:"现在咱们脚下的这座桥是不是东不压桥?"

吴哥摇了摇头说:"不是,真正的东不压桥还在西边,更靠近后门桥。走,我带你到那边去转转。"

我和吴哥走过东不压桥旧址,再多走几步,就来到后门桥前。我抚摸着已经被岁月剥蚀、元代称为海子桥的桥栏杆,真是感慨万千。这座桥始建于元至元二十二年(1285),可以称得上是京师第一桥,历经700多年风雨,依然横卧在鼓楼前,把南北中轴线连接在一起,成为京师中轴线不可分割的一部分。它又作为漕运码头上水闸,为大运河漕运做出了功不可没的贡献。

吴哥带着我,参观了仍然保存完好的元代水闸槽和那个标志水位高低的石球,并让我在国务院2013年3月5日立下的"大运河——澄清上闸,全国重点文物保护单位"石碑前,倚着遗存的元代桥栏杆,拍照留念。

2014年6月22日,包含万宁桥(后门桥)在内的中国京杭大运河,被联合国教科文组织公布为世界文化遗产。

【主编感言】

这是一篇家族故事，也是一页"北京大运河"的传奇。语言地道，史料翔实且复原性强，颇可一读。谢谢作者的不懈努力，情满后门桥！

【作者简介】

冯伏生，回族，新中国成立五周年时生人。文学爱好者，业余时间写点儿小文章，有时在一些小型刊物发表点儿作品。曾经在北京生命阳光心理健康指导中心组织的征文大赛上，获得两次特等奖。

融进母亲河

王　童

　　在我心目中，我国历史上有两项宏伟工程是闻名于世界的。一个是万里长城，一个是大运河。长城是为抵御外敌异族的入侵，大运河在运兵运粮草的同时，则开辟了水路通商航道。一个在山上蜿蜒绵亘，一条在地面划开血脉。两相映照，呼风唤雨，在我人生流年，大运河滚滚奔流，留下了深深的印记。

　　在北京，我也看到过这样的奇观：山顶上的烽火台与山脚下流淌的运河遥相呼应。远的不说，就说说京郊的八达岭、居庸关、箭扣、黄花城与温榆河、小中河、通惠河、潮白河，都说得上是山水相依，绵延古今。

　　长城与大运河，一为依山，一为傍水，都闪耀着中华文明的光泽。追溯历史，这两条龙脉，牵动着华夏风云的走向。长城的修筑可追溯到西周时期，发生在镐京（今陕西西安）的著名典故"烽火戏诸侯"就源于此。大运河的修建可追溯到春秋末期吴王夫差开挖的邗沟，后经隋、元两次大规模扩展，利用天然河道加以疏浚修凿连接而成。历史上，大运河可分为通惠河、北运河、南运河、鲁运河、中运河、里运河（古称"邗沟"）以及"江南运河"七段。这七段运河始于京城，终于杭州，又称京杭大运河。

　　在年轻人眼里，对北京城内大运河故道，已经没多少印象了，只能从博物馆的图片和图书馆的书籍中了解到昔日母亲河的辉煌。记得当年，我刚到北京时，来到通州，站在通惠河临漕运码头时，正赶上雾霾天气，大运河笼罩在烟尘中不甚分明，在铅灰色空气的覆盖下略显沧桑与疲惫。这一切促人产生遥远的回忆与思索。

大运河的北京段，从通州通向什刹海的那些水道在漫长历史岁月中，很多都成了回忆。几十年来，北京城不断地改造，路宽了，楼高了，但水道却断了。有许多地段经过陆陆续续的填埋，已多成了暗河暗渠，或沉入地下沉睡而去。但大运河仍流淌在我的心里。闲暇时，来到什刹海，看着清清碧波，仍能感受到几个世纪前，繁华的漕运码头千船竞发、号子连天的盛景。

来北京这么多年，对什刹海熟悉得不能再熟悉了。但平时却很少与大运河联系起来。写此文时，方勾起对这段历史的回忆。什刹海至前三门（正阳门、宣武门、崇文门）的河段，也被称为"御河"。这段河道由郭守敬于1293年主持修建，主要用于漕运，元代称通惠河，明代以后改称玉河。明代以后，漕运逐渐衰败，玉河就作为一条内河长流在京城。1956年玉河全部改成了暗渠，从此消失。2006年"北京玉河历史文化恢复工程"启动，恢复了700年前的古玉河河道480米。现今，站在什刹海的银锭桥上观望西山，水波荡漾，春风拂面，诗意盎然，夜晚灯光摇曳在水面，塔影旖旎，让人平添一股思古之幽情。

我于是就在想，到了清代，开掘疏通大运河的很大起因，是为皇家出行巡查方便。乾隆六下江南所咏："运河转漕达都京，策马春风堤上行。九里岗临御黄坝，曾无长策只心惊。"就形象地描述了他当年从通州登船往返归来的心境。我曾一睹徐扬等清宫廷画家画的康熙、乾隆"南巡"图，规模浩大，人物景观众多。他们是怎么将庞大的队伍与迎来送往的官员民众的神态一一描绘出来的呢？还有那些马匹、大象，令人不可思议。当年的辉煌就在眼前展现，那些宫廷画家一向被专业人士认为不入流，但实际上他们的成就卓著。康乾"南巡"图总体设计及画中的山、水、树、石，人物及牛马、房屋、舟车等在徐扬、王翚等人的主笔下由供奉内廷的多位画家绘制而成，画面恢宏，人物逾万，形形色色，牛马牲畜过千，姿态各异，充分展示了康乾"南巡"时的盛况，这是历史的画面，也是涉水运河的波光流影，大运河承载一个时代的喧嚣。大运河从南到北，从北到南，各个流段都是难以割断的，是京津冀的，也是江浙沪的。北京段的大运河就是京杭大运河的重要组成部分。

古往今来有多少文人墨客都在大运河上文思泉涌，挥毫华章。苏东坡一生至京九次，除去嘉祐元年（1056）那次，剩余八次性质都是还朝。他所写《自河北放舟归江南》的诗句也定是从北京运河上船感悟到的："晓来铜雀东风起，春风凌乱漳河水。郎官惊起解归舟，一日风帆可千里。侵晨鼓舵发临清，薄暮乘流下济宁。南宫先生先我去，花时想达瓜洲步。寻君何处典春衫，杏花烟雨大江南。"也折射出了那个年代京杭运河的风情。

大运河流淌的是中华文明的传承。存在决定意识，古代的神话传说，也会留下时代的影子。古典名著《西游记》中出现的河，可否有大运河流脉的元素？吴承恩笔下的流沙河、子母河、通天河、黑水河可曾有大运河的幻影？这些都有可思考之处。流沙河长万里，宽八百里，黄河的曲转应有此写照。大运河融入黄河长江水道，承载着往来物流人事，流传着古往今来才子佳人的故事，红楼春梦、聊斋神怪、名人逸事、改朝换代，都是有据可查的。

时光折射，一条大运河留下过渔歌唱晚，也留下过刀光剑影。自古以来，运河沿岸也曾无数次成为御内敌、防外患的战场。尤其是近代以来，清王朝在大运河内外，屡战屡败。第一次、第二次鸦片战争中，清军漠视大运河的战略要塞，在英军控制了大运河上的命门之后，南北漕运中断，被迫签订不平等条约。后来清军虽然设置了大运河防线，但囿于防御观念落后，仍然无法逃脱战败的结局；甲午战争的失败则与大运河无法发挥运输军事装备的功能有关。抗战中，宋哲元将军率领的29军以大运河为屏障，在卢沟桥对日开展了一次惨烈的战斗，打死打伤日军4000多人。著名的"台儿庄战役"也是发生在大运河堤岸边的。大运河横贯台儿庄全境，台儿庄自古是南北漕运枢纽，战略位置甚重，史上为兵家必争之地，战斗中，中国军队横渡运河直插敌人心脏，给日军以毁灭性打击。日寇南路指挥官，从南京调集大量援兵北上攻击。李宗仁见日寇援军集结以后，命令 31 军西撤至山区，将津浦路南端正面让开。命令 51 军积极布防运河北岸，凭借运河的险要，拒敌北进，让敌扑空，终得胜果。

据史志记载，400 年前，位于京杭大运河沿线重要的水旱码头和商业聚集地的台儿庄，曾是一派"商贾迤逦，一河渔火，十里歌声，夜不罢市"的景象。古城河道上，一条条摇橹船中，时常"飘"出悠扬的"小曲"。《台儿庄小唱》——"台儿庄，我的家，当年的墙砖屋瓦，至今还在说话。它说，这里铭刻着咱民族的尊严，它说，这里激励着后代子孙的奋发……"

大运河也是一条友谊的河。《红楼梦》中出现的江南织造也必定是从北京的运河泊起，终到杭州的武林码头的。伴随运河水流波动的瓷器、茶叶和丝绸、盐粮等贸易产品漂洋过海，也将中华文明闪耀于世界。之前在南海发现的沉船内打捞起成筐的明代瓷器便是一佐证。这些遗宝也是从大运河辗转船运过来的。郑和当年下西洋，去国十万里，回土千重浪，所载馈与古里、爪哇、苏禄、刺撒等三十六国的珠玉丝绸瓷碗瓷盘等，也定是从各个运河段运载上船的。当然，大运河北京段是这条友谊河的重要节点。

大运河滔滔奔腾流向五湖八方，是世界上最长的人工运河，也是一条连接海外的友谊河，是一条融四海之内为兄弟的母亲河。

【主编感言】

此文以大运河之"融"，尽写对（北京段）"母亲"的挚爱深情。谢谢作者！

【作者简介】

王童，中国作家协会会员，北京作家协会会员，中国诗歌学会会员。作品曾获冰心散文奖、丰子恺散文奖、"漂母杯"散文奖、中国长诗奖等。出版有诗集、小说集、散文集。曾获第四届鲁迅文学奖最佳编辑奖。

大运河的融通之美

苏　菲

　　大运河博物馆、郭守敬纪念馆、首都博物馆、国家博物馆、北京戏曲博物馆……为了更深入地了解京杭大运河北京段，近两个月来，我徜徉在这些历史铺陈、精品荟萃的场馆里。随着心中那条碧玉长河的延伸，我看到了无数高悬的船帆，听到了激昂的号子；看到了沿岸崛起的城市，听到了马嘶转辚之声，无数与大运河有关的历史、人物和故事从眼前掠过……

　　这一切，都追溯到1283年的元大都，那是京杭大运河全线开通的始源。通惠河、积水潭、金水河、莲花池、大明濠，甚至我家旁边的受水河胡同，都随着大运河而生动鲜活起来。

　　我对大运河的感受比较多元，除了故乡情、童年情，细细琢磨，其中还有很特别的部分，这种特殊感觉，来自两个意大利人。

　　1999年，我们报社来了一位意大利媒体人——罗沙利欧·卡卡姆，卡卡姆是来寻求合作办报的。20世纪90年代，我们这张机关报性质的产业报，也想探索拓宽思路、合资经营的新路。我当时担任《非公有制经济专刊》主编，与外资经济报道有关，报社便把接待任务交给了我。

　　事先听中间人李先生说，卡卡姆喜欢中国历史文化，尤其对《马可·波罗游记》着迷，"你可以多和他聊聊马可·波罗"。于是，我找来有关资料恶补。随着资料一页页翻开，700多年前的历史画面出现了。

意大利威尼斯也有一条大运河，1271 年，马可·波罗就是从这里出发来到中国。

当年，19 岁的马可·波罗随同父亲和叔叔，沿着陆上丝绸之路，先到上京拜见在此避暑的元世祖忽必烈，后随忽必烈来到元大都。马可·波罗聪明谨慎，会好几种语言，忽必烈经常委任他作为使者去各地，他便用心把各地风貌奇闻记下来汇报给忽必烈。

马可·波罗三人在中国住了 17 年后，以护送阔阔真公主出嫁于伊利汗国王阿鲁浑为由，从积水潭出发，沿京杭大运河南下到杭州，再从泉州港坐海船回到意大利。

这些史料让我与卡卡姆交谈时，可以更详细地介绍北京。

马可·波罗在元大都至少度过了 9 年时光，对北京的风土人情很熟悉，"无与伦比"是马可·波罗描述北京时常用的词语："城是如此美丽，布置得如此巧妙，我们竟不能描写它了。"他还这样描述皇宫：皇宫环列于琼华岛和太液池的东西两岸，"宫殿满涂金银，并绘有龙兽、骑士及其他数物于其上。殿顶皆以红黄蓝绿之琉璃瓦铺砌，光泽灿烂，犹如水晶，致使远处亦能见此宫光辉"。

马可·波罗还称赞北京的胡同说："大都的街道，横平竖直、整齐划一，全城规划有如棋盘，其精巧美观，简直无法用语言描述。"我说，可见如今北京城市规划如此整齐，始于元代。卡卡姆点点头说，北京早在 700 多年前就设计建设得这么美，真是了不起！

我们陪同卡卡姆来到地安门外大街寻找万宁桥，因为那是元代留下的少数遗物之一。1999 年，万宁桥还未受到今天这样的重视，只有隆起于马路的桥面和古旧斑驳的栏板望柱，玉河也被盖板隐藏于地下暗沟里，但我却因万宁桥，无意之中向卡卡姆介绍了京杭大运河流经这里的历史。

我们又从万宁桥来到银锭桥。我指着西边如黛的山影说，当年，元代水利专家郭守敬就是引西山白浮泉之水到积水潭，又开通了通惠河，从此漕运船只可从南方直达京城。当时,漕船满载货物从海子闸鱼贯而入,就停泊在咱们现在站的码头。《元史·河渠志》记载:"海子一名积水潭,聚西北诸泉之水,流行入都城而汇于此,汪洋如海,都人因名焉。"史料上说,这里每天"舳舻蔽水",万帆竞渡,这使得积水潭北岸和钟鼓楼地区成了元大都最为繁华的闹市,并由此带动了大都的商业繁荣,凡"天生地产,鬼宝神爱,人造物化,山奇海怪,不求而自至,不集而自萃"。马可·波罗在《马可·波罗游记》中写道:"大都像是一个大商场,世界上再没有城市能运进这些少见的宝货,每天运进的丝就有千车。"

京杭大运河的全线通航,也促进了出海口的贸易,马可·波罗在泉州港看到全港掌握的海船就达到1500多艘,惊叹这里有世界最强大的水军!泉州当时成了世界贸易的一个中心,聚集在泉州的外国商人就有上万人。生长于草原、骑马打天下的元世祖忽必烈统一全国后,重视学习汉文化和制度,极重视水军建设和海上贸易,这其实也为后来明代"下西洋"奠定了社会氛围和心理基础。再说到眼前,我指着东边对卡卡姆说:"你看那座鼓楼,元代的钟楼曾建在它的东边。"《马可·波罗游记》中说它"城中央有一极大宫殿,中悬大钟一口,夜间若鸣钟三下,则禁止人行"。这钟声,应该就是积水潭地区每天闭市的信号吧。

我们和卡卡姆聊着700多年前的积水潭,看着什刹海边荷花市场的繁华绮丽,对当年充满活力的大运河码头盛况,似乎如亲临其境了。卡卡姆说:"大运河给北京带来了发展和繁荣,真是一条黄金水道。"

"是啊,不仅北京,大运河沿线因漕运兴起,也诞生了很多城市,杭州、扬州、苏州、淮安、临清……大运河不但促进了经济,也推动了各地文化交融:徽班沿运河进京,诞生了中国的国粹京剧;制作北京烤鸭的白鸭,据说也是南京麻鸭跟着运粮船来的;我们在故宫看到的三大殿金砖,就非临清砖不用呢!"

卡卡姆感慨地说:"我们威尼斯也有一条运河,历史很悠久。这两条运河,都很美丽。我去过杭州，什么时候能顺着京杭大运河到马可·波罗写过的城市都看看就好了。"什刹海水面反射的波光，映照着这位眼神中充满向往的意大利人，那场景，至今回忆起来仍清晰如昨。

过了几个月，卡卡姆邀请我们报社三人去意大利考察。我们来到威尼斯，看到了卡卡姆口中的那条"大运河"。

当年马可·波罗护送阔阔真公主从积水潭沿河南下，成为第一个走完京杭大运河全程的外国人，他也在《马可·波罗游记》中大量记载了他在运河区域的见闻。《马可·波罗游记》激起了欧洲人对东方的向往，引发了寻找新大陆的热潮。我对卡卡姆说："从这一点上说，威尼斯大运河和京杭大运河可是东西方开放交流的纽带啊！"卡卡姆点头赞成，"不过，"他谦虚地说，"我们的运河只有四公里，与你们两千多公里的京杭大运河相比，简直不在一个重量级啊！"我连忙说："两条运河展现了不同的美，正是各种各样的美才构成这大千世界嘛！"我们几人相视而笑。

最近，在参观大运河博物馆等几个展馆时，我注意到了各个博物馆都有的那些浓腮卷发的外国人形象，以唐三彩、雕塑、图画等艺术形式，呈现出中国自古以来对外开放、与世界融通的历史面貌。在那些著书介绍中国京杭大运河的外国人名单里，除了马可·波罗，还有利玛窦（意大利）、崔溥（朝鲜）、策彦周良（日本）等，他们都在中国生活多年，数次沿京杭大运河游历，留下了对大运河经济文化交流和运河沿岸城镇风貌系统又完整的记录，对世界了解中国起到了重要作用。

"前村闪闪群鸦去，落日萧萧匹马鸣。从此开帆八百里，溯流直上是瑶京。"元代诗僧梵琦用诗歌表达了对京杭大运河开航后交通便利的愉悦。其实，大运河沟通南北，其作用不止于交通，还在于中外融通。大运河像一个窗口，对外展示着中华大地的气象万千，吸引着世界各地的人来神州沟通交流。

那天，我站在东南角楼护城河与通惠河交汇处，看着缓缓流淌的河水，25年前与卡卡姆在两条运河边的种种又浮现出来，马可·波罗和卡卡姆，两个与运河有缘的意大利人，成就了我与京杭大运河的别样故事，也让我感受到汤汤运河蕴含的融通之美、包容之美、开放之美。往事如烟，思绪如水。面对通惠河，我在心里真想向卡卡姆遥喊一声：20多年间，你的京杭大运河之旅实现了吗？

【主编感言】

此文以亲历为桨，载我们又领略了一番大运河的融通之美；尤其是来自意大利的马可·波罗，那可是与我们的元大都有不解之缘呀！谢谢作者的艰辛努力、可贵奉献！

【作者简介】

苏菲，高级编辑，中华诗词学会会员，野草诗社副理事长。退休前任中国工商报社常务副总编辑，曾创办改革开放后中国第一份非公有制经济专刊。中国记协第二届"全国百佳新闻工作者"获得者，先后荣获中国产业报协会"总编辑金笔奖""媒体创新奖"。

运河文脉　北京沁芳

余义林

你可知全世界有多少条运河？不说不知道，一说吓一跳。据世界运河历史文化城市合作组织（WCCO）统计，全球共有 500 多条运河。而这数百条运河中，只有 6 条被列入世界文化遗产名录。其中，就有咱们中国的大运河。而且，中国大运河在建造时间、河流长度、流域面积、文化遗产等各项数据中都遥遥领先，居法国、比利时、加拿大等六国入选的运河之首，是名副其实的世界第一。

人们大概还记得，十年前的 2014 年 6 月 22 日，在联合国教科文组织召开的第 38 届世界遗产大会上，中国大运河的申报资料几乎震惊了所有的评审官：27 段典型河道、58 处遗产点，包括闸、堤、坝、桥、水城门、纤道、码头、险工等运河水工遗存，以及仓窖、衙署、驿站、行宫、会馆、钞关等运河配套设施和管理设施，以及一部分与运河文化意义密切相关的古建筑、历史文化街区等，它们分布的总面积达到了 20819 公顷，缓冲区总面积更有惊人的 54263 公顷。我的天哪，若无 2500 多年的历史积淀，若无历朝修浚的岁月沧桑，断不能有这样宏大的规模和动人心魄的数字。

是的，中国大运河，一条伟大的河。

先不说春秋战国时期，吴王夫差为讨伐齐国而开凿邗沟，连接起长江和淮河；也不说隋炀帝杨广对运河进行大规模建造，贯通了南北五大水系；就打元世祖忽必烈定都北京，开修京杭大运河算起，这条全长 1794 公里，跨越北京、天津、河北、山东、河南、安徽、江苏、浙江 8 个省市的长河，就以伟岸的身姿成为中国古代南北交通的大动脉，成为中国自元代以降尤其是明清两朝的生命之河。

说它是生命之河一点都不夸张。从"运河遗迹何处寻，一枝塔影认通州"的通州燃灯塔，到杭州的运河南终端标志拱宸桥，大运河就像是奔流在大地母亲胸膛里的血脉，在无数次日出日落、潮起潮落之中，推动着经济的发展，见证着民族的融合，促进着社会的进步。它首先提高了南北间水路运输的效率，减少了运输所需的时间和成本，深化了各地区间的经济联系与贸易互动，让运河沿线地域迎来了前所未有的发展机遇，而与此同时，大运河两岸也绽放了文化的花朵。一座座诗意斑斓的名城，一处处闪烁着历史人文之光的古镇，特别是伴随大运河而生的文字，更是以水的清美、海的澎湃、浪的灵动、岸的坚韧，星光般璀璨地闪烁在中国文学史上，形成了大运河独特的文脉。

是的，大运河，不仅仅是物理意义上的河流，它同时是一条延绵文脉的文化之河。

关于这个问题，我非常同意南京大学古典文献研究所所长、南京大学文学院教授程章灿的说法，他说："大运河实际上有两种存在形态，甚至可以说，这个世界上同时存在着两条大运河。一条是在中国大地上流淌着的大运河，另一条是在中国古诗词中流淌的大运河。"他和另一位南京大学文学院的副教授赫兆丰合作，从历代诗词总集和别集中精选了 227 位诗人吟咏大运河的古诗词三百首，编纂成了《大运河古诗词三百首》，受到了读者们的欢迎。

中国古诗词中流淌的大运河，这话说得多好！因为从运河行流伊始，就有数不胜数的文人骚客，写下了关乎运河的华彩诗篇。他们的名字，中国人几乎都耳熟能详：宋之问、张若虚、王维、孟浩然、韩愈、刘禹锡、白居易、杜牧、李商隐、韦庄、柳永、范仲淹、张先、晏殊、梅尧臣、欧阳修、王安石、贺铸、周邦彦、杨万里、姜夔、戴复古、文天祥、袁桷、张翥、王冕、张羽、高启、李东阳、杨慎、朱曰藩、尤侗、陈维崧、朱彝尊、屈大均、王士祯、潘耒、郑板桥、姚鼐、龚自珍、文廷式等等，他们的诗作更是浩如烟海，斑斓生辉，随水流淌。此中三分之一强的诗人，都是在大运河的北起点北京，留下了与运河有关的佳句。他们有的常居京城，有的沿运河而上，落脚点是北京，有人把生命也留在了北京。

比如，元朝最负盛名的诗人虞集。他在元成宗大德初年从江西来到北京，被举荐为大都路儒学教授，历任国子助教、博士等。元仁宗时，迁集贤殿修撰，主持编修了《经世大典》。虞集呕心沥血，批阅两载，于至顺二年（1331）全书编纂而成，共计880卷，成为研究元朝历史的重要资料。书编成后，元宁宗于至顺三年（1332）任命他为翰林侍讲学士、通奉大夫。虞集的诗歌，以雅正著称，典雅丽泽，但也有意境淡远、潇洒豪放等特点。他讲究对仗，注重炼字，善于用典，恰切深微。他的这首《送张兵部巡视运河》音律和谐，情感真切，显示出其宗唐得古的风貌：

> 画桥冰泮动龙舟，鸭绿粼粼出御沟。
> 使者旌旗穿柳过，人家凫雁傍溪浮。
> 桃花吹雨春牵缆，江水平堤夜唱筹。
> 应有余波方浩荡，不令归楫恨淹留。

这首诗中的主角张兵部，显然是从北京出发巡视运河的，龙舟缓缓，旌旗猎猎，显然不是一般的阵仗。元朝时的京杭大运河，北起点不是通州，而是今天的什刹海，当时是一片很大的水域。元代时，积水潭被称为海子，那是由古高梁河道、洼地积水及地下水汇流而成，与后来的什刹海连接为同一片水域，也是运河的北京港口。只是从明中叶以后，什刹海由于周围稻田的增加而湖面锐减，京杭大运河的北端便移到了通州。

在明清两代，大运河舳舻蔽水，漕运繁忙，正如《大都赋》中所云："川陕豪商，吴楚大贾，飞帆一苇，径抵辇下。"有了京杭大运河，北上的水路比陆路顺畅了，商船客船往来不息。当人们看到那初升的朝阳照耀在甲板上，看见融融的月光铺泻在河水中，那江水、天空、长风、苇草、扁舟、小楼……组成一幅隽永的水墨长卷，营造出烟波浩荡的意境美时，怎能不诗兴大发呢？他们会依着诗歌的节拍韵律，描绘大运河的浪飞浪涌、云卷云舒，也会在橹声欸乃、帆影如织里，表达着自己的人生感悟和悲欢喜乐。

这里面就有明朝时期的重臣、文学家、书法家，"茶陵诗派"的核心人物李东阳（1447—1516）。他于天顺八年（1464）举进士，入翰林，弘治八年（1495）入阁辅佐朝政，倡经治之治，史所称道。在明朝，李东阳具有很高的文学地位，可以说是主持文坛数十年的人。他主张文学要言由心生，反对模仿，主张诗文真情，知言养气。他个人的创作能力极强，一生写了约 3000 首诗，近千篇文章，可谓著作等身。据说李东阳小时候就是神童，3 岁即能写一尺的大字。4 岁时，被顺天府举荐觐见明代宗，李东阳因人小脚短，跨不过门槛，太监脱口而出："神童脚短。"李东阳应声对下联："天子门高。"代宗高兴地将他抱坐膝上，龙颜大悦。

我找到了李东阳的《送崔指挥谦漕运还大河》：

> 滞雨浓云黯不收，漕歌声动木兰舟。
>
> 星稀禁阙天初霁，水落长淮地始秋。
>
> 国计已随山共积，归心应与水争流。
>
> 山南后裔声名在，要识清朝有壮犹。

文字非常典雅，平仄也很考究，只是没有查到这位崔指挥是何方神圣，大约是朝廷负责漕运的官员。但有一点非常确定：李东阳特别喜欢什刹海。明清时，什刹海一派水光天色，古刹林立，是北京城里最美的景色。清代《退庵笔记》记载："元明之际，在什刹海附近，曾建有万善寺、广善寺、三圣庵、海会庵、静海寺、心华寺、慈恩寺、金刚寺、龙华寺、广化寺，故名什刹海。"原来果然有十刹。"十"与"什"通，后来才叫了什刹海。那天，李东阳去什刹海的慈恩寺游览，出来后登上银锭桥，远望西山，风光可人，立得一首《慈恩寺偶成》：

> 城中第一佳山水，世上几多闲岁华。
> 何日梦魂忘此地，旧时风景属谁家。

他这佳句一出，"城中第一佳山水"也就成了什刹海著名景观"银锭观山"的代称。清代《日下旧闻考》中，也称银锭桥是"此城中水际看西山第一绝胜处也"。

《日下旧闻考》是《日下旧闻》的增补版，原书的作者，就是清代大名鼎鼎的文学家和大藏书家朱彝尊（1629—1709）。朱彝尊居北京20年，不仅对什刹海，对北京也是做过大贡献的人。

朱彝尊出生在浙江秀水（今浙江省嘉兴市）。其青年时代专注于古学，博览群书，客游南北，专事搜剔金石，是一个饱学之士。他在诗、文创作及理论上成就卓著，当时与王士禛齐名，时称"南朱北王"。他30多岁才来到北京，据说是拜访王士禛，并为王士禛诗集作序（《王礼部诗序》）。谁知一来二去，他就当起了"北漂"。康熙十八年（1679），朱彝尊又从大运河"漂"到北京，参加博学鸿词科考试，此后授翰林院检讨，参与编修《明史》，并深得康熙帝赏识。允许他在紫禁城骑马，常赐宴乾清宫。后来他在北京城西的海柏胡同16号买了房子（现在是朱彝尊故居），取名古藤书屋。又因院子里有个亭子，可以晒书，便叫了曝书亭。

> 鹤湖东去水茫茫，一面风泾接魏塘。
> 看取松江布帆至，鲈鱼切玉劝郎尝。

朱彝尊的这首《鸳鸯湖棹歌》就是他羁旅北京时的感怀之作。滔滔运河水，抚慰着他的乡愁。据说他到北京的第二年，请夫人冯氏来京，而冯氏便从杭州溯大运河而上，带来的却是满满两大箱子书。朱彝尊嗜书如命。他的藏书在当时已相当丰厚，他自称"日夕坐卧一室，架上藏书万轴"。而翰林院修纂和康熙的日讲起居注官（随侍皇帝左右、记录皇帝言行的官职），更是让他有机会接触大量宫廷文献，为收集和抄写古籍打开了方便之门。而朱彝尊对北京的最大贡献，是他用两年时间撰写刊印了《日下旧闻》。该书采辑自1600多种书籍，成书时是42卷，分18门，第一次系统整理了关于北京的文献。乾隆年间，朝廷又组织学者在《日下旧闻》的基础上进行了考证和补充，撰成了《日下旧闻考》，篇幅扩大3倍，为160卷。这是北京第一部，也是唯一的珍贵的地方百科全书。

康熙三十一年（1692），这位大才子终于顺运河漂走了。63岁的他，获得皇上恩准，告假南归。乞归故里的朱彝尊，在故乡嘉兴也盖了同样一座"曝书亭"，除了与诗人们唱和往来，就是专事藏书，殚心著述。在他80岁时，据说其藏书已达8万卷，他自编的集子《曝书亭集》（全集80卷）也已开始刊刻。可惜他没有等到自己的书刻完。康熙四十八年十月十三日（1709年11月14日）子夜，朱彝尊在睡梦中无疾而逝，享年81岁。

居庸关上子规啼，饮马流泉落日低。

雨雪自飞千嶂外，榆林只隔数峰西。

这是朱彝尊的《出居庸关》，果然词风清丽，字字珠玑，不负浙西词派创始人之名。

帆影南来，渔舟唱晚，江潮北去，骚客吟风。源远流长的运河，瞰京都、接苏杭、济沧海、襟大江，是中国大地上的地理奇观，更是一部流动的绚烂诗集。不舍昼夜的运河之上，流淌着平仄相间的音韵谐美，流淌着五彩缤纷的妙语奇思。这一切也随着水波抵达和存留在了北京，连同古诗词和文字的精灵般的内心、风情万种的外形、深邃的岁月、历史的温度、精神的隽永与生命的芬芳。

大运河，你是一条中国古诗词的大河。

大运河，你是一条流进中国人灵魂深处的大河。

【主编感言】

文有别裁，端的须别具只眼。仅从这个角度说，本文做到了。作者不仅择"文脉"而为，尚且只取"古诗词"一瓢饮，而且是饮别人所未饮——话说（北京段）大运河之虞集、李东阳、朱彝尊等文采风流……实属难能可贵，功夫独到！感谢作者！

【作者简介】

余义林，笔名艺林。资深编辑记者、作家。中国报告文学学会会员，中国传记文学学会理事。著有非虚构文学作品《灰色王国的曙光》《闽之龙》《相思在马丘比丘》等多部。创作中短篇报告文学、散文、评论等 500 余万字。

八里桥，大运河的悲怆记忆

孙晓青

去张家湾那天是农历五月十三，正赶上当地逢三逢八的大集。感谢朋友引荐的通州区政协特邀文史委员任德永，他的引导和讲解，让我触摸到历史深处的张家湾和八里桥。

是日，我们出通州城沿张采路南行不远，便见道路左侧有一片人头攒动的露天集市。集市通道两侧，五颜六色的遮阳伞罩着五花八门的小摊位，卖菜卖肉卖水果卖熟食卖杂货的一应俱全，赶集的要么围着摊贩讨价还价，要么拎着大包小包流连忘返。任老师告诉我，这里原是张家湾镇老城的西城门，被历史夷平后成了集市，每隔 5 天热闹一回。今天人不算多，过年那会儿人挤人，车子根本进不来。

驶出集市右拐，很快到了南城门。南城门经过修缮，旁边还保留着一段斑斑驳驳的老城墙。城门洞正对着一座石桥，桥不长却挺宽，青石铺就的桥面有车辙有蹄印，坑坑洼洼凹凸不平。任老师说：这就是通运桥，桥下这条河便是萧太后河。

好家伙，都是著名的历史遗存！任老师告诉我：张家湾城始建于明嘉靖四十三年（1564），目的是抵御来自北方草原铁骑的袭扰，所以建有不规则的 5 座城门，像个军事要塞。而萧太后河则是辽朝与北宋作战用来运送兵马粮草的，开凿于辽朝的统和六年（988），相传由萧太后主持而得名，后成为皇家的漕运航道。

漫步通运桥，任老师让我往东看：萧太后河在这里呈东西走向，曾是张家湾城的护城河，往东汇入玉带河转而南下流进凉水河，而凉水河又与北运河相连，张家湾因此成为古代通州一处重要的水陆码头。

驻足古桥，凭栏远眺，不宽的萧太后河基本保持着自然样貌，两岸没有刻意硬化，芦苇丛生，水草铺底，满坡的灌木丛和垂杨柳夹持着一湾碧水缓缓东流，逶迤流向大运河。

最早知道京杭大运河，是在刚上初中的时候。

我的母校是一所百年老校。地理老师姓崔，年纪五十上下，我们尊称他"崔先生"，对他浓重的天津口音和透着民国范儿的衣着印象深刻，尤其是那吊带大裤衩、长筒线袜更显个性。他很为自己的家乡自豪，说海河给天津增添了灵动与活力，而北京是缺水城市，最大的缺憾是少一条贯穿市区的大河。他说，世界上许多著名城市都与大河相伴，比如，巴黎有塞纳河，开罗有尼罗河，而欧洲的多瑙河犹如一条蓝丝带，串起维也纳、法兰克福、布达佩斯、贝尔格莱德等不同国度的多个首都或大都市。不过，崔先生话锋一转又说：北京独有的，是一条世界最长的京杭大运河。

大凡人工开凿运河，最初多源于军事需求。早在春秋战国时期，各诸侯国为强兵争霸，曾掀起一轮开凿运河的热潮，其中最具代表性的，莫过于吴王阖闾为伐楚而疏通胥河，他的儿子吴王夫差为伐齐而开凿邗沟，其用途都是为了"通军运"。东汉末年至魏晋南北朝时期，各朝因军事目的开挖的运河就更多了，尽管它们比较分散，却为隋唐大运河的贯通奠定了基础。

当然，运河一旦开通，其用途绝不仅仅限于军事，更多时间会在政治、经济、文化、社会等方方面面发挥作用，无论皇家还是民间都能获益。以隋炀帝开凿沟通黄河与海河的永济渠为例，这条运河作为隋唐帝国向幽州运送兵员与给养的重要渠道，不仅对维护国家统一、边疆稳定和民族融合发挥了积极作用，而且使幽州的战略地位不断上升，渐成雄踞北方的军事重镇、交通枢纽和经济文化中心。

千百年来，大运河源远流长，泽被四方。河上运送的是漕粮，是建材，是沟通南北的商品交换和人员交往；而随波漂荡最终积淀的是故事，是非遗，是太多厚重的历史文化，包括它所滋养的和平岁月以及见证的战争风云。

书写运河，总能想到著名作家刘绍棠。这位运河之子性情豪爽，爱说爱笑，童年及青少年时期对大运河的美好记忆，成就了他 500 多万字的文学作品，写的全是大运河的乡土乡亲，和平生活，即使病重住院期间，仍沉浸在对大运河的一往情深中。我和妻子到医院看他，他说一旦出院还要喝酒，还要写运河。

在他的散文随笔集《我是刘绍棠》中，有一段记录接生婆赵大奶奶对他讲古的文字：

"八国联军的洋鬼子，从我们儒林村南的运河渡口下船上岸，平端着洋枪，排成方阵，直眉瞪眼，两腿不会打弯，沿着田野上的地垄，敲着鼓向村里进攻。"

赵大奶奶讲的是 1900 年八国联军沿运河进犯北京的事。其实再早 40 年，张家湾的运河人家就曾见识过同样场景。

1860 年第二次鸦片战争期间，英法联军攻陷大沽占领天津后，也是沿运河北上进逼北京。是战是和？清廷派代表与联军谈判，谈判地点就在通州东岳庙。9 月 18 日，谈判破裂，联军向清军阵地发起进攻并占领了张家湾。清军统帅僧格林沁率部退守八里桥，准备在此与联军决战，阻敌西进。

八里桥又名永通桥，距通州西门八里，明正统十一年（1446）由木桥改建石桥，与卢沟桥、朝宗桥、马驹桥并称"拱卫北京的四大古桥"。

任老师带我从张家湾来到八里桥时，这座古桥刚刚完成修缮重新开放。它比卢沟桥小很多，主跨也就几十米，但它和卢沟桥一样，桥栏的每根立柱上都蹲着一只石狮子，有的风蚀严重面目不清，有的眉眼清晰石质异样，显见是刚补上的。桥头还有一溜展板，介绍的正是 164 年前的那场战争。

战前，清军与联军的军力对比是：僧格林沁麾下有 3 万人，其中 1 万蒙古骑兵主要装备战马和马刀，2 万绿营军多数拿着鸟铳、抬枪以及大刀、长矛等冷兵器。英法联军各有 4000 兵力计 8000 余人，除配备带刺刀的前膛燧发枪和滑膛炮以外，部分士兵还装备了最新式的线膛火炮和线膛步枪。

历史不忍细看，何况是一场几乎一边倒的屠戮。八里桥之战从 9 月 21 日清晨打到正午，最终以清军惨败而结束，双方的伤亡比震撼人心：3 万清军伤亡过半，英法联军仅 12 人阵亡，数十人负伤。

不能说晚清这支八旗精锐不英勇。战斗开始，勇敢的蒙古骑兵发起排山倒海般的反复冲锋，他们挥舞马刀，弯弓搭箭，视死如归地冲向敌人，有些勇士甚至冲到距敌三四十米的地方。然而，对方步兵的战术队形为横向三排：第一排卧姿，第二排跪姿，第三排立姿，轮番射击，形成弹雨。

据后世专家计算：蒙古骑兵的冲锋速度每分钟 800 米左右，跑完敌人步枪 918 米的射程需要一分多钟，就是这段时间，联军三排阵列可以射出 15000 发子弹。如此，一边是飞蛾扑火般的勇猛冲锋，一边是冷血动物般的残忍齐射。热兵器 PK 冷兵器，与其说是两军交战，不如说是单向虐杀。用现在的术语，这叫降维打击，非对称碾压。

八里桥之战，是近代史上中国军队同西方军队的第一次大规模野战。晚清政府的颟顸自大、腐败无能和僧格林沁的盲目自信、战术失当等毋庸多言，战争的结局令人唏嘘：拱卫京师的东大门被端开，咸丰皇帝逃往承德避暑山庄，英法联军占领北京劫掠并焚毁圆明园。10 月 24 日，清政府被迫与列强签订丧权辱国的《北京条约》，对英法两国各赔款白银 800 万两。

大运河，此时更像一位历尽沧桑的老人，用它见证的历史告诫世人：落后会挨打，知耻而后勇。1840 年、1860 年、1900 年……以屈辱开篇的中国近代史，最终铸就了中国人百折不挠、自强不息的民族性格。

突然想到一位逝者：张藜。有一年，张藜为创作音乐剧的事约我和妻子去他家。当时，他已从市里搬到通州，在大运河畔定居下来。作为著名歌词家，那些年张藜的歌出一首火一首，像《亚洲雄风》《篱笆墙的影子》《鼓浪屿之波》《女人不是月亮》《山不转水转》等等。与人聊天，他喜欢将自己的得意之作唱给人听，虽说嗓音嘶哑，但自信加投入竟极富感染力。那一次，他给我们清唱了脍炙人口的《我和我的祖国》：

> 我歌唱每一座高山
> 我歌唱每一条河
> 袅袅炊烟小小村落
> 路上一道辙

这是一首由作曲家秦咏诚先谱曲再邀张藜填词的歌曲。很长一段时间，我对"路上一道辙"很纠结，猜不透作者这样写寓意何在。不承想走过张家湾踏上八里桥，我瞬间顿悟：张藜先生所说的"辙"，应该是指坎坷、挫折、苦难、屈辱……这些，我们国家经历过，张藜个人也遭遇过，所以他才有一种"我和我的祖国，一刻也不能分割"的深切感受，才会既讴歌"袅袅炊烟小小村落"的和平景象，又用"一道辙"形象地暗喻祖国曾经遭受的战乱和灾难，意味深长地抒发自己是"浪花一朵"，时刻"分担着海的忧愁"的赤子情怀。

张藜的歌词之美，是用形象、诗意、情感和内涵编织出来的美。同样，京杭大运河之美，不仅美在山清水秀，舟楫便利，南北通达，物畅其流，更美在山河一统的大气象，蒲柳人家的小温馨，美在由此孕育的生生不息的中华传统文化。其中，是不是也包含大运河所见证的苦难和战争对于后人的警示呢？

我想说，是的。从桥南到桥北，短短几十米，分分钟走过；而从自尊到自强，我们走了百十年。站在通惠河南岸的八里桥桥头，一位媒体同人往南一指说：那边驻扎着北京卫戍区的一支部队。

我知道，那支部队曾在抗日战争中打出威名，曰"老虎团"。

睡狮已醒，虎威常在——今天的八里桥可以作证。

【主编感言】

本文收放自如，确有大运河行云流水之姿；而且"感谢朋友引荐"抑或是自己"刚上初中的时候"，又或者是从刘绍棠到张藜，等等，这"大运河之姿"是如此亲切可感，实属"远在天边，近在眼前"；更主要的，作者呈现于我们眼前的这（北京段）大运河既有驻足远眺历史风云的宏观大略，又有落后就要挨打、知耻而后勇的"八里桥写真"，显系难能可贵，特色鲜明。感谢作者以军人之姿的独家奉献，大运河确有旌旗猎猎之回声！再次感谢！

【作者简介】

孙晓青，曾任解放军报社总编辑、社长，少将军衔。出版专著《高原长歌》《留在体坛的记忆》《飘过军营的号声》《撼动王座的旋风》《边走边写》《边写边想》等多部。多篇时政评论、新闻论文获中国新闻奖一等奖。

水电人的运河情、奥运梦

宋　毅

　　2022 年 5 月一天，一条消息吸引了我的目光，"永定河全线通水，实现了与京杭大运河的世纪交汇"。北京的母亲河——永定河缓缓流入京杭大运河，千年文脉融入时代大潮，两水汇合，百年一遇，京城脉动，古韵流芳。我迫不及待地把这个好消息告诉家人和朋友们：永定河水焕然一新，永定河和大运河连上了！

　　大运河，这条蜿蜒流淌的河流，自古以来就是连接中国南北的重要水道。它不仅是货物运输的动脉，也是文化交流的纽带，从北京出发，穿越华北平原，直至江南水乡。大运河见证了历史的兴衰与更迭，也承载了无数人的梦想与希望。

一

　　华北地区水利资源丰富，北京是京杭大运河的源头。由于从事水力发电工作多年，我走过了许多河流、经历了许多风雨、伴水相依、沉淀成长。永定河上、下游水库电站和密云水库电站都是我经常往返的地方。

　　当一页页翻开我和水的故事时，那些点点滴滴，那些欢声笑语，共同努力、奋斗的日子仿佛就在眼前。

　　著名的旅游风景区官厅水库是新中国第一座大型山谷水库，山灵水秀、景象万千，湖面如蓝宝石镶嵌在两山之间。官厅水电站是我国第一座自主设计建造的全自动化水电站，和位于永定河山峡段的下马岭、下苇甸、模式口四座水电站以及珠窝、落坡岭两座大坝被称为"四站两坝"，曾供给着京津唐电网14%的电力，在华北地区防洪防汛、水电建设和生产方面发挥了重要作用。

每年进入夏季，我和单位领导及同事都要去永定河流域梯级电站检查防汛措施的落实情况。那时八达岭高速还没有修建，沿居庸关翻山越岭是汽车行驶的必经之路，看着悬崖峭壁，刚开始还真感觉到有点儿危险呢！后来经常往返也就习以为常了。有时在家里说起来，爸、妈总是有些担心地嘱咐着："可要注意安全啊！""不必担心，路线这么熟，一定会确保安全的！"我总是这样回答。

记得有一年下马岭电站水电机组进行检修，为了节省往返时间，我带上专业资料住在厂内的招待所。远离城市的喧嚣，心灵得到净化和放松，白天跟着班组做检修、运行工作，着实学了不少东西，晚上看看专业资料做做笔记，我深知理论和实践相结合对于当好一名水电工程师的重要性，只有不断充电学习、沉淀成长才能跟上时代的步伐，胜任这份工作。

珠窝水库是官厅水库下游的第一大水库，怀抱在崇山峻岭之中，草木丰茂，绿意盎然，被誉为珍珠湖。每天清晨，我喜欢站在珠窝水库大坝上，呼吸着清新的空气，一眼望去，湖水清澈透明，荡漾涟漪，陡峭的山崖、叠嶂的峰峦倒映在清澈的水中，微风吹来，波光粼粼，恰似一幅天然的山水壁画。厂内的检修工作有时经常要加班，走出厂房已是夜幕降临，河畔两旁的万家灯火将珍珠湖反射得光彩熠熠，与星光交相辉映。我不禁遐想，官厅、下马岭、下苇甸、模式口电站就像一串珍珠镶嵌在这条古老的永定河上，耀眼生辉，这就是大自然赐予的神奇与美丽吗？宛如世外桃源。

现在想起来，颇有点儿边工作边旅游的味道。然而我知道水电站输送源源不断的清洁能源，保护河流的生态环境，发挥防洪防汛功能，实现人与自然的和谐共生。哪里是什么世外桃源？分明是守护北京西北大门的哨兵，森严壁垒，格外庄严！此时，我越发感到水力发电工作虽然平凡，但却有着不平凡的意义，自己没有任何理由不热爱它、不珍惜它，唯有坚持学习、努力工作才能承担起对这片热土的责任。

90 年代华北地区水力资源一度枯竭，水量逐年减少，终止断流，造成了机组长期处于备用状态。作为一个水电人，多么期盼尽早改变永定河流域水资源现状，有时和朋友们聊天说到北京的水，也常常被问到什么时候才能再现永定河畔旖旎风光……

2014 年国家综合治理水利工程全面推进，为永定河实施生态补水实现了"流动的河"目标，这也是多条"母亲河"复苏行动的一个缩影。河流生命复苏，流域生机再现。

2022 年 5 月，我们的母亲河永定河与大运河的交汇，给古老的大运河输送了新鲜水量，这不仅是地理上的相遇，更记录着水电人穿越时空的一段历史，一种精神的象征，一种对未来的期许。

2023 年春天，我和几个中学同窗去珍珠湖游玩，一路领略沿途风光。永定河流域依然山清水秀，鸟语花香。远远望见珍珠湖依然"高峡出平湖"，舟行山水间，这里没有烟尘，没有污染，只有清澈的水流和源源不断的电力。此时，我像个知识丰富的导游，向同学们介绍说："近年来水利部门实施了永定河集中生态补水，一改梯级电站无水可发，让平均年龄近 60 岁的四座梯级水电站重新焕发了生机与活力！"

有同学问道："电站的水还要流经下游哪些地方？""永定河引水渠主要流经石景山、门头沟、丰台和大兴几个区，如卢沟桥公园、永定河森林公园，还有新建的园博园公园、莲石湖公园等，在罗道庄和京密引水渠汇合，最终流向北运河。"

我这番话引来同学们羡慕不已："哎哟喂，在这么美的环境中工作，不是每天都在旅游吗？"伴着笑声我回答道："水电站虽然依山傍水景色秀美，但远离繁华都市，当年生活条件也蛮艰苦的，这正是水电人扎根山区甘于奉献的可贵之处！"

据有关报道，2022年这四座梯级电站实现平稳发电80天，累计发电4247万千瓦时，可供17.7万户家庭使用1个月。潺潺的流水、帘帘的飞瀑通过水轮发电机组转变为电能，一条条高压输电线延伸向远方，将光明和温暖传送到千家万户，这是水电人用智慧和汗水使其发挥高效、环保的特点，不仅为城市提供强大的能源支持，又为旅游、防洪、输水产生源源不断的效益。

密云水库坐落于燕山南麓，由纵贯北京南北的潮河、白河两条水利枢纽组成，也是北运河的重要水源。这里河道宽阔，景色宜人，形成一条京密引水渠流向北京大大小小的支流。碧水清波穿越北京，奔流不息到运河。

参加工作后，常听水电前辈讲起当年修建密云水库大坝水电人艰苦奋斗、自力更生，创造了移山造海的人间奇迹。自1960年建成蓄水，向社会提供了大量的绿色能源，抽水蓄能机组担负着电网调峰，以及防洪防汛的重任，同时向北京市输送饮用水，堪称以防洪、供水、发电和灌溉为目的的综合性水利枢纽工程史上的一座丰碑。

据统计，截至2020年，密云水库累计为京津冀供水390多亿立方米，其中向北京供水约280亿立方米，年均供水量达到6.5亿立方米，相当于每年供出320多个昆明湖的水量。比较形象地说吧，"北京人每喝三杯水中，就有两杯来自密云水库"，可见作为亚洲最大的人工湖的密云水库对北京的水安全保障起到了至关重要的作用，宛如一颗生态明珠在华北平原上守望首都水源。

退休后我和家人常常去密云水库附近游玩，感受水库的宁静与和谐。如今的潮白河，碧波荡漾，水流潺潺，河段两岸还修建了儿童游乐场、水岸风情园、游船码头、栈桥观景台等，形成了一道独特而亮丽的"风景线"。

在水库岸边漫步，一眼望去，烟波浩渺、水天一色，宏伟的大坝横跨密云水库，挡住浪花朵朵、涛声阵阵，一派蔚为壮观的景象。此时我又当起了导游，兴致勃勃地和家人讲起保护好密云水库这个无价之宝对于北京人饮水的重要性，讲起我从事水力发电专业的主要工作和责任，讲起了当年我和同事们在这里工作的经历和很多有趣的故事。

凡是有水的地方，既有静谧的温柔，也有磅礴的力量，永定河、潮白河、大运河无一不是大自然的鬼斧神工和人民的力量，带来一首首荡气回肠、波澜壮阔的大地生命赞歌。

经联系，我和家人终于有幸参观了密云水电厂，一种历久弥新的感觉扑面而来。厂房干净整洁，主控室中年轻的运行人员在专注地工作。6 台机组依然保持着一致的豆绿色，3 号和 4 号机组运转正常，5 号、6 号机组改造后贡献着源源不绝的清洁电能，提升密云水库防汛泄洪能力 76 立方米 / 秒，增加清洁能源装机 3 万千瓦。巨大的水轮机组在水流的驱动下依旧缓缓转动，发出低沉而有力的轰鸣，在保障着首都防洪及供电安全。看着看着，感到一切都变了，又似乎没有变，我搜寻着脑海中的记忆。

记得有一年冬季，密云电厂常规机组大修后进行 72 小时试运行需要赶到现场。第二天一场大雪取消了班车，我马上赶到东直门长途汽车站等了半个多小时才坐上汽车，经过两个多小时终于到了县城。一下车雪大封路不见汽车的影子，只看见零星几辆拖车在路上，从县城到电厂还有 13 公里怎么办？我急中生智截辆好像是拉煤的"蹦蹦车"，给了钱说去密云电厂，开车人说雪太大容易翻车去不了，我好说歹说总算坐上了车。雪大路滑，蹦蹦车开了 50 多分钟终于到了电厂，已经是下午 1 点多了，我顾不上吃饭马上参加了会议，又到现场投入紧张的工作，忙碌了一天回到家中已是深夜，却没有丝毫的疲惫，克服困难完成任务的兴奋与满足感油然而生……

"快上大坝看看！一会儿太阳下山了。"小妹的话打断了思绪。我们登上水库大坝，俯瞰这片广阔的水域，水面时而平静缓缓，时而翻卷着细细的浪花发出阵阵声响，涛声由近及远、由远及近，我的思绪也随着那奔涌的浪花，流向远方，流向大运河……奔腾千年的滔滔河水被拦入大坝与群山的怀抱，通过水力发电汇入京杭大运河，我心中涌起一股敬畏之情。我颇有些自豪地说："潮白河水域通过京密引水渠流经昆明湖，直抵玉渊潭，与永定河干渠汇合后，进入西便门与南护城河连接，再流入左安门龙潭湖，最终流入北运河。"小妹问："咱家附近的玉渊潭、紫竹院和动物园也有来自潮白河的水源吗？""当然有，这些公园都需要有计划地补水，就像大运河一样，需要补充新鲜的水源！"我回答。

水力发电的电能点亮了北京的每个角落，点亮了大运河畔的万家灯火，绚烂璀璨的灯火背后，又有多少电力人在挥洒汗水、默默坚守。

此时，一种莫名的感动萦绕心间，我想到父亲鼓励我报考清华大学水利系时的愿景；想到毕业于哈军工的哥哥、嫂子在"两弹一星"岗位上忘我地工作；想到自己身边可亲可敬的电力人，他们为创造光明付出的努力和奋斗历程，该如何记载、如何传承？如何像这清澈透明的水流源远流长？

一个闪念在脑海中越来越清晰，编创一部舞台剧弘扬自力更生、艰苦奋斗的精神，向国之栋梁的科学家前辈致敬！这不正是最好的传承和接续吗？由我主创的一部弘扬科学家精神的大型情景剧《星空》，经过三年的倾情打造于2023年5月在东城区图书馆首演。我久久回忆着几年前在密云水库大坝上的那一刻，我知道，创作的灵感来自水的灵动绵长，来自水力发电的光明、温暖和力量，载着梦想远航……

二

2500多岁的京杭大运河，无疑是一本厚重的历史书，需要我们安静地读，慢慢地读，思考地读。

今年大运河博物馆刚开馆，我和先生来此一睹为快。一幅幅图片、一件件文物、一个个视频，诉说着古运河尘封的历史，解读大运河的前世今生，让人惊艳眼球，开阔眼界，增长知识。运河漕运，国脉所系。万舟骈集，仓庾都会，文化中心，人文荟萃，繁华富庶。古往今来文人墨客为大运河留下印记：

广陵花盛帝东游，先劈昆仑一派流。

——《汴河亭》（唐·许浑）

万艘龙舸绿丝间，载到扬州尽不还。

——《汴河怀古二首》（唐·皮日休）

乾隆六次下江南曾题：

运河转漕达都京，

策马春风堤上行。

九里岗临御黄坝，

曾无长策只心惊。

沧海桑田，运河依旧，通州巨变。如今跨越 2500 多年、奔流 3000 多公里的中国大运河已成为世界文化遗产十周年。民族的也是世界的，大运河博物馆浓墨重彩地展出一幅流动的世界运河地理画卷，也带来一段挥之不去的水电人的运河情、奥运梦。

2001 年 7 月我随团到欧洲访问，7 月 13 日下午来到荷兰阿姆斯特丹市参观，乘坐观光游船顺着运河领略水城风光，穿梭于水上人家。当北京时间 22：00 整时，我在船上准时打开随身携带的小收音机，听到一个震撼人心的声音，北京成功申办 2008 年奥运会，船上立刻沸腾起来，为祖国而骄傲而欢呼！

我还曾游历法国的圣马丁运河、德国的莱茵河 – 美因河运河、意大利的威尼斯运河，时光荏苒，发生在运河上有趣的故事至今还保留着相片，成为难忘的记忆常驻心间。

是的，大运河串联起世界一道道美丽动人的风景。2022 年 2 月 4 日，冬奥会火炬在通州大运河森林公园激情传递，让世界看到了这条古老运河的神奇与浪漫，又一次看到了奥运之火在北京熊熊燃烧，传递着民族未来、奥运精神。

2024 年 7 月法国巴黎迎来 2024 年奥运会，据说在圣马丁河运河畔将举办盛大的艺术展，届时中国艺术家也会参与创作吧？我满怀期待。

一江春水向东流，唯有大运河以南北走向蜿蜒于中华大地，贯穿海河、黄河、淮河、长江、钱塘江五大水系，串联 8 省市的一座座城市，它既没有黄河的奔腾咆哮，也没有长江的恢宏气势，始终静谧安详地流淌着，日复一日、年复一年滋养着两岸的万物，也养育出一代代大运河儿女⋯⋯

父亲的故乡在鲁西北大地的聊城，是连接黄河与京杭大运河的唯一交汇处，现在被称作中国的威尼斯水城。从懂事起，我就看到了父亲对这片土地的赤子情怀和浓浓的乡愁，父亲一辈子乡音不改，经常和我们讲起他和大运河的故事，讲起家乡的父老乡亲们，讲起当年他参军时的情景，家乡的一山一水、一草一木无时无刻不在父亲心上，如同运河水一般源远流长，让我们受教、温暖和感动。今年秋天一定再重返聊城，看看故乡的蓝天碧水，看看运河儿女的新生活，看看大运河带来的历史变迁，这也是完成一件父亲的夙愿啊！

近年有关大运河题材的艺术作品层出不穷，也是我一直关注的，这几年陆续读了《运河图》《运河的桨声》《大运河漂来紫禁城》等一些文学作品。当看到著名作家黄亚洲写的散文诗《大运河放歌》时，我眼前一亮，这首诗以运河为底色，诗中有画，画中有诗，字里行间尽显大运河的古今文脉、时代变迁和瑰丽风情。为了运河文化遗产的保护，共同助力大运河文化带建设，我选了这篇诗文在今年端午节首都博物馆"和满京城　奋进九州——千秋不改炎黄韵"经典诗文诵读会上和几位诗友共同朗诵，将举世闻名的大运河千年文脉展示在观众面前，身临其境、酣畅淋漓的表达将活动推向高潮。

2024 年 6 月 7 日、8 日两天难忘的日子，我连续来到大运河博物馆，参加在此举办的"2024 北京博物馆月·阅读周"启动仪式。著名作家剑钧老师创作的散文《运河之源》，妙笔生花，文采飞扬，令人陶醉！我倾情朗诵了此篇的节选，声音响彻大运河博物馆多功能厅，全场观众的热烈掌声，传递着对大运河的热爱与共鸣。

走出大运河博物馆已是夜幕降临，意犹未尽的喜悦一扫疲惫。受到感染的我和先生也登上这座古老的桥凭栏远眺，眼前万家灯火、流光溢彩，与不远处隐约可见的大运河博物馆的帆船一角遥相呼应，如诗如画，如梦如幻，别具魅力！

我随口吟道：古老的大运河，你从隋炀帝的朱笔中走来，从朝代的更迭中走来，从嘹亮的国歌中走来，从奥运梦中走来，从万家灯火中走来，从诗和远方中走来、走来……

【主编感言】

此文是一位水电人写大运河（北京段），非常独家，自是别有真章堪共赏。更难能可贵的是，这位水电人退休之后更上一层楼，以更宽广的胸怀，用多才多艺团结了更多的人，对大运河的"最美"进行了更丰富的歌咏和礼赞！非常不容易，诚谢作者！

【作者简介】

宋毅，笔名京景，电力高级工程师，北京科技诗苑社长。策划、编导百余场科普文化公益活动；任大型情景剧《星空》策划人、编剧、总导演；多次获朗诵比赛和文学创作奖项；获京津冀 2023 年"银发学习达人"称号和证书。

大运河的关键词：创造！

盛　蕾

人们曾跨越千年去追问：这个世界是否有神明？

在古人的认知里，唯有神明可以预知世界，唯有神明可以创造世界——这个世界如此复杂且精妙，应是有"造物主"的吧？

今年春天的某个时刻，我在北京东城区闲逛，发现了掩映在垂柳中的玉河故道，继而发现了明清大运河遗址，发现了这里的古桥上依旧如数百年前般行走着行人，桥下的水依旧沿着故道流淌，"澄清中闸"依旧安静又硬核地展示着它无惧岁月蹉跎的实力……我突然想到了这个问题，也突然间获得一个顿悟：人若创造，人便也是这世间的"造物主"，不是吗？

——这条河，不正是绵延千载的华夏子民生生不息创造的吗？

人类有逐水而居的历史。在中国河流水系的版图上，我们看到：几乎所有的大江大河都是自西向东流淌，但唯有一条与众不同，它以南北走向纵贯在中国华北大平原上，横跨了北京、天津、河北、山东、江苏、浙江、河南和安徽8个省级行政区，全长1794公里，跨越地球10多个纬度，通达海河、黄河、淮河、长江、钱塘江五大水系——它，便是全部由人工创造开凿的"京杭大运河"，至2024年的今天，它的历史已绵延2500余年。

在华夏版图上，这条完全由人类创造、人工开凿的大运河，不仅仅是一个空间的神话，更是一个时间的神话。

这项开创了 20 多个世纪的工程究竟有多复杂、多庞大？仅从直观视觉体量上，我们就可以被这项伟大的"中国创造"深深震撼：它，需要凝聚多少心血和智慧？需要克服多少"天时地利人和"的困难？需要经历多少时代变迁的磨砺才得以相适和发展？

从公元前 486 年春秋时期，吴王夫差为了称霸中原北伐齐国，挖下了大运河"第一锹"，征发民工在蜀冈之上筑"邗城"，蜀冈脚下凿"邗沟"，沟通了长江和淮河两大河流；到秦始皇在湘桂之间开凿灵渠；到东汉曹操挖掘了白沟、平虏渠；到曹丕代汉以后，重臣贾逵开凿贾侯渠，邓艾开凿广漕渠；到公元 606 年，隋炀帝杨广继位后意气风发，调动举国之力，疏通之前众多王朝开凿留下的河道，用不到六年的时间，开通了隋朝大运河，创造了后世《清明上河图》般的繁荣盛况；到元朝取代金和南宋之后，北京成了元朝的首都"大都"，于是，大都成了"下江南"的"始发站"，也是"漕运进京"的"终点站"。忽必烈下令将大运河南北截弯取直，不再走洛阳、西安，先挖掘了"济州河"和"会通河"，后新修"通惠河"。这样，新的京杭大运河比绕道洛阳的隋唐大运河缩短了 900 多公里。自元代起，北京就成了中国的首都，有着大量需要"进贡"的物资需要从南方各地漕运进京。因此，在元、明、清三代的共同努力下，新的京杭大运河几乎是笔直贯通上下，并迅速成了连接南北的交通大动脉。

而在吴王夫差铲下大运河的"第一锹"之前，"大运河"从未有之，完全是从 0 到 1 到 ∞ 的创造——它源于帝王的野心，成就于历朝历代治水领袖和工程专家的集体智慧，功成于万万千千劳动人民一锹一镐的挖建。

这项浩繁的工程，创造性地解决了众多世界性工程难题。

从小耳熟能详的元代官员郭守敬在北京通过科学勘测，引昌平龙山东北麓的白浮泉水，设立二十四闸，使漕船逆水行舟，沿通惠河从通州驶入大都大运河终点码头积水潭（什刹海）地区，成功打通京杭大运河"最后一公里"，把各地丰富的物产源源不断送进北京城的故事，每每回想，都让人热血沸腾。

　　而大运河 2500 多年来所经历的"创造"故事如天穹繁星，多到数不胜数。资料显示：423 年，扬州附近运河建造的两座斗门是京杭运河工程上最早出现的闸门；984 年建造的真州闸，是世界上最早的复式船闸，比欧洲荷兰的船闸早了约 400 年；而元代在会通河上临清与济宁之间建造了 31 座船闸，是全世界最早的梯级船闸，比西方早 350 年……而大运河在工程建设上最重要的科技价值之一，是在没有现代科技的情况下，各种水利工程手段"用自然的力量来解决自然的问题"——如今的南水北调工程，也是对京杭大运河思路和理念的传承和新发展。

　　8 年前，当我驻足苏伊士运河航道边，看着放闸次第行驶的航船时，心中有一个声音清晰响起："哦，我的祖国有京杭大运河！它是世界航运的领跑者！"

　　而与"创造运河"工程的"硬件"相配套，"漕运制度"这个"软件"也被创造了出来。

　　我第一次感知"漕运制度"，是在 10 年前，我去紫禁城边的钱粮胡同办事。办完事后顺便了解到一个有趣的史料：当时我身处的东城区钱粮胡同在明清时期是朝廷的"财政部"，专门给官员发放"饷银"的，其下属宝泉局负责铸钱。铸钱所使用的"铜"以云南矿藏最为丰厚，但滇铜京运的差事责任重大、路途遥远、危机四伏。嘉庆九年（1804）的一天，云南官员程球率领京铜船队与运粮进京的漕船不期而遇。当时所处之地河身狭窄，船只只能单行，双方皆办官差，互不相让，发生争执。粮船运官认为铜船期限宽裕，可延迟缓行。铜船如果随意插进粮船船队，不仅会导致漕粮送达延期，还容易造成事故，应让漕船先行。程球认为漕运船只达 5000 余艘，若等到全部通过，必然会延误京局鼓铸。双方各执一词。漕运总督不得不从中协调，令铜船插空前行，出闸后粮船加纤先行，铜船分流到对岸行驶。

　　你看，有了漕运，就必须建立秩序或者设立专门的部门来统筹管理漕运，保证漕粮和各类物资运输顺利完成。隋代以前，设职官主管河道修防。隋代以后，开始设立运河与漕运兼管的机构。至清代，则将漕运管理的法律做到了最为完备，有专项法典、部门规章和地方政令等。千百年间，无论哪朝哪代统治者进行国家治理，都会将漕运制度坚持下来，甚至付出巨大的成本来维系这个制度。由此，"漕运制度"作为古代中国制度文明的见证已持续千年。

运河工程、漕运制度的创造，也带来了商业、文化等多方面的创造、创新与大繁荣：运河沿岸的一条条古街、一座座村镇，因运河而生，因运河而盛。大运河串联着城市与村镇，哺育了恢弘的都城和鲜活的市井。千百年来，运河滋养着沿岸的城市和人民，是沿岸人民的致富河、幸福河。北京、洛阳、开封、杭州这些伟大的古都在大运河的滋养下先后奏响盛世华章；扬州、淮安、济宁、德州、天津，因大运河的串联而繁荣昌明；张家湾、瓜洲渡、开弦弓，大小村镇因大运河而流传千古……《清明上河图》《运河揽胜图》《姑苏繁华图》《乾隆南巡图》，历代画家的妙笔丹青将运河风姿绘于纸上；当今时代，著名作家徐则臣获得茅盾文学奖的巨著《北上》，将大运河的历史风云与国际战争交汇而出的命运沧桑写入了人、城、河的共生记忆。

大运河是古老的，又是年轻的，是"活"在当下的。

它至今依旧保持着旺盛的创造力。自 2002 年起，随着南水北调工程的铺设，京杭大运河被纳入了"三线"工程之一，成了中国南水北调东线工程的重要环节和通道。昔日的超级工程，披上了当下现代化的外衣，晋级为新时代的传奇。

生活在北京的我，很庆幸生活在了大运河的"始发站"，也是"终点站"，可以自豪地感受着一个国家的"首脑"赋予大运河生生不息的愿景、智慧与力量——当我漫步在盛夏黄昏的亮马河畔，看着运河之水温柔地载着漂流其上的船只，欣赏着华灯初上的璀璨；当我穿行南锣鼓巷，来到什刹海后海的银锭桥边，听着悠扬的吉他声吟唱着属于这个时代的旋律；当我流连三山五园，欣赏着昔日皇家园林引入的大运河支流泛起的金色涟漪；当我驻足在通州大运河广阔浩瀚的水域边，抬头看向宇宙深邃苍穹的星光点点……有个词始终在我脑海中萦绕：

——创造！创造！创造！

没有任何词比这个"关键词"更让人内心骄傲的了！

这是浩瀚宇宙中，中华民族谱写至今伟大史诗的"关键注脚"。

一个族群若能创造，它便拥有了莫大底气，拥有了打开生生不息之门的钥匙——让河流改道，让气候向好，让善水泽被良田，让商贸繁荣成为永态……创造一座桥，创造一条路，创造一条大河，创造一项制度，创造一个生态环境——缺乏什么，就创造什么；需要什么，就创造什么！生活在这片土地上的人们，还惧怕什么？！

我们但凡感到了"无"，我们都可以创造"有"。

——这是一种怎样的豪迈？！

古不畏难，今又何惧？

这才是中华民族传承千万年的精神财富：有了"创造"这个发展硬实力，我们无惧任何未来。

因为，我们可以创造未来！！

【主编感言】

此文独家写出了对大运河的最高感悟，那就是——创造！因之，读此文我们也会汹涌出一股青春之气——是的，大运河是古老的，也是年轻的，她飞扬在天，也涓流在地，我们应该与之共命运，长长久久，一往无前。谢谢作者夹叙夹议而自有高论！

【作者简介】

盛蕾，作家、国际文化交流活动及公益活动策划人、国际策展人。中国文字著作权协会会员，中国散文学会会员，北京作家协会会员。文学作品散见于《人民文学》《十月》《青年文学》《解放军报》等；代表作《我的博物馆》。

什刹海琐忆

萌　娘

许多人到了北京才知道，京城里的海都是湖，我就是。北京城里海很多，我最喜欢什刹海，喜欢那岸上的烟火气。我的 90 年代，是在这里度过的。最富于生命力的年华，有这片水滋润陪伴，多美好而可贵呢！在什刹海的柳浪碧波间，刻满了我的北漂时光。

什刹海原是京杭大运河终点，也是大运河的漕运码头，在金元时期，什刹海是大运河的水，而北海、中南海却是玉泉山流过来的水。北海、中海和南海人称"前三海"，与前三海隔路相望的什刹海恰好也分为三段：前海、后海和西海（积水潭），人们叫它"后三海"。前三海和后三海只隔着一条马路——地安门西大街，却完全是两个世界。前三海是皇家园林、国家机器重地，什刹海却是底层社会，南船北马，炊烟袅袅。元朝时候，京城里的吃喝日用大多是从什刹海码头运进来的。发达的商业自然聚气，数百年间，什刹海四周渐渐布满了百姓居住的胡同，形成了方圆十里人间烟火，可以想象明清时代的什刹海，就是一幅北京城里的"清明上河图"。

我四舅家住在什刹海边的兴华胡同，中华文学基金会所在地文采阁也在紧临什刹海的地安门西大街上。30 多年前，我初到北京第一份工作就在文采阁。那时候我住四舅家，每天早上到文采阁上班走过去就十来分钟，这么近的路，对在北京工作的人来说真是莫大幸福。在四舅家我住的那个房间，窗外是辅仁大学操场，我就在那个操场上学会了骑自行车。

北京城里胡同多，窄街小巷又不通公交车，在北京不会骑自行车很麻烦。后来，我舅妈把她工作的自动化研究所分的房子给我住了，我就搬到了德外人定湖边。那时候我刚学会骑单车，每天骑车从德胜门、积水潭、后海一路过来，在什刹海这片胡同里穿梭到文采阁上班。第一次骑单车穿胡同回到德外新家，真有一种成功的喜悦，只是没想到穿胡同一穿穿了七八年，那些车辙要是连起来，足够把什刹海四周的胡同织成我青春的年轮。

那时候我车技不好，胡同里许多地方窄小，经常得下来推着走。一会儿遇上蹬三轮儿带着老外逛什刹海的主儿，老远就叮叮叫你让路，我一下车，那三轮儿带着一阵风"嗖"，过去了。有的三轮儿师傅脾气好，骑得慢还一路介绍：什刹海周边原来有十座古刹，所以叫十刹海，打明清时候起，这里就是燕京胜景，游乐消夏的地界儿……

又一会儿，迎面跑过一群什刹海游泳回来的孩子，有拎着游泳裤的，有头顶着荷叶的，有拎着汽水瓶子的，里面装着他们捞的小鱼儿，孩子们连跑带跳，我这哪里还敢骑呢！我每天就这样骑车，骑骑走走，我走遍了什刹海、德胜门这一带的胡同，也走近了胡同里的北京人。

90年代，什刹海周围许多胡同里大都是老旧房屋，老房子里是世代居住在这儿的北京人。我每天上班骑车穿过胡同，听着早上出门的人们操着京味十足的北京话相互打招呼，北京人讲话，腔调好听。有时看着提笼架鸟的爷们儿趿拉着拖鞋走向水边，就想起老舍《茶馆》里的松二爷。旗人有"铁杆庄稼"养着，什么活儿不想干，但说吃喝玩乐却头头是道。鸟儿是他的命根子，他不吃鸟儿也得吃。旗人礼数多，见人热情有余，四个问好五个作揖。这种八旗子弟遗风依然飘荡在90年代的胡同深处。

自动化研究所宿舍外面，是很窄的校场口胡同，我经常是下车推着走过。夏天的傍晚回家，校场口那些大杂院儿时时飘出炝锅的味道，还有炒勺叮当作响。胡同里已经有早早吃过晚饭的人出来乘凉了，坐着马扎儿，摇着蒲扇聊天。一个五六岁的孩子从大杂院里跑出来，老奶奶跟出来拉孩子："回家吃饭，麻利儿的，上琴课要迟到了。"

"我找我妈，找我妈——"

"你妈上夜班，给你奔嚼谷去了，麻利儿的……"

胡同里一棵大槐树，那槐树底下老有下棋的，旁边站着几位观战支着儿的。一个女人对着下棋的喊："吃饭了——吃饭了——"喊了几声，那下棋的就不动窝儿。女人只好走过去拍拍他，只见他突然站起来冲着女人一瞪眼："就怨你！就怨你！"

"哎哎，不至于，可不至于啊！"一位观棋的说话了，"您瞧这棋有缓儿，跳马呀！您一跳马，这后院起火不就成柳暗花明了吗？下棋讲究看三步，您多瞧瞧，这不活了吗！"

我心里这乐啊！你看北京人，天生的政治智慧，以棋道说世道，张口就来。他们深谙看棋三步，事缓则圆。这就是北京人亲历的历史巨变多了，京华烟云养成了一代代北京人见惯不惊、达观超然的生活态度。这种超然，再加上幽默、讲究礼仪，便形成了北京人特有的气质。

什刹海东北角河岸上有个烤肉季饭庄，我多次在那里吃饭。那家饭庄的大堂经理是个老北京，60来岁，温文尔雅，头发梳得根丝儿不乱，举手投足带着一种北京老派风范。也许他是返聘过来做门童的？反正他在大堂迎来送往，无论穷富贱贵，一律谦和礼让，那举止气派，雍容得体。我每次来饭庄，总会时不时地看他两眼。那天，有两位80多岁模样的老人进来，"老门童"迎上去，微微低头含胸，一边伸手向大堂说："您二位里边请！"一边先退着走了几步才转身向前带他们入座，那一招一式简直是把服务变成了艺术，他复活了古城旧日的优雅与尊贵。这位"老门童"迎接两位老人格外地谦卑，可见他待人标准不是看权位高低、贫穷富有，而是敬重古训，长幼有序。我想如果让他去演《茶馆》里的王掌柜，都不用排练。他让门童这个职业大放光彩，也提升了胡同草民的人生境界。

胡同里许多老北京人，特别是老北京生意人，就是活着的北京礼仪大全。想起一个周末的早上，我骑单车去四舅家，穿过德内大街到后海就骑不动了，只见一个个小地摊儿从积水潭开始摆起，沿着后海一直往前海方向摆过去，卖什么的都有，卖菜、卖卤煮火烧、卖煎饼果子的，卖布头风车小百货、吹糖人儿的，大树底下还有剃头的，更多的是卖旧货卖古董的，这就是北京人的生存状态。我喜欢集市，也喜欢逛北京地摊儿。在集市上随便看点什么，吃点什么，或许还能淘点什么，在那里没有一个人认识你，你就像一条鱼游进了大海。

北京人不爱卖菜，可是卖古董的北京人就很多，也许他们觉得古董沾点儿历史文化，那是上档次的买卖。这种老北京买卖人，一件古董他从古至今地讲，一肚子学问恨不能都倒给你，然后才是讨价还价。有个男人拾起地摊上一个旧货铜质小香炉，摊主说："这是好东西，宣德炉，您看那器形、那包浆，多开门儿啊。"

"这保真吗？"男人外地口音。摊主儿看看他，有点不悦地说："我说真的，您不信；我要说是假的，您买它干吗？我不言语，您自个儿瞧吧。"

瞧这胡同里的买卖人，说话不缺礼数，还把责任推干净了，要不人说"京油子"呢！那天我在地摊上花40元钱买了两个陶瓷的香熏小罐儿，后来春声说是假的。虽然白扔了40元钱，可是我融入了那个集市，我特别享受那一刻的民间烟火。河里的鸭子、空中的鸽哨、树上的蝉鸣与此起彼伏的叫卖声混合成一种悦音，它比交响乐更能疗愈在职场中焦灼的心灵。许多年后，我依稀记得那个北京城大河边上的繁华市井，那就是一幅20世纪90年代中国的"清明上河图"。其实，这种民间烟火也是王公贵族梦寐以求的，不然，他们为什么围着什刹海建起那么多的王府呢？这就是什刹海的魅力，它的影响力远远超过了皇城里所有的海。

什刹海西岸有一个荷花市场，店铺一家挨一家，大部分是旧货古董店，我在那里采访过古典家具学者收藏家张德祥先生。张德祥，老北京，经常在央视《鉴宝》等节目出镜，我很敬佩他对古家具第一流的审美眼光和那一身鉴定、修复古家具的本事。他说他师父王世襄先生才是真本事，王先生隔一站地看家具器形，就能说出这件家具的材质、年份，做工是京作、晋作还是苏作、广作。我问他见过多少黄花梨老家具，他说，仅就方桌一种，他过眼的不少于摆五个篮球场那么多。更令人敬佩的是张德祥对古典家具的情怀。他和弟弟在荷花市场开了一个小店，铺面正对着什刹海，坐在他的店里喝茶，那窗虽不见西岭千秋雪，那门可是泊满前海小篷船。熏风、柳丝、水声、人声，一会儿有鸟儿穿堂飞过，一会儿有人进来看老家具。张家弟弟告诉我，他哥做不成生意，弟弟刚和老外谈好一桩生意，哥哥一进来买卖就吹了，不卖了！弟弟说："您瞧，到手的生意飞了，我这儿一天到晚辛辛苦苦，最后成了跟自个儿逗闷子！"

"我不是不想卖，"张德祥说，"可是一看老外要把我千辛万苦淘来又修好的家具带出中国去，我心里就万分纠结。中国古家具精品没多少了，买一件中国就少一件，如今新仿的那是古家具吗？中国古家具学问深着呢，不好仿，且得练手儿呢！"

张德祥使我又向胡同深处迈进了一步，我发现老北京人的家国情怀也是天生的，他们生就带着"天下兴亡，匹夫有责"的细胞，遇到家国大事，那细胞就会醒来，化为一种民族文化的自觉与担当。我同事邢小群夫妇，就是有文化担当的北京人。德内大街后海旁有个三不老胡同，小群家就住那里。我每天上下班都经过三不老，经常会去小群家少坐，有时候还带着孩子去。她婆婆一口江苏普通话，一看年轻时候就是大美人。小群的先生是作家丁东，他们院儿还住着大诗人北岛，三不老可谓藏龙卧虎之地。

丁东、小群夫妇执着于文学写作，更执着于抢救中华历史文化。丁东帮助了很多文化人出版图书，比如，《顾准日记》《黄万里传》等等。对我来说，他们夫妇有大哥大姐的范式，很热心助人。我在北京人生地不熟，丁东帮我推荐稿子，带我参加论坛，在新华社高级记者仲大军主办的三味书屋论坛上，我认识了一批青年社会精英：曹思源、钟鹏荣、温元凯他们，我写了很多专访都是封面要目文章。丁东还对我说："你散文写得好怎么不写散文？总写企业文章，那是扬短避长。"丁东也是第一个跟我说"换笔"的，给我讲电脑写作的优势，然后他带我去中关村买电脑，那是 1995 年，那也是我第一次去中关村。那时候买电脑很少有现成的，而是商家按你要的配置现攒一个电脑给你。那天我们走了好几家店铺，快中午了才选定，等商家攒电脑的时候，我和丁东就买几个包子站在马路边上吃了。

小群、丁东都是很低调的人，我是很久以后才知道，小群的父亲就是写《平原游击队》《狼牙山五壮士》的著名作家邢野先生。后来丁东、小群离开了三不老胡同，我也离开了德胜门。我很怀念在什刹海生活的日子，怀念那里 90 年代的人间烟火。人们喜欢什刹海，就是喜欢它的烟火气，那烟火气不是靠城市规划造出来的，而是一代代北京人守护、许多年市井生活积累形成的。这些祖祖辈辈在胡同里坚守着祖先炊烟的北京人，他们才是什刹海最重要的人文元素，如果没有这些北京人，什刹海还有什么意思呢？

去年我和春声重访什刹海，从锣鼓巷地铁口骑上共享单车，沿着地安门大街往鼓楼走，想起以前我和舅妈逛地安门商场，那里什么都有卖的，从服装鞋帽到文化用品，从针头线脑到电视、缝纫机，应有尽有。商场斜对面的胡同口上有一个卖烤羊肉串的，五毛一串。南面后门桥旁，有个小门脸儿木板门的古旧书店。有一次我们进去看书，那里的老师傅已经换成了年轻人。春声问小姑娘："有《万历十五年》吗？"她懵懵懂懂找了半天说："没有，有万年历，要吗？"

站在重修的后门桥上，我找到了那年的笑声。古旧书店不在了，瑞蚨祥、马凯餐厅不在了，桥两边的老房子不在了，宁静的什刹海之夜也不在了，可对我来说，它们都在，它们永在。我的眼睛不觉盈满了热泪。

烟袋斜街和地安门大街比 30 年前宽阔敞亮，满街房屋一色新崭崭的青砖灰瓦。什刹海岸边添了许多咖啡屋、冷饮店、纪念品玩具店和入夜的霓虹灯。

有朋友说，什刹海新景区好是好，可还是觉得少了点什么。也有朋友说，什刹海景区太乱，人也太多了。要我说，如果想想景区里的新商业让年轻人得到一份工作时的喜悦，那这里的一切都刚好，一分不多一分不少。倒是那个创建了什刹海河岸上第一缕炊烟的人，他应该是开凿大运河的英雄，而今什刹海清波无语，不见英雄一丝踪迹，唯有时间知道，他的确从这里走过。他的子孙应该就在这周边胡同的老屋里，那个无声无息的北京人。

2024 年 7 月　北京

【主编感言】

此文写尽了什刹海的烟火气，尤其是 90 年代什刹海的烟火气。读来不能不令人又想到李白初登黄鹤楼时有吟：眼前有景道不得，崔颢题诗在上头。是的，此文之于大运河畔一"海子"，堪称"崔颢题诗在上头"！谢谢作者！

【作者简介】

萌娘，本名贺平。作家出版社原编审、《企业文化》杂志执行总编。中国作家协会会员。出版诗文集《秋天的钟》《千里走黄河》《草木寓言》等多部。曾获《人民文学》散文奖、徐迟报告文学奖、冰心散文奖等。

紫竹院里话运河

王晓霞

提起北京大运河，人们首先想到的是通惠河、护城河、什刹海、积水潭这些古河道古码头。殊不知，位于北京西三环内的紫竹院，不但与北京大运河关系密切，甚至堪称锦上之花。

我就住在紫竹院附近，若天气好，每天都会来这里转转，或散步，或品茗，或观竹，顺便拍拍照，留点记录。身居闹市，家门口却有个"曲径通幽处，禅房花木深"的公园，此生足矣，夫复何求？

这全赖北京大运河带来的福气和运气。

一

那还是2022年，紫竹院公园内办了个"大运河·紫竹院历史文化展"。幸好，我赶上了。这个展览虽然不大，但几乎刷新了我对北京大运河的认知。

之前，我一直认为，北京大运河就是通惠河、温榆河，这些都在通州、朝阳、东城三区，与西边的海淀区八竿子打不着。而北京大运河最值得称道的，同时也是最美的，自然是在东城区，一座紫禁城摆在那里，谁想争都争不去。

生有涯而知无涯。看完展览，我猛然意识到，原来自己是那样肤浅，那样孤陋寡闻。

北京大运河如果只有通惠河，而没有北京城区的大运河，没有什刹海、积水潭码头，那就不是名副其实的北京大运河了。

既然有北京城区大运河，那城中之水、城中运河之水又是从哪里来的呢？这就不得不说海淀区颐和园内的昆明湖和白石桥边的紫竹院公园了。

昆明湖，古称"七里泊""瓮山泊""大泊湖""西湖""西海""金海"等。乾隆十五年（1750）三月十三日，乾隆皇帝谕旨，将其更名为昆明湖。这就与运河脱不了干系，因为汉武帝曾在长安开凿运河建昆明池，看来乾隆帝与汉武帝的精神层面是相通的。但由"池"而"湖"，气魄和格局却大大地上了一个层次。

早在元初，为解决北京（大都）至通州漕运，由郭守敬兴建通惠河。沿今京密引水渠方向，引昌平、玉泉诸水毕合于昆明湖。昆明湖水大部分经南长河流入京城，最后归于通惠河。

南长河又名玉河，原起自昆明湖出水口的绣漪闸，先是南流，然后折向东南，经紫竹院、白石桥、高梁桥等，至北护城河的三岔口。

昆明湖是清代京城用水的水源地。为补充湖水，乾隆十六年（1751），也就是改名昆明湖的第二年，按乾隆皇帝要求，分别从香山的双清、碧云寺的水泉院和樱桃沟的水源头，铺设总长7公里的引水石槽，将泉水引入昆明湖。

到1956年永定河引水渠工程建成前，昆明湖始终是北京城区的唯一地表水源。1966年建成的京密引水渠也把昆明湖作为主要的调蓄水库，堪称北京城区的生命线。

紫竹院，在其中起到了承上启下的重要作用。

二

昆明湖是元明清帝王赴西山游览的水道。而从城中往昆明湖，紫竹院更是其必经之地。

元代，紫竹院曾是皇帝藏龙舟的别港，英宗、文宗曾游幸至此，藏舟换船。忽必烈时，曾在紫竹院附近修建了大护国仁王寺和昭应宫。明代，在这里建了紫竹禅院和双林寺，宗教活动盛行，自然风光秀美，是理想的郊游之地。清乾隆期间，在紫竹院修建了行宫和码头。

紫竹院行宫，建于乾隆十六年（1751），专供皇帝和皇太后沿长河游幸时休憩、换船、礼佛之用。行宫建筑分宫门、前院、二宫门、后院。前院正中的紫霄殿，是行宫中规制最高的建筑，为皇帝在行宫处理朝政的地方。两侧的栖筠斋、静逸斋、天香斋、致养斋为配殿。福荫轩、中门、致远轩是行宫的二宫门。过了二宫门后便是行宫的后院。后院建筑主要是报恩楼，是乾隆为庆祝母亲崇庆皇太后六十大寿修建的，分上下两层，各九开间，青瓦覆顶，雕梁画栋，彰显皇家气派。当年悬匾额"报恩楼"三字，为乾隆御笔。

光绪十一年（1885），紫竹院行宫重建时更名为"福荫紫竹道院"。后毁于八国联军入侵。现在的格局，是新中国成立后经多次整修完成的。1953年辟为紫竹院公园。

乾隆十六年（1751），乾隆皇帝在清漪园（颐和园）举办崇庆皇太后六十大寿筵。乾隆于紫竹院行宫码头下船，在行宫休息，到紫竹禅院进香，然后乘轿辇到不远处的万寿寺码头登船继续前往。并写下"十里稻畦秋早熟，分明画里小江南"的美句，对沿途风光大加赞赏。

据记载，慈禧老佛爷也曾多次在此换船、休憩、梳妆及用早膳。因而报恩楼俗称"慈禧梳妆楼"，现楼内仍保存有慈禧曾使用过的穿衣镜。

有了皇家加持，这条连接北京大运河的水道就成了皇家御河。紫竹院也因之水涨船高，成为北京大运河历史文化中的璀璨篇章。

三

有个很有趣的现象，凡与大运河沾边的公园和建筑，多多少少都有江南水乡的风格。颐和园如此，紫竹院也如此。

紫竹院公园主要由竹、石、亭、水等元素组成，造景十分精巧，素有"小江南"的美誉。光听景点的名称，如"筠石苑""斑竹麓""问月楼""清凉罨秀""友贤山馆""澄碧山房""紫竹垂钓"等，就能感觉到江淮文化气息。

自古多情属江南。也许是因为这里独特的江南风景，早在 20 世纪八九十年代，这个公园就成了京城闻名的男女约会首选地。那个时候，年轻人只要一提去紫竹院公园，眼里立马会放出异样的光来。不过，听说来这里约会修成正果的却不多。当时北京流传着一句口头语：要想成，陶然亭；要想散，紫竹院。竹子只开花不结果，自然是无果而终。

尽管如此，那时候来这里的年轻人还是乐此不疲。因为周边是北京舞蹈学院、总政歌舞团、中央民族歌舞团、解放军艺术学院、中央民族大学、北京外国语大学、中国青年政治学院等，那些肤白貌美、气质高雅、朝气蓬勃的帅哥靓妹，在公园总能遇到。来这里逛逛，就算是别人装饰了自己的梦，或自己装饰了别人的风景，也是一桩美事。

现在的紫竹院，变化很大。自然景观增加了不少，公园设施也更加齐全，环境更加幽静了。春牡丹、夏芍药、秋菊、冬梅，一年四季有赏不完的花；紫竹、斑竹、罗汉竹、金刚竹、四季竹、金镶玉，凡是你知道的竹子，这里几乎都有，可不是稀稀拉拉的三株五株，而是茂密的竹林。与之相衬的，就是石桥、石阶、石凳、石山、石洞，看似自然天成，实为鬼斧神工。

然而，变化最大的就是这里的游客构成了。家长带小孩子来喂鸽子、划船的多了；附近的人来散步、跳广场舞的多了；在茶楼和山坡的树下喝茶、下棋、打牌的多了；来这里书馆看书的人也多了。这里不再是男女"约会"的代名词，而是高雅范与烟火气共存、历史与现代互通的一方乐土。

其实这三湖两岛一堤一河的紫竹院公园，到处都有皇家水上御道留下的时空印记。南长河之上，听时间嘀嗒作响，好像总能感觉到那流动的呼吸和心跳。这些回声总不会消失，穿越尘封的历史，在我们的心上找到了回响。

与时相融，与景相连，与情相通。这便是北京大运河溢出来的美！

【主编感言】

这是本次征文截稿前收到的最后一篇来稿，既令人有锦上添花之叹，又令人有意犹未尽之感。的确，即使是大运河（北京段），其源远流长也是我们不可等闲视之的，不管我们如何赞美她，她永远是可以锦上添花的。这就如同本文作者又新人耳目写出这一篇《紫竹院里话运河》一样。同时，作者此文还进一步启示我们，虽然这次征文如期结束了，但我们对"最美大运河"的关注、热爱与爱护不会"一笔带过"，歌永言！谢谢本文作者！

【作者简介】

王晓霞，满族。鲁迅文学院第四届高研班学员。中国作家协会会员，中国音乐家协会会员，中国音乐文学学会副秘书长，中国文字著作权协会理事，中央民族歌舞团国家一级作词。文化和旅游部高级职称评委。中国作家协会第八次全国代表大会代表。

附：征文成书《最美大运河》（北京段）作者纪言选编

（综合整理：张国领）

青铜： 我在驻京部队服役几十年，工作和生活的轨迹都在京西的五棵松和万寿路一带，如何写京城大运河之"最美"？刚开始真不知道如何入手。左思右想，我决定先参阅有关书籍、图片、视频做个纸上攻略，再实地考察自己曾去过的大运河遗址某些重要节点，尔后下笔行文，未尝不可。

我把自己的想法在微信上跟主编进行了沟通，得到的回复是一个大大的"赞"字。对于历次"最美"征文写作，主编挂在嘴边上的话就是："各位明鉴啊，我们不想吃别人嚼过的馍，那样没有味道。"言外之意很明确，就是要求各位作者以独家视角、自我体验，写出自己心中流淌的大运河。

在考察和写作过程中，我时常思索，拨梳史地、探本求源的真功夫还是要"脚踏实地"，只有这样，才与众不同，甚至鲜为人知，才能达到写别人所未写。我也想，如何"求索""解谜"？既要皓首穷经地在故纸堆里一页一页地钻，又要不辞辛劳地跑实地看实物，还要在脑子里一遍一遍地构思，这样才能写出有自己感悟的文章。

在城东南角楼、大通桥码头旧址和京师十三仓，我又几次给主编打语音电话或发微信说，这一路实地考察的感觉，真是百闻不如一见。如果要描绘出一种新时代、新生活的自然景观，展现其独美其美，还是毛主席他老人家说得好，实践出真知啊！

有了主编的点拨，我终于写出了《从大通桥码头到京师十三仓》这篇散文。

金京一："最美大运河"《征文启事》发出以后，我是既兴奋又迷茫，兴奋的是，在东城区图书馆、网时读书会和光明日报出版社组织的"最美北京"三部曲《新北京新京味儿——最美长安街》和《最美中轴线——中轴线申遗的百姓文本》两部书中，曾收录了我两篇散文，而刚写就的这篇"最美大运河"征文，也已齐活儿了。迷茫的是这北京段的运河到底在哪儿？是什么样子？脑海里空空如也，腹稿时头绪缠绕脑中如蚕茧剥丝理不出个头……

既然有"运河源，白浮泉"一说，我想干脆就从北京运河的源头白浮泉去探寻吧。凡是开车的人首先想到的是用导航图，当我在导航图上定位到白浮泉时，眼前猛然间一亮，哈哈！想要弄清京城运河水系，导航图不是全可以实现吗？联想到我国的一位军事家，他指挥战役时有两个习惯，一是手抓一把炒黄豆，一是双眼紧盯在地图上游走，凭一张地图，指挥百万雄师横扫千军如卷席。

我曾经当过兵，参加过按地图走方位的训练，寻找运河道不妨也来个"图上作业"，不过我手中抓的是手机，地图便是手机上的导航图，一个手指沿着导航地图从北到南、从西到东划过一段段区域，时不时缩小放大，放大再缩小，缩小看河（渠）的延伸走向，放大看河流的标注名称，记录水系游走过的湖泊、桥梁，审视它经过的草甸、湿地、公园，再通过翻阅一些历史资料查询那些深埋地下水系的涵洞，三次参观通州的大运河博物馆和其周边的运河故道。

最后，一幅京城运河之水走向图跃然闪现在脑中，再联想生活中与运河相伴的点点滴滴，一篇《相伴一生的京城大运河》征文，完整地交给了《最美大运河》的编委会。

李朝俊：贯穿大江南北的大运河，是我们中国人的文化大根脉。或在课本上，或在生活中，或在无意间，历史的大运河，文化的大运河，时代的大运河，与我们须臾未离。

年轻时，不知运河的厚重，只识为一条人工河而已；到中年，行走运河两岸心虽有触动，那也仅仅是风景点上情感的小小涟漪；参加"最美大运河"（北京段）征文，听文化学者讲学，拜读文学大家运河妙文，想起课本上的运河，想起初见时的运河，想起办公楼前的运河……

但，这是面向全国的征文，京畿重地，藏龙卧虎，大家云集。我则是业余文学爱好者，实乃籍籍无名之辈，投稿心中自然无把握。

矛盾纠结中想起《征文启事》之语：这次征文"是'大运河申遗'成功十周年的一份献礼，与有荣焉"。又想到此前自己参加"最美长安街""最美中轴线"征文时，《夜行长安街》《永定门北望》都是自然投稿，都荣幸被主编不弃入书。

因此，抛开小我，享受美好，斗胆写稿。

情感的点点滴滴，滴滴答答的思绪，像雨丝漫天飞，若溪水出山涧，似奔流撞击砾石，激越在心头，响动在电键，跳跃出《从我心中流过的大运河》。从个人的视角，去瞭望历史深处的无限风光，去倾听时代航船的舵响水动，去享有世界文化遗产、中华文明荣耀……

至此，我的情感深深地直接与大运河相牵，我的微小清亮汗滴融入大运河奔腾的大潮中，我的中华儿女的血脉与祖国更加紧密相连……

王新：坦白地说，在主编发出征文活动启事后，刚开始写大运河，真不知从哪里下笔。虽然大运河起于北京，可谓近在咫尺，却因不甚了了，似乎远在天边。

为此，我穿梭于北京东西城，流连于文史古籍堆。当深入接触了运河的前世今生后，我忽然明白，一部运河志，半部中华史，千载运河连古今！然后，一个"运"字看通州，成了我萦绕心头、挥之不去的那个声音。

当把运河与国运两个"运"字连接起来后，我找到了打开运河神秘之门的终极密码，一发而不可收，似有千言万语需要述说。

交稿后，我久久伫立于通州运河之滨，仿佛身心化作了滔滔运河中的一朵浪花，为这壮观的运河欢呼、跳跃，与激流一起奔向远方。

文章发表后，一下子打开了读者的心扉，引发了共鸣。有的读者感叹："运河是时间的见证者，目睹了无数的变迁与沧桑，却始终以其沉稳的姿态默默诉说着过往……"有的读者点评："一个'运'字，写活了古运河！"还有的读者赞叹："时也，运也！国运当头，飞龙在天！"

见闻此言，我心大慰。

祁建：我再次踏上北京大运河这地界儿，心里立马被敬畏和好奇填满。这大运河像条神秘的巨龙，驮着千年的沧桑和文化的厚实劲儿，仿佛藏着无数不为人知的秘密。

河边的老建筑跟忠心卫士一样排列着，老石桥上的雕花显露出古人的巧手。当我触摸那些雕花时，竟有一种奇异的感觉，仿佛这些雕花要将我带入另一个时空。咱们每个人都是历史的创造者和见证者，都留了印子，可这印子背后是否还隐藏着不为人知的玄机？

顺着河溜达，绿树成荫，花红草绿。这就像城里闹腾中的安静旮旯儿，让累心寻着舒坦。鸟儿欢唱像热闹曲儿，花儿晃悠像舞女，草的摩挲像亲妈。然而，河面上偶尔划过的游船，那船头的阴影处，似乎有一双神秘的眼睛在窥视着我。

传说中，这大运河曾是神仙们往来人间的通道，每当月圆之夜，便会有奇异的光芒闪现。如今，虽不见那传说中的光芒，但每当夜幕降临时，望着那幽深的河水，我总觉得有什么神秘的力量在涌动。

如今，大运河意义仍大，像颗亮珠子镶在城市里。可它的深处，是否还隐藏着古老的神话和未被揭示的传奇？站在岸边，虽往昔热闹不再，但它仍闪着光，这光的背后，究竟还隐藏着多少未知的故事等待被发现？

赵润田：北京这样的皇皇帝都，可说的地方太多了，而对于自幼生长于此的人来讲，感觉最亲切的必然是与自己生命最为密切的地方。所以，当我提笔开始写这篇《流水汤汤运河桥》的时候，就决定写那些与自己血肉相连的东西，就此我毫不讳言，写运河就是写自己。身所不至，我难有感觉。

我对大运河有特殊感情，因为我挖过大运河。那是在千军万马之中所投身的七十年代水利工地上，我当然只是浩荡大军中挖土推车的渺小一员，然而过往的一切因其不可复制性，并且是自己在青春勃发之际所经历的，就愈发显得自带趣味和情感。同时，我曾经为着写北京，从文史角度梳理过北京的水系，走过大运河，更不用说我天生喜欢水，此生最喜欢、最擅长的运动就是游泳，在河里游，在湖里游，在海里游。

一篇文章，总要确定重心和脉络，我选择了运河北京段的桥。

那些桥都在历史上凝聚了故事，我曾经一一走过那些形态各异的桥，驻足水畔，目击历史留下的可追寻的痕迹，推想过去了的历史烟云。那是一种精神享受，诉诸文字，是对自己目视身历的往事所进行的回顾，那些事情安放有自己的灵魂。我想起老北京的传说，想起激情燃烧的水利工地，想起若隐若现的古河遗踪以及贯穿北京城内与河道有关的街巷名称。

一下笔就收不住了，直到写了9000多字，还得删到3000字之内。今年四月的一天，我站在河南浚县旧城门外的古桥旁，见碑上赫然三个大字：大运河。哦，眼前的流水是要奔往北京的，心里顿时有一种特殊的感觉。

阿桐：看到"征文通知"，甚是欣喜！文章写完，还有纪文可写，真好！因为我还有很多话想说，意犹未尽，只因征文字数有限，故删减不少。另外，我这个业余作者水平又有限，总是下笔千言，"散"出千里，也只因这大运河的千里江山太美了，让人说不尽，道不完。

开始酝酿"最美大运河"征文时，曾茫然了很长一段时间，不知如何下笔。偶然看到一位老师的征文，受到了很大启发，文中提到在南新仓附近居住时的一些往事，这让我眼前一亮，她的一些往事似曾相识，倍感亲切，让我沉浸在了遥远的回忆当中。

1970 年我家迁居至南新仓的豆瓣胡同，在那里我度过了少年与青年时光。少年时与小伙伴们在朝阳门的护城河捉小鱼，翻墙越岭到寺庙摘枣，到古粮仓掏鸟窝等等，这些情景至今记忆犹新。而后，我成家立业又落居在通惠河附近的楼房。如今，年过花甲的我，又因儿子的孝心，让我和他妈在通州北运河旁他的婚房居住。这大半辈子真是与大运河结下了不解之缘。

但是，儿子的孝心我们领了，住他的婚房我们是不忍心的，怕给他添麻烦。只是偶尔去他那里看看，与他们团聚。这可能是做父母的天性吧，只管付出，不求回报，哪怕倾其所有都心甘情愿，无怨无悔。

仿佛这种天性也有传承性，想当年我的婚房也是父亲东奔西走，我的父母宁肯住平房也先让我住进楼房。这一切好像在一代代人身上重演。

在我的文章中我曾写道："从大运河里，我还看到了中华民族的传统美德——孝道！"在纪文中我还想补充说：从大运河里，我还看到了父母对儿女的无限慈爱！

剑钩："运河之源"并非这篇散文的最初题目，写"运河之源"，也并非我写"最美大运河"征文的初衷。一开始拟个题目为"大运河之韵"，可当我提起笔来，方发现，即便仅写大运河的北京段，标题也太大了，难以面面俱到，更难写出彩来。我便把目光投向了大运河（北京段）的源头白浮泉。

我最先是被"运河源，白浮泉"这句颇有魅力的广告语所打动的。春和景明之时，我又来到大运河源头遗址公园，迎面的白玉兰花开了，丁香花香了，海棠花美了。我瞧见了九龙池遗迹静卧一隅，早不见了当年汪洋水系的磅礴气势，白浮泉也几乎被世人遗忘，一度空余疮痍的楼台亭阁和稀疏斑驳的古树，留下了残缺的美。故之前写运河的散文，几乎无人问津白浮泉，似乎也没什么好写的，而我以为这恰恰是写"运河之源"的亮点。

九龙池遗迹在岁月的流逝中没有沉睡，而在久久地沉思。她以百年沉默，无声地昭示元代大运河的历史，似乎用这块无字丰碑来验证：中国人开凿了由白浮泉到瓮山泊的引水河道，是何等英明与智慧。水是一个城市生存的命脉，正是这条引河的开凿，确保了北京自元大都始，得以延续元明清三朝古都，长达 700 多年之久。

于是，我写了白浮泉的前世今生，写了龙山脚下的神泉，写了"白浮瓮山河"传奇，写了古今大运河文化的传承，写了大运河源头的沉思……

"一条河，一条大运河，一条京杭大运河，流淌着多少中华文明的波光和悠悠岁月的涛声。春天里，我站到了大运河之源，满怀春意和深情地道一声：美哉，大运河；壮哉，大运河。"

秦少华：这次"最美大运河"的征文，其实有一段大运河（东护城河），我是再熟悉不过了。它就在姥姥家院子后面，穿过大约两百步的小胡同就可以看到。但这事一度让我恍惚，以致我写的《穿越南新仓》里，涉及姥姥家院子后面的那条河只能一笔带过，是不敢往下写的。纵使有诸多感慨也只能戛然而止。因为"寻向所志，遂迷，不复得路"。而当年却是"复行数十步，豁然开朗"。我离开那儿不久，姥姥家随即搬迁，我就再也没有回去过。几十年过去，恍如隔世。我不敢相信那么宽阔的河道竟消失得无影无踪。难道我产生幻觉了吗？我利用软件搜了那一地理位置的历史及照片，遗憾的是少之又少，连一张像样的完整照片都没有。直到看见群里陈揆写的东护城河。陈揆笔下的东护城河的情景再现，印证了我回忆中宽阔的河道、起伏的黄丘和满处的野花都不是无中生有。为了证实陈揆笔下的河和我说的是同一条河，我还在高德地图上丈量了大雅宝胡同和姥姥家原址的距离，欣喜地发现其间不到一站地。证明这条河确定无疑，它是真实存在的。

这段河流，对那时小小的我来说，太过宽广而辽阔。在我还不多的经历里没有什么视觉印记比它更鲜明。难怪无论我生活中多快乐抑或是多痛苦，我的梦境里都是江河湖海的幻化。快乐时，它美轮美奂；伤感时，它令我窒息。迎面而来的是一片碧蓝的海，抑或是一片盈绿的湖。脚下似乎感觉到了它的气息。这些梦境都源自儿时的那段太过鲜明的遇见。陈揆笔下的大运河东护城河段的陈述，它不仅仅是一种印证，它还解开了我童年与梦境的多重困惑。这一段让我梦牵魂绕的河流，没有能写进正文里，能够有机会做些补充，真是一件幸事。

刘春声：大运河是华夏多民族共同完成的领衔世界之最的人工运河奇迹，是中华民族的集体荣耀。正如在北京区域内，就有契丹、女真和蒙满汉等各民族先后筹划实施过北方大运河段的开凿改造和疏浚，元定都北京后，忽必烈下令开凿了济州河、会通河、通惠河，大运河才得以南北贯通，实现了南北社会资源的大跨度调配，改变了国家的战略格局，并在沿线滋养出北京、扬州和苏州等一连串繁华都市。元朝还大量移民到北运河沿线，以加强运河的施工力量和后续经营管理。我在张家湾遇到的村民老马就应该是他们的后代。在动笔前，我即想到一定要强调这份荣耀应由参与建设的各民族共享，也正是带着这样的一种强烈的情感冲动加入到征文应征者行列中。

在通州，我一路寻访辽萧太后运粮河的古码头遗址；在玉带河畔，望着河道内茂密的杂草，虽然已不见昔日千帆竞发、百舸争渡的盛况，但它还顽强地活着，足以证明自己曾经的辉煌；在明清时期漕运最繁盛的里二泗村，我登上佑民观，畅想汤显祖当年就在同一落脚处，眺望"船到张家湾，舵在里二泗"的奇观而兴起赋诗的情景；在张家湾清真寺，那个巨大的汉白玉香炉，述说着数百年前信众焚香祈祷国泰民安的盛大场景；至于一代文豪曹雪芹在张家湾码头的故事就更多了。实也好，虚也罢，动人的故事世世代代一直在运河两岸流传，作为今人既然有幸看到听到，就有责任把它记录下来，留给当下和后来的读者，以此不枉独享大运河文化的滋养，更为能发扬它而未留遗憾且稍可释怀。

苏菲：参加"最美大运河"征文活动，确立主题、寻找素材的过程最难忘。因我没有在运河边生活的经历，刚开始感到无从下手。于是，我在一个多月时间里，两赴通州大运河博物馆，又到首都博物馆、北京戏曲博物馆、郭守敬纪念馆去找灵感，还探访了运河公园、前门大栅栏等地。疯狂走访之后，马可·波罗和郭守敬从历史深处走近了我，我也回忆起二十多年前与意大利媒体人卡卡姆交往以及应邀前往意大利的经过。这时，我初步确定了主题：开放、融通。

我反复阅读《马可·波罗游记》，从古板记述和大量注释中看到了京杭大运河开通的那个朝代，那是一个我过去忽略的朝代，印象中元朝统治者攻城略地、铁马金戈，"只识弯弓射大雕"。这次翻阅资料才知道，元世祖忽必烈重视汉文化，重视人才，经济和宗教政策都很宽松。正是忽必烈的开明，马可·波罗等外国人才能作为他的特使行走各地，郭守敬开发水利开通运河的设想才得以实现。大运河贯通，推动了经济迅速恢复。当马可·波罗沿大运河回国路过泉州时，发现这里有一支1500艘船的庞大船队，被马可·波罗惊呼为"世界上最强大的海军"；泉州还是当时世界上最大最繁华的海港，城里常住外国商人就达上万人。马可·波罗后来将这些见闻写成书，震惊欧洲，成为西方人了解中国的重要资料。

至此，我看到了，大运河不仅贯穿南北经济，也融通中外文明。不同民族、地域以及中西方文化之间相互借鉴、交融，中华文明兼收并蓄、丰富壮大，才始终保持蓬勃生命力。海纳百川，有容乃大。古往今来，道理相同。

因写作征文而了解一段历史、明白一个道理，这让我感到受益匪浅。

陈揆：今年初夏，收到了本次创作的邀请，大运河北京东城段对于我这个与其依邻了六十多年的人来说是再熟悉不过了，从建外二道闸到什刹海积水潭，我可以如数家珍般把一道道景、一座座闸、一件件河边珍遗娓娓道来，那里有我无尽的回忆和丰厚的情感，我几乎是不加思索就动起了笔，但写到中心议题的环节我犹豫起来，座座石闸、件件珍遗哪个是我的最爱？三千六百里运河千年流淌在中华大地，她的魂究竟在哪里？我思考了整整一周仍然无法抉择。于是我开始从史料中搜寻，走进文献的海洋，求知欲就像一条破网的鱼儿遨游不怠。我查阅了大量与大运河有关的文献。大运河牵手五河七段、大运河的五种流向及设计思路等等，我还查阅了世界十大人工运河的历史及水文等相关资料。通过比对更凸显出京杭大运河的各项世界之最。

从泱泱十几万字的文献中，我找到了大运河的魂，在那个以帆、桨、橹为动力的时代不管水流的方向如何改变，维系南北漕运的魂，就是将船的速度维持在顺水行舟每小时 3 公里，逆水行舟每小时 2.4 公里。大运河北京段的所有船闸以及大运河在中原大地上的所有的截直使曲，都是为了合理控制水流速度，保证船只按上述速度行驶所设计的方案。于是我决定，把大运河完美的设计思路，从工程学的角度写进我的"最美大运河"的题材中。

最后感谢主编"最美大运河"的命题，让我又系统地重温了一次中华与世界漕运的历史。

王晓霞："最美大运河"征文活动，于今年 3 月 28 日在北京东城区图书馆正式启动后，我想这个活动我是一定要参加的。这不仅缘于自己对中国大运河文化的情有独钟，更因为我的青春、我的爱情、我的事业都在北京，作为北京人的一分子，有责任讲好北京故事。

但要真正动笔，却感到十分困难。因为京杭大运河北京段从历史人物到各处景点，要写的实在太多。不说别的，就说东城区这一段，恐怕穷其一生也写不完。因此，应该去选取那些人们不太能想到的题材和景点，这样写出的东西才有价值。还有就是，得有自己独特的角度和与众不同的切入点，让读者有所收获、有所启发。这也是几个月过去了，北京大运河景点去了不少，有关书籍也看了不少，却始终未得一字的原因。

眼见截稿日期到了，心绪也坏到了极点，坐在家里冥思苦索不是办法，只好到离家最近的紫竹院公园散散心。平时来这个公园主要是散散步、拍拍照。而当时已无此心情，只是一个人静静地坐在湖边石头上发呆。伴随着蝉鸣蛙声，看着被风吹皱的湖水，我当时想这湖水要流到哪里去呢？猛然间，想起了这不就是北京大运河水源之一吗？ 2022 年，我还来参观过"大运河·紫竹院历史文化展"呢。真是"踏破铁鞋无觅处，得来全不费工夫"。于是，就有了《紫竹院里话运河》这篇拙作。

运河滔滔，水利万物。琴声悠悠，跨越千年。

大运河，国家"大运"之河。而要写好大运河，对我而言，运气成分自然也是少不了的。

彭援军："最美北京"三部曲征文，前两部征文成书《新北京新京味儿——最美长安街》和《最美中轴线——中轴线申遗的百姓文本》，我均有征文入选，且前者还荣获了一等奖。其最后一部《最美大运河》我亦信心满满地应征，写了《我在积水潭学游泳》一文应征，原文5200字，略为压缩，4月26日晚投稿，4月28日晚收到主编回复：此文"失重了，走偏了。请再下些功夫！"并且重新传来"最美大运河"（北京段）《征文启事》，还写来一段非常重要的话：

"就我们这次征文来说，还意味着若不花些力气'研究研究'或'走走看看'，而仅凭想当然或不管不顾我们的征文要旨'最美大运河'（北京段），是很难写出上乘之作的。到目前为止的不少来稿中，即使是一些名家之作一改再改，而因上述之故仍在续改之中！这个'通病'如鲠在喉，我们不得不及时在此说一下，提醒大家一下！"

我的《我在积水潭学游泳》问题在于写我在积水潭学游泳的文字多，触及大运河码头积水潭的篇幅小，主编的本意是让我往运河上多靠靠，修删补充即可。但我立即决定撤回此篇，拟另写一篇与西城有关且贴近运河本身的。

于是我决定亲走什刹海。这天我头顶烈日，把前海、后海和玉河统统走了一遍，步行达两万五千步以上。经过一番实地考察，我拍了上千张照片，深感可写的东西太多了，至少有五六个选题可写，而且都值得写成长文记述。考察之前，我的视野落在西城；考察之后，发现位处东城的玉河修建得很好，且沿线亦有亮点，这样我就决定优先考虑写东城，因为此次征文的主办方之一是东城区图书馆。

另起炉灶的《走马观花看玉河》新稿长达7400字，按要求减成3000字短稿，5月3日晚投出此稿及配图，当夜22：46网时读书会公众号即予刊出，主编把标题改成"走东城，看玉河"，正文基本没动。

陈剑萍： 接到"最美大运河"征文通知，我心中一时没有头绪，虽然我生活在大运河河边，即元代大运河的一部分坝河的"阜通七坝"的常庆坝以西、今天的坝河河道北京市朝阳区夏家园段的西坝河河边，看着这里我熟悉的一草一木，对于有着恢弘历史的大运河来说这里实在太小、太小了。为了更准确地书写我心中的最美大运河，我去国家图书馆查阅资料，参观北京大运河博物馆，采访专家了解大运河的历史。当我再次漫步西坝河河边，睁大眼睛，打开耳朵，用心捕捉西坝河的讯息，果然声音里走来了一年四季的西坝河，我力求落笔处简明道来西坝河的"前世"，更让西坝河的"今生"美中有我。

西坝河的水清岸绿、四季风景变换离不开劳动者的辛勤付出，也是北京市落实绿色发展理念和推进生态文明建设实施"河长制"带来的成效。今天的西坝河，依然是一条生机勃勃的绿色生命之河，充满了一种使人心平气和的美与力。我写作《闻声西坝河》并投稿给《人民日报》，被其"大地"副刊以《西坝河的四季》刊出，这也是我对西坝河由衷的赞美和述说。

（本纪言按来稿时间先后列序，总计 15 篇）

"大运"小白们，感谢！
——后记

李林栋

　　追溯起来，这已经是我们网时读书会和东城区图书馆联合征文成书的第五次了。

　　第一次是四年前的 2020 年春夏之交，当时疫情很严重，左馆打电话给我，商议能不能为抗疫做点儿事。于是之后便有了《美与光明共书香》一书。记得《后记》有言："很显然，这部小书是一种诗意战胜'失意'的决绝：在庚子年来势凶狂的 COVID-19（2019 新型冠状病毒）中，我们没有惊慌失措，我们也没有不知所措；我们举全力于一击，我们恒万众持久战；就我们这一小部分中国人而言，我们还是持笔的逆行者——这一部小书《美与光明共书香》就是我们坚毅行动的证明。这不仅是文学或文化的证明，更当然是历史与将来的证明。"

　　第二次是三年前的 2021 年春天，还是左馆提议，我们要为建党 100 周年做点儿什么。于是很快便有了"心与道契，著与京偕"的《新北京新京味儿——百年百篇话北京》横空出世。该书厚达 438 页，近 50 万字，作家作者更多达107 位，甫一问世，便在京城内外书界、文学界、文化界等引起了广泛而热烈的反响，受到了很多夸赞与好评。

　　第三次和第四次征文成书，分别是前年和去年，即 2022 年和 2023 年的春天到夏天。这两本书的名字分别是《新北京新京味儿——最美长安街》和《最美中轴线——中轴线申遗的百姓文本》。现在回想起来，征文"最美长安街"有点儿"第一个吃螃蟹"的味道，可谓"尝别人所未尝"，虽属"拓荒"，竟然有成！该书后来引起了广泛的关注，不少人读得津津有味，曾经的熟视无睹变得眼界大开。至于征文"最美中轴线"，最初的感觉是有点儿难，因为"申遗"如火如荼，别人都"尝鲜"很多道了，我们又能写出个什么新鲜劲儿？但此"征"的意义与作用又是不言而喻的客观需要，我们只好强调"吃别人嚼过的馍没有味道"，强调内容独家，强调加强文学性，等等。这本书终究也是风采独具，可谓一帆风顺。而且特别可喜的是，该书出版发行之际，正值北京中轴线"申遗成功"的喜讯传来，真是大喜过望，恰逢其时！我们真是不能不为此倍感自豪！

至此，有四本书垫底，而且我们也有了更明确的追求与理想，那就是我们要征文成书"最美北京"三部曲！

但说起来容易，做起来难。回想起，继"最美"长安街和中轴线这"之三"，即"最美北京"三部曲这终结篇应该征什么？写什么？我们读书会众人曾讨论多次，竟不得其要。有人提出写王府井吧，有人提出写小胡同吧，等等，但都一一被大家否决了。因为常识与通感告诉我们，这些都与长安街和中轴线不相称、难比肩。记得就在这时候，上一本书《最美中轴线——中轴线申遗的百姓文本》一等奖（并列）荣获者"史宁同学"（网名）私信我，主张写大运河。真是别开生面，独出心裁，我一下子就被击中了！后与左馆商议并经大家讨论，觉得这大运河与长安街和中轴线从题材来说，真是很般配，殊为难得，但要具体写作，还要征文成书，我们"般配"吗？我们能行吗？

这一心中无底的搁置就似乎无解了。及至今年早春2月，我正旅居香港时，左馆视频告诉我说今年6月是大运河申遗成功十周年，"要不然就写大运河吧！"我说。"好，你怎么定都可以，无非就是费劲与不费劲之别，你定吧！"

就这样，"费劲"上马了。

至于这个"费劲"的过程如何？其结果如何？这还真是一曲值得我们所有参与者骄傲与自豪的生命之歌！绝无夸饰，货真价实。

其具体过程原本打算在这里细说一番，但又只能简而略之，首先敬请读者关注一下本后记的文题"'大运'小白们，感谢！"，这真是我们所有编者的衷心之语，因为在征文之初，我们限定这次"最美大运河"只能写"北京段"，这固然是我们这次征文的本土意义所在，其实也是向包括我们几乎所有编者在内的所有"大运"小白们发出了前所未有的号召。至于大家的反响如何，敬请大家关注一下本书后附《征文成书〈最美大运河〉（北京段）作者纪言选编》中15位作者的自由言说，里面的艰辛实践和即时读书等应有尽有。另外，尚请读者诸君关注一下本书内每文后的"主编感言"，一定要专门一篇一篇地从前往后看，因为我们成书文序的编排是按征文过程中收稿先后而自然设定的，这很重要：这条征文三个月的时间之河浑然天成，分明可见其流经所到之处，其实就是作者与编者这些"大运"小白们通过力行与即读逐渐由对大运河（北京段）的无知到略知到多知到通知到深知的全部过程。这过程很细微，但并非不可捉摸；这过程不知不觉，但却是客观的真实存在；这过程岁月无声，但却是本书作者与编者的生命澎湃于无形。的确，这次大运河（北京段）流经我们生命的短暂时光，其实是对我们每一个人灵魂的难得滋养。我们因结识、亲近了大运河而滋润了北京，正如丰润的北京一直在滋养着我们一样！我们感谢北京，也感谢曾经的"小白"，当然更要感谢"改观了我们自己"的大运河（北京段），非常感谢！

至于本次征文成书的"费劲"结果如何，尚请读者诸君细读由光明日报出版社公开出版发行的本书的每一篇佳作。非常感谢！

（本后记作者系作家、诗人、编审、资深媒体人，大型公益组织网时读书会会长）